中国专业作家作品典藏文库

中国专业作家作品典藏文库
邹静之卷

康熙微服私访记

（第一部）

邹静之／著

中国文史出版社

目录

犁头记

一

宫内。夜。

安静的太和殿。朗月高挂。

一队太监边敲梆鼓，边灭着灯。一老太监灭灯，灯灭而复明。

老太监：灯都灭不了，不是我老了，就是世道好了。几位走着！

街上。夜。

夜巡兵士走过，脚步声声。街道安静。

鼓楼上更鼓声声，已是夜阑人静。

去玉泉山拉水的车出西门。东华门外，六部大员正列队而入。

宫内的铁匠房。夜。

康熙赤膊穿了件皮围裙在与和尚法印学打铁，炉火熊熊。法印掌小锤，康熙抡大锤，打得正欢。大小锤交替响。

铁凉了，烧。法印钳铁，康熙拉风箱。

康熙：法印。

法印：臣在。

康熙：你在哪儿学的打铁?

法印：没出家时，家住在铁匠铺旁边，天天地帮工，干着干着就会了。打铁不是多难的手艺，要的是气力，再有一年四季能耐住这炉火……行了，万岁爷您累不累?

康熙抄起大锤又打：不累，再没有比出身透汗更舒服的了。

法印：左边，好！我小锤到哪儿，您大锤跟到哪儿，好，对。

康熙：听着这声儿就长精神。治国我是个掌小锤的，你们朝臣都是掌大锤的，可真打起铁来，朕与你就掉了个个儿。

法印：大锤累身子，小锤累心，都不容易。

康熙：这话比得倒是生动。

宫内铁匠房外。夜。

一队太监有拿着壶的，有端着盒的，有举着幡的，在外边冷得直跺脚。太监三德子透过门往铁匠房里看，一边看一边跺着脚。

三德子：里边光着膀子还出汗，外边冻得直猴猴。

太监甲：要不你也上去抡两锤？

三德子：有那劲儿，我也没那胆，那是什么？那是御锤，随便抡的？什么也不懂。

太监甲：敢情没你懂得多，见天地跟着万岁爷，多长见识呀！

三德子：长见识？哼，还累呢！

太监甲：跟万岁爷都能跟累了，那万岁爷该有多累呀。

三德子：你小子嘴还真会说，可惜万岁爷听不见。不过照这样下去，以后能提拔你。

太监甲：谢你了。

正说着话，六部大员及索额图、于世龙等至。

三德子：还想早散呢，散不了了，打完铁南书房还有事。哟！各位都到了。

索额图：三公公，万岁爷还没出完汗呢？

三德子：也就您敢这么说。还没打好呢，叮叮当当两个时辰了。

众大臣齐齐在外候着，听着打铁的声音。

索额图：现在这场景要传出去，真没人相信。阁老们快一更天了在外边候着，万岁爷脱了光膀子在跟一个和尚学打铁。要是打江山还差不多。

于世龙：打铁和打江山一样，边上不平了敲敲边，中间不合适了改改样，总归要敲要打。

索额图：于大人不愧是满腹的经纶，什么事到了您嘴里，不管多远，您都能连上。这打江山和打铁您都能连一起，还有什么您说不了的？佩服佩服。我现在才明白了，万岁爷怎么就那么爱听你说话。

于世龙：会说不如会听，说得好不如听得好。再说就论说话一道，在下实在要让索阁老一程，否则，江西的刘元标也不至于活着又出来了。

索额图：你以为那是我说了话救了他吗？

于世龙：干吗要以为呀，在下就是这么想的。

索额图：那是他个人的造化。像你这样的到时有没有这样的造化还难说。

太监甲：哎，怎么阁老见了面也斗嘴呀？

三德子：你听着吧，阁老斗嘴新鲜吗？我还见过动手呢！

太监甲：跟咱没两样。

索额图：三公公，天怪凉的，我们不在这儿等了，等万岁爷打好了铁您给回一声，我们几位在南书房，有折子要递。

三德子：您几位去吧，天怪凉的，回头我一定传到。

铁匠房内。夜。

法印夹着热犁头蘸火，一股白气升起。康熙擦汗。

康熙：古人都说化干戈为玉帛，干戈怎么化玉帛啊，朕想要能让天下的干戈化为犁铧倒是太平正道。

法印：您说得是，兵器都是好钢，改个样打农具最好使。我有过一把锄，就是好刀改的，越使越快，越使越亮。

犁头从水中拿出来，康熙看着喜欢，左看右看。

康熙：还用磨吗？

法印：不用磨了，安上木犁，往土里一伸，干着活就磨光它了。犁一天地下来锃亮。

康熙：明年朕上先农坛亲耕时，就用自己打的犁。哗地把土分开，一垄一垄地犁，犁完了再撒上种子，我要真真地种一片麦子，秋天收下了，吃自己种的粮食，那是什么样的滋味？啊，法印，你吃过自己种的粮食吗？

法印：从小在乡下，哪儿能没吃过自己种的粮食呢，吃得多了。不过也吃不出两样味儿来。

康熙：一定两样。我到时必能吃出今夜这打铁的滋味来。哈！当个铁匠也真有乐趣。法印你们那时打件好东西，高兴不高兴？

法印：也高兴，只是没这么多话。

铁匠房外。夜。

三德子瞌睡。

太监甲：哎，别睡呀，里边可没声了。

三德子：嘿哟！他刚一停我这儿就快着了，从来都是干活的不困，看活儿的困。几更了？

太监甲：一更了，打什么也该打出来了，都三个时辰了……哎，别傻站着，咱聊会儿天。

三德子：聊什么？

太监甲：皇上喜欢你，是不是你的名字起得好？

三德子：哪儿呀？……倒也备不住。我刚进宫叫百合，那时的总管一听就说不行，“百合”念快了成“白话”了。当太监的最忌能“白话”，语多必失呀！当太监会说三句话就行，旁的一句也别学。

太监甲：哟，哪三句呀？你告给我，赶明儿我出宫给你捎东西。

三德子：第一句皇上起来了，得问“万岁爷睡得可好”；第二句是皇上进过膳了，得问“万岁爷进得可好”；第三句最重要……得了，告诉你两句就行了，第三句等你带了东西来给了我再说。

太监甲：头两句谁不会说呀，肯定第三句最要紧，你倒不说了，还不如不告我呢。

三德子：行了，告诉你吧，小心眼！第三句是皇上爷出了恭后，得问一句“万岁爷出得可好”。

太监甲：嘿，真臭。就是这个呀？

三德子：你懂什么呀？人吃好睡好是大事自不必说，但出得好不好事儿更大了。人不睡不吃还能挺住，人要不拉屎撒尿得憋死，懂吗？

太监甲：这跟你的名字有什么关系呀。

三德子：总管太监说完这“三得”后，说干脆你就叫个三德子吧，“一日三得”，我把你这“白话”名改了。打那儿我就叫三德子了。

太监甲：我看你也没少“白话”一点儿。

三德子：你说得一些也没错，万岁爷许就喜欢我这白话劲儿呢。哎，想着给我捎东西啊！

刚说到这儿，康熙穿好了衣裳推门出来了，手里拎着那只打好的犁头，兴致勃勃。

康熙：三德子，几更天了？

三德子：回万岁爷，一更刚过。

康熙：呀！好月亮，排驾谨兰院。

三德子：刚六部大员、南书房阁老都来过了，说有事要奏。

康熙：好啊！这么晚了，该不是什么坏事儿吧。这犁头我放哪儿呢？

三德子：您上御辇，这犁头您要放心呢，我就给您拎着。

康熙：大好的月亮，坐什么轿呀，我走着，把犁头放御辇上，咱们去南书房。

康熙在月下走，众太监端着壶、扛着幡在后边跟。犁头端放于御辇之上，太监抬着。

南书房。夜。

众阁老边等边聊天。

索额图：卖我朝珠的人说，这上好的朝珠，是前朝万历年间宰相张居正亲戴的，好东西，个个的红玛瑙。我说不稀罕，要说别人戴的还行，张居正的不要，他能耐太大了点，活得太张扬。要不死了怎么又抄家又灭族的，一大家子为他而荣也为他而败。不吉祥，不要。

众人：那倒是，东西好，还得看什么人戴过的。

于世龙：您说得不错，张居正一代名相，自万历小时便辅佐他。但您没说全，有一点，是因他太专权，弄得满朝大臣到皇上爷没有一个不怕他的，这叫专权弄术，这才是后患的缘由。

索额图：于大人，你刚说会说的不如会听的，这回我接你这茬儿，我没听懂，你说这话是给在座的谁听呢？

于世龙：给谁听不给谁听，听者自知。读史为了明志，听也好，不听也好，听成好话也好，听成坏话也好，是听话人的事儿，我是说完了就完。

索额图：你完，我可不完，咱自有分辩的时候。你……

正说着，三德子在外喊：万岁爷驾临南书房。

南书房外。夜。

三德子：万岁爷，您这犁……

康熙：带进去不合适，就放辇上吧。

康熙进南书房。

南书房内。夜。

众大臣欲叩头。

康熙：免了，又不是早朝，这么晚了还劳各位在这儿耗着，坐吧。有事吗？

兵部尚书：臣有喜讯报告，自噶尔丹败死之后，其旧部想在伊犁、阿拉布坦的帐下重整旗鼓。今日有快报至，阿拉布坦近日与其旧部不和，发生火并，阿拉布坦已将噶尔丹的女婿、儿子及五百户人马杀于伊犁河西。阿拉布坦近日将派人来降。

康熙：果真是好消息，朕与噶尔丹交兵断断续续有二十年了。朕亲征他三次，打得他“居无庐，出无骑，食无粮”，最后他服毒死于沙漠。只是他的旧部四散，余孽未除，这两年也是朕的一块心病。今天能听到他的余部已亡，真是令人高兴的一件事。

索额图：此次未发一兵一卒而准噶尔部自败，实在是吾皇仁慈有加，致使天意昭昭，而敌人不攻自灭了。

康熙：史书上倒是说过“唯仁者无敌”，但他们火并自灭与仁慈没关系吧。除了这事，还有本可奏吗？

索额图由袖中拿出两本折子：山东青州知府洪原道奏，五莲县县令罗世长私分库中税粮，将准备水运进京的十万斤小麦分与农人。

康熙：有这样的事儿？税粮既已收上，当属国家，怎么会把税粮分掉，他不怕问罪吗？

索额图：罗世长做事一向武断，据洪原道讲他为了沽名钓誉，慷国家之慨，以求浪得一个仁义的虚名。

康熙：哈！有这样的作为啊！仁义之名谁不想得？如每个地方官都以这种方式而得名，那朕还用什么去买仁义？此事不可姑息，查清法办。

索额图：这儿还有一题本，乃是罗世长辩解之词。

康熙：他怎么说？

索额图：他说效法古之冯谖，为万岁爷您买个仁义。

康熙：朕还没有混到孟尝君那个程度。着吏部先查，查清严办。

索额图：遵旨。

于世龙刚想说话，康熙：折子交南书房吧，无事散朝。

众官叩别。

南书房外。夜。

众官出来，有说好月亮的，有说好困的。索额图高兴。

于世龙：索大人真是好心计呀！

索额图：这话怎么讲？

于世龙：先来的本放在后，后来的本放在先，其结果自然不同。

索额图：于大人，你先管好自己那一亩三分地，天下的事儿，自有坐天下的人管。

于世龙：你说坐天下的人是谁？

东宫内。

太子又发脾气，扔东西打宫女。太子妃坐在边上垂泪。

太子：都给我滚出去！我自一岁半被立为皇太子，自此后每天读书射猎。熬到现在已过三十多年了，我依旧要谨小慎微地过日子，稍有不慎即被传到弘德殿听训。这日子什么时候是个头啊！

太子妃：望太子还是以江山为重，息怒。

太子：什么江山！这江山不是我的江山，我空得了一个皇储的名号。你们都滚！

有太监跪报。

太监：报太子，索阁老到。

太子：哟，这么晚了叔姥爷还来了，让他在书房等我会儿。

书房内。

索额图闭目养神，端坐于太师椅上。

皇太子急急进。

皇太子：叔姥爷，您这么晚了还来。

索额图：你睡了？

皇太子：没睡，没睡。

索额图：六部大员刚散，万岁爷也没睡，这才是个保江山的样。凡事都不能急，人算不如天算。时间岁月就像市面上流通的银子一样，到时候它就会把该了的事了了。

皇太子：您这话，我记住了。

索额图：没什么事，洪原道的奏本递上了，万岁爷让办罗世长。行了，回去睡吧，我也该走了。天下乱，自有乱的道理。农安则国安，农乱则国乱。今夜五莲县的罗世长就该有他的去处了。

皇太子：叔姥爷你真是有先见。

山东五莲县衙内。

七品官罗世长正在秉烛夜读。夫人和女儿锦红一起探灯来看。

夫人：老爷，三更已过了，书不可一日读尽，早点睡吧。

罗世长：你们两个还都没睡呢？我这儿一读到高兴处就把个时间给忘了，该睡了，该睡了。

锦红：爹，您又读什么书读高兴了？都这会儿了，也不急了，您说给我听听。

夫人：这一家子可好，有个爱读书的，还有一个爱听书的。得了，你们讲吧，我烧碗汤去。

罗世长：锦红，我问你，你知道“农”这个字怎么讲吗？

锦红：“农”就是农民，干农活儿的呗。就跟官就是“管”，是管人的一样，其实官和管是一回事儿。

罗世长：别看你没读过几天书，还真能嚼。“农”这个字不单指农民，“辟土殖谷曰农”，所谓“农”也是农事，农事就得犁地得撒种。不做农事，也就不叫“农”了。古话是“民不贱农，则国安不殆”，说的就是只要老百姓不看轻农事，这国家一定安定久长。

锦红：爹，您当您的县官就行了，干吗农啊事儿的，多累呀。

罗世长：话不是这么说。你刚说了，官儿就是“管”，管不了事还当什么官儿呀？管谁呢？当然管民，“管”这个字可不是说碰见好事、常事儿你管管，人家有了事儿，有了难，你就不管了。管就得管人家的难事，要不你这官不是当着不称职吗？

锦红：咱们碰见什么难事儿了？

罗世长：咱县里去年遭灾歉收了，春上想种地也无种。我刚说“辟土殖谷曰农”，没有种子了，无法殖谷那还叫什么“农”啊？农不行，国家还能安定啊？所以我先把库里的税粮先赊去了，农时不等人，先下了种再说。

锦红：这税粮也是您一人说了算吗？

罗世长：不是，我给府台写了文书了。

锦红：府台他怎么说？

罗世长：他说不行，税粮一粒不可动，让农人自想办法筹种下种。你看，这是回文。

锦红：那你这法子就行不得了。

罗世长：行不得也得行，种子我已发下了，我已给万岁爷写个题本，说明利害，已奏上十几天了，不知为什么还不见回。

锦红：要是告了皇上也没有转机呢？

夫人端汤进来：先别转机不转机的了，先把肚子饥给填了吧。锦红你也是，原来是让你劝爹爹睡觉，你倒在这儿说文论道了。一个女儿家，你关心的可真多。又练兵器，又认字儿的，哪儿像个待字闺中的小姐呀！喝汤吧，喝了睡觉。

罗世长：有书读有汤喝，有一妻一女可谈文论道，实在是人生之一大快事。这日子如真有一天去了，也真是让人怀念。

夫人：好好的，你怎么说出这种话来？

罗世长：没什么，没什么。

锦红：说了也没事，这是为国为民的好事，怕什么？就我想，皇上爷他也不该分不清好歹。

夫人：这是怎么了，怎么还惊动皇上爷了？

锦红：妈，没事，我爹为了不误农时，把税粮赊给农民当种子了。

夫人：什么？这还没事？这可是要去官杀头的！你怎么也不想想那洪原道是什么人，他上通着大学士索额图呢，那是随便说说的吗？

罗世长：不怕，意思我刚和锦红说了，我想像我这样的一个人，自出生后十年寒窗，读圣人书都读烂了几本，一朝从乡试直考到殿试，中了进士，为的是什么？不错，为的是做官。这做官如就是想过个好日子，实在也有违当初我读圣人书的初衷，更有背圣人所教。那我不仅是书白读了，官做错了，就是从根本上就不该那么一年年地苦读苦考下来。想想人之一世，让你选择对错是非的机会并不很多，尤其在有关国家民众之时，真碰上了，我怎么能放过。

夫人：你说了这么多，可谁听你的呀！你能直接面君吗？你今天说的话漫说隔着紫禁城千山万水，他老人家听不见，就是听见了，他说你对错还不一定呢。

罗世长：如真的有幸，万一有一天能面君，我必将自己所想尽数说出，是对是错自有明断。

锦红：娘您别操心，我倒觉得爹爹做得对。你想呀，如果春天不下种，那咱们一县的人今年吃什么呀？这可真是饿死人的事。再说了，我就觉得农民苦，这么大的一个国家，还不是农民种了才有的吃，我看这事儿没错。

夫人：你看，你看，你连国家大事都懂了。娘不是不知好孬，你还不知道世事险恶呢。今儿，这话不告诉我还好，一告诉我，这心就悬起来了。

锦红：娘，您别操心了，我刷碗去，咱睡个好觉。

夫人：这是当的什么官呀，七品当了七年了，应个当官的名儿，连个使唤丫头都没有。

五莲县衙外。夜。

官兵悄悄地围起了县衙，开始敲门。

宫内谨兰院内。夜。

康熙兴冲冲地拎着犁头进来了。谨妃接驾。

谨妃：奴婢叩见万岁。

康熙：免了，把灯捻亮一点儿。今天外边的月亮大，进屋反觉得暗了。谨妃来坐吧，我给你看样东西。

说着把犁头放在炕桌上道：你认认这是个什么。

谨妃假作扭捏地看，伸手一摸，娇羞地说：回万岁爷，奴婢知道这是一块铁。

康熙：……说得不错，是铁打的，但这东西总有个铁之外的名啊。

谨妃：除了铁之外，奴婢一个字也说不出来了。

康熙：下力地猜猜，猜错了朕告诉你。

谨妃：那我就猜猜。我猜，它是件行军作战的兵器。

康熙：哈哈！正反了，朕刚还与法印说呢，要化干戈为犁铧，你说它是干戈，它正是犁铧，农人用来耕地的器具。

谨妃：奴婢万死，奴婢没种过地，所以是既不知干戈，也不知犁铧。

康熙：这不怨你。哎，我可不要参汤，刚打铁热了，有冰水最好。

谨妃：万岁爷可要看重身体。

康熙：不碍的，热了自然想凉的。刚路上好月亮，我看天，就想着天是什么呀，那么大，那么空。

谨妃：这个奴婢知道。

康熙：噢，你知道，你说说。

谨妃：天在上，是对地而说的，它有日月星辰、云雨风霜，天是黄的，地是黑的。奴婢早年学过《千字文》，知道“天地元黄，宇宙洪荒。日月盈昃，辰宿列张”。

康熙：这说得也没错，不过这么说总觉天太复杂了。

谨妃：对奴婢来说，天就是万岁爷您。不仅对奴婢说，就是普天下的百姓也把您看成是苍天。您贵为天子，自然就是天了。

康熙有点不爱听：我倒觉得自己没那么大，天能覆盖江山，朕实在覆盖的地方有限，再说了，百姓就真拿朕当天看吗？未必。

康熙说完把犁头一拎：三德子，排驾……

谨妃脸色一下大变，面色苍白送康熙出，送完康熙一下跌坐在地上。宫女上来扶起。

谨妃：他今天这是怎么了，他是不是想找个村姑才遂心啊？

康熙拎着犁头走。三德子等跟在后边跑，还是那么多仪仗。

三德子：万岁爷，快三更天了，您也该……

康熙：朕知道，朕今天兴致高，却没有一个与朕分享的人，说是三宫六院，要都跟谨妃这样酸腐，再有三宫六院也没意思。

三德子紧走两步：万岁爷，咱这是去哪儿呀？

康熙：走哪儿算哪儿。你前边去看宜妃睡下了吗。

三德子：哎！

宫内宜妃处。

小桃红刚点盏小灯出了宜妃的屋，三德子跑过来了。

三德子：哎，小桃红快让宜主子起来，万岁爷来了！

小桃红：哟，这是什么时候了，刚才睡下，刚不是去了谨妃那儿了吗？

三德子：没说对路，又出来了。宜主子，您起来了吗？

里屋宜妃回：我都听见了，我起来了，快先掌灯。

众丫鬟、太监忙着把屋里的灯都点亮了。宜妃也穿好了衣裳出来了。

三德子一看收拾好了，跪在门口喊：万岁爷驾临宜兰院。

康熙拎着犁头至：哟，还没睡呢？

宜妃：奴婢叩见皇上。

康熙：免了。这么晚了，搅了你的觉。

宜妃：刚睡下，听您来，又起来了。

康熙：那何必呢？

宜妃：您来一趟不容易，谁愿错过呢？我这是心里话。

康熙：心里话好，心里话好，朕就爱听心里话。

宜妃看见康熙拎着的犁头：万岁，您今天怎么拎着犁头来了？乍一看像个刚从地里回来的农夫呢。

一听这话小桃红、三德子都紧张。

康熙：我真像个农夫？太好了！朕一直在说“阜民之道，端在重农”，终于有一个人说我像农夫了。朕在先农坛年年亲耕有三十年了，没有一次有人说我像个农夫的，今天倒是得其所哉。宜妃，你过来，你还认识这东西是个犁头？

宜妃：认识，当然认识。奴婢儿时长在乡下，最爱看的就是春种秋收。犁地时燕子在天上飞，翻开的土有股清新的潮味儿，牛在前边走，农夫在后举着鞭，那情景叫大地回春。

康熙：啊！有意思，没承想还真能在这深宫之中碰到个农友，畅快，畅快。宜妃，这犁头是朕亲自打的，你看看怎么样。

宜妃一语双关：这奴婢就不那么懂了，农民倒是不看样子，结实耐用就是好的。

康熙听出话外之意：噢，也是，也是。农民自然不必看样子了，不过朕还是要看样子的。你这儿有什么可吃的吗？朕打了铁又办了公事，实在有点饿了，讨口吃的吧。

宜妃：有，小桃红，咱们是不是还有奶酪饽饽？热了给万岁爷送来。

三德子：万岁爷，传御膳房吧。

康熙：不必了，有奶酪饽饽最好。宜妃你长在乡下，自然接触了不少的农民了，有个事问你，他们把什么看作是天呀？

宜妃：把天看成是天呗，天不下雨骂天，天不出太阳也骂天，风调雨顺时敬天，天就是天。

康熙：除了那片头顶上的天，他们不把别的什么比成天吗？

宜妃：……

康熙：比如把什么比作天什么呀，什么天呀！

宜妃：天子？

康熙：对，有此一说吧？

宜妃：那说的是万岁爷您了。但据我所知，百姓比作天的是……

正好小桃红端上来饽饽，宜妃指着饽饽：这个。

康熙：百姓管饽饽叫天吗？

宜妃：叫天。百姓饿了活不下去了，一块饽饽就是一片天。您没听古话讲“王者以民为天，而民以食为天”吗？民以食为天，饽饽自然就是天了。

康熙：没想到你还能说出些东西来。你是怎么知道这道理的？是见到饿死的人，还是自己也饿过？

宜妃：见过。

康熙：亲见？是小时在农村吧？

宜妃：亲见，就是去年春天。

康熙听见此言，一口饽饽没咽下，一下吐出来了：你在去年春天，朕当朝三十七年时看到有人饿死？胡说！

宜妃跪下，小桃红、三德子也跪下了。

宜妃：奴婢不敢胡说，去年春天省亲后回京，路过山东时，亲见流民队伍，有六七百人，烟尘滚滚，饿死在路边的不止一个。

康熙：流民，你见过有六七百的流民？朕江南也去过四次了，泰山也登过几回了，怎么从来没见过什么流民？

宜妃：您过路与奴婢过路自然不同，就是有流民也都掩藏起来了。如万岁爷不信，去年之事可问小桃红。

康熙：小桃红，果有此事吗？

小桃红：确有此事，当时宜主子还拿了自己的银子、吃的捐给了小孩儿。

康熙：……好！很好！我日夜勤勉为的是国泰民安，没想到还有饿死的，还有流民?！朕今天一是犁头打对了，二是来你宜妃这儿来对了。朕只有两只眼睛，所见有限，以后，还望你们能帮朕细看民间。撤了这东西吧，朕今晚也应当饿一饿。

三德子：万岁爷您吃您的，有人饿死，您怎么也不吃了？

康熙：不吃了！

山东五莲县衙。夜。

敲门声愈烈，罗世长端坐于堂屋，夫人急急地去了灶间。

锦红欲出，夫人进来。

夫人：说来事儿就来了。锦红，这一抓人，对错就更没地方去说了。妈平时怕事儿，事儿来了妈不怕了，你得躲起来，要是一门人都给抓了，连个告御状的人都没了。

锦红：妈，我不怕，我去开门，您藏……

夫人：听妈话，妈老了，办不动事儿，指着你了。别争了，躲进去。记住青州府的师爷，姓何，与你爹是旧交，这块玉你带着。

夫人把锦红掩于柴草下，官兵此时破门而入，将罗世长围住。

军官：奉吏部、刑部之命削去五莲县令罗世长七品顶戴，将全家抓捕归案。

罗世长摘下顶戴：能否让我面君一辩？

军官：那要看你的造化了。

官兵上来锁了。

军官：罗世长，你一家三口，还有个女儿才对。

罗世长：有个女儿……

夫人：大人，实在不巧，女儿前些日子被送回江西老家完婚了。

军官：搜。

官兵屋里屋外跑了一遍，回来说未见。

军官：记下罗世长女罗锦红在逃，封门，回青州府。

灶间。夜。

官兵走了，夜静了。

柴火移开，罗锦红从里面出来，走到院中。刚还一家三口的院子，只余一地月色。

正房的封条，地上扔的是爹爹看的书——《清官册》。

锦红看着这些场景，哭出声来。

二

宫内大殿外。

早朝前，百官站好了等上朝。御史安排各位站班点名，文东武西。

有老臣咳嗽，御史马上记下。

御史：翰林汪道金咳出声，失仪一次。

汪老翰林：老了，这早朝再上不了了。

于世龙：我这儿有麦冬您含上点儿。不服老不行，上不了早朝了就老了。

队伍站好后，康熙驾到，鸣鞭。百官在赞礼官的口令下转身，向皇帝叩头如仪。鸿胪寺官员高唱退休及派赴各省的官员姓名：仇良业放江西修水，艾悟浩放甘肃天水。修道宗准告老，黄洪栋准告老……

叫到的官员出班谢恩。

康熙：免了，当敬业的还望多多敬业，该养老的好好养老。还是那两句话：居庙堂之高，则忧其民；处江湖之远，则忧其君。

康熙说完后转身进乾清宫，手上拎着个犁头。

鸿胪寺官员高唱：四品以上大员进殿，余下官员散。

四品以上大员列班进殿。

宫内乾清宫内。

众官礼毕平身。大家看见了挂在康熙宝座前的犁头，纷纷交头接耳。

官甲：那是什么家伙，怎么还挂起来了？

官乙：说不好，听说皇上每天晚上打铁呢。

康熙故意沉静了一会儿：众爱卿，朕自登基至今转眼三十余年了。四十余年所学无算，经史子集自不必说，弓马枪刀也学而不辍，近又学了一门打铁的手艺。所学此术不在求精，在体会了解。有句话是“道在屎溺”，此话原并不能深解，如今倒觉得极为有理了。道如不在日常之中，那要

“道”有何用？打过铁之后，我亦知道“道在打铁”。打铁如治国一样，只要你心中有个轮廓，就能把铁打成形，怕的是心中无轮廓。今天朕想问，众卿中谁手持大锤打过铁呀？

众官一听，都低头不语。

索额图小声嘟囔：自己打也就算了，还要大臣也跟着学吗？

康熙：索大人。

索额图：臣在。

康熙：你似有话说。

索额图：臣自幼学满汉经书、刀马弓箭，并没学过打铁种稻一类，万死，万死。

康熙：你的话我可以听出来。不过，经书中《墨子》不也说过“赖其力者生，不赖其力者不生”吗？官无常贵，民无常贱，你是看不起百姓了。

索额图：臣万死，臣经书也没读好。

康熙：退下。

比利时传教士、钦天监正监、副一品大员洋人南怀仁出班。

南怀仁：启禀万岁，臣在比利时国时曾打过铁。

康熙：噢！比国打铁也是你在大清国所见的那样吗？

南怀仁：没有什么区别，也是把铁烧红了，打薄或打长，也要蘸一蘸水。

康熙：你们叫蘸水，我们可叫蘸火。你的意思我懂，都是把钢蘸出来。

南怀仁：不一样的是风箱。这儿的风箱是木头做的，拉过来推过去，上边有个风门呼嗒嗒呼嗒嗒地响。一个人拉一个人烧铁，可以边干活边说话。

康熙：你看得很仔细呀。

南怀仁：这儿的风箱里有很多鸡毛，可以密封，非常有道理。

康熙：那你们的风箱是什么样的。

南怀仁：我们最早的风箱是张兽皮筒子，把气吸进来，再挤出。还有的像一个夹子，来回地这么夹呀夹的，风不大，也不够简便，两个手都要动。下次回国，请万岁恩准，我要带一个风箱回去。

康熙：朕到时送你一个，就因你会打铁，与朕有同好之谊，一定送你一个。朕平时跟你学过算学，这风箱你可得跟朕学了。好，退下吧。朕今天不议国事，说了打铁了，原以为或有一两位爱卿与朕有相同之经历，可以切磋切磋，看来是朕不知趣，自己拂了自己的意了。也不怪众位，打铁事不谈了。三德子，犁头悬在一边。朕还想说两个字请教众爱卿，这与打铁不同，只是个见与不见的事。汉书中有“至昭帝时，流民稍还”，就是这“流民”二字。这流民是个什么样的情景，有哪位爱卿见过？

先一个问题众人哑口，这个问题突然踊跃，一下子站出来许多官，索额图也出班。

众人：臣等见过。

康熙：好，有这么多人亲眼得见吗？

众人：亲眼得见。

康熙：朕看这样吧，也不必一个一个地说了，索性就在这大殿上有劳各位爱卿扮个流民图让朕看看。把各位所见照样地扮出来，也让朕开一回眼。

索额图马上召集众官耳语，众官兴冲冲地争着角色。

康熙饮水，抬头时看殿上人已排好。有倒地的，有弓腰伸手要饭的，有卖孩子的，有饿得直喘的，有牵老携幼的。索额图倒是没扮，站在了一边。

康熙下座，走到大臣跟前看，问一个大臣：你怎么平躺着呀？这也是流民吗？

大臣甲：臣扮的是饿殍，俗称街倒，现已死在路边了，所以平躺着。

康熙一脸的不平静，问另一个大臣：你这是干吗呢？他又是谁？

大臣乙：我扮的是卖孩子的娘，他是个头插草标要卖的孩子。孩子没人买，我在哭。

康熙再走到一大臣边上：你光喘气干吗？

大臣丙：我饿得只剩一口气了，这叫苟延残喘，只有喘的份儿，再没一丝力气了。

康熙已有些变脸：好！很好！

康熙反身回到宝座：三德子！

三德子：嗻。

康熙：将这些扮演流民的大臣一一记清。

三德子：嗻。

众大臣以为要怎么样，都有些喜色。

康熙：朕自平过三藩之后，觉我国土自南而北已是太平盛世了，农有其耕，民有其食。朕至今已是四巡江南，亲谒过关外祖宗龙兴之地，三次出塞亲征噶尔丹，所行何止十万里。一路所见都是升平之世。近十年来所接的折子无数，但从不见“流民”两个字。昨夜因了这个犁头我才知道现在依旧有流民，今早朕在朝上再次证实流民确有。朕为一国之君，实有不察民情之罪，朕自会在列祖列宗前请罪。但你们身为朝廷大员，不知或未见也就罢了。现在看，不但见了，且可学得这样惟妙惟肖，实在是欺君罔上，有负朕之厚望。知而不报，有如隔民众于水火之中而不顾，置朕于不仁不义中而不见。尔等知罪吗?!

众大臣早就筛糠一般了，齐齐跪下，叩头谢罪。

康熙：今日在记官员，降一级，罚俸半年。所罚之款，捐赠流民。退朝。

众大臣：谢主隆恩。

康熙愤愤去。

索额图府内。

众官与索额图进他的书斋。

索边更衣边说话：没想到万岁爷会来这一手，一个早朝旁的没说，除了打铁就是风箱，临了了在流民图上还算计了咱一下。坐，坐吧。

众扮过流民的官有的捶背，有的揉腿。

官员甲：我还以为记名有赏呢，没想扮了个街倒就降了我一级。也好，五品了，以后不必进乾清宫了。

官员乙：罚俸倒是小事，一年的俸禄有几个钱呀，还不够一个月开销的呢！降级有点过呀，谁敢奏流民的折子呀？所谓为官为官，无为才能保官，没事儿我捅那娄子干吗！

官员丙：哪朝的官不是报喜不报忧呀？天下太平，长说此话，没有错啊！今天也该着，说了打铁你不会，再说风箱你不懂，又说流民你再不知道，不是透着你是个糨糊脑袋吗？

索额图问管家：昨夜于世龙于大人散朝是否回府？

管家：回大人，于大人直接回府了，哪儿也没停。

索额图：他今天倒是一动不动啊。

官员甲：他是京官呀。最多看两个要饭的，他当然见不着流民了。咱们都是外放了回来的，谁的地界没闹过灾，没出过事儿呀！流民？得亏问的是流民，要问暴民不定沾咱们什么罪呢。

索额图：好好的他问流民干吗？他不会连夜又看了罗世长的折子吧？刘大人。

官员甲：哎，您说。

索额图：你刑部赶快下文，及早将五莲县令罗世长案了结，越快越好。安仁。

索安仁：嗻。

索额图：你即日带文下青州把此事了了，洪知府事千万遮拦住。

索安仁：臣即刻去。

索额图：各位大人，各回各府吧。记住一点，万岁爷可不是吃素的，再记住一点，东宫太子爷是咱们的将来。

青州府韩保德家大门口。

韩保德嫁女儿，门口车水马龙，结彩张灯。官轿停在外边。

百姓甲：知府大人都来了，有钱的人就是风光，想请神仙都能下来。

百姓乙：来一趟五千两啊，够咱一条街上的人家吃一年的。当官的脸可真大。

五莲县的五个百姓在人群中既胆怯又严肃，拢在一堆，往大门口张望。有一位老者手里拿着包好了的万民帖。锦红头戴斗笠，在人群的外围看着五莲的父老。

人群涌动，知府洪原道从大门出来了。韩保德在后勾腰送。管家一个手势，鞭炮、乐声大响。

韩保德：知府大人，您今天真是给了我大面子了。

洪原道：与民同乐嘛，与民同乐。

韩保德：您今天没喝好，酒就沾了下唇边。改日我给您补过。

洪原道原想仓促上轿，但看见一地的百姓，觉得又有说两句的必要，站下。

五莲县的父老想从人群中挤上前去送万民帖。众叫花子要抢花红也拼命向前挤。

锦红从人群外也向前挤。

洪原道回头似对韩说，其实对大家说：应该的，应该的，皇上万岁爷不也是与民同乐吗？我乃一方之官，理应如此，理应如此。

家丁准备着抛花红钱，钱装在一只大斗里，众叫花子都看着那个斗。五莲的百姓挤不过去。说话时，锦红分开人群挤到大斗前去了。

洪原道正说着，管家一使眼色，让抛花红。抛花红的家丁刚要抛，锦红突然提起装钱的斗，向大宅门的东边而去。

两家丁：嘿！你干吗！你干吗呀！

众叫花子一看钱被拿走了都追。锦红边跑边撒钱，众叫花子在后边又追又抢。叫花子群被牵扯向东。从大宅门往东看，只见钱在人群上头抛起，人群时起时伏地捡钱。

洪原道觉得正是走的时候，刚刚下台阶，五莲的百姓齐齐跪下。管事衙役上前呵斥，洪原道看人都看着他，不好发威。

洪原道：有什么事吗？

五莲老汉：知府大人，俺们是五莲县的农民，给您磕头了。

洪原道：有事讲吧！

五莲老汉拿出万民帖：俺们县的父母官罗大人，因赊给我们粮种，遭了官司，这是俺们一县的农民写下的万民帖。望大人您奏明皇上，救罗大人出来。

洪原道一听脸变：罗世长擅自将皇粮私分，沽名钓誉，目无国法，谁也别想救他！

说完要走，五莲百姓又磕头拦路。

五莲老汉：罗大人是个好官，他是为了一县的百姓，万望……

洪原道怒：大胆刁民，还敢为罪人说话，来人呀，绑了！

衙役上，将五人捆起拖开。人群惊乱，万民帖坠落于地。

洪原道踩着万民帖而过。后边有一挑银子跟着——送洪之礼。

东边。

众叫花子的脚步凌乱，尘土飞起，在胡乱抢钱。

锦红挤出人群，往这儿来，看见五莲人被绑走。洪原道官轿起，鼓乐大响。

锦红急跑过来。

弘德殿内。

康熙、三德子、法印、索额图、南怀仁都在听于世龙读陶渊明的《乞食诗》：

饥来驱我去，不知竟何之。
行行至斯里，叩门拙言辞。
主人解余意，遗赠岂虚来。
谈谐终日夕，觞至辄倾杯。
情欣新知欢，言咏遂赋诗。

感子漂母意，愧我非韩才。

……

康熙：这两句说的是淮阴侯韩信吗？

于世龙：正是，韩信当年与乞丐没大差别，整天向邻里要吃的，最后邻里都讨厌他了。有一天他在河边钓鱼，遇到一位在河边漂布的老太太。老太太看他面有饥色，就给他饭吃，一连十日天天这样。后来韩信很感动，说："老婆婆，等将来我发迹了，一定报答你。"

康熙接道：老婆婆说："我给你饭吃只是看着韩公子可怜，从未想过将来要图报。"

于世龙：万岁爷您知道，我多嘴了。

康熙：你不说前边我想不起后边来，你一说我就记起来了。这乞食者为何乞食呢？

索额图：臣以为是因懒，因天性的不可教。

于世龙：天下没有不可教的人，孔子说"有教无类"，只要教都能教好。索大人说的懒是一种，但大多是因为贫穷，家里受灾或家中有变所致。这诗中不也说了"叩门拙言辞"吗？实在是万般无奈。

康熙：韩信早年可以伸手向人要饭吃，这种人不成则已，成则是改朝换代的人物。朕倒觉得有这样的经历，不失为一种有趣的经历。

索额图：万岁圣明，臣倒以为这样的话说说无妨，真做起来也不是那么容易的。

康熙：真是那样吗？要到了饿的地步大概也就顾不得了。我倒是觉得韩信知道自己将来能发迹，实在不失为一种自信。于大人，民而无食，先一步是要，这第二步呢？

于世龙：抢。

康熙：不错，所以说民以食为天、农安则国安是一点儿没错的。农事为民生之本，必春耕不误，才秋成有望。索大人你认为如何？

索额图：万岁爷圣明，您不是每年都到先农坛去亲耕吗？

康熙：那只是种形式，形式久了，其中的意义便一点儿也没有了，现在连鸿胪寺的人都不会想到亲耕是为了什么了。他们日复一日地把这当成种空泛的典礼了。南大人，你半天不说话，你们比国人是否重农？

南怀仁：万岁爷，于农一道，比国人还得向我大清国学，我虽为钦天监正监，于历法有一些心得，但二十四节气实在是在此学的。我来此已二十余年了，每每验证都觉二十四节气实在是历中之历，于农业有帮助得很。比国原以放收为主，所以农业并不发达。我初来大清时，看到这么大的一个国家有这么多人会种地，惊奇得不得了。

康熙：你们倒与我们满人相似了，只会牧猎，不擅农耕。朕倒从小就爱把各式各样的种子种进土里，但看到农民把庄稼种得那么齐整，还是惊讶得不行。农人之可爱在于他无时无刻不辛劳，春而夏，夏而秋，但种成的庄稼倒是十之八九地要给别人吃了。若如此还有害农之心，其人必是十恶不赦。

索额图：万岁爷您有这么样的想法，实在是大清国的福分。

康熙：别那么说，一想到“流民”二字，朕便觉得很对不起百姓。

大道上。

洪原道官轿滚滚而行。五位五莲乡亲被押走。

韩保德门口。

人已散去，满地炮纸。

一只手从地上捡起那份万民帖，珍惜地拂着土，是锦红。锦红翻看着万民帖，有泪滴在上边。

正伤心的锦红，有一只小手在拉她的衣襟。

小童丐：叔！叔！你咋哭了，你……

锦红：……

小童丐：你没抢着花红，我这儿有，给你。

小孩稚嫩的手伸出，上边有两枚制钱。

锦红：叔？叔不要，你留下吧……

话音没落，一只大手突然把小童丐的钱抓在手里——是家丁乙。

韩保德的两个家丁冲着锦红来了，远处众叫花子都在看热闹。

家丁甲：他妈的找你半天了，该我们落下的花红全被你撒了。你小子破了我们的财，今天我们得让你杠上开花。

锦红正一腔怒火，低头不语，突然出手如电，几下将那只斗翻扣在家丁的头上。家丁晃晃悠悠找不着北，撞在一棵树上。

众叫花子看着欢呼。

家丁乙看着吓坏了，想跑又回来，把刚抢小童丐的钱讨好地塞到小童丐手上：你拿着吧，我不要了。

小童丐高兴，众叫花子又在远处欢呼。

锦红把万民帖揣进怀里。

小童丐：叔，你没地方住吧，我领你去。

破庙内。

锦红被众乞丐簇拥而入。

武丐：拜杆子，拜杆子了。有了您在，这青州城就再没二家了。

文丐：拜杆子也不拜你那杆子呀，说是蓝杆儿谁认啊？

武丐：你小子少在这儿犯酸，告诉你，别看今儿个有这位大哥在，就是大哥他不在也没你的份儿。

锦红来到破庙里，看着残破的样子，突然回身。

锦红：别的事再说，去把门口五莲的老乡给请进来。

武丐：请他们干吗？你还嫌吃饭的人不多啊？

锦红：这么多人也不在多几口。

文丐：我去！我去！

文丐跑出庙门。

庙门口。

五莲的老乡被打，加上饿，在风中蹲着。

文丐：几位父老，我们新杆子请各位进呢。

老汉：我们是正经的农民，跟丐帮没什么关系。

文丐：还有这么不给面子的。你们想有关系，也不是那么容易有关系的。进去吧，饿了吃，困了睡，一点儿没亏吃。走，给我个面子，把那帖子也拿上。

庙内。

锦红坐在正中，斗笠依旧戴在头上。五位父老进，锦红赶快下去扶住。

锦红：各位父老，今儿个就在这破庙里住一晚吧，好孬是个避风的地方。

老汉：谢您了。原以为出了万民帖能救罗大人出狱，没想那狗官洪原道有空给有钱的财主捧场，这帖连看都不看一眼。一县的人心，就这么在脚下踩了。

锦红：罗大人现在大狱，他没看见今天这情景，想他……他要能看见了，一定心内高兴，觉得这大牢坐坐也值。谢谢各位父老。

老汉：我看那狗官还没有你这花子头懂事儿呢，今儿来青州一天的寒心，想不到晚上倒受了你们这些本该接济的人接济了。我这儿给你谢谢了。

说着跪下，锦红赶紧扶起。文丐、武丐看着也感动。

武丐：小的们有什么干净的好吃食，拿出来给这五莲的父老们填填饥。

众丐踊跃拿出东西来给父老们吃，父老们道谢。锦红拿起那份万民帖，独自走出庙去。

庙院中。

锦红借朗月看着那万民帖，翻着翻着，想起与爹爹临别时那夜的温馨情景，在月下独自流泪了。

锦红：昏君呀，你的眼睛在哪儿呢？

南书房。夜。

康熙一下子惊醒，看蜡泪正滴，滴在桌上的折子上。

康熙：……三德子，呀！几更了？

三德子：回万岁爷，刚才三更过了。

康熙：流了这么多的蜡烛泪……刚才我做了个梦，梦见有人在月亮地里骂我呢。

三德子：这么好的皇上，快四更天了都不睡，谁还能骂您呀？我要是个老百姓，我就知足了。

法印：让每个人都说好，圣人也难做到，佛祖当年也有人说他不是呢。

康熙：你们俩这是给我说宽心话呢。朕早就想过了，自始皇帝至今已历十余朝，每朝有那么多代的帝王，真能做到英明圣主的有几个？

三德子：您这么想就对了。

康熙：不过朕自幼就想做一代明主。帝王之生涯，不用说必要记入历史，好也罢，坏也罢，难逃后人评价。做一个普通的好人容易，做个不普通的君王难。

康熙说着话，看着那还在滴蜡的烛。有蜡滴在折子上，康熙拿起那折子，是罗世长的题本。康熙打开，从头细看起来，看着看着一脸正气。

康熙：三德子，这题本是什么时候送来的？

三德子：前天晚上，索大人拿来的呀！您不是还说了私分税粮，罪不容恕吗？

康熙：怪不得有人夜晚托梦骂我呢！这烛泪也似有人驱使的一般。三德子，咱今儿个哪儿也不去了，就睡南书房吧。

三德子：刚我出去看宜妃还没睡呢。

康熙：朕一睡了她就该睡了。

法印很生三德子气，小声：什么人啊，自己没有能耐，操心的事儿不少。

三德子小声：你说什么？你有能耐没心。

山东青州府衙大门。夜。

索安仁一行人到衙门下马，洪原道快步出来迎。

索安仁：知府大人这么晚还没睡吗？

洪原道：知你要来，怎么能睡着呢，快快，后花厅酒菜都备好了。

两人进。

知府内后花厅。

两人分别落座。

索安仁：罗世长现在哪里？

洪原道：现在府内大牢中。

索安仁：阁老大人就是不放心，又快马派我来此。

洪原道：这事我也原本想奏明阁老大人呢，没想到他想我前边去了。

索安仁：有了什么事儿吗？

洪原道：也不是大事，昨天有五莲县乡民呈万民帖上来，替罗世长说话，我是怕……

索安仁：此事一定压住，那帖呢？

洪原道：帖依旧在乡民手中吧。

索安仁：不可，阁老大人想让此事快点了结了，我就是为此事来的，千万不可拖长，把事扩大。对了，阁老还让我问你……

洪原道对仆人：你们先退下吧。

仆人退下。

索安仁：阁老问你，每次往京城送银子有没有账？

洪原道：让阁老放心，公账没有，私账我放在心里了。

索安仁：那就好！但税粮化为银子总要经人手吧，那人稳妥吗？

洪原道：让阁老放心，人是跟了我多少年的，一直在我手里当师爷，不会错的。你一路也累了，摆席吃饭吧。太子如何？

索安仁：嗯，好，很好。

大牢内。

师爷何文锐拿了提盒进大牢。

狱卒：哎哟，何师爷，有什么好吃食吩咐一下，我们家取去就是了，还劳您……

何师爷：喏，这壶酒是给你的，还有碟子酱肉。余下的烦你送给五莲县令罗世长。

狱卒：那罗县令是您什么人？怎么不早说呀，好有个照应。

何师爷：我们什么关系，你也不必多问。你先把东西送去，回来再喝你的酒吧。

狱卒：这罗县令虽是京里下令让捕的，但现在深更半夜的就我一人，您要想见我就让您进去吧，也省得我给他送了，您自己拎进去吧。

何师爷：东西给他送来了，人我并不想见。你去吧，不必说是谁送的。

狱卒：你们知书识礼的就是事儿多，又是朋友，又不想见面，不见也就罢了，还要送吃的，送吃的还不告诉是谁，这种朋友也怪，搞不清。得，您坐着，我去送饭。

大牢内罗单间。

罗世长端坐草上，闭目养神。

狱卒：哎！睡觉也不正经睡，坐着学菩萨呀！告诉你，做好人难，做好官儿更难，所以我从不想当官。当官吧要当个好官，说句不好听的，当着当着就当进来了；当坏官吧，于心又不忍，索性不当。狱卒最好，打个比方，就像是个看牛圈的，有牛吃的呢，也就有我吃的。牛吃了还有奶，奶也是我的。好了，吃吧。别问我谁送的啊，问我也不告诉你。有吃就吃，别愣着了。

罗世长看着眼前的吃食：什么人这么好心啊？我在青州没有……何兄你来了吗？必定是你送来的。既来了，为什么不见上一面……

大牢内。

师爷在狱卒那儿听着罗世长传来的话。

罗世长的声音传来：东西不吃都可以，见见面。像二十年前我们在梦溪，边饮酒，边畅谈胸中的抱负，不是很快意的事儿吗？那时我们所要效法的不是管仲或是苏秦吗？如不得志也愿做一个处江湖之远而忧其君的隐士吧。二十年过后，你我都知“抱负”一词有时真是重负，漫说管仲，能当个海瑞又有多么难啊。不过好在抱负未实现，心中志趣倒是不改吧。……你现在可好，洪原道是个赃官，你和他怎么处的？

何师爷一直听着罗世长的话，心中很复杂，听到此，站起来要走。

狱卒：哎！您走啊？可不是我告他的，他是您朋友，一猜就猜出来了。我不送了，您也是多事，给了他吃，他还拿话刺您，这朋友不见也好。行了，别喊了，他走了，有吃的还占不了你嘴。你这样的官当不长，太认真，也太爱嚼死理，又那么咄咄逼人，还话多……我今儿个也话够多的，传染的。

弘德殿内。

索额图、于世龙、法印、三德子在。

索额图：法印，出家的滋味好吗？你看看我这样的人有没有缘分？

法印边看经边说：出家没滋味，像索大人你这样的说缘一定有缘，只是我觉得你缘结得太多了些。

索额图看看于世龙：好啊！我倒觉“缘”这个字很难得的，比如今天早晨我们四个人在这儿坐着，外边是响天的晴日，万千的世界，而就我们四个在这儿坐着，不是很有缘吗？既有缘，自当珍惜才对吧。

法印：缘也有善恶，有善缘，自有恶缘，所珍惜者善也。

索额图：善恶怎么分啊，我很难分。我看佛本生故事，佛祖善而以身饲虎。我觉这对虎是善，对他自己就不是善了。对得起老虎了，就对不起自己了，这总有一边对不起了呀。我倒觉得杨朱之说很对，“贵生、重己”有什么不好？孟子说杨朱“拔一毛而利天下，不为也”是错的，我倒不以为然。

法印：听了你这话，我原还只以为你结缘太多，善恶不分，现在我觉你善恶很能分清，只是……

索额图：是什么，不必吞吞吐吐，说。

于世龙再也忍不住了：还用明说吗？索大人这样聪明的人还没听出来？

索额图：我愚钝得很，我没听出来，您于大人倒听出来了，请教，请教。

于世龙：有些人是一心向善，而有些人却一心向恶。

索额图：一心向恶吗？我觉得自己未必。俗话说人善被人欺，马善被人骑，我只不过没善到任人欺负的地步罢了。对不对，于大人？

三德子在门口喊：万岁爷驾临弘德殿。

众人嘴停下，康熙急匆匆进来。众人跪下。

康熙：免了，各位爱卿坐。朕自建南书房后，一应大事倒可在南书房处理。但这弘德殿却是我谈经问事儿的地方，甚觉亲切。朕来之前各位爱卿在说什么？

法印：在说善恶。

康熙：这倒是你该说的看家话。对我们俗人来说，这话题就大了些，尤其对一个满身俗务的皇上来说，这题目不好说，做到比说更加明确些。好，今天不谈善恶吧，我想问问对种子一物，各位有什么见教。索大人？

索额图：臣在，臣虽未事农耕，但有民谚说“春种一粒种，秋收万担粮”。所谓种，打个比方，是商业中的本儿一样，有种就会有盈余，无种便谈不上盈余。

康熙：那你的盈余从何而来？

索额图：回万岁爷，臣实在是由祖上福荫所至，享了祖上的福了。

康熙：说得也不错，你是正黄旗满洲，太子还要叫你一声叔姥爷呢。那于大人你怎么看？

于世龙：臣以为，种子一事，关系江山社稷，绝不是“本利”这两个字可以说清的。

康熙：你倒是什么都能说到江山社稷上来呀。朕倒以为种子在农民手中也就是一粒轻轻的籽儿，撒在土里，不浇不灌它也不长。

于世龙：万岁爷听臣细说。种子虽轻，但无种地则荒，秋无收，冬无藏，人而无食。一人无食，由饥而死；一国无食，则国家将亡。那时谁能说一粒种轻呢？谁敢说一粒种轻呢？

康熙：说得不错，可谓微言大义。但话只是一句话，不知有没有实例？

于世龙：万岁爷您一定听过勾践与夫差的故事。

康熙：朕自幼学史，这故事史书中多有记载，朕觉勾践这人虽于最后能复仇灭吴，但他尝夫差的粪便，为夫差牵马，这两件事实在是我很觉讨厌的。勾践之执着也是借助了夫差的宽厚吧。

于世龙：万岁您的想法自有新意，但历史从来是胜者的历史，夫差就人来说许更有其魅力，但他终归是亡国之君，是个败者，历史怎么会为他而写呢？万岁您还记得勾践除了用美人计外，还提出了十年生聚、十年教训吧。所谓君子报仇十年不晚，说的就是此。勾践灭吴的前一年就在种子上大做了文章。

康熙：朕倒没听说过，他用了种子计吗？

于世龙：姑且叫种子计吧。越国每年要向吴国进贡种子粮，当勾践觉自己国势已恢复之后，是年进贡吴国的种子粮全部都烫炒了一遍，烫过后晾干进贡给了吴国。吴国将这新的稻麦种种在地里，是年全国绝产。正全国无食时，越国掩军而来，一举将吴国灭掉了。此为因种子而亡国的惨痛实例。万岁，您说种子虽小关系江山社稷有错吗？无种则无食，无食则无民，无民哪儿来的国呢？

康熙：好！今天这经讲得好。朕昨夜还在枕上辗转，今天听了这假种子亡国的故事，倒是心有所定。朕一直讲“民不贱农，则国安不殆”。重农原不是一句话，大概“农”字之中包含甚多呀，种子即是一例。今天到此吧，索大人，你可去了，于大人留步，我还有一事相商。

正阳门外。

于世龙被御封了八府巡按，即日启程去直隶山东两省。旌旗招展，京城百官相送。

于世龙与各位官员一一抱拳话别。

索额图：于大人，此巡按实在乃是种子巡按吧。我今天送你出京，还要送你一句话，所谓话多则事多，事多则错多，此一去还望你多多保重啊。

于世龙：不劳索大人惦记，于世龙这一去当然是找办事找事儿的，先一就是要找错事儿，有心办错的、无心办错的我都要找，找到了是谁的错就记在谁的头上。这一别当有几日，也望索大人好自为之。

索额图：说得好，我们各自珍重吧。

于世龙上轿，仪仗前行。

路上。

两辆骡子拉的轿车一前一后。三德子、法印各自民间装束，一前一后骑马跟着。

三德子跑过来：万……三爷，后边车上，宜主子要方便。

康熙撩起帘子：等会儿吧，真是的，不出来闹，出来烦。三德子，咱们进山东了吗？

三德子：刚过了德州境了。

康熙：于世龙离咱有多远？

三德子：他们可能刚过衡水。

康熙：来，你坐车里，我骑马吧，这回该没人认识我了。

三德子：我跟着走吧。

康熙：不用，你坐你的，咱们出了宫了，就没那么多礼道了。

康熙打马前行，威风凛凛。

三

德州城外。

康熙骑马，法印骑马，一行两辆骡车进德州城。

三德子撩开帘子：三爷，您饿了吧？咱找地方吃饭吧。我这儿坐骡车真不方便。回头再换一匹马，我也不坐这车了。

康熙看一粗野饭馆很热闹，一指：这儿热闹，这里吃去。

法印：这馆子稍嫌乱了吧，不干净。

康熙：不干净吗？那么多人能吃，我怎么就不能吃？走，进去。

饭馆子内。

里边热闹，众力巴有吃的有喝的，大多很简单，也有喝酒的，有喝醉了睡在桌子上的。

康熙几人进来。丑老板娘看见了，飞快迎上来。

老板娘：哟，几位爷，这么有空啊？刘巴快腾一张桌子，给几位大爷擦干净点儿，几位爷请！请！这是去哪儿呀？还带着家眷呢！

三德子：甭打听，快弄一桌子好菜来，细致点儿，干净点儿。

众人坐下，康熙习惯了，依旧正襟危坐。全酒馆的人都看着他们这桌。康熙看着众人，众人看着他。

康熙有点奇怪，问三德子：三德子，他们怎么不吃了，光看咱们？

三德子：爷，您的架子端得太足了，还像在金銮殿上坐着一样的，放下点儿。

康熙：怎么放？朕自幼学的是坐如钟，立如松。

三德子：您这回改改，改成坐如泥、立如柳试试。

康熙一下斜歪着，看着他的众人看他放了架子，一齐长出口气，开始喝、吃、说话。

康熙：还真灵呀！我知道这叫什么了。

宜妃：叫什么呀？

康熙：这叫入乡随俗。进了小酒馆就别拿南书房的架子，来，你们也歪着。

酒菜上来了。

康熙：这是什么？

堂倌：拌野菜，您尝尝。

三德子：嘿，怎么这也上啊，不是让你们细致点儿吗？

堂倌：是细致呀，择得细极了。

三德子：撤下去！

康熙：慢着，咱没吃过，咱尝尝。嗯，好，好吃，别有种清新味儿。哎，好，好吃！你们都尝尝。

一边吃着，一边用手指了一圈，让饭馆的每人都尝。

三德子嘟囔着：哪有这么吃馆子的，再说了，请人吃野菜也不算什么。人家从小就吃，就您没吃过，您吃您吃。

众人还是感谢，高兴。有个老力巴喝得高了点儿，端着酒杯过来了。

老力巴：哎，这位爷，打一进门，我就瞄上你了。当时我想：穿这么漂亮的爷，走错了门儿了吧，进了我们力巴店里来了。想你过不了一刻钟就得出去。嘿，你没走，坐下了。坐下之后，那个架子，就你那个架子，它、它就放下了。嘿！我们大家都挺高兴呢。敬你杯酒。来来来，给我腾个地儿，来咱老哥儿俩搂着脖子喝一盅。

说着话挤坐在康熙旁边，把脏手还搭在康熙的脖子上了。

三德子：哎，你这是怎么话儿啊！哎，把手放下去！

康熙：没事，我跟他喝，这么率直的人也难得一遇。幸会，幸会。

三德子：爷，您别喝，您要非喝，我先喝一口。

老力巴生气：你算个吗？我们俩喝酒，又没让你喝，你还想喝一口，没门儿。这位爷，您喝。

康熙：好，咱们撞一下，我喝了。

说着康熙一仰头把酒喝了。满堂的人给康熙喝彩。又有人来给康熙敬酒，康熙是来一个喝一个。

中年力巴：到了俺们山东了，你就算个客了，来我也敬你一杯。

康熙：谢了，我喝。

三德子：哎！几位爷，几位爷，我们这位爷实诚，可他不能再喝了，不能喝了。

康熙：谁说我不能喝的，喝！哎，那个老板娘，今天在这儿吃饭的人的酒钱饭钱都我出了，多少钱，问他要。

老板娘：还不谢这位爷？

众人：谢谢爷，爷您长寿。

老板娘对三德子：让您破费了，钱不多，十两吧。

康熙：什么？十两？

老板娘：啊！那什么，是多要了点儿，那您给八两吧。

康熙：不会吧？

老板娘：那六……

康熙：这么多人吃饭，才十两，那朕……一顿饭吃一百五十两，还没什么吃的呢……

三德子：对，那阵……那阵您不是有钱吗？您坐下，您坐下。

康熙：给她二十两，别让人亏了。

三德子赶快给老板娘钱，冲法印使眼色：三爷，您乏了，咱走吧，上车走。

众人扶康熙走。宜妃、小桃红一口没吃，赶快出去了。

众人高喊：爷您常来呀！

康熙：我太高兴了，一定来。

青州府内府。

洪原道在书房风雅地读着帖。

何师爷进来：府爷，你唤我呢？

洪原道：啊！何师爷你来了，坐坐，看茶。你看看这是黄庭坚的一幅帖，多么气度。说是那么说苏黄米蔡，我倒觉苏在黄前于字来说太有些勉强，名重之缘故，名重之缘故。黄庭坚的字，长枪大戟，多么气度，与他的诗两回事，两回事。

何师爷：东坡先生诗文俱佳，人品也超群，所以字这一门对他来说，就显得不十分突出了。古人排名也很重人品的，蔡京原也不在这三人之下，但就因了是个奸臣，后来的苏黄米蔡就说的是蔡襄了，与蔡京无关，可见……

洪原道：我倒不这么认为。人是人字是字，我看秦桧的字也不错嘛。人是卖国的，字不能也看出是卖国与救国吧。

何师爷：也未准，在下看秦桧的字，便觉有种取巧奸猾的味道，字如其人许不会错。

洪原道：噢，何师爷从字中就能看出人来，实在也算是一门本事了。那你怎么看罗世长这个人这桩案呢？

何师爷：罗世长嘛，此人七品做了七年，自有他不会为官的缘故。

洪原道：依你看怎样才会为官呢？

何师爷：在下实在是从没有做过官，今天很可笑，倒说起为官之道来了。

洪原道：不做官的才能说出为官之道，所谓旁观者清嘛。

何师爷：在下以为，为官不可太清，清则招浊；为官也不可太浊，浊则腐臭。为官大概当如夫子所说的，郑声太淫，鲁声太雅，韵乐正好。在下以为中庸乃为官之道。

洪原道：那你觉罗世长是因清而招浊的了。

何师爷：在下不敢那么说，或是由于过迂的缘故。

洪原道：噢，这话对了，罗世长乃一沽名钓誉之人，他不迂怎么能当着当着官当到我手下来了？他做官时我还没有中进士呢。你说这个迂字我认同，由迂而招祸一点儿都不错。俗话是不打勤的，不打懒的，就打不长眼的。税粮乃是皇粮，这是那么好动的吗？动了皇粮，皇上吃什么，花什么，拿什么养活人？沽名钓誉做些别的事情也就罢了，非要动税粮。没有种子就没有种子，这么大的国家还愁没有你一个七品官的吃食吗？百姓没种自有没种的办法；当官如当到管种子的地步，官也就别当了。我以为，不论当什么官，都要看上边，有上才有下，看上边你可往上走，总看下边你只有往下走，这下可好，走到大牢里去了。

何师爷：七年不悟，这一下或可以觉悟。

洪原道：晚了……罪不容恕，这是皇上亲口所说的。何师爷，你别看我在青州这么个小地方当个小官，但皇上说什么、做什么我都清楚，这才是为官的正路。我京里有人啊，还不是一般的人。何师爷，这三年税粮换银的事儿，也多亏了你，什么时候你把账给我看看。

何师爷有点慌：早想让您过目呢。

洪原道：听说你与罗世长是同乡？

何师爷：有人这么说，我们倒是互不知道呢，也没来往。

洪原道：那就好，那就好！

旅店。夜。

宜妃、小桃红、三德子、法印四人在外屋说话。

宜妃：醒了吗？

三德子：还没醒，喝了两壶茶了。这民间的酒都是草籽、白薯烧的，一喝就上头，哪儿能和宫里的酒比呀！

宜妃：是听了我一句话吗，就非要出来？我是经过的，他可没经过，这么下去哪儿受得了呀。你看今天那些力巴小子，手有多脏，还搂着他脖子，那老板娘还跟他爷呀爷的，看着都噎人。

法印：出来倒没错，大唐时唐僧去西天取经还不是一步一步走着去的？经了九九八十一难，才取了真经回来。但出来干吗得清楚。说是私访，怎么访啊，见天地看景吗？

小桃红：我觉着根本就访不下去，就咱万岁爷那做派、那气势，一鸟投林，百鸟压音，一进饭馆人连吃喝都忘了，怎么私访啊！都明了。

宜妃：那依着你怎么办？

小桃红：跟《四进士》里演的似的，弄个算命的卦筒，举个幡，换身道袍给人算命吧。

三德子：这主意好，那咱仨人扮什么呀？

小桃红：你扮个混吃的小白脸，和尚扮个打柴的。

三德子：那你呢？

小桃红：我还扮丫鬟，主子扮太太。

宜妃：你可别给他出这主意，回头他真听，他哪儿会算命啊？算不好再打起来。咱们什么主意也别出，自当跟着他出来透风来了，等他熬苦了，也就张罗回去了。

康熙在里屋喊：茶。

宜妃：哟，醒了，三德子快伺候。

破庙内。

锦红躺在草地上，看窗外残月。

锦红：月亮圆时分的手，如今月残了，爹在里边还不知怎样呢。

拿出五莲县的万民帖看，惆怅。

青州府内府。

索安仁快步进花厅，洪原道正与众妾夜宴听曲。

索安仁：府大人真是好兴致啊！

洪原道：平常度日，平常度日，太平盛世嘛。古人说得好，永夜难消，永夜难消啊。

索安仁：有话借府大人一步。

洪原道：好，咱们去书房。哎，你们接着练，接着练啊，待会儿让索爷听听我新填的《鹧鸪飞》。请。

书房内。

索安仁、洪原道两人进。

洪原道：这么晚了，有什么事儿吗？

索安仁：京城消息，皇上封了于世龙的八府巡按，不日到青州，现在还在直隶。

洪原道：呀！这于世龙是冲咱们来的吧？

索安仁：未见，不过索阁老说是因了种子的一席话才封的他八府巡按。既是八府就不见得只我青州一府，但不得不防。

洪原道：这可怎么好？于世龙可是个刀枪不入的主。罗世长一案还事儿小，倘若三年的税粮早已化为银子，粮库空空只有一本账再被他查出可不得了。

索安仁：和那师爷谈了？

洪原道：谈了，账明日交来。

索安仁：于世龙此来为何尚不知，但罗世长不可久留。我听说洪大人很擅长两样事。

洪原道：噢？你听说的是哪两样事呀？

索安仁：一是填词，一是用刑。

洪原道：见笑，见笑了。说起用刑，那些都是小毛贼，罗世长可是朝廷的命官。

索安仁：命官不见得就该有命，该用则用，越快越好，这也是索阁老的意思。

洪原道：今天太晚了吧，尚未准备。明天吧，于世龙没有那么快。你今天不如去听听曲啊，放松一下，来，走，听我新填的词如何。

索安仁：在你花厅听曲终有不便，但刚那个弹阮的小女子倒……

洪原道：哈，明白，明白，永夜难消啊，永夜难消。索爷你尽管回去等，待会儿自有风吹花影动，确是玉人来呀。

索安仁：我这也是忙中取乐。

洪原道：应当的，应当的。

破庙内。

锦红把万民帖放下，拿出玉来，找到文丐推醒。

文丐：我知你也好此……

锦红：什么呀，别动，我问你，府衙可有个师爷姓何？

文丐：这么晚了就问这事？你又不打官司，问他干吗？

锦红：到底有没有？

文丐：有啊，是个刀笔吏，厉害得很啊，听说早年也是有功名的。

锦红：我这儿有块玉，你明天想办法给他看看，然后说五莲县罗世长在牢中事若有变，望通报一下。

文丐：这玉给他？

锦红：给他看看，他就知道了。

文丐：我们自身尚难保，还管什么罗世长、马世长的，害得人晚上的梦都做断了，连不起来了。

文丐说完转身睡。

路上。

车轮滚动，三德子赶车，此时只一辆车了。法印并缰骑着马。

康熙撩开车前帘：酒好害人，一个晚上头像被切了无数刀。……三德子，这到哪儿了？

三德子：章丘，明天就到青州了。

康熙：酒，唯一的好处就是时间过得快，快到青州了吗？

康熙在车中看着几个叫花子在街上要吃的，让停车。

康熙：那些穿破衣的是不是就是叫花子？

三德子：对，三爷，您没看见他们见人就伸手吗？

远处那些叫花子拦住人说话，要饭，跑，打闹。

康熙：看着过得很悠闲呀，不像于大人读的《乞食诗》那样。

三德子：闲是闲得不得了，饿了病了就烦了。

康熙：法印，你看那高个儿的和我的身量如何？……对，那个，那个。

法印：那我不好比，不过说句冒犯的话，高矮差不多。

康熙突然兴奋：好！三德子、法印你们俩下车，把那小子的衣服给我剥下来。

三德子：要那个干吗？怪脏的。

法印：咱这是要私访呀，还要劫道啊？要劫也别劫叫花子呀！

康熙：三德子、法印听旨。

二人：嗻！

康熙：去把那衣服给我剥下来。

二人：嗻！

康熙：哎，慢点，把我这件苏绣的袍子换给他，别让人没衣服穿。

轿车内伸出宜妃的头来：万……三爷，您这是要干吗？

康熙：看吧。

从康熙这儿看见，三德子、法印过去了，跟叫花子交涉。也不知说着什么，吵起来了，叫花子吓得跑，二人追。

胡同内。

叫花子在胡同中跑，三德子在后边追，边追边喊。

三德子：跑什么！给你好衣服还不要呀！

叫花子猛跑，一头撞在堵在胡同口的法印身上。

法印：小子，你有福了，个儿长得好，脱下来。

三德子追上来，剥叫花子衣服：嘿！这个臭，多久没洗了。

叫花子：你们这是干什么呀！叫花子的东西也抢。我里边没穿着，没穿着。

三德子：这不是有你的吗？真正的苏绣，光工就值百两银子。你小子算是做梦都没梦见过了。

叫花子被剥光了屁股，又穿上了苏绣袍子。

叫花子：这真的给我了？这给我了？人都说我傻叫我傻二，今儿个我算看见了，你们他妈的比我傻多了，傻三、傻四。不许后悔，不许后悔。

叫花子穿着好衣服手舞足蹈。

两人拿了破衣服跑出胡同。

路上。

康熙在车上看见两人抢了衣服出来。

康熙：好了，办成了。

宜妃：什么呀？怎么抢了人家的破衣服回来了？

康熙：换的。

宜妃：拿那件苏绣的大氅，那叫换呀，那上边还有我亲手盘的扣儿呢。

远远地看叫花子从胡同出来了，穿着苏绣鲜亮的大氅，得意地给同伴看。三德子、法印跑回。

三德子：三爷，拿了。

远处叫花子群突然转身向这边跑来，有的边走边脱衣服，都想拿破衣服来换。

康熙：宜妃你不换一身？咱索性都换了。

宜妃：我们可不换，三德子快赶车走，这帮人你能惹吗？

法印上马，三德子赶车走。

众叫花子边追边喊。

青州师爷宅。

何师爷出门，文丐带一小童丐迎了上去。

文丐：这位爷请了。古人诗云“一言为重百金轻”，我也是落魄在此，是否可接济一二？

何师爷：看你知书识礼，街上摆摊卖字也不至于向人伸手吧，有辱圣人教诲。

文丐：这位爷差矣，圣人当年不也是在路旁向人讨过吃吗？讨总比抢要好。

何师爷：大早上我没时间跟你理论。钱没带着，你去别处要吧。

文丐：钱没带着，背后不是你的家门吗？你可以回去取呀！

何师爷：可恶，哪儿见过这样要钱的，今天我不给，闪开，走路。

文丐：不给也不要紧，我这儿倒有一件东西想让师爷您过目呢。

说着排出那枚玉，何师爷一看紧张。

何师爷：你何来此物？

文丐：也是受人之托，可见何师爷您认识了。五莲县罗世长一案若有变化，不论大小，一定通报一声，在下谢了。

何师爷：我怎样找你？

文丐：是街上的花子找谁都行，我们时刻有人在您左右侍候。

何师爷：知道了。哎，别走，我给你点儿钱。

文丐：不必了。

何师爷：不为那个，是掩人耳目。

故意大声：好好的一个人干什么不行，非伸手向人要。

文丐：谢了，爷，您走好。

何师爷走。

五莲县衙前空场。

送万民帖的几个父老劝老百姓回去。

老人甲：回吧，该种地还得种地，罗大人给咱的种，为的是什么？就是让咱种好地，有好收成，咱不能对不起他的一片苦心。农时不等人。想他贪官洪原道一时半会儿也怎么不了罗大人。

乡亲甲：罗大人是为了百姓犯的事儿，咱回去种地这不合适，山东人从来讲个义气，怎么能看着不管呢？

老人乙：不是不管，递上万民帖，给踩在土里了。他狗官掌着权呢，他说不是就不是。咱托人捎进话了，罗父母官说，他大小是个七品，好孬中过进士，是个有功名的人，要判也轮不到洪原道他判。他让咱回来好好种庄稼，他说他是为了大家有种子坐的牢，大伙再为他把庄稼误了，他这牢不是白坐了？

众人：说得也是呢。

乡亲甲：那青州府一个咱的人也没有，这么好个官万一有个事儿呢？咱……咱急也急不过来吗？

老人甲：有帮叫花子杆子也打听着这事儿呢，俺几个就是他们劝回来的，别看是叫花子，心挺齐。

乡亲甲：我看这样吧，我家地少人多，种地指不上我，我去青州看，有了个缺东少西的小事我就为大家办了。如要出大事，比如皇上他路过咱这儿，那我就回来告给你们，咱们去告他个御状。

乡亲乙：想得倒美，皇上能到这儿？皇上派的官儿能到这儿就不差了。

乡亲甲：我这也是打个比方。

老人甲：说得也不错，有谁空了，再去两个吧。

乡亲丙：我能去，这不是咱自己的事儿吗！

乡亲丁：我也能去。

老人甲：好，去三个人够了。大家伙儿身上或家里有钱的，捐给他三人带上，捐一份是份人心。自古都是官救民，这次咱来回民救官，也是咱五莲县将来的荣耀呢。

众人纷纷往老人甲兜起的长衫中扔钱，有的打在他身上，群情激昂。

老人甲老泪纵横：我代罗大人谢大伙儿了，谢大伙儿了。

三乡亲准备上路。

青州府刑具房。

各种刑具落地，皮鞭、夹棍等。洪原道向索安仁展示自己的刑具。

洪原道：昨天是让你听曲，今天让你看看我这些治人的家伙。俗话说官不压民民欺官，一点儿不错。我虽读了三十多年的圣贤书才得了功名，但我还是一个讲究重刑的人，无刑则仁义不通，当用刑则用刑。

索安仁：这么多的家伙，看着比前朝的东厂都厉害呀。

洪原道：听曲与听受刑人的喊叫有异曲同工之妙。五代时蜀国有个叫李远的，听到鞭子抽人的叫喊声，说了一句很妙的话叫“此吾一部肉鼓吹”。一部肉奏出的音乐，比得真妙。我好填词好用刑实在也是为此。这是我发明的夹棍，与旁人的不同吧？夹棍夹棍，学问不在夹，而在敲上，一夹一百敲，夹紧用大杠敲他的胫骨，骨碎不说，铁人也难忍其痛。

索安仁：今夜我很想听听罗世长发出的叫声呢。

洪原道：到时我们边饮边看，自有另种趣味，另种趣味。

索安仁：此次到青州，我才发现府大人是个很有品位的人啊！

洪原道：读书人嘛，什么都要讲个雅，讲个雅。昨夜弹阮的姑娘如何？

索安仁：此也是我来青州的一大收获。

街上。时近中午。

一户人家开门，老太太端出一锅菜团子来了，众乞丐奋力向前。

老太太：吃吧，吃了今天可没了，七七四十九天过了，说是每天舍一锅窝头，老爷子的病准好。还别说，从昨天起开始能下地了。行善自当吃药，一点儿不错。嘿，我的锅盖给我。

众乞丐大多是老人小孩，有抢一半的，有两手抓着一个的。一蓬头垢面大乞丐，伸手将锅中最后一个窝头抢在了手。众丐抢罢了窝头，有吃的，有看的，天已近傍晚。

大丐原是康熙，抓了窝头左看右看不知如何下嘴。正犹豫，看一童丐抬头看他。

康熙：你看什么，你一看我就吃不下去了。

转身又欲吃，小童丐又追到他面前看：嘿！没见过人吃东西吗？

童丐摇头：不是，是我一天没吃着东西了。

康熙：你跟我说有什么用？你是要饭的，我也是要饭的，难道要饭的还问要饭的要吃的不成？没这道理。你别再看着我了，我本不想吃，你一要我非吃不可了。

说着就要强忍往嘴里塞。远处三德子和法印在偷看，一看康熙要吃脏菜团，紧张闭眼。

三德子：别吃！别吃！那怎么能吃呢？

康熙塞到嘴边又不忍，偷眼一看小童丐，小童丐流泪了。康熙一阵心酸，忙放下菜团子给小童丐。

康熙：哟，怎么还哭了，又不是人参燕窝，一个菜团子嘛。算了，我不吃了，给你，给你吃。

康熙刚把菜团子给小童丐，一半大小子斜刺里伸过手来就抢。童丐急叫，康熙身手极快，将那小子捉住，把菜团子抢了半个碎的回来给小童丐。小童丐边哭边吃，破涕为笑。

远处三德子、法印看着也有点感动。

法印：咱万岁爷就是仁义，他可一天也没要着了。

三德子：不怕，咱这不是带着食盒呢吗，待会儿找个僻静处，让他好好吃一顿。

两人说着都有点伤感，有哭腔。

康熙看小童丐吃得香。

康熙：慢点吃，没人抢你的了。家里人呢？

童丐：没人。

康熙：就你自己了？

童丐：就自己了，你跟着我吧。

康熙：你知我是谁呀，就让我跟你。

童丐：你没要过饭，跟着我，我教你。

康熙：你怎么知道我没要过饭呀？

童丐：你笨呗，像你这么大的手才抢一个窝头，应该抓俩。

康熙：我这手，抓窝头都抓不好，别说抓江山了。你说得对，我不会抓。

童丐：晚上跟我睡吧，我带你拜杆子，入伙。

康熙：还得拜杆子呀，在哪儿呀？

童丐：破庙，到了就知道了。不过你以后要着吃的得分我一半呀，我可比你进杆儿早。

康熙：行。

康熙和小童丐走。

三德子、法印从康熙路过的胡同探头，招手。康熙不理，假装看不见。三德子、法印出来，一边一个架拉着康熙往胡同里走。康熙无奈跟进去。

胡同。傍晚。

康熙：别拉，别拉，你们这可是违旨，要杀头啊！

三德子：顾不上了，您这一天没吃没喝了，宜主子在家也一天没吃没喝了。我们抗旨是给您饭吃。

法印打开食盒：万岁爷，您用膳。

康熙看着摆出来的丰盛菜肴：才一天，我听着用膳这词儿都别扭了。这些东西好啊，这是牛肉？

三德子：回万岁爷，鹿肉。

康熙：还有鹿肉啊！这是炸盒烙，朕最爱吃的了。这是乌骨鸡。

三德子：乌鸡炖三七。

康熙：好，真好，朕这次没有带厨子出来，但这桌菜是朕觉得最惹眼的一次。……三德子、法印。

三德子、法印：嗻。

康熙：把菜收了，回去吧，你们该吃吃，朕走了。

三德子：万岁爷，您可不能走，您一天没吃东西，奴才我怎么能让您走呢，您吃点儿，吃点儿。

康熙：说是微服私访，就要真扮真访，我既扮了叫花子，就该要饭吃。要着了呢吃，要不着就不吃。你们回吧，别挂念我。

三德子哭了，法印抄起块鹿肉追上。

三德子：当个好皇上容易吗！

法印：万岁爷，没那么较真儿，当年我化缘化不着了也得吃，带块肉，就带块肉。

康熙还是袖起了肉。暮色四合。

青州府大堂。夜。

众衙役开始准备刑具，声势大，很撼人心魄。

何师爷看着那些夹棍，哐哐的刑具声在他脑子里震响。乾坤倒转，何师爷坐立不安。

青州府大牢内。

罗世长整装，准备夜审。

衙役端了盆水进来：今儿个又不是您的什么大日子，还得洗脸。

罗世长：当然要洗，去见赃官，我倒是想让他看一张干净的脸呢。

衙役：您还真当回子事！洗吧，就怕这张脸一会儿回来都不认得了。

罗世长：他不敢。

衙役：什么，他不敢？没有他不敢的。

青州府大门外。

何师爷急急地跑了出来，左看右看，一个蹲在墙角的叫花子站了起来。

叫花子：这位爷给块饽饽吃，爷给块饽饽吃。

何师爷伸出手递过去个条子：快滚远点，这是你要饭的地方？

刑役出来：何师爷你叫我？

何爷：啊！里边说话不方便，你知今天审谁吧？

刑役：不是五莲县罗世长吗？

何师爷：对，他可是朝廷的命官。

刑役：我们也是听喝吃饭。

何师爷：几位手下留情，我这锭银子几位打酒喝。

刑役：哎，哪能让您破费。谢了谢了，您放心，有您何师爷的面子，破肉不伤骨，不碍。

街上洪原道的官轿到了，鸣锣而来，情势紧迫。

破庙内。

众丐东倒西歪，康熙坐在小童丐旁边。

童丐：你身上好像有股肉味儿。

康熙：身上没肉，还叫身上吗？

童丐：拿出来吃呀！

康熙袖出胳膊让他咬：吃吧，看你馋的。

正说着话，锦红带着文丐、武丐进来了，依旧是斗篷斗笠。

童丐：杆儿头儿回来了，待会儿我给你引见。

众丐忙起身拜，康熙坐着不动。

锦红：都要到什么吃食了，拿出来煮烩菜吧。

武丐：都拿出来啊，谁也别藏着掖着，快。

众丐忙着起身往前边的三人面前放东西。康熙依旧没动。

武丐：喂，你怎么不动啊？

童丐：他是我今天带进来入杆的，刚入行，不会要吃的。

武丐：不会要吃的入什么杆，还嫌这庙里的菩萨不多啊！要都是菩萨也好，哪个都是吃河吞海的肚子，没要着滚出去！

众人：出去！要不着别回来！

康熙有点生气，站起来要走。一直低着头的锦红说话了：既到了这庙里就是一家的人，留下吧。

康熙听了这话有点温暖。小童丐又拉他衣袖。

童丐：留下吧。

康熙回身从身上拿出那块鹿肉送到三人面前。

文丐：呀！还有肉啊，在青州城原来能要到肉的只有我，你也读过书吗？

康熙：略读过两年。

文丐：读书人就是不一样，不丐则已，一旦沦为丐帮也是个要肉的角色。

锦红：穷酸。

文丐：我这是有史实的。从孔子到颜回不都要过饭吗？一箪食，一瓢饮，回也不改其乐。

康熙：话不错，但夫子曰，朝闻道，夕可死。他们要饭又不是为了活着，是为了道。

锦红：你说的道是什么？

康熙：自然是仁义。

锦红：你还信这世上有仁义吗？你落到今天这地步还仁义，真是可笑。看看吧，现如今仁义都沦落到丐帮中来讲了，不知皇帝老儿在金銮殿讲的是什么。

康熙：讲的也是仁义。

锦红：他讲的是虚仁假义，如果他讲仁义就不会视百姓无食而不顾，如果他讲仁义就不会怂恿贪官而将清官抓入大牢。

康熙：他一人只有一双眼、一副耳，或有视听不全的缘故。

锦红：你是什么人，落到当街伸手要吃的地步，还要为皇帝老儿说话？你去乡下看看，百姓过的什么日子，官又过的什么日子。

康熙：我想他要是能看见，必然有所触动。

武丐指文丐：就是你穷酸挑的头，饭都要不到还关心什么国家大事。哎，头儿，跟这新来的空子理论什么，烩菜好了，吃吧，我都闻到肉香了。

众人拿碗乱抢了吃。

童丐也盛了一大碗来给康熙。

童丐：来，你送我半个菜窝窝，我还你一碗烩菜。

康熙有些感动：你也吃，你也吃。

童丐：你先吃呀，你吃。

康熙也是饿了，吃了一大口，复而吐出来。众人看着奇怪。

锦红：你怎么了？

康熙：没事，没事。久不吃肉了，乍吃到一片肉觉得恶心。

正说着话，刚在府门口与何师爷接过头的花子冲进来：杆儿头儿！杆儿头儿！何师爷有信来了，有信来了！

锦红急放下碗：快拿来我看。

字条——今夜要将罗世长大刑问死，切切。

锦红看完字条，大喊。

锦红：放碗，西屋拿兵器！

锦红带头冲出，众人跟。

破庙院中。

锦红一脚将西屋门踹开，尘土漫漫。众人上手抄东西，所谓兵器乃是些锄耙之类。

文丐：反了贪官，上山落草。

众人刚要出山门，康熙在人后说话。

康熙：等等！

锦红站住并不回头，众人也站住。

康熙：这样出去，弄不好会判个造反杀头的罪，有理反而没理了。

锦红：你怕，你留下。

康熙：不是怕，我还没怕过什么。只是这种人马到府衙，漫说官军了，就是衙役这一关也难过。

锦红：那么依你呢？

康熙：听说八府巡按于世龙已到了张店，不如求他。

锦红：自古官官相护，再说……

康熙：什么？

锦红：八府巡按怎会听一个叫花子的话！

四

青州府大堂内。

升堂，喊堂威，洪原道正坐，索安仁偏坐。

洪原道：带人犯五莲县罗世长。

衙役：带人犯罗世长。

堂威声中罗世长戴手铐、脚镣上，站而不跪。

洪原道：罗世长，你见本官为何不跪？

罗世长：我乃当朝七品，你想让我跪，有圣旨去了我的功名方可。

洪原道：说得也有理。你站的时间也有限了，本官不若多让你站一会儿。

啪地拍响惊堂木：罗世长你知罪吗？

罗世长：不知。

洪原道：你擅自将征收的税粮私分，沽名钓誉，满口为百姓为江山社稷，其实乃是想哗众取宠。就这也罢了，还上本参奏上司，以小犯上。本官经几日盘查，你私分皇粮其罪难恕，实为借皇粮一事挑起百姓对我皇万岁的不满，罪不容诛，先打你四十杀威棒再说。

罗世长：慢！我有话说。

洪原道：打！有话打了再说。

众衙役抖动刑具哐哐有声，情势危急。

宜妃下榻处。

宜妃、小桃红、三德子、法印四人大眼瞪小眼地看着几乎原封不动拿回来的食盒。

宜妃：他不是最爱吃盒烙吗？也没吃啊？

三德子：回主子，他一口都没动。

宜妃有点伤心：那他一天吃什么了呀？

小桃红：主子您先别急。

宜妃：还不急呢，应名是让我出来照顾他，高高兴兴地跟着来了。他倒是让人照顾啊！一个大清国的皇上，也想得出来非要扮个要饭的叫花子。他说叫花子是我的子民，这话我懂，但一个皇上能悟到这儿，能说出来，就万分不容易了，干吗还真要自己去当回叫花子才成啊！

法印：佛法中也有普度众生，救万民于苦海，我觉万岁爷做得对，让人感动。我看着他和那些人一齐伸手要东西，我真差点哭了，什么是菩萨呀，这就是菩萨。

三德子：你就别再拱火了，你愿当菩萨自己当去，再说了菩萨也得吃饭呀。咱先说说这一天没吃东西可怎么办吧。

宜妃：你们不是把食盒里的东西一样一样地拿给他看了吗？

三德子：一样都没少，没见过万岁爷那么高兴的，比在宫里吃御膳那样子喜兴多了，说这是鹿肉啊，朕最爱吃了，这盒烙朕也喜欢。末了还说朕这次出行没带厨子出来，但这次的菜是朕以为做得最好的一次。

小桃红：万岁爷真这么说了？

三德子：那还有错？

宜妃：说完了，他倒吃一口啊！

三德子：不吃，说了要饭要饭，要不着饭不吃。

宜妃：真是的，要着吃的香是吗？听好了！

众人：嗻。

宜妃：明天也给我找身女叫花子的衣裳，我照顾不了他也不照顾他了，我也扮个花子上街要饭去。

小桃红：对，咱都扮叫花子出去。

三德子：别起哄，那万岁爷更吃不着东西了。我倒想了个主意。

众人：说！

三德子故作神秘，三人附耳。

破庙院中。

众丐紧张地拿了兵器，锦红还是一身侠客打扮。众丐拿着棍棒有兴奋感。小童丐也给康熙拿了一件。

童丐：拿着，到时见了狗官多给我锄几下。

康熙接了，对锦红：事情还没到最后的地步，洪原道上边不是还有管他的吗？

锦红：你到底是什么人，怎么嘴上离不开官字？

康熙：都混到伸手要饭了，还能是什么人？苦人呗。

锦红对大家：平日里，苦也吃够了，说也说不尽。贪官那儿如没有公理，咱就给他公理，砍掉了脑袋碗大的疤。莫说一个青州府了，惹急了冲上金銮殿把皇帝老儿杀了，也不是不能做的。

康熙自语：说是种子事小，说是一个贪官事无关大碍，真是载舟覆舟的事呀……

锦红：走！

众丐兴奋跟出，康熙无奈也跟出。

街上。

锦红在前，众丐在后疾走。

康熙在后，看到个岔路跑过去，在宜妃的院外卷了个字条扔进去，打在窗上。

宜妃屋内。

宜妃众人在三德子吹箫的伴奏下听小桃红唱昆曲。

正唱正听，突然听见窗棂被石子打中。

法印：谁!

三德子：出去看。

法印开门，看到地上的字条：速拟于世龙手谕至青州府堂，救罗世长。

四人面面相觑。

青州府大堂内。

罗世长正在大声说着自己的见解。

罗世长：想我四岁开蒙学的乃是经史子集，四十年寒窗考取功名，为什么？不错，为做官。做官为什么？是为一展自己的才能抱负。说为江山社稷是大，说小了就是为黎民百姓。四十年的书怎样读下来的，还不是被这种雄心大志所驱使的吗？一旦为官，才知做官之难，雄心抱负的实行并不是读书时想的那样容易，有几个不是把为江山社稷改为身家仕途的？圣人书读了四十年，一朝想到为自己时，四十年的书全都抛至脑后。这种人能称自己是读圣人书的吗？实在草芥不如，狗屎不是。

不错，我迂，七年的七品使人传笑，但我常想子曰“君子遵道而行，半途而废，吾弗能已矣”。每想至此，心便坦然。我七年为官未敢偏离自己所学半步，这难道不是一件最为快乐的事吗？遵道而为民，乃是我最引为骄傲的。今天你虽在堂上假借罪名来审我，其实你心虚得很，就你这样以刮民脂民膏肥己求官的人，实在是读书人中的败类，必遭天谴。你有什么快乐呀？圣人说：“人而不仁，如礼何？人而不仁，如乐何？”你没有快乐啊！哈哈!

不错，我是将税粮分给农民下种了，当朝万岁如言路正而畅的话，必然理解。他不是说过“自古帝王不费金玉而贵五谷，谷者民之命也，朕甚宝之”吗？

洪原道：五莲县，你说累了没有？你居然引经据典地说了这么一车话，但罪是一分也不能减你的。圣人说也好，万岁说也好，我不是个奉道如奉命的人，我承认我讲谋利。人活一世可享受的时候有几年，为何不珍惜呢？我做官说白了就是为了活得更好，更自在！今天我也不与你辩。孔子说："道不同，不相为谋。"我今天就是要把你的子曰诗云打一个灵魂出窍。来人！

众衙役喝堂威。

洪原道：打！

宜妃处。

四人正乱着拟于世龙手谕。

宜妃：三德子，你整日地跟着皇上，怎么连个八府巡按的手谕都拟不好啊？

三德子：主子，您别催，我总是给万岁爷拟圣旨，这官儿的口气我拿不稳啊。

宜妃：都什么时候了，还稳？你就说对罗世长一案，一不能审，二不能刑，三不能判，先关着，别的什么也别干，不就得了？

小桃红：还是主子的语气好。

三德子：行了，主子就是主子，就这么写了。来，快用于世龙的宝。

法印：这真是千古奇闻，八府巡按当着，印盒在堂上高挂着，印却在别人手里。

三德子：你还别笑，这不是关键时刻用上了吗？小桃红，你受累快帮我穿官衣，怕来不及了呢。

四人紧张行动。

青州府外。

堂威声中锦红急了，率众丐冲衙。

官军列队在前，兵器齐齐一动作，众丐纷纷退，只有锦红和康熙站着没动。

堂威声里，锦红泪如雨下。

军官：大胆刁民，还敢冲衙吗？我还是劝各位回去，否则刀下不留人，法不容人。

众丐纷纷退。康熙焦急往路上看，盼三德子他们快来。

锦红看到自己身边只站着康熙，突然冷由心内透出。

锦红：我早就该想到一群乌合之众怎么能成事呢？今天救人力有所不够，但也只有求一死了，以尽我心。

说着就欲冲上，被康熙拦住，锦红：我倒没看清你是个可信赖的人，你退下吧，我不想连累无辜。

锦红说完，仗剑再要上前，康熙飞身上前将其拦住。

康熙：听我一句话，再等等，还不到时候。

锦红：闪开，否则我剑不容人。

康熙：以江山为重，以法为重，千万一等。

锦红急了，仗剑就刺。康熙飞快躲闪，锦红把康熙刺急了，康熙袍袖一抖，锦红站立不稳，要摔倒，康熙上前将其抱住。康熙一下觉出锦红乃女儿之身。锦红在康熙怀中与之对视，突觉不妥，挣出整衣，羞怒交加。

康熙：听我说，等到子时，如事没有变，我带头冲进去如何？

锦红：……

青州府大堂。

洪原道一支签子抽出，飞投出去。索安仁冷笑。何师爷急而无奈。

众衙役上前先卸枷摘锁。刑具抬来，落地哐哐有声。

罗世长凛然而站，毫无惧色。

街上。

三德子穿了官衣飞快跑着。

青州府大堂内。夜。

罗世长一身白囚衣，头发解下。

罗世长悲怆：自古刑不上大夫，礼不下庶人。我乃一士，士可杀不可辱。让你们这些势利小人施刑于我，实在是我最大的侮辱……

突然转身面北跪下。堂上肃穆。

罗世长：当今万岁，臣于君在于忠，今天你算成全我了。

说完猛然站起向柱子冲去。

洪原道惊而喜。索安仁冷笑。何师爷大惊起欲拦，罗世长脚已收不住了。

罗世长披发冲向柱子。

青州府外。

三德子官衣而至，冲上堂鼓前，气喘击鼓，鼓声隆隆。

众丐欢呼。康熙有兴奋色，锦红也有些惊喜。

青州府大堂内。

鼓声中堂内人都愕然。

罗世长收不住的脚被衙役故意伸出的水火棍绊倒，罗世长没撞到柱子，摔倒在地。正赶上三德子进来，三德子将罗世长扶了起来。

洪原道：堂下何人，大胆击鼓？

三德子故意不理他，慢慢地拿出了手谕。

三德子：青州府知府洪原道听谕。

洪、索、何赶快下案跪听。

三德子：御封八府巡按于世龙手谕：青州府五莲县知县罗世长一案，一不能审，二不能刑，三不能判。收监待本巡按至再做审理。特此专谕。

众人听罢表现不一，衙役开始收拾刑具。洪原道尴尬，索安仁冰冷。

洪原道对三德子：看座。

衙役将罗世长解下。

三德子：不坐了，还有公务急着回去。

洪原道：这位官爷，您常在京城走动吗？

三德子：常在。

洪原道：眼生得很，是由京至此，还是……

三德子：从德州赶至。

索安仁：您来得可真是时候啊。

三德子：洪大人，这位是？

洪原道：这位是索阁老的差人，索安仁索爷。

三德子：嗬！连索阁老都管上这事儿了。这位索爷，您什么爵位？

索安仁：没有功名。

三德子：洪大人，一无功名之人也能陪你坐堂审案子，你这知府当得很灵活啊！

洪原道：这……

索安仁：功名算个什么？俗话京民三品官，何况阁老府中之人。我还没见你这么不懂规矩的呢。

三德子：好！咱们有个不懂规矩的，后会有期。

三德子愤愤出。

洪原道：这人是什么来头？

索安仁：管他什么来头，水大也漫不过船去。

破庙内。

众丐忙了半夜回来都睡下了，有的抱着草，有的背靠背，有的自己把自己抱紧了，冷风阵阵。康熙找来找去找到了一个角落，拥衣而卧，肚内饥，身上寒，睡不着，睁眼看屋顶漏过来的星星。

康熙：这些星星与紫禁城里中看到的星星没什么两样，人却天上地下这么不同，都是我的子民，若不出来怎么知道他们会过这样的日子？不知民罔为国君呀！……也好，谁叫你治理不严呢，是水是火你也要熬着。

刚要睡，康熙突然想起锦红的女儿身来，扬了扬身，看见锦红靠在一墙角处，依旧头戴着斗笠在瞌睡。

康熙：她是个什么人呢？一身凄婉的剑气，有多大的仇恨啊？这样的女人书中读过，却从未见过。那无意间的一拥真是让人心里一惊、一动，那一刻像是旷世的等待，终于来了，没有陌生，有种莫名的熟悉，冰消雪化。这是缘分吧，几世的缘分吗？

康熙不禁想象着锦红穿着女儿的衣服，与他在长河落日下放马而驰，偌大的天地间，只有两人，美好无比。

叫花子的康熙，寒冷的康熙，饥饿的康熙在美梦中微笑着。

京城夜街。

一小队灯笼在街上飘忽地走着。

索府大门外。

东宫太子下轿，夜访索额图。

索府书房。

太子一身斗篷进来。索坐在那儿。

太子：叔姥爷，实在搞不清啊，阿玛说是病了，又不让探病，说是去了西山，西山那地方能住吗？走了后没把政事交代给我，都交给老三、老四了，这两人天天在南书房见官看奏本，我一个应名的太子倒闲下来了，您说这事不是很怪吗？

索额图：这有什么呀！你别想那么多，每次万岁爷出巡还不是都把事儿交代给老三、老四吗？他们是将来要为臣的，一应事项，他们不干谁干？万岁爷喜欢你和喜欢他们的法子不一样。你忘了，前年两次南巡，你半路一病，就赶着让你回京了，万岁爷是心疼你，怕你有三长两短。再有你也别总跟人说阿玛病了什么的，那只是个说法，他出去了谁也不是不知道。

太子：但我真怕青州事儿发了，三年的税粮洪原道都变了银子孝敬咱们了，这事儿抖出来就太大了，到时身上疼都不知疼在哪儿了。

索额图：这事儿我也有点担心。咱们按说不缺钱，但立势尤其在京内立势，不花钱行吗？是太子又怎样？你看八阿哥、四阿哥和朝上的大臣混得多熟啊，谁不花钱啊！青州的钱，我以为到现在也没拿错，只要您早一天登基，咱就再也不过这样的日子了。

太子：说句不孝的话，我已等了三十多年了，天天想着这滋味真不好受。您老有时说我不该对朝臣发火，不该对兄弟不友爱，可我忍不住，我不冲他们发火，我冲谁呀？上天有眼，快让我早登大宝吧。

索额图：早晚得对机会了。事儿早就能早来，一切看人为了。有我在，就有你一半的江山在。

太子：我这儿谢谢叔姥爷了。

说着跪下。

索额图：可不敢，不敢当。

南书房。夜。

南怀仁在陪三阿哥诚亲王读书。三皇子终于把一道几何题算出来了。

三皇子：南大人，您看我这么证对不对？从这儿设虚线不就分出两个对等角了吗？

南怀仁接过看：啊，对了，对了。

南怀仁拿起桌上的三角板，又帮他画了画。

南怀仁：毛笔这东西，写字，写汉字好看，画图不行，太软了。还是鹅毛笔好。

三皇子：各国有各国的风俗。比如中国乐谱是宫商角徵羽，你们那儿叫哆来咪发梭，音一样，唱名不一样。笔也是这样，那鹅毛笔怎么能写出行云流水来呢？以后我画图用鹅毛笔，写字儿用毛笔。天下之物皆备于我呀，这样就好了。

南怀仁：几何做完了，王爷你休息吧。

三皇子：今天不睡了，阿玛把政事交给了我和四弟，我们俩商量好了，每天一人不睡，守着祖宗江山。

南怀仁：这有什么可守的？也丢不了。

三皇子：你懂算学，可不懂什么叫算计。学了中华历史你就明白了，江山大不大？丢起来也是一夜间的事儿。说易主就易主，说改姓就改姓。刚我的线人还来报呢，这么晚了，太子还去了他叔姥爷家。你知道吗，他着急了。

南怀仁：你不着急吗？

三皇子：我着什么急呀！我恨不得天天跟你学历法，学造火炮什么的。要不就编书。阿玛万岁爷让我编一套《古今图书集成》，我爱干这类事。中国古人说“文章千古事”，文章比江山不是更重要吗？

南怀仁：不过你们把文章也看得太重了，学要学文章，考要考文章。一辈子就是那么几本书，一千年两千年的有知识的人就学孔孟之道，旁的不学。要不怎么会出杨光那样毫不懂历法还做什么《摘谬论》这样的人啊。要不是万岁爷，汤若望和我早没命了。

三皇子：我阿玛万岁早认清这点了，要不他怎么除了自己学算学，还让我们几个跟您学呢。哎，我问您南大人，我们几个里是不是我学得最好？

南怀仁：你心内没有江山，自然学得更专心些。

三皇子：你怎么知我心中无江山呢？只是我知江山只能一人来坐，我又何苦去争呢？你要困了你去睡吧，你要不睡就讲点儿你们那儿沙什么牙的故事给我听。

南怀仁：莎士比亚？行，也不知谁总把比亚译成牙，西波尼亚变成西班牙了。好，我今天讲个“丹麦王子复仇记”的故事。

破庙院内。日。

锦红正在教一群乞丐武功，武丐在边上做示范，锦红边走边纠正动作。

锦红：再蹲下去点儿，再蹲。

某乞丐索性坐下：早上都没吃，哪儿蹲得住呀。

锦红对另一个人：拳打出去要有力，不是伸手问人要吃，是打拳。

锦红一个一个地纠正着，众丐练着。

锦红斜眼看见正在练习打梨花板的康熙，康熙与文丐学着打山东快书。

锦红过去：哎！你一个大男人学那个干什么，怎么不学刀枪？

康熙：都要饭吃了，还说什么大男人大女人的，潦倒之人，为什么要学刀枪啊？

锦红：你难道一辈子就想要饭吃吗？

康熙：想又怎样，不想又怎样？

锦红：若心中还存一点儿志气，就下场练练功夫，有朝一日……

康熙：有朝一日又怎样？

锦红：有朝一日打下片自己的江山，杀尽贪官。

康熙：那不是要被人杀头吗？那可是造反的罪。

锦红：造反又怎样？

康熙：我没这个壮志。再说了，造了反败也就败了，若胜了还得做皇上，那有多烦啊！我还是学这个吧，学了这个能要到饭吃。

锦红：做皇帝有什么不好？

康熙：不好，整天被人骂成是皇帝老儿呀、皇帝老儿什么的，不好。

文丐：对！对！六艺之中这算一艺。俗话是秀才造反三年不成。我看沦为叫花子的秀才造反十年都不成。两只手放松点儿，对，对，这就响起来了。你打，打，"山东好汉武二郎"……

锦红扭身就走：昨夜看他还有股英气，今早就变成缩头龟了，这世上哪儿还有几个有智有勇的男人啊！

众人正练着说着，突然一丐从庙里冲出来。

乞丐甲：杆子头，小童丐起不来床了，身上滚热滚热的，还抽呢！

锦红：坏了，这么个小孩子昨夜真不该让他去。

说着走进庙去，众人都进庙里去看。

破庙内。

小童丐满头是汗，嘴说胡话，不断地抽搐。

锦红：童子，小童子，快快，有水给他喝一口。

有人拿水过来，锦红刚要喂。

康熙：这会儿不能喂水，呛到肺里可不得了。闪开，别围着。谁有牛角片，弹弦子的拨子也行。

边说边给童子脱上衣。

锦红：要那干吗？

康熙：刮痧。

锦红：别的行不行？

康熙：没牛角，玉佩也行。

武丐：找什么乐子，叫花子哪儿有玉佩？要短儿呢是不是？

锦红：有！文丐，前天给你那玉呢？

文丐：哎，在这儿呢，你不说我就留下了。

锦红接了玉给康熙：何师爷见了？

文丐：见了。

康熙专心在给童丐刮痧，耳朵似听非听。

文丐：他先还不认，后看了这玉就不说什么了。昨儿就是他报的信儿。

锦红：不知他手里有没有赃官的证据。

文丐：我看一定有，他跟了洪原道十多年了，什么事不知道呀！

康熙刮了一阵，小童丐醒来。

小童丐：我想喝水。

康熙：这会儿给他喝吧。

别人给小童丐喂水，锦红递给康熙一条汗巾。

锦红：想不到你什么都还会点儿。

康熙擦脸：会得杂，不会的事也多。

宜妃处院中。

宜妃、小桃红、法印在忙着熬粥，热火朝天，忙里忙外。

宜妃：哎呀！忘了忘了，我这儿还带着桂圆呢，桃红拿出来放进去。法印，你把那火压一压，大了怕煳底。

法印：煳不了，我这儿一直搅和着呢。

小桃红拿了桂圆出来：三德子都快去了一晌午了，还不回来，也不怕万岁爷饿了。

三德子推门进。自己推一辆车还带着一个推车的，每辆车上都插着一支三角小旗“乐善好施”“舍粥行善”，还有两个担挑的跟着。

三德子：说我什么呢？你们以为找两辆车那么容易呀？有钱你也得有车是不？实话告诉你们，这其中有一辆是刚推过粪的呢。

小桃红：那不要。

三德子：不碍，我让他们都刷了。行，几位辛苦了，车子、担子放这儿吧，几位回吧。这粥味儿打老远就闻见了，真香啊！我先吃一碗……

法印：什么人啊！万岁爷昨儿一天还没吃呢，他倒先吃一碗。

三德子：这有什么呀？待会儿推出去这第一碗还不定给谁吃呢，你指定了就是万岁爷吃第一碗啊？

宜妃：行了，咱也忙一早晨了，都吃，吃了好上街。

小桃红：主子，您就别去了。

宜妃：我为什么就不能去呢？我一定要去！我要扮个粗手大脚的农妇，亲自给他送饭去。

大道。

八府巡按于世龙的仪仗在山东境内缓行，威风八面。于世龙坐于轿中，手握一卷书正看。

快马至，中军来报：有青州府公文至。

于世龙：落轿。

仪仗全都停下。于世龙手接来人书信。

于世龙：什么事？

来人：昨夜府台大人接巡按大人的手谕，已将五莲县罗世长落监，这是回文。

于世龙：昨夜？我什么时候给你们手谕了？拿来我看。

来人将手谕递上。

于世龙：这哪是我的手谕，行文都不通。何人大胆假冒本巡按？你们居然……来人什么模样？

来人：小的不敢形容。

于世龙：不碍，尽管说。

来人：是一似男似女之人。

于世龙：啊！对！对！我倒给忘了，昨天是口述了这么一份公文，还用了宝了嘛！酒醉误事，酒醉误事。回你们大人，此手谕乃本巡按亲述，一切照办。

来人：嗻。

于世龙：此地离青州还有多少路程？

来人：快马一天，慢行两天。

于世龙：来呀！传我的话，前边镇子打尖停宿。

有人去传话。

于世龙心中暗道：不可太快，万岁爷私访就得让他访个尽兴，去早了拂了他的兴致。当然晚了也不行，只在这青州边上转吧。

青州街上。

一溜两辆车，三德子、法印推着车。宜妃、小桃红担着挑子，一副农家女打扮。车、担子都插着旗。四人齐齐出，在一岔口分手。

三德子看见要饭的：哎！那儿有两个，我先过去了。

三德子推着车跑向叫花子，叫花子正要不着饭，拿着碗左讨右讨。

三德子：过来！过来！来我这儿有粥，五味江米粥，快来。

两个叫花子不动。

三德子：过来呀！给吃的倒怕了，还非得我过去是不？

三德子停了车，把叫花子碗抢过来，掀开粥桶给叫花子盛粥。

叫花子看着不敢相信，接过粥喝，感动得直呻吟。

远远地宜妃等在看着。

一叫花子吃到桂圆，吐出来：这是什么这是？

三德子：桂圆。傻小子，吃吧，吃了长劲儿。

叫花子又吃了进去：赶不上芸豆好，芸豆顶时候，扛饿。

三德子：喝吧，待会儿饿了再找我。

说罢对宜妃三人：就这么着啊，走吧，前边咱分手。

接下来，宜妃给叫花子舍粥，小桃红给叫花子舍粥，法印追着叫花子喂粥，满街叫花子都在喝粥。

三德子终于看见康熙拿着只空碗在边走边看。

三德子收了车，舍下两个叫花子就去追康熙。

康熙也不会要饭，见了人也伸不出去手，正犹豫，三德子追了上来。

三德子：来呀！乐善好施啊！行善舍粥啊！

说着来到康熙旁边，边跟康熙走边说：三爷，粥！好粥！你停停，用一碗。

康熙：不吃，说了要不着不吃，我不信我就拉不下这脸。

三德子：这跟您要的有什么区别，你要饭，我们舍粥，你看满街的要饭的不都喝着粥呢吗？

康熙：这是你们使的计，这跟要不一样，你躲我远点儿，我非要不可！

说罢喊了起来：要——饭了！

康熙边说边跑，三德子不管不顾推车追。

两个老太太在路边看着新鲜。

老太太甲：李奶奶，是不是我眼花了，今儿个太阳从西边出来了，怎么看着满街都是舍粥的？

老太太乙：我也正纳闷呢，不单舍粥的多，还追着要饭的舍呢，不喝还不成。你瞧那个要饭的倒牛气起来了。

老太太甲：备不住谁家有了重病人了，让行善祛病。嗯，这粥闻着真香，我也拿只碗去，省得他舍不出去了，着急，还推着车追呢。咱帮帮他。

康熙跑，三德子追，法印也追，康熙进了一死胡同不通行，回头一看，宜妃、小桃红也追来了。康熙站下，四人行礼。

康熙：免了，当个皇上哪有什么好啊？想要口饭吃也要不成。罢了，今儿个这碗粥不吃也不成了，那就……

四人各盛一碗粥跪下给康熙。

四人：请万岁爷用膳。

康熙：罢了罢了，喝粥就说喝粥吧，这野巷荒郊的还用什么膳啊。

康熙贪婪地喝着粥。四人感动地看着他。

道台府内。

洪原道、索安仁在，索坐着，洪原道在地上走来走去，坐立不安。

洪原道：这灭口的消息如不是传出去了，于世龙怎么会连夜派人来传手谕呢？于世龙若知道了，就等于皇上知道了。

索安仁：皇上没那么闲在，这大清的地面有多大啊，一百个青州府也不止，他忙得过来吗？洪大人您放心，有索阁老在后边托着，再大的事儿也没事。倒是你身边的人要过过筛子，何师爷如不合用，该停。

洪原道：想他一个师爷，又跟了我十几年了，再有事儿也有不了什么大事。我只是怕这于世龙不日到青州，咱们的戏就演不下去了呢。

索安仁：演不下去也得演，大不了全武行，那倒痛快了。

洪原道：话不是这么说，君子用智。还是等索大人的回复吧。

正说到这儿，去于世龙那儿的差人回来了。

管家：李差回来了。

洪原道：快让进来。

李差进：给大人请安。

洪原道：免了。去了如何？坐吧，坐。

李差：见了于大人了，他也看了手谕了。

洪原道：他怎么说？

李差：他先说行文不通，是假冒之人所为。

洪原道：哈！怎么样？让我猜对了，这就好办了。后来呢？

李差：后来，他又想起什么来，问我是什么人所送。

索安仁：你怎么说？

李差：我按您的原话，说乃一个似男似女之人所送，没想到于大人一下就改了口。

洪原道：他怎么改了口？

李差：他说："啊！酒醉误事，想起来了，是口述了这么一份手谕。"还让我传话给您，一切照手谕办。

洪原道：怎么又是这样？

索安仁：果不出我所料，青州城来的人可不止于世龙这条龙了。这倒好办了，速向阁老禀报，速速，胜败在此。

五

青州大牢门外。

五莲县来的三个乡亲在与狱卒交涉。

乡亲甲：我们一不是亲，二不是故，只远远见过没说过话。我们大老远地来，就是想代乡亲们见见他。钱都是乡亲们凑的，不容易呀，闹春荒的时候，钱就是命，捐出来了，一个铜子一个铜子的，为吗呢？表示份人心呗。种子……你当过农民不？种子你知道吧？没种子哪有收成啊！春天种子就是命，他救了一县贫苦老百姓的命啦，这一县的人可救不了他的命。现在好，我们在外边，他倒进里边去了。救不了命，看一眼总成吧，让我们进去看一眼，表个心意。

狱卒：走吧，走吧，没商量。我心也不是木头长的，可罗世长是个钦犯，钦犯知道吗？就是皇上让拿的犯人。皇上让拿的犯人，不能看。

乡亲甲：这皇上怎么这么糊涂啊，不拿坏的光拿好的。这国家不是他们家的吗？他怎么好坏不分呢？

狱卒：去！去！告诉你赶快闭嘴，我可没听见，要有人听见了告你一状，你比他罪过还大。

乡亲甲：那好！那好！你把我告下吧，什么罪我都不怕，有一条，给我们俩关一块儿就行，我好代我们乡亲好好侍候他。你给我抓起来吧。

乡亲甲急了往狱卒那儿撞，其他两个乡亲劝，狱卒吆喝。

乡亲乙：三哥，别！别！咱再想别的招儿，赌气不行。咱先把带来的煎饼送进去，东西到了，他看不见咱人，也知道咱心呀！先送东西。

乡亲丙：对，先送东西。

乡亲甲：先送东西？那就先送东西。……得了，我们人先不进去了，你把东西给我们捎进去吧，没什么，一包袱煎饼，一坛子酱。

狱卒伸手做要钱状。

乡亲甲：你这是要干吗？

狱卒：我们不能白跑，跑路你好孬给个腿钱呀！

乡亲甲：什么？我们不进去了，让你送趟东西也要钱？钱你个腿！告诉你，我们这俩钱都是乡亲们凑的，要花就只能花在罗大人身上，别的人想要，一个子儿没有。你他妈是不是吃粮食长大的？

说罢冲上去，另两个劝。狱卒被撞得衣帽歪斜，假装抽刀。

乡亲甲：嚯！你还要动刀啊！告诉你，来时我就打听好了，你舅在五莲东庄吧，你敢再不听话，一县的乡亲们饶不了你，你舅也饶不了你！

说着上手就打，狱卒一看不好，拎着包袱跑进去了。

狱卒：我算倒了霉了，我送，我送。

宜妃处院中。

院门一开，四个人依次进来了，累得狼狈。

宜妃：真是天下的奇闻，哪儿有追着叫花子给粥喝的，要是世道真这样了，谁还不都当要饭的去了。舍粥也不容易，我今天算是担担子走长路了。

小桃红：主子，你快放下歇会儿吧，回头烧水烫脚。

宜妃：得亏是个旗人，脚大，要像那街上的小脚，别说挑担子了，走路都疼。

法印：你们都歇吧，我烧水。

三德子：累是累，累也值。终归的万岁爷吃了咱熬的粥了。

宜妃处。

三人进来，宜妃坐在太师椅上，小桃红忙着要倒茶。

三德子：桃红你也坐会儿吧，我侍候着。

小桃红：那哪儿敢啊，您可是个总管。

三德子：总管就对了，什么都管了呗。坐，坐。

小桃红偷眼看宜妃。

宜妃：坐吧，都坐吧，万岁爷都扮了叫花子了，还哪儿有那么多规矩呀！都坐，和尚你也坐。

宜妃：万岁爷他可真是饿了，你看他喝的时候稀里呼噜的，一气喝了几碗？

小桃红：万岁爷一气喝了四碗，一人一碗，谁也没偏谁也没向。

宜妃：我光看他了，数儿都没记住。人都说人是衣裳马是鞍，好模样也得有好衣裳托着衬着，我看也未必。

三德子：还真是这样，你看主子您和小桃红，今天是农家打扮，满街的人还看呢。

小桃红：说主子，你说我干吗？

宜妃：我说的不是这个意思，我是说万岁爷他穿什么都那么俊，就是穿着叫花子服也让人看着不一般，威严，有气度。都说扮什么像什么，我觉我们万岁爷，扮什么都不像，就像万岁爷。

三德子：就是，就是。

宜妃：咱别光顾说话了，还得准备下顿呢！在宫里的时候，整天想着当个农家妇有多好啊，这真的有一天当了，这累字一关就难过。

小桃红：主子您歇着吧，我去。

法印：你……都不用了，我一人去吧。

说完拉了小桃红一把。

三德子看着不高兴：干什么都还不知道呢，你去我去的，先听宜主子说说。

法印、小桃红都有点不好意思。

宜妃：咱这一出来了，也就跟居家过日子一样了，都像一家子了。这么着啊，早上喝粥呢，晚上就不能喝粥了。咱们一天送两顿，早稀，午干。今天下午烙饼，葱油饼。

法印：行了，我和面去了。

小桃红：我做饼。

宜妃：三德子，你干吗？

三德子一脸醋意：我切葱去。

破庙内。

众花子都被粥喂饱了，东倒西歪，有的在掷色子，有的在睡懒觉，有几个百无聊赖。

武丐：还没要呢，就给喂饱了，没意思。

康熙坐着看着小童丐，小童丐已好多了，康熙在喂他粥吃：有人给饭吃倒没意思了。

武丐：没意思，给的饭没有要的香。

康熙：我还没听说过有这样的区别啊。

武丐：你想啊，饿了没吃的，好容易要着一口，那吃着多不容易呀，自然有种香的感觉。这追着给你的饭，还没什么准备，没饿呢，稀里糊涂饱了，原来的那股香劲儿没了。

康熙：饱了可以去干事儿呀。

武丐：干什么去？

康熙：去货栈装货，去盖房的地方搬砖，再不济去给人淘粪，总有个活儿干吧。

武丐：笑话，要饭的自古的规矩就没有再去干活的。要饭嘛，就是吃百家饭，干活那不就违了规矩了？再说干活多累呀，还不是为了吃口饭，既然能要着吃，干吗还再去干活挣饭吃啊？

康熙小声：可怜之人必有可恨之处。

武丐：你说什么？

康熙：没什么，你睡你的吧。

康熙透过门，看见锦红与文丐站在院子里说话，文丐拉锦红的手，锦红生气甩掉。

康熙暗道：他们说什么呢？说那块玉呢吧？

何师爷家。

何师爷在把一部账本用布裹好，塞进屋顶的棚纸上。何的小妾看着他。

何师爷拍了拍手：你一定记住我放的地方，待我真有被他抓了关起来的那一天，你拿了这包东西去巡按于世龙的大堂，什么也不用说，把这包东西交给他就行了。

小妾边给他掸土边说：这过得好好的，怎么会抓您呢？怪吓人的。

何师爷：古话是伴君如伴虎，说的是京官与皇上的关系。但我又悟出一句新话来，伴赃官如伴虎。洪原道是什么官，我了解颇深，他上靠索额图及太子，下欺百姓刮民脂，几年来，只想着为私利，从不想为国为民。这种人如败露出来，一天也立不住了。我这些年知道他的事太多了，他怎能放过我呢？

小妾：早知不就不跟他干了吗？

何师爷：你说得也对，我也曾想过与这样的人做事，不是明珠暗投吗？但反过来想，我功名尽无，还算是什么明珠啊，就这样混过来了。好了，我先去衙里走一趟，这两天事儿多，记住生人来了别让进来。

青州府牢内。

罗世长端坐于牢内，大喊，问牢头要纸笔墨。

罗世长：牢头，牢头！

牢头过来：喊什么喊，还是个县令坐监呢，关了这么些天没有一个出血的，原来还惦记着这个月吃你呢。哎！我说你这官儿是怎么当的，怎么一个阔亲戚也没有来看你的？好容易来了一帮人，就送了一包袱煎饼，你这官当的，比个小户人家还不如呢。什么事儿呀？告诉你没有钱我可不管。

罗世长：牢头，烦你给我置套纸墨砚来。钱我没带着，等案子了了，我加倍还你。

牢头：说得好听，案子了了，你人没了，我问谁要钱去？不行，没现钱，我不给办。别喊了啊，我走了。

罗世长一看自己身上的大褂。

罗世长：回来。

牢头：怎么想通了？好，只要有钱就办事，拿来吧。

罗世长脱了大褂：这件衣服七成新，当卖也值个纸墨钱，拿去吧。

牢头：你脱了长衫，晚上盖什么？

罗世长：什么也不盖。

牢头：要纸墨干吗？

罗世长：写状子，待于世龙于大人来了好投诉。

牢头：衣服你收起来，我不要，又要写状子，咱们就当没有这回事。

罗世长：没想到青州城一个仁义之士都没有，从上到下都是这样的势利小人，苍天无眼啊，苍天无……

牢头拿着纸墨又回来了：喊什么！喊什么！让你别喊了还叫！怎么着？你说青州城里就没有仁义之士吗？说早了，我不要你的长衫，也没说不给你纸墨呀！清官都迂，是一点儿没错。谁说我们就没一点儿人心的，好坏自小我就分得出来。得，拿去吧！

罗世长：谢！谢牢头！

牢头：别谢了，这么好的官我还真见得少，谁让咱们赶上了的。

破庙内。

康熙在小童丐旁边，手支着头睡着了，很冷，很孤寂。小童丐醒了，烧也退了，他看着康熙，有种童稚的亲情。小童丐看见一只虱子正从康熙的衣领中爬出来，小手伸出去一下按住，抓在手里。

康熙醒了，看见小童丐。

康熙：好了你？昨天可病得吓人。

看小童丐熟练地挤虱子：你从我身上抓了个什么？

小童丐：虱子！

康熙突然惊起，抖衣服，翻领子：什么？我长虱子了？我长虱子了？

小童丐看着乐：这有什么？长虱子有什么？杆子说不长虱子没人味儿！

康熙一下愣住：什么？你说什么？

小童丐：不长虱子没人味儿。

康熙：有没有人味儿以此来判断吗？我还是第一次听说，夫子可没这么说过。

看着小童丐笑他，伸手摸了下他的头：嗯，不热了。我有没有人味儿？

小童丐：有！

小童丐伏于康熙怀中：没事了，咱说会儿话吧。

康熙：跟你说什么？你说吧。

小童丐：你也是爹妈死了吗？

康熙：你猜对了，我爹妈在我小时就死了。你呢？

小童丐：我也是。

康熙：病死的？

小童丐：不是，狗官洪原道逼死的。

康熙：一起逼死的吗？

小童丐：啊，一天。

康熙：你跟我说说。

小童丐：那年庄稼不行，我们家没收成，交不起税粮，官家来抓人，爹翻墙跑了，娘被他们抓去，我在后边追着喊。娘受不了了，走到一个乱坟岗撞碑死了。血溅出来，溅在我的脸上了，你摸就在这儿。打那儿我得了抽风的毛病。你摸，你摸摸，这块是不是比别的地方烫？被亲娘的血烙过。

康熙摸着小童丐，有点伤感：你爹呢？

小童丐：爹一直跟着来着，看娘死了，冲出来，跟他们拼命，一刀也被砍死了……我醒了看见爹娘都躺在我身边，风吹着他们，他们一动不动，什么都不知道了……

康熙听到这儿，泪落了下来。

小童丐：哎？你哭了？

康熙：啊！朕……正是，我听不了这个……

乞丐甲：啊？你听了这点事也能哭啊？

乞丐乙：这儿的人谁不能说出一两件来。

乞丐丙：你许是没受过苦吧，听个小事也能哭，那你在这破庙里能哭死。

康熙不说话。

小童丐：去！去！谁给你们讲了？你们都是铁了心的木头人。

乞丐丙：跟他讲有什么用，要跟皇上老儿讲还差不多，让他把贪官都灭了。

乞丐甲：可惜皇上是个糊涂车子，肯定眼瞎耳聋，流哈喇子。要不他怎么什么也不知道啊？

康熙自语：对，他是个糊涂车子。

南书房内。

太子召集六部大员，在发脾气。众官跪着沉默不语。索额图面有喜色。

太子：兵部！外蒙古这么大的事，都不跟我说，急着先跟胤祉、胤禛去说去，赶着报丧似的。漫说他们俩最多是个亲王，我是皇太子，就论长幼来说他俩也是我的弟弟呀。不错，万岁爷是让把时政交给老三老四，可边防这么大的事也不让我知道，你说你们安的什么心？来人呀，给兵部徐大人掌嘴！

众官皆有惊色。

官员甲：启禀太子，徐大人年事已高，又是两朝重臣，望太子恕他这次。

太子：别急，每人都有份。谁惹了我，谁也跑不了。

众官看索额图，索低头假作不知。

太子：来，动手。

徐大人：慢！不劳旁人动手，臣自律吧。

说着老臣徐大人自己动手打自己嘴巴，啪！啪！清脆的声音响在南书房里，众官低头忍泣。

太子阴笑。

三皇子处。

一小太监急急跑进来。三皇子、四皇子均在。

小太监：报！

三皇子：说！

小太监：太子着六部大员训话，生了兵部大人的气了，现正在掌嘴呢！

三皇子：什么？兵部老臣徐大人被掌嘴了？

小太监：奴才看得真真的。

三皇子：这还了得！四弟，这事儿咱得管管。

四皇子：三哥，不急。这事才不能管呢，让他打去。把人心都打没了，到时不用推了，风一吹就倒了。

三皇子：现在怎么办呢？

四皇子：给他记下来，连今天中午他用御膳房的全套家伙什儿摆御宴，都给他记住，回来如实禀报阿玛万岁爷。

说罢又对太监道：你去吧。

小太监退。

四皇子：三哥，别的不怕，阿玛出了京，就没有那么安全了。咱们最该防的是他们派人去外边行事。

三皇子：不会吧？他们怎么能有这种胆子？

四皇子：急不可待。……咱们看住了城门吧。

京城门。夜。

一骑出城门飞快而去。

城门上。夜。三皇子看在眼里。

三皇子对一部将：速把此信交八府巡按于大人。

部将匆匆下。

宜妃处屋内。夜。

宜妃边缝着件衣服，边与小桃红挑灯夜话。

宜妃：小时候，哪儿想过进宫里当主子呀，刚刚有点懂事的时候，想自己将来能嫁个文武双全的如意郎君，像书里写的那样举案齐眉，天天地官人娘子地叫着，就是一辈子修的福分了。没想到一个轿子抬进宫里了，郎君倒是个文武双全的郎君，只是娘子却不止一个，每天里想见一面也不是你想见就能见上的，想见的人多了，几十双眼看着一个人。可他的心并不在你们身上啊，有个国家让他管着呢。早朝夜读，弘德殿、南书房，情这个字在他心中大概像这个针尖这么小，扎得别人心透了，它却又走了。都说我爱吃醋，其实我知道，吃得过来吗？宫里除了太监都是女的，我真吃醋还不早酸死了？只是天生的那个情字撇不开，再怎么也撇不开。这次明着是跟他出来了，可天天人还是见不着。

小桃红：那些想跟出来的还不知怎么羡慕您呢。

宜妃：你是说我不知足？你还没当女人呢，你要当了女人你就知道了，没有知足的时候。

破庙院。夜。

锦红在院中月下练剑。

破庙内。夜。

康熙睡不着了，被虱子咬得厉害，又冷，看见旁边有锦红的披风，想扯过来盖，一扯掉出本万民帖来。康熙借着月光读万民帖，心内沉重。

康熙自语：若不是这次下来，就差点害死一名好官……

康熙把万民帖袖起。

破庙院。夜。

康熙走出庙来看锦红练剑。

锦红越舞越快，突然到康熙的面前把剑收了。

康熙：你的剑……

锦红：怎么样？

康熙：凶煞之气太盛。

锦红：你看对了，我一心地要杀人救……

康熙：救什么？

锦红：救人。

康熙：我早看出来了，你不是个要饭的。

锦红突然剑一指：你也不是！

康熙：我还看出来了，你……

锦红：我怎么样？

康熙：你不是个……

锦红：什么？

康熙：你不是个男人。

锦红：你到底是什么人？

康熙：你看呢？

锦红：你该不是来青州巡按的……

康熙：什么？

锦红：官差吧！

康熙故意走近：我像官差吗？官差会是我这样？

锦红突然转身，剑直指康熙咽喉：那你是什么？

康熙不动声色：我……我是来叫花子堆中找美人的一个风流子……

说着袍袖一抖，锦红的剑落地。康熙趁势上前抱住了惊恐的锦红，月下两面相向，无限柔情。

文丐在廊下看见了这些。

道台府索安仁处。夜。

索安仁突然从床上坐起，拍手叫仆人。

仆人在外应。

索安仁：告洪大人，不管他睡没睡，我要见他。

说着忙忙地穿衣下床穿鞋。

洪原道书房。夜。

洪原道瞌睡连天，刚坐下。

索安仁急急进。

洪原道：这么晚了，有什么急事呀？京里来信了？

索安仁：没有。我突然记起那天送手谕的差人，很像宫里的太监。

洪原道：这有什么，像太监的人不是很多吗？

索安仁：听差了，是这个人我照过一面，像是皇上身边的一个太监，叫什么忘了。

洪原道：皇上身边的太监会来这儿？不会吧，他到这儿干吗来？他该天天跟着皇上呀。

索安仁：您说得对！

洪原道：对什么？我还没闹明白。

索安仁：他该天天跟着皇上……

洪原道呆住了：啊，你是说，说……皇上也到青州了？

索安仁：对！

洪原道：对什么！那不就完了吗？连皇上都惊动了，这下再没有退路了。

索安仁：为什么要想到退？难道没有进吗？

道台府大门外。夜。

一骑快至，与门人交涉。

差人：速报洪大人、索爷，有京城索阁老差人送书。

洪原道书房。夜。

索、洪同时看那封书信，洪原道手抖，流汗。

洪原道：这……这可是要灭九族的。我……

索安仁极镇静，把那封书信在灯上燃着，看着火冷冷地说：一不做，二不休，这倒不失是个机会呢。京城的消息，与我们所猜正好碰上了。洪大人，召所有的官军挨户搜查青州府，一定要将人查出来。

洪原道：哎！哎！索爷，索爷，还是再想想吧，此事……

索安仁：没什么可想的了，青州事若查出，从你到阁老大人直至太子无一人可免。但若把事翻过来，那人就被翻在了掌下，太子登基，索阁老当为一朝重臣，你是高官任做，骏马得骑。再想也是这样了。

洪原道：有没有中间的路？

索安仁：没有，事已至此，只有进没有退了，按太子与索大人的旨意办吧！

洪原道：那……那就去办吧。

道台府大门。夜。

官兵执兵器从一门出。

衙役执水火棍从另一门出。

街上。夜。

一时间街上热闹非凡，敲门声、狗叫声、问话声、答话声此起彼伏，鸡飞狗跳。

宜妃处院内。夜。

有官兵在外敲门，越敲越响。

三德子迷迷糊糊地起来：什么人？什么人？大晚上的天塌了？

开门看，一片火把。

军官：家有什么人，搜！

三德子：站住！家里有人不错，可你搜不着。

说着关门，门又被官军撞开。

军官：受府台大人令，全青州城家家要搜。

法印也出来了：搜什么人，总要知道搜什么人吧。

军官：一应闲杂外人全要带走。听你两人口音也不像青州府人，来呀，锁上！

兵士上来要锁人，突然宜妃出来了。

宜妃：哎！怎么说锁人就锁人呀，还有没有王法了？给我放了，这是我的家人。拿个知府吓唬人，京城里的一品我见过的多了，知府算个屁呀！

军官：嘿！你这话我倒爱听了，好！有胆量去我们府堂上说去，看知府大人他怎么说。来，一并锁上！

宜妃：你们谁敢碰我！

正吵着，小桃红拿着一包银子出来了：这位军爷，我们是京里的官眷，省了亲从这里过，你要非让我们去府堂呢，去了一说，知府大人也得派轿给我们送回来，还没有好话给您听，这是一定的。你要隔过我们去下一家呢，我这儿这包银子，给几位吃顿夜宵。

说着话一包银子递过去，军官一接沉甸甸的，明白了。

军官：既是……啊，京里的官眷我也不便打听了，再说打搅了也不合适，啊！松了，松了，打扰了，打扰。各位安歇吧，安歇。来呀，这家没有，下一家。

三德子：小桃红，没想你还会这一手啊，什么时候学的？

小桃红：穷人家的孩子，知道钱有多大的用处。要不是没钱，我……

法印：你怎么了？

小桃红一看宜妃：……不说了，主子咱回。

宜妃：我知道你想说什么，说出来也没事。对机会了我让万岁爷把你放出宫去，要能放也连我一起放了。

破庙内。夜。

康熙与锦红在草堆中相向而卧，睡熟过去。

突然敲门声大作，众叫花子惊起，锦红欲抽剑，康熙按住她手。

官兵冲入，火把映照下，一看是群叫花子。

军官：全都锁了。

刚说完，小花子用一坛子一扣把火把扣灭，一片黑暗，众叫花子乘机四散奔逃。

军官：抓！抓一个是一个。

青州街上。夜。

众叫花子乱跑，康熙趁乱跑进岔道。

宜妃处。院内。夜。

四人刚睡下，又听见敲门声，越来越重。

三德子披衣出：这是怎么着，拿钱走了一拨，又回来一拨，你们有完没完？

开门一看见康熙，大惊。

三德子忙跪下：万岁爷！您回来了，不知是您，万死，万死。

康熙：起来，起来吧，进屋说话。

三人先后迎出，都兴奋，都要给康熙请安。

康熙：免了，进里边说话，院门关上。

宜妃住处。夜。

众人跟着康熙进屋。康熙气度依旧是帝王气度，只是衣着破旧，众人相随颇可笑。

三德子：万岁爷您受惊了。

康熙：不碍的，他们抓叫花子呢。

宜妃：不止抓叫花子吧，他们全青州城都查起来了，只是不知查什么。

康熙：朕要查他们，他们到也查起朕来了，好，看结果吧。

三德子：万岁爷您可千万小心。

康熙：青州城会比朕上过的战场还险恶吗？你们放心。

康熙走进豪华的宅第，看着那些美器和华丽的家具，看了一会儿。

康熙：都说人的命是胎里带的，贵有贵命。可我当了这么几天叫花子，再看着这些东西倒有些不习惯了，时势改变人，一点儿不错。

说着话康熙端坐在太师椅上：见礼吧。

众人行大礼如仪。

康熙：起来吧，随便坐。你们几个过得可好？

宜妃：比宫里不敢说，但比起您来，我们在天上了。

康熙：知足就好。谁不知足，让他到民间住上一段时间，也不用当叫花子了，就去个普通农家，早出晚归地侍候二亩地，他就该知足学好了。劳动，劳动有什么不好？朕这几日看着那些担担儿挑挑儿的人，实在比闲逛的人身段美了不知多少倍。

三德子：宜主子那天也挑挑儿了，万岁爷您看见了吗？

康熙：看见了，美！

宜妃羞涩，兴奋。

康熙：嗯，你们，你们用过了？

三德子：都什么时候了，我们都……嗯，万岁爷看我这脑子，您是不是饿了？

宜妃：晚上我们可送的是饼，满街没找着您。

康熙：有个小童病了，我守着他来着。

法印：万岁爷您等会儿，我起火。

康熙：有现成的吗？

法印：有汤，只是个锅底儿了。

康熙：行，热热吧。桃红你去热汤，我有话对他们说。

小桃红下去热汤。

康熙：你们找个地方坐吧，出门在外就没那么多礼了。我这些天所见比我在宫内几年所见还不知要多多少倍，所听所闻实在是书上读不到的。古人说行万里路，读万卷书，书不可不读，但行路更为重要。有学识不错，但无见识也不行。治学做官的是这样，当一世的帝王更该这样，所以这次微服出门真是出对了。你们也该把自己的体会记住。

法印、三德子：臣记住了。

康熙：我今天急急跑出来，想不通洪原道是不是在查朕。

三德子：他许没那么大的胆，只是他身边多了一位索阁老的差官。

康熙：是吗？好啊，索额图插进来更好，光访出个洪原道毕竟小了点儿。查谁先不去管他了，我已探得青州府有个师爷姓何，手上掌握了洪原道的一应罪证。三德子、法印听旨。

三德子、法印二人跪下：嗻。

康熙：用钱也好，用势也好，用术也好，速将何师爷所掌证据得手，以求将所牵扯的赃官有一个算一个，务必使其全部归案。

三德子、法印：臣遵旨。

说着话小桃红把热汤端来，还有两块剩饼。

康熙看到食物，左右搓手。康熙把饼掰开，放在汤里一泡，吃得很香。众人看着极为伤感。

康熙：这种吃法，原来倒是没有试过，很有些滋味啊！所谓美食还需好胃口，一点不错。

宜妃：慢慢吃，吃了洗洗换身衣服。

康熙边吃边说：不了，我还回去。我住这儿不合适了，不是说别的，我……我长了一身虱子了。

众人大惊：什么，长了虱子？

康熙：对，长虱子了，有什么可惊讶的吗？

众人无言以对。

弘德殿内。夜。

太子不安地在地上踱来踱去。索额图假作镇静地想心事。

太子：人都死哪儿去了，把火烧热点儿，我冷。

太监、宫女忙上，加炭火。

太子：叔姥爷，这去青州送信的人会不会误事？

索额图：那是个一等一的大内高手，有千军万马他也能过去，这你不必太担心。

太子：心哪儿能放下啊，稍有不慎就一切都完了。

索额图：我辅佐你阿玛万岁爷除鳌拜时，他才十六岁，他所表现的冷静和智慧可不像你现在这样。

太子：早知我不如我阿玛万岁，为什么要帮我而灭他呢？叔姥爷今天是话说到这儿了，这也是我多日来想不通的一件事。

索额图：问得好。先父索尼乃是两朝重臣，我自除鳌拜起为皇上所倚重，至今已有近四十年，四十年来，我战功累累，平三藩、破噶尔丹都有我的功绩。但权重之后必然树敌，明珠、徐元文、于世龙等，加上万岁爷早都对我有所防备，早年有术士给我算命说我有辅佐两位幼主的命，既有此命，我为何不扶你再登上宝座?

太子：算命的真有此说吗?

索额图：确实有。

太子：天助我也，天助我也。此次若能在青州把事了了，这江山就是我坐的了，再不必等了。拿酒来！拿酒来！

索额图：时候还没到，你安稳一些吧，现在还是在宫里。

三皇子处。夜。

三皇子听完南怀仁讲完《丹麦王子复仇记》。

三皇子：讲了这么几天终于讲完了，这结局不好！

南怀仁：为什么?

三皇子：坏人死了，好人也死了，江山社稷给谁呢?你们那儿的人太重情感，不重江山。若我就不会像那个王子一样地光想着报仇而把江山弃置一边。

南怀仁：这个我倒没想到。我们那儿一个国家很小，没有大清江山这么大，一国之君也不必这么忙。

三皇子：他们不学孔子的《论语》吗?

南怀仁：他们不学，不过我想下次可以介绍过去。

三皇子：那他们学什么?

南怀仁：学《圣经》。

说着拿出圣经来。三皇子接过看。

三皇子：这大概与我们的佛经一样吧?

南怀仁：大概是佛经与《论语》和《春秋》《诗经》合起来的东西。

三皇子：既然是这些的集合，那我为什么要读它呢?我学好自己的东西不就行了吗?你就好好教我算学吧，经典是我国最不缺的东西。

南怀仁：我还是望你能看看，并与你阿玛万岁爷说说，让我们能在大清国传教。

三皇子：你非要留下就留下吧。但传教一事，我还要把这次的事办好后再说。

突有小太监进来。

三皇子：有什么不妥的吗?

小太监：太子在弘德殿与索阁老谈完事后大喜，突然大叫“喝酒、喝酒”。

三皇子：让他喝吧，想跟阿玛作对，有他喝的！

六

大牢刑房内。夜。

索安仁在牢里看着一些被抓来的人受刑。受刑的人叫喊，惨不忍睹。

索安仁走过一溜受刑的人，凝神若有所思。

大牢刑房外间。夜。

洪原道边走边大声自语，已无法控制。

洪原道：说是在城里要抓人，人也抓来了，弄得鸡飞狗跳，可哪抓了一个像样的，连个小毛贼都没有。我一生做事讲留条后路，这下可好，别说我的后路了，子孙万代的后路都没有了，这可怎么办……

索安仁进来：洪大人过虑了，天塌下来有身长的人顶着，京城里有索阁老，有太子，有众多的一品大员，你怕的是什么呢？

洪原道：这话听起来不错，但真算起账来，人家是人家的，我是我的，谁能因了人家会把我的账免了，再说从一开始我就没想到过要……

索安仁：要什么？

洪原道：要助太子登皇位。

索安仁：哈！哈！现在想也不晚，洪大人，俗话说天有不测风云，天尚如此，何况人乎？京城已经大动了，索大人信中所言，只要将计就计把戏演下去，到时真杀一个皇帝不是与杀一个平民百姓一样吗？皇帝也是人做的，让你做，你也能做。

洪原道：这更不敢来了！茶！上茶！渴死人了。

街上。日。

法印穿上了袈裟，三德子穿了件尼姑袍，装成个尼姑，两人在街上走。

街上官军还在走来走去。

二人假作念念有词走过。

师爷家大门。

法印敲门。

法印：施主开门，施主开门。

内有师爷小妾回话：此宅是何师爷所住，现在家中无人，有事到衙门去找。

三德子假作女声：阿弥陀佛，女施主，我们是过路的游方僧尼，路过此地，请开门说上一句话吧，阿弥陀佛。

小妾：你是尼姑吗?

三德子：白云庵的尼姑慧明。

小妾开门声，三德子小声对法印：真和尚没有假尼姑管用。

门开了，小妾出来。

小妾：最近市面太乱，所以不敢随便地应门，二位师父请见谅。

三德子：不碍的，我们也是路过，看您这宅子似有杀气，所以想解救一二。

小妾：呀！真是的，我家老爷前两天也寝食不安的，说……

法印：说什么?

小妾：没说什么。

三德子：咱们还是里边看看吧。

说着三人进院。

师爷院内。

三德子进院后摸出个铜镜乱照。

三德子：书房在哪儿?

小妾已有几分害怕：在这边，在这边。这院子里有什么不对吗?

三德子：我已看出一二了。

法印也一本正经，双手合十。

师爷书房内。

三德子拿着镜子照来照去，一会儿翻这本书，一会翻那个本，一看都不是。

三德子：就在这屋无疑了，我问你，有没有一叠账本?

小妾：有!

三德子：在哪儿?

小妾：前些天交了。

三德子：咳！这下坏了。

小妾：二位法师，这就没救了吗？

三德子：账本交了还有什么救！

小妾：不过我家师爷说还有一包东西是可以救命的。

三德子：是吗，是什么东西？

小妾：说不清，大概是……药。

三德子：什么药也不管用了，救不了了。

小妾：真有这么厉害吗？师父一定救我。

法印想了想：有救，我留下一偈在这儿，待何师爷回来给他看吧。

说着提笔在纸上写了一偈：织绳为缚柴，续麻为打鞋。手中有明镜，交与梳妆台。

法印：切记，切记。否则大祸难逃，阿弥陀佛。

二人说完了起身，小妾相送。

三德子：回头您跟师爷说一声，我们晚上还来。

估衣铺内。

宜妃、小桃红进来，看着挂着的一排旧衣服。宜妃一下比画了一圈，让掌柜的都包了，小桃红付账。

小桃红：我担心这是给三爷添乱。

宜妃：包上，添什么乱，旧衣服嘛。再说粥也是那样先不喝，然后就喝了。身上都长了虫了，还不该给衣服吗？我还要买药呢！

药铺内。

小桃红拿着个方子递过去。伙计拣了三样药，包了三个大包。

小桃红拿走。

宜妃处院中。

一派繁忙景象，法印、三德子回来了，在熬粥。宜妃坐在椅上不断滚动脚下的铁碾子在碾药，手上还在捣一个铜罐子。小桃红把估来的旧衣服全都晾起来。四人忙得不亦乐乎。

宜妃：刚几天啊，长了一身虱子，这可倒好，晚上睡觉省得闷了。法印把粥熬稠点儿，多放米，也别搁杂七码八的了，他们吃不出来。你们没看见万岁爷昨天吃饭的样子吗？什么都不嚼了，往下吞了了事。可怜见的，我真要回去跟谨妃她们学说，可能都没人信。

小桃红：主子，这件玄色的还挺新呢，单给万岁爷留着吧。

宜妃：行，你看着办吧，他哪儿穿过旧衣裳啊，这回什么都经过了。三德子，你们事儿办得怎么样？

三德子：没办成，晚上还得去，法印他留了张条，告诉管用，我看屁用都不管。

法印：你懂什么，偈子是直通灵性的，他又是个读书人，没有不懂的。

三德子：要办不成了，你可跟万岁爷交代，我不管……

说时看见小桃红动他的尼姑袍：哎！姑奶奶，那可不能给出去，晚上还仗着它办事儿呢！

破庙内。

锦红在看着文丐写状子，康熙在一边冷眼看。

文丐边写边念：赃官洪原道，陷害忠良，鱼肉百姓，青红不分，皂白不辨，将清官罗世长冤枉入监……

锦红：严刑拷打。再写上企图拷问至死。

文丐：企，企怎么写？哎！新来的，你也读过书，企怎么写？

康熙：写也是白写，这种状子送上去也是个驳回。

锦红：你怎么知道？

康熙：俗话是抓贼抓赃，所谓赃者凭据也，你没有凭据，这状子不是满纸的空话吗？

锦红：话是空了点儿，但实情如此啊！

康熙：你说实情如此，我看了说有情无实，这种状子递上也是白递。

锦红：依着你呢？

康熙：撕了。

锦红真的一把抓过给撕了，然后对康熙发火：说是个要饭的，我看你一点儿江湖人的义气都不讲，我这儿不留看热闹的，你给我滚！

康熙看着锦红，觉得可爱而好笑，站起拿着个碗出门。

大牢内。

五莲县三个乡亲也被当闲人抓进来了，隔着牢门在与罗世长说话。

乡亲甲：想看您，他们不让进，这也好，抓进来，倒看见您了。您这些日子可好？老百姓都惦记您呢，让我们来……

罗世长：我好着呢！有你们的煎饼吃，这牢我不怕坐，老百姓给的粮食吃着贴心。各位乡亲庄稼都种上了？

乡亲乙：劳您惦记，都种上了，过两天该出苗了。您要能去看看多好！

罗世长：能看见，能看见，心里看见了。有庄稼就有收成，有收成就能活着过日子，看见了，都看见了。

乡亲甲：我们也无力救您出去，真要是赶上明君明主，就救您出这儿了。

罗世长：别说这话，知道庄稼种上了，想着自己死也都值了。你们几位倒是跟着我吃苦了，他们给你们用刑了？

乡亲丙：不碍的，您别惦记我们，我们天生的受苦人，惯了。您多保重吧。

青州街上。

康熙在街上走。远远看见小桃红、宜妃他们又在舍粥，并且发衣服，发灭虱子药。康熙看见想躲，钻入胡同。没走几步后边车轮响，康熙回头看见三德子、法印推车过来了。

三德子：万岁爷，您要不再跑跑？跑累了多喝几碗，反正我们是跟定了您了。

康熙：不跑了，有粥盛过来喝吧。

法印赶紧盛粥，康熙喝粥。正喝着粥呢，三德子拿了包药过来。

三德子：万岁爷，您喝您的，这药我给您上上。简单得很，往身上一扑就行。

康熙：不上，有个虱子怕什么。

法印：万岁爷，这还有件长衫，不是让您现在换，回去有个替换。

康熙：你们怎么了，舍着舍着粥，连衣服、药都舍起来了？

三德子：万岁爷，不是您一位，每位都有，粥、药、干净衣裳，见人一份。

康熙：这善事儿可做大了，赶明儿连房子带地都舍了不是更好吗？

说完话放下碗，拿了衣裳、药回去。

三德子：万岁爷您进得好？

康熙：罢了。

破庙内。

康熙拿着衣服和药回来，庙内众丐吃饱了，拿着灭虱药乱撒乱笑。

小童丐一看康熙回来了，忙跑过来，拉着康熙的手：哎！你回来了，他们也给你新衣裳了。看我也有，我也有。

小童丐拉康熙到自己的铺前，精心拿出旧的小衣裳来。

小童丐：好看吗？

康熙：好看。来，我给你换上。

康熙温暖地帮小童丐换衣，先往他身上撒了点药。

小童丐穿上新衣后，换了个人一样，自己也高兴。众人围过来看。

武丐突然挤过来：给我脱了！

说着上来，要解小童丐衣裳。小童丐不乐意，哭了。

康熙：你这是为什么？

武丐：为什么？自你一来，这要饭的规矩都没了，现在可好，连衣裳都要换了。要饭的就是要饭的，身上没虱子，穿着鲜亮衣裳，谁还给你饭吃？这说是救我们，不是害我们吗？

康熙：他一个孩子穿穿怕什么，再说谁也不是一辈子都想要饭啊！

武丐：我他妈的就一辈子想要饭，给我个县官我都不换！

康熙：哈！别人行善可怜你倒是可怜错了，世上……

锦红：谁让你可怜了？你以为你有权可怜人是吧，告诉你，你就是个皇帝老儿我们也不稀罕，你走吧。

小童丐哭，不想让康熙走。

康熙：事儿没办完，等办完了事儿自然会走。

说着抱起童丐走，众人闪开。

师爷府书房内。

何师爷在看那偈。

何师爷：来的是一和尚一尼姑？

小妾：妾原不给他开门，他说这院中有凶气，我也有点怕，就开了。

何师爷看了看顶棚：东西还在吗？

小妾：在，我差点给了他们。他们说晚上还来。

何师爷：好，是福不是祸，是祸躲不过。

街上。

索安仁在街边茶肆边喝茶边看街上的情景，一军官陪着他。

军官：茶坊再端些干果、蜜饯上来。

茶坊：来了。

索安仁：不必了，咱们坐不住的。

军官：索爷，事有了，不能急。这青州就这么大，要想找个人，说不容易，也容易。

索安仁边听边看着街上小桃红在给叫花子舍粥，发衣服。

索安仁：李洪，问你一件事，青州说是连着遭了三年灾，可民风还是这么淳善吗？

军官看了看：这些人不是本地人，说是路过行善的。

正说着话，索安仁看见三德子推着粥车也过来了，正与小桃红说笑。

索安仁叫过两个黑衣人来：看见那些叫花子没有，你跟住了，看去哪儿。看见那舍粥的人没有，你跟住了，务必将所住之地查清。李洪，我们回府。

黑衣差人跟着叫花子往破庙去。

跟三德子、小桃红的跟着跟着，看两个人分开走了。跟着三德子的没一会儿被三德子发现了，正碰上法印，法印和黑衣人说话，三德子走。

知府书房内。

索安仁急急进书房，洪原道正与何师爷谈话。

索安仁看了眼两人，与洪原道耳语。

洪原道：抓叫花子干吗？这牢里都快放不下了。

索安仁：放不下了都放了，我想那人必在叫花子中隐藏，否则满街舍粥的人是为了什么？请府台大人一定快快下令。

洪原道：好，事已至此，也只有听你的了。来人呀！着各营官兵上街将叫花子悉数捕入大牢。……我这知府当得也够可笑的了。

街上。

官兵列队出击，街上的叫花子、破衣者见一个抓一个。满街叫花子乱跑乱窜。

破庙内。

众丐都东倒西歪地坐着，突然有叫花子冲了进来。

叫花子：不好了，快跑吧，街上抓叫花子呢，见一个抓一个，有队兵朝着破庙来了。

破庙一下子炸了窝，有眼疾手快的先跑了。

小童丐穿着新衣睡着了。康熙摇他不醒，康熙抱着他想出去，此时破庙中所剩已没有几个人了。锦红仗剑而入，一看康熙抱着童丐。

锦红：还不快走？

文丐从大门跑了回来。

文丐：跑不成了，大门被封了。

众叫花子呆立，康熙低头看见小童丐穿的鲜亮衣服，突然想起那些舍来的好衣裳。

康熙：快！大家换装，他抓叫花子，不见得游客也抓吧，快快！

康熙为大家分发衣裳，众人不管三七二十一穿了起来。

康熙看着锦红没动：你干吗不换？

锦红：我的那套是……是女儿装。

康熙：不是更好吗？这里边有小孩，还没个女子呢。

康熙为锦红装扮起来。锦红此时才现女儿身，英武娇媚，文丐看见康熙为锦红打扮吃醋。

文丐：你什么时候知道了她是个女的？

康熙：第一天见她就知道了。

破庙院内。

哗地门打开，官兵看见一群游人在指指点点。

康熙转过身来，与文丐、锦红一应人扮作游客正在看庙，小童丐也在其中。

康熙：此庙虽是唐朝所建，不过这山门却是元代之物。

文丐：何以见得？

康熙：看飞檐便可看出，再说影壁的形式也有不同。

军官看见这么一群人镇定地边说边要走出去，有点发愣，又被康熙的气度所压迫，不知如何是好。

军官：站下！干什么的？

康熙：逛庙的。

军官：都看见什么了？

康熙：无非人与事。

军官：见了什么人？

康熙：相去一千余年，什么人没有呀！

军官：别往远了扯，看到叫花子了吗？

两人对话时，众人不断地遮掩脚，因脚上破鞋没换，有把脸背过去的。

康熙：看得多了，大殿里躺了一地。

军官对官兵：快！进去抓！

众兵丁冲向大殿。

康熙等急出山门跑。锦红不知所措，康熙拉着她跑。

师爷府内。夜。

何师爷呆呆地看着蜡烛爆着灯花儿。

有人敲门。

何师爷对小妾：也许他们来了，你去开门。

小妾去，转瞬将三德子、法印带进来。

法印：南无阿弥陀佛，施主请了。

何师爷：二位法师请了，坐坐。

灯暗，何师爷没有认出三德子。

法印：出家人不打诳语，所谓修一切善法，即得阿耨多罗三菩提。我二人此来一为佛法，二为施主。施主，偈语可看了？

何师爷：看了。

法印：浅显得很，会意了吗？

何师爷：既说了浅显，哪儿有不会意的？只不知二位乃跳出红尘之人，怎么管起俗事了？

法印：施主差矣，我刚说了一切善法，既是善法，还分什么俗和不俗吗？当管则管。

何师爷：不知二位为何人而管这等事？

法印：那必是当管之人了。

三德子：听你说话也真是咬来咬去，说到这儿了还没说出要什么来。何师爷，此番我们来，对你来说是为你消灾，对江山社稷来说，是保大清江山。一句话，你把洪原道的证据交出，天下太平。

何师爷仔细看发现，三德子即是那天读于世龙手谕之人：啊！说得好，这位仁兄倒是位百变金刚啊！于大人的手下果然不凡。

三德子：你知道了也好。

何师爷：不想你们倒能探得我有证据，好吧！我一生读书原也是胸怀报国之志，但潦倒得很，有志者世上并不缺，真能得志者我现在才知道太难了。我是个不得志的人，这次倒是个机会。

说着上顶棚把东西取出来：也算我不枉读了一场圣贤书。

三德子：何师爷，您放心，这东西交给我们，这件案子就水落石出了，再不会出什么纰漏。

何师爷：既交出了，也就不怕纰漏了，一切无所谓了。好，天晚了我也不留二位了，多多小心，外边正在抓人。

三德子、法印拿了东西告别。

街上。夜。

康熙拉着锦红在街上东躲西藏，钻来钻去。

到了正街，俩人刚要出胡同，看见了法印、三德子正被官军盘问，边问边吵。突见一群官兵把两人围住，索安仁骑在马上，一身甲胄，后边四个黑衣高手。索一挥手，把三德子、法印锁起来抓走了。

康熙看到这些，知大事不好。

康熙与锦红悄悄退。

锦红：你这是拉我去哪儿？

康熙：咱们去一个地方吧，事儿已急迫了。

锦红：我不跟你去！

康熙：你想不想救你爹了？

锦红：你连这个也知道了，你是什么人？

康熙：到了地方就知道了。

宜妃处屋内。夜。

宜妃：怎么还不回来呀？不会出事儿吧？

小桃红：不会吧，一个机灵，一个稳重，不会的。

宜妃：可我这右眼看东西都双了，不好，怕是出了岔子了。

正说着话，听见敲门声。

宜妃：哎！回来了！快去，快去开门！

小桃红急急去开门。

宜妃高兴起身，自己斟水想给二人喝，边斟边说：怎么去了那么久啊，让人放不下心。刚我还想呢，这次说是跟着万岁爷一起出来了，但没怎么见着他的面，净为他操心了。说出去人家都不信，万岁爷扮的是叫花子……

宜妃说着正回头，看见康熙与锦红已经进来了，站在门口。宜妃惊住，一时不知该说什么。锦红看到宜妃也极不自在，欲退又被康熙拉住了手，二人进。康熙理直气壮坐在了太师椅上，让锦红坐下。锦红在偏座刚要坐下，宜妃与小桃红跪下给康熙行大礼。

宜妃、小桃红：奴婢见过万岁，祝皇上万岁万万岁。

锦红一看这景，是坐也不是，站也不是，跪也不是，站起坐下，不知如何是好，终于还是勉强跪下了。

康熙：免了，都免了。坐吧，锦红。

锦红低头不语。

康熙：事已至此，朕也不能瞒你了，你们相互认识一下吧。这是朕的宜妃，这是宫女小桃红；此乃罗世长的女儿锦红。

锦红低头垂泪，突然忍不住站起来要跑。

康熙飞身过去把门关上。

康熙：为什么要走？难道对朕有什么不满吗？

锦红：不敢！让我走！

康熙：不行！出门等于自投罗网。

锦红：罗网是网，但比被人耍弄来得真实。你以为你是万岁，是天子，就有权力拿一切人的悲伤、冤屈当作你游戏的佐料吗？放开让我走！

康熙：话说到哪儿去了，要走待我把话说完。不错，常人看一个大清的帝王扮作叫花子实在不成体统，有失九五之尊，但我觉此次微服实在比朕读几年书来的心得还多，如果我不这样做，我怎么能知道世上还会有小童丐这样凄惨的人？怎么还会知道朕一直信而委以重任的官吏是那等的贪婪？怎么会知道农民种田所要经历的人祸天灾？怎么会知道你父亲罗世长到底是该奖还是该惩？怎么会知道这个国家除了那些大事之外，要管的还有这么多的小事？自古来为帝王这把椅子，多少人梦寐以求啊！真坐上，真要想在青史留名的帝王，谁又不觉得那把椅子里滚烫滚烫的，无一日不在煎灼着你的体肤，消耗着你的身心。

不错，朕是扮了个叫花子，听到了你们的真话。你们有仇恨，有怨言，你们骂过朕，甚至要想杀朕，那时朕也觉自己该骂，该杀。朕没把事情办好，难道不该让人骂吗？骂得好，骂得朕清醒了。一人活在世上，不求能时时清醒，关键时能清醒，难道还有比这更为重要的吗？

朕扮叫花子有什么不对？朕是为了自己的江山扮叫花子。再说叫花子不也是朕的子民吗？朕不该知道他们吗？话又说回来了，你不是为了救父也女扮男装了吗？你不是也在隐藏着一种无奈呢吗？

小桃红有饭吗，做一口吃，我们倒是跑饿了。

宜妃微带冷酸：这位姑娘，能留还留下吧。我是在宫里待了这么多年了，但还从没有听过皇上为留下个女人说了这么多的话呢。你要真走了，就该算是不知趣了。

锦红被康熙一番话说得不哭了，也品出了宜妃话里的意思，倒把她好强的心给触动了，回身去坐，不走了，很多人不是想有这机会还等不到呢吗？

宜妃：敢情刚才演的是戏呀！你们倒是都会扮啊！

说完自己生气进里屋了。锦红带着一个女人固有的那种胜利感，看着康熙笑。

康熙：哎呀，你看到了，当个皇上容易吗？

锦红：对了，我怎么就能信你是皇帝呢？

康熙：我知道你现在已经信了。

锦红：凭的是什么？

康熙：凭的是朕的气度。

宫内。夜。

太子与随从夜马出宫，往索额图府去。

索府大门。夜。

太子急急下马，和随从进。

索府书房。夜。

索额图在看书，太子急急进。

太子：叔姥爷，你还看得下去书呀！青州的事儿有消息了吗？

索额图：急什么，坐呀！刚收到安仁的一封信，他已经动手了，此事我早已想好了，来，你坐。

太子：我是寝食不安，总觉弦绷得太紧了，若青州事儿不成，牵连出来，罪孽就大了。

索额图：不碍，此事若在青州了了，一切无话，你登基，天下太平，我们也算效法了唐太宗逼宫。万一不成，我已密告索安仁，杀洪原道、罗世长，以求死无对证。像我们这么大的官爵，封是一步步地封上来的，垮也不至于一下便垮，万岁爷也不会做那无凭无证的事儿吧？没有证据，你做你的太子，我当我的阁老，就当一切没有发生。

太子：索安仁能办成吗？

索额图：你放心，安仁做此类事，在你我之上，且我派去的四名黑衣武士早就到了。

大牢。夜。

索安仁亲自来提人。

差役喊：提假和尚、假尼姑上堂。

牢内法印与三德子与五莲县的乡亲关在了一起，一听要提他们上堂，三德子有点慌。

法印：怕什么，你连上堂都怕！

三德子：我怕个屁！金銮殿的大堂我都见过，这小堂我有什么怕的。我是怕这……

说着拿出账本来，对父老：三位乡亲，刚一聊也知你们是为了救罗世长关进来的，咱们同路，这儿有狗官洪原道的贪赃实证，交给你们三位藏好，千万，千万，这就是罗世长的命。你们不是要救他吗，这就能救他。我们去过堂了。

二人出监。

青州府大堂。夜。

洪原道升堂，众衙役大喊堂威。

洪原道：带人犯。

衙役：带人犯。

法印、三德子披枷带锁地上来了。三德子还是穿尼姑袍，看起来非常可笑。何师爷看到两人紧张得不得了。

洪原道：堂下何人，见本官为何不跪？

法印：堂下乃是两个出家人，出家人不打诳语，除了见菩萨跪拜，见你一个俗人怎么就该跪下呢？

三德子：哎！说得好！法印，原以为你口讷，没想到关键时候还嘴不饶人啊。好，说得好！

法印：这不是有嘴就能就出来的，要有气，有气势。

索安仁坐在一旁一看二人气焰，一使眼色，两个差役下堂一人一棍将法印、三德子扫倒在地，跪在地上。

法印大怒，挣扎起，又被扫倒，再起，再倒。

三德子：和尚，不是咱要跪的，是他们打跪下的，不能算丢面，好汉不吃眼前亏。

法印无奈瘫坐于地。

洪原道啪地惊堂木一拍：大胆刁民，竟敢装作出家之人，来本府犯案。所犯为何，从实道来。

三德子：出家之人又不是七品的县令、四品的知府，有什么好冒充的，要充就充官，充个出家人有什么意思。是出家人就是出家人，出家人吃百家饭，别说一个青州了，十个青州我们也走过。去西边取经，到东边挂单，走一路吃一路，念一路经。府台大人您说我们犯案，我们犯了什么案，你有什么凭据？说出来，说准了，我二人情愿伏法。

法印：说得好！

索安仁：大胆狂徒，是府台审你们，还是你们审府台？禀府台大人，这样的狂徒，只有严刑以杀其所恃。

洪原道一拍惊堂：来呀！

众衙役：在。

洪原道：重重地打！

众衙役：威——武——

刑具撂到二人面前。

三德子：和尚。

法印：在。

三德子：这回可要来真格的了。

法印：来吧，不打不痛快，疼了就喊。

三德子：对，疼了就喊。来吧！

众衙役刚要动手，何师爷耐不住了。

何师爷：府台大人，小吏有话借府台大人一步。

洪原道：上来说。

何师爷上前耳语：府台大人，你没看出那个尼姑是个假的吗？

洪原道：那还用看吗？本官早就看出来了。

何师爷：你没看出他曾来过吗？

洪原道：这倒没有。

何师爷：他是于世龙手下那个差人，于世龙不日来青州，若将其差人打伤，到时不好交代，事儿就更难办了。京里的人可以拍屁股走，你怎么办？还是留条后路好。

洪原道瞟了一眼索安仁，觉师爷所言有理：我去看看，他到底是个什么人。

洪原道下得堂来，走到三德子面前，扯扯三德子的尼姑袍。

洪原道：于大人的手下，真是能干得很啊！我们见过。

三德子：不错！

洪原道：为什么不早说？

三德子：试试府台大人的眼力。

洪原道：起来吧，来呀，开锁。

索安仁：洪大人，不妥。

洪原道：为什么？

宜妃处。夜。

康熙与锦红锦帐度春宵。

锦红：真应了你的话了，你是个到叫花子堆中找女人的风流子。

康熙：是找美人。

锦红：不敢当，你那宜妃才是美人。

康熙：这可是真心话？

锦红：女人之间难以说清，今天没有宜妃那堆话，这事绝不至如此。女人间往往会自伤自残。

康熙假装要起：那我现在去安抚她。

锦红一把抓住：那怎么行！刚听你一席的豪言壮语，以为你真是一个时时刻刻以国事为重的君子呢。

康熙：其实呢？

锦红：其实是个风花雪月的浪荡子。

康熙：时时刻刻地豪言壮语，可爱吗？

锦红：那样也许更乏味。

二人相拥。

宜妃处。夜。

宜妃坐立不安，小桃红在一边瞌睡。

宜妃：这就是做男人的权力，做帝王的权力。天天地想着他、盼着他、养他、喂他，他到时候给你带了个女人回来。江山社稷呀！屁，居然连叫花子堆里的人也会喜欢了。我怎么就会吃这样人的醋呢？看那个女子的样，会哭呢，会撒娇呢。对了，身上一定也有虱子，我绝不会吃这样女人的醋，那就太小看我自己了。桃红，你说这样的女子配让我吃醋吗？她不配。

小桃红：那您现在……

宜妃：我现在不是吃醋，是愤怒，是生气。……好，咱们睡吧。

小桃红起身把门插上。

宜妃：哎，你别把门插上啊！他待会儿如果要来赔不是，我还想听听他说什么呢。

小桃红：都这样了，还有什么不是要赔呀！

于世龙驻地。夜。

于世龙在看书，看着看着烛光突然灭了。

于世龙：掌灯。

差人上来点灯。

于世龙：怎么灯会突然灭呢，并没有风啊。几更天了？

差人：刚三更。

于世龙：离青州城多远了。

差人：二百里地。

于世龙：三皇子的差人走了吗？

差人：昨天走了。

于世龙掐指一算：明早，黎明起程，直往青州去。

差人：嗻！

于世龙自语：旁人看我清闲得很，走走停停，既不问案，也不见客。哪知我这一天天地有多么操心啊！牵一发而动全身，京城里已经是全身抖动了，可这边还不见什么消息。

七

大牢内。

木匠在给三德子、法印打造站笼。索安仁在旁边看着。三德子、法印大骂。

法印：古人说画地为牢而不行，你们给我杀了吧，游街，我不去。

三德子：姓索的，现在不是时候，我不能说出来我是谁，但你记住，到时不单你要怕我，连你的主子也要怕我。

索安仁：过了这时候，就再没时候了。你是谁，你知，我也知，你不说，我也就不说了。但有一条可以放过二位，你们也知道我想找谁，把他在哪儿说出来，天地是另一番天地，二位就不只是现在的二位了。

法印：狗屁！佛祖恕我骂人，似此等人我不骂他实在压不住火。该游你就游，父母生的一张脸不是给人认的吗？再看再认，好人还是好人，坏人就是坏人。

三德子：和尚骂得好，俗话是不冤不乐，没什么大不了的，待着也是待着，待哪儿也是待着。咱们俩站好了，让街上人看看什么叫忠义不屈。

索安仁命游街队伍先行出发，然后叫出四个黑衣人。

索安仁：你们混在街上跟着车走，凡是看见有与车上二人相识的，先抓起来再说，去吧。

街上。

法印和三德子的囚车从街上过，上写：玷污佛门之狗男女。

前行大锣哐哐敲着，不明就里的人往囚车上扔石头、泥巴。

宜妃处屋内。

康熙居中，宜妃、锦红偏坐在说话。

康熙：转眼出来十来天了，不知京城如何。宜妃。

宜妃：奴婢在。

康熙：于世龙有信来吗？

宜妃：有差人来过，说京城树欲静而风不止。

康熙：风也不是什么大风，朕倒是真想弄清风的来处呢。

正说着话，外边锣声阵阵，小桃红慌张进。

小桃红：主子，大事不好了，法印和三德子被囚在笼子里游街呢！

宜妃：什么？人怎么样？

小桃红：人没见怎么变，两人边游边骂。

锦红看了一眼康熙：事已至此，你……您还不出手吗？真要出手，我虽是一女流，愿首当其冲。

康熙：不碍的，让他们游游也没坏处，越游主子越欠奴才的人情。此次朕苦也苦了，饿也饿了，他们游游街或许会觉平衡些，出来一趟总要有所表现。

三德子、法印过此门，大喊大叫。

宜妃有点不平：倘这二人有性命之虞，岂不……

康熙：不会有性命之忧，要么青州府确实不知朕已到此，要么……他们是想引朕出手，好一网打尽。哼，不出来不见人心。只是不知何师爷的证据要到手了没有。

拿出万民帖看了看：这个朕留下了，将来昭示百官，可惜它还不是个证据。锦红、小桃红听旨。

锦红：臣在。

小桃红：奴婢在。

康熙：锦红，为防不测，你速去迎八府巡按于世龙，让他务必在今天子夜赶至青州府大牢救驾，多带锦衣卫士。这是一把朕用的扇子，拿给于大人看，他就知道了。小桃红，朕这有一封不具名之书信，速去何师爷处传送，朕想让他坐而静观。宜妃！

宜妃：奴婢在。

康熙：你速速再给朕准备一身叫花子服，朕有用。

宜妃：还有什么用，街上不是在大抓叫花子吗？

康熙：不错，朕就是想让他们给抓进大牢中去。

宜妃：那……那不是很危险吗？

康熙：也许并不危险，最起码不会比这儿危险。宜妃，此地不宜留了，完了事你和小桃红也迎于大人吧。

说罢，康熙看着三个正要动的女人，感慨：没想到现在只有三个女人可供朕调派的了。朕原在战场几十万的大军也指挥过，此次实在不失为一段佳话。小桃红有酒吗？咱们喝上一杯酒，然后各自行事。

小桃红拿酒。

康熙亲自为三个女人斟酒：朕此次出来甘苦寸心知，为江山社稷谁也当不得一个谢字，来干了这酒，大家平安吧。

宜妃抽泣：奴婢觉得真是悲壮得很。

众人喝酒。

大牢内。

索安仁看着给文丐用刑，抽一下，文丐骂一句。

文丐：天底下叫花子你抓得尽吗？我怕什么？大不了天天在这儿有饭吃。

索安仁边走边看，突然看见缩在墙角的武丐。武丐听见皮鞭声，浑身抖动。索安仁走过去刚一碰他，他便吓得不得了。

索安仁：看他是个文弱之士，尚且能禁住鞭打，你这样的精壮，怎么抖得像块辣豆腐？

武丐：大爷饶命，他是他，我是我。他自小读过两天圣人书，他傻，不知疼。我可没读那些害人的书，我不愿意挨鞭子。

文丐：君子当仁不让，抽鞭子权当验我的道行够不够呢，哈！哈！

索安仁：不是每个人都要挨鞭子的，不打勤的，不打懒的，专打不长眼的。

武丐：我可有眼，看得很清楚。

索安仁：你看清了什么了？

武丐：我看清了您是这儿的头儿，您说打谁就打谁。

索安仁：不错！还看清什么了？

武丐：您要问我话。

索安仁：又猜对了。但你知我要问你什么吗？

武丐：知道。

索安仁：哈！你真不错啊！知道了就说吧。

武丐：您想问这几天我们庙里是不是来了生人。

索安仁：哈！你没读书真是可惜。好，你既知道了，就说吧。

说着话玩着烧在灶上的烙铁，吓武丐。

武丐恐惧地看着：这些天我们破庙先来了一个杆子头，有功夫，后来才知道她……她是个女的。

索安仁翻动烙铁：这次你可说错了，我问的不是女人。

说着要举烙铁。

武丐：别！别急，男的也有，后来又来了个男的，不像叫花子，他一来出了好多怪事。

索安仁：噢！什么事？

武丐：他刚来的那天就拿出一块肉来，哎，不是平常的肉，是鹿肉。后来街上总有两男两女四个人追着我们这些人舍粥。

索安仁：也给他了吗？

武丏：我看像是给我们是虚，给他是实，追着他给。

索安仁：还有什么怪事？

武丏：他许是个大人物，他……他没长过虱子。

索安仁：为什么？

武丏：他来的第一天晚上，杆子让冲衙门，他不让，说夜里有变，后来……

索安仁：怎么样？

武丏：后来就真有变了。

索安仁：他现在在哪儿？

武丏：不知道。

索安仁生气拿烙铁：你是逗我玩儿呢！

武丏：真不知道，那夜一起跑了。但我知道那四个舍粥的人在哪儿。

索安仁：好！快说出来！

武丏：大宏胡同，留春园。

索安仁：你是个好样的，不过，我一生很讨厌没有骨气的人，这观念我现在也不想改了。

说完拿起烙铁在武丏身上狠狠一烙，武丏大叫。

索安仁：还有一点记住，以后，不要说读书人的坏话。

文丏哈哈大笑。

宜妃处。

索安仁带兵冲了进来，奢华依旧，只是人去院空了。索站在阳光下深思，四个黑衣人在他身后。

大路。

锦红骑在马上奋力奔着。

青州府内。

洪原道没了主意，在地上走来走去，何师爷看着他。

洪原道：读圣人书，我一生只学了个中庸。原以为可以用这两个字畅行天下，现在好，非要把事做绝，拼个鱼死网破。到时破网的是京官，死的鱼是我，很不值，真是骑虎难下。何师爷，你我这么多年了，你说说我该怎么办?

何师爷：你要听真话，还是假话?

洪原道：这时候你还让我选择，我现在碰到选择就抖啊。我一生怕听真话，又疑惑假话，搞到今天反觉自己是个失败者了。你说吧，真话假话都说吧。

何师爷：真话，如我是现在的你，打起官印行李。

洪原道：逃跑?

何师爷：不跑，去迎八府巡按于世龙，辞官请罪。

洪原道：害我，害我，有些罪是可以请掉的，现在的罪是大罪，请也请不掉了。

何师爷：没请怎么就知请不掉呢?

洪原道：你还是说说假话吧，真话也许对我好，但我实在没这个勇气了。

何师爷：悬崖勒马，最起码不能犯上作乱，你要再搅进去，绝没有你的好处。

洪原道：这倒是一句我想过了的话，但不能马勒住了，我在此坐以待毙啊。不能坐以待毙。江山这么大，不信就没有我洪原道藏身之地。

牢内。

三德子、法印被游街押了回来，狼狈不堪，又累又饿。三德子、法印被关进与五莲乡亲一起的大牢，斜对面是罗世长。

乡亲甲：二位爷受苦了，来，来快坐下吧。

三德子：哎呀，哎呀，慢点，慢点……受点苦倒没什么，罗世长啊罗世长，你御状也不会告，写了一天一地的字，没有证据，好事没办好，害一干的人跟你受罪。

罗世长：这位兄弟，罗世长害你受苦了。

乡亲甲对三德子：你咋能这么说话呢?你受了什么罪啦?谁让你跟着受罪了?看你还怪机灵的，不说明白话。罗大人是为了一县的老百姓呢，都是人，都是好人哩，吃自己种的粮食，还养活你们，怎么啦，他放着好好的官不坐，来蹲笆篱子。我们进来，是我们愿意，我们陪着他。你不愿意你出去呀，谁又没让你进来。

三德子：嘿，你怎么这么说话呀!

法印：乡亲说得对，你不愿意你出去呀!

三德子：和尚，你也说起便宜话来了，我想出去，出得去吗？再说了，我也没说别的呀，我只是说他不会告状。

乡亲乙：原本我还给你留个菜团子呢，现在这个给和尚了，你甭想吃。

三德子：这叫什么呀！我这里好心办好事，倒落了埋怨了。

法印边说边吃：活该，祸从口出，谁叫你想什么说什么的。

三德子：埋怨就埋怨，但我还是那句话，要想告状就抓他们死证据，要不告不下来。打草惊了蛇，反累别人。我怕什么呀，大不了饿一饿，苦一苦，可和尚你没想到万……三爷他容易吗？他这一趟子出来受的罪告诉谁，谁也不信啊！我们在这儿……

法印边吃边听，一眼看见了被官兵带进来的康熙：你也别为他受屈了，看来咱们一时半会儿也别想着出去了。

三德子也看见了押进来的康熙。

三德子：坏了，不禁念叨，我这张乌鸦嘴，啐，哎！军爷，这儿，这儿有空地。

别的笼子都满了，军爷把康熙往三德子这儿送，康熙路过一笼子看见了小童丐。

童丐：大个子，你怎么也进来了？

康熙边走边说：想你了，进来看看你。

童丐：我去你那儿行吗？

康熙：来吧，军爷，这孩子是我的亲戚，烦你给他关我这儿来吧。

军官：走你的吧，这是什么地方，旅店呀！

小童丐从一缝中钻了出来，追着康熙跑过来。军官看见生气，动手就打，康熙眼疾手快，一掌将军官隔开，众囚看着大声喊好。军官怒，又要上手。童丐躲于康熙身后。

康熙：慢着，他一个孩子犯了什么法？犯的是没饭吃的法吧，你有孩子没有？

军官：有。

康熙：天下的孩子都一样，对这孩子该像对你的孩子一样。

文丐：哎！假花子，杆儿头在哪儿呢？

康熙回头看见文丐：文丐，你也进来了，受苦了，杆儿头安然无恙，稍有变化的是……

文丐：变成女的了，比原来更美了。

康熙：说得不错。

文丐：你小心点，他们正找你呢。

康熙略有所思，慢慢回头，看见武丐缩在角落乱抖。

康熙：好啊，我这不是进来了吗？

军官在外边一推，康熙、童丐进了三德子这一笼。

三德子、法印站了起来。

三德子欲泪无泪：万……万……

康熙：万语千言咱坐下说。

乡亲甲：你们认识呀？怎么这里边关着的不是亲戚就是熟人啊！

青州府内府。

洪原道与妻妾在忙着收拾箱笼细软，准备逃跑。一个小妾边哭边缠着他。

洪原道：一起走，一起走，我怎么能舍下你们呢，别吵了，再吵，全家没命。

洪原道摔东西。

内府索安仁处。

索安仁当着一个小妾的面兑毒药，很小心谨慎，很讲究细致。

索安仁：这是马前子碾成的粉，这是干河豚胆，把它们兑到酒里，人喝下去，一下就会进到一个美的梦里。满地的紫花，中间开一朵金色的花。手脚突然像丢了一样，人像是一片云浮起来，想怎么飘就怎么飘，越来越轻，慢慢地飘起。过了凡界，天一下白了，南天门就在面前，仙乐传来，锦衣玉食，列于四周，天界已到了，一切烦恼尽消。

边说已将酒兑好了，举杯子给小妾喝。小妾喝了毒酒，入神地听着看着，突然向前栽倒。

索安仁毫无表情地看了看，摸了下鼻息：有些人把这称为死，有些人把这称为亡，我倒觉后一个字是对的。离开凡界，逃向天庭不是亡吗？逃走的意思，死有什么不好？谁能说活着就一定比死了要好？

宫内。

太子不断地在帐中换着女人干着那事，已有些疯狂。

太子撩开帐子，推出一女子，大喊。

太子：快！再换一个，换一个！

太监举一女子来，太子刚合了帐子，突又把这女子推了出来。

太子：不好，这个不行，换，换，再换！

索额图进来。

太子：叔姥爷，你先出去，出去，让我尽个兴。

索额图：太子殿下，你怎么会这样，难道连自己的身子都不要了吗？

太子：不要，不要了，我要这身子干吗？我害怕，我害怕，不干这事，我一刻也待不住。我怕！我怕呀！叔姥爷，这身子有什么好的，它生出那么多的欲望、那么多的恐惧，它在我心里搅来搅去，煎我，熬我。地狱呀，在皇宫里我过的是什么日子，地狱呀！叔姥爷，我停不下来，别让我停下来，害怕追着我，要把我吓死了。

他浑身汗淋淋，一把抱住站在床边的索额图，大哭起来。索额图温柔地长辈般地抚摸着太子的头，安抚着他。

索额图：别怕，谁又不怕呢，我也怕，这一辈子就是从刀刃上过来的。怕也没用，什么也不怕的日子就要到了。

牢内。

康熙严肃地在看着三德子从老乡那要回的账本、证据。

康熙：没想到，没想到，偌大的一座粮库是空的了，空了三年。我一直以为自己勤于朝政，一丝不苟，这三年的事，我竟一丝都不知道。下边人骗上边人实在是太容易了，贪官横行，贪官横行。

童丐：哎！大个子，你想什么呢？

三德子：别搅和，我跟你玩吧。

康熙：不碍。众位乡亲，出来时农事可忙过了？

乡亲甲：你这人真面善，我也不知你们什么关系，不过因了这档子事关进来的，咱们都该算一路人。不但庄稼种了，罗大人将税粮也发给大家做了种了，青天呀！没有种，一县的人完了，一县的地荒了，一年荒，三年都缓不过来呢。恩人呀！那不关在对面了，睡下了，好人要是这下场，那我们农民种地也没什么心情了。

康熙：好人就是好人，要是世上好人都无好报，不是乾坤颠倒了吗？你放心，有个道管着世界呢，管着人，管着五谷杂粮，背道而驰无好报。

康熙把账本递给乡亲：这东西你们一定收好，等八府巡按来的时候交给他，不单能救罗大人的命，连你们一县的百姓也能受益。切记啊！

乡亲甲：您看得这么明白您就收着吧，咱们还分个你我，不都是一个样吗？

康熙：倒是不分你我，但你们交上去比我交更能服人，你是五莲县的百姓不是？

乡亲甲：是啊。你是什么县的，听你的口音不是此地人吧？

三德子：打听那么多干吗？知道多了又不当饭吃。

乡亲甲：嘿！我又没和你说话，你插的哪门子嘴，这一牢里就你不地道，看着像个……

三德子：像个什么？

乡亲甲：像个拍马屁的下人。

法印：你算说对了。

三德子：哎！和尚你又跟着念歪经。

正说着话，罗世长醒了，爬到笼口大声讨水喝。

罗世长：牢头！牢头！讨口水喝，喝口水啊！牢头！

牢头：喊什么喊，还有几天喊头，告诉你一口水一大枚啊，没有就渴着。

罗世长递两大枚：你这水比酒还贵呢！

牢头：对了！没有你这水哪儿来我的酒呢。接着啊，洒了我可不管。好，一口两口，行了，再喝还得给钱。

罗世长：干吗偏偏我喝水要钱，别人就不要？

牢头：你是个官，他们是要饭的，不问你要问谁要？

罗世长：我是官儿不错，可我是个没钱的清官。

牢头：蒙皇上去行了，有几个官是清的，跟你说，就连我这小小的牢头都不清，你一个七品想清也难。喝不喝了？不喝我走了。

罗世长：不喝了，你走吧！

康熙看得生气，突然回头问三德子：怎么会这样，天下真这样了吗？

三德子：您别生气，这不奇怪，自古阎王爷好过，小鬼难缠。

康熙：啊！啊！要教化的事儿还真不少呢，真是大开眼界，大开眼界呀！

罗世长对康熙：这位仁兄很有些浩气呢，只是见识少了。

康熙：说得对，这种见识多了大概会麻木。

罗世长：也未必，牢记所学，遵圣训，做人不会错到哪里去。

康熙：那样不是很迂吗？

罗世长：在你看是迂，在我看是坚定。君子固穷，不坠青云之志。

康熙：你现在还能这么想，很是不容易呀。没有想到过也许会死吗？

罗世长：时时在想，但死谁不是都会遇上吗？倘若能为自己所坚信之道去死，不是很幸运的一件事吗？

康熙：我不得不再说一句，大开眼界。还想问一句罗大人，你若就这么冤死了呢？沉于青史之外，永无善名，永不能昭雪……

罗世长：这倒是我害怕的。命不足惜，倘可以留取丹心照汗青真是快意非常，但死而无闻无名，如草芥一般是我所怕的，但我已不会。

康熙：为什么？

罗世长：因我做了好事，总有人或许会记下一笔吧。

康熙内心话语：人是好人，但不免也有私心啊，这种私心倒是很可爱的私心。想罢大声道：领教了，人倒是需要有这么一口气，一股信念呀！

罗世长：这位囚友，也读过书的吧？子曰："君子道者三，仁者不忧，知者不惑，勇者不惧。"

三德子嘟囔：都什么时候了，还子曰诗云呢！

索安仁处。夜。

索安仁一身戎装，收拾停当出门。四名黑衣大内高手跟着他。

索安仁走过街道，一股肃杀之气。

大路。夜星垂平野。

锦红一身是汗在路上奔驰。

锦红看到前边于世龙的行军仪仗，急急向于世龙投书。

于世龙看了扇子，大惊。

于世龙：中军。

中军：在。

于世龙：换二十匹快马，着锦衣卫与本府速速赶往青州府。

军营一片忙乱，于世龙上马，二十骑急行。

大牢门口。夜。

索安仁与四位黑衣人来到大牢门口，正赶上何师爷也来传洪原道谕，大牢闲杂人不得入内。

索安仁：何师爷，还没歇吗？

何师爷：传府台大人谕，一应闲人不得入牢。

索安仁：府台大人还在吗？

何师爷：还在。

索安仁：我是闲人吗？

何师爷：索大人，自然不该算闲人，但……

索安仁：既然不算闲人，请何师爷烦牢头把门打开。

说着左手按剑，黑衣人也有动作。何师爷无奈，递个眼色，牢头把门打开。索安仁极为镇定，充满杀机地往里走，何师爷跟上。

宫内。夜。

太子刚刚安静了，汗湿着头发，睡在索额图的怀里。索额图看着太子苍白的脸。

索额图：成败在今夜了。你是这样的弱，你怎么能担起大清的江山呢？

牢内。夜。

索安仁进了大牢，一个一个地查看着人犯。三德子、法印一下发现了索安仁，赶快从草堆上爬起来，站起来把康熙帝遮在身后。

索安仁仔细地一笼一笼地过来，看见三德子与法印。

索安仁：你们还好吗？

三德子：好字前边加个字，不好！

索安仁：不好的时候还没到呢。

三德子：我们等着。

索安仁从这笼子前过去了，突然小童丐叫了一声：大个子，你给我编的草兔子呢？

索安仁听到这声叫慢慢回头，飞快地抽剑，探进牢中，把三德子与法印分开，看见了端坐在草地上的康熙。

康熙看着索安仁，目光如电。

索安仁：找东西最易忽略的就是眼皮子底下。

使了个眼色，黑衣人上手，笼门大开，黑衣人把三德子、法印逼至墙角，康熙端坐一动不动。索安仁解开前胸，慢慢往外掏毒酒瓶。

三德子边挣扎边喊：大胆，你知你犯了什么罪吗？

索安仁：住嘴，你身上已缺了东西，嘴里的舌头也不想要了吗？

康熙：这么说，你知道了。

索安仁：知道又怎样，不知又怎样，你以为这是金銮殿吗？

回头对黑衣人：动手。

黑衣人欲上前，架持康熙。

三德子：罪该万死，此乃当今皇上！

三德子话一喊出，全牢静了。黑衣人有些退却，康熙坦然而立。

索安仁：胡说，哪有皇上这样的，毙！

黑衣人上前，康熙袍袖一挥，两人退出。索安仁用剑逼住。

三德子大喊一声，将裤带崩断，下身露出。

三德子：看！我乃无根之人，谁还敢挡驾！

黑衣人大惊跪下。索安仁剑锋一转，冲三德子而去。何师爷一看不好，挺身上前，剑正中何的前胸，鲜血四溅。法印乘机出手，一下将索安仁的剑震掉，上前抱住何师爷。

法印：阿弥陀佛，罪孽！罪孽！

牢门大开，于世龙率锦衣卫至。锦衣卫高喊：八府巡按于大人到。

牢内之人全回头看，然后跪下。没跪的只有两人，索安仁和康熙。

于世龙看到康熙跪下喊万岁。

众人礼拜高喊：皇帝万岁，万万岁。

康熙看着依旧没有跪下的索安仁。

康熙：你到现在还不跪吗？

索安仁：已经没有跪的道理了，大丈夫死而不悔，效忠而死不是什么丑行。

康熙：你没帮你主子什么忙，你把他害了。

索安仁：一切是天意，你命不该绝。

康熙：人间正道怎么会绝呢！死而不改的人很可怜了，你不觉得吗？我真的不想让你带着罪恶的想法去死。

刚一说完，三德子、法印齐手打索的腿，索安仁欲倒又站，挣扎中掏出毒酒灌进口里。

索安仁终于站不住，倒在康熙脚下。

众人狂呼，笼门大开，众人涌向康熙。

于世龙：不得惊驾，不得惊驾！

康熙：不碍的。

童丐拉着康熙的衣服：嘿，大个子，你怎么了，你是谁呀？

康熙：我还是大个子呀，没变。

众人将康熙拥出大牢，欢呼雀跃。

街上。夜。

洪原道欲逃，被锦衣卫捉住。

五莲县。日。

麦苗一片，众乡亲在干活。

金銮殿。

康熙已是一身皇袍，威严、凝重而温暖。百官跪拜，山呼万岁。

康熙：孔圣人在听到季氏“八佾舞于庭”用了天子方才能用的礼乐时，说了一句话：“八佾舞于庭，是可忍也，孰不可忍也!”朕以为这种事只有史书中有，没想到现实无非是历史之重复。

众大臣，包括太子、索额图都在。三德子开始宣诏。

三德子：奉天承运，皇帝诏曰……废太子，皇储之事容以后再议。索额图虽功名昭著，但不思检点，即日免去一切官职，押入宗人府，等候查实。青州府知府任期内贪赃枉法，民愤滔滔，斩立决。所贪之赃物，还于青州百姓。钦此。

太子、索额图、洪原道均被押下。

康熙：五莲县罗世长。

罗世长出班跪下。

康熙：你能代君买善，此举大有古人风范。你也给朕上了一课，重农实不只在嘴上，遇事当以民利先行才对。朕此次青州之行，遇到你是一大幸。着吏部封罗世长为青州府知府，即日上任。

罗世长谢恩。

康熙：朕此次私访也得一红颜知己，朕已带回后宫封为红妃了。还得一小义子，乃一无父无母的苦人儿，朕带回京城，使其学习上进，以示天慈。众爱卿，正事谈完了，我说一件闲事，你们谁长过虱子?

百官有流民图之教训，无一人敢应，面面相觑。

康熙：没有吗？朕长过，白色的小小的虫子，实在是种经历，哈!

说完站起来口占一律：

六御重经历下城，频将疾苦问苍生。
肩摩毂击风犹在，土沃农恬世久平。
户户春灯佳节过，村村社鼓乐郊盈。
韶年渐布阳和泽，淑气晴光仗外横。

康熙边走边吟，百官静听，声音回荡。

八宝粥记

一

宫内戏园后台。夜。

锣鼓声中，后台忙乱。一张卸妆的脸，女妆卸了看却是个男的。跟包的递水喝。衣箱忙着分发戏装。

演员甲边跑边说：铆上了。

演员乙边跟边说：翻四个加虎跳。

刚卸了女妆的男演员又在忙扮丑——崇公道，跟包的递水。扮玉堂春的男旦过来。

崇公道满腹心事，对跟包的：今天我穿白的吧。

跟包：皂吏皂吏，哪儿有穿白的呀？您平时该穿什么还穿什么吧。

崇公道：我倒想演个无常给皇上看呢。

跟包：您可别！

玉堂春：师哥，我有句话，不知当说不当说。

崇公道：说吧。

玉堂春：这回您在台上，别说那么多话，这可不是荒郊野场子。再说了，国事有大臣们管着呢，咱们演好了戏就得，犯不着……

崇公道：犯不着的话我不会说，我有火候……

宫内戏前台。夜。

台上台下挨得很近，只高出个台阶，像堂会。众把式翻跟头，用力，台上火爆。

康熙坐在台下陪太皇太后看戏，稍后左谨妃，右红妃。太皇太后看着高兴。

太皇太后：今儿个他们是看着你来了，多翻了几个跟头。

康熙：下次孙儿多陪您看戏。

太皇太后：好，赏下吧。

三德子托着银子给台上人递过去。台上谢恩。

宫内廊子。夜。

宜妃、小桃红急急地往这儿赶。

宜妃边走边怨：我说穿那件大红的就行，你偏让我换这水粉的，眼见得迟了吧。

小桃红欲跪：奴才让主子生气了，万死。

宜妃：免了免了，来不及了，快走吧！

宫内戏园门口。夜。

三德子在等着宜妃、小桃红，远远看着来了。

三德子：怎么才来呀，左边谨妃，右边红妃，您只能坐后边了。

宜妃赌气：那我不进去了。

三德子：您别不进去呀，正戏还没演呢。

宜妃：我又不是来看戏的。

三德子：主子，您不看戏，上戏园子干吗来了？

宜妃：我……我是为了看万岁爷。

三德子：嗐！不耽误您看。快进吧，那不是给您留着座儿呢吗？

宜妃生气进。

戏园台上。夜。

火爆场面刚过，南怀仁一身官服，拿了一盏很亮很亮的电石灯上台了。

南怀仁跪下：给太皇太后、万岁爷请安。

太皇太后：哟！洋大人也要唱《滚灯》啊？

康熙：他是个懂历法、会看天文的比国人。他好做些机巧的玩意儿，今儿让他上台给您解个闷。

太皇太后：人就是不一样，真有黄头发蓝眼睛的人，天下也真大。他会说咱的话吗？

康熙：会，来了多少年了。

看着南怀仁的电石灯火苗长而亮，问：南爱卿，你那是个什么灯？怎么那么亮啊？

南怀仁：万岁爷，这是一盏电石灯。

康熙：怎么不见捻子，烧的是油还是蜡？

南怀仁：烧的是气。

太皇太后：没听说还有烧气的，灯要是会生气，那可行了。

南怀仁：对了，这就是盏生气的灯，生不出气来它就不着。

太皇太后：来这么两年，你连相声都学会了，你可真是个洋人，会出洋相。灯也有生气的吗？今天我可捡了乐子了。

南怀仁：老太太，我给您看看，这气是怎么生的，它要不生气就不着。

说着把灯上半部掀开，跪下为给太皇太后和康熙看：这里边是电石，把电石泡在水里就生出气了。它一生气，这气从这嘴子里出来，一点就着了。

太皇太后：啊，还真是生气生出来了的，这是你琢磨的？

南怀仁：回太皇太后，不是，是我跟出这石头的乡下人学的。

太皇太后：你倒是个好学的人啊。看着你我就想乐，今天你可给我的戏搅了，咱们净说灯了。

南怀仁：没有灯，这夜就不亮。就像没有万岁爷，这大清的江山就不光明一样。

太皇太后：好，好，说得好，你还会说个吉祥话了。

南怀仁拿出圣经：太皇太后老祖宗，我这儿还有本比灯还亮的经文，哪天我过去给您读读。

太皇太后：是你们洋和尚读的经吧？有空你来念念吧，我听听。

南怀仁：谢太皇太后。

太皇太后：别谢我，你给我讲经，我得谢你。

康熙：你传教都传到这儿来了。这灯这么亮，怎么不多点儿盏？

南怀仁：演戏的人不高兴，他们说这东西有味道，很臭。

太皇太后：确有股怪味儿。

南怀仁：他们说闻多了会咳嗽，唱不出来了。

太皇太后：你净给人家捣乱。好了，点一盏不碍的，挂起来吧，多亮的灯啊！

挂起一盏电石灯。

南怀仁欲下台。

太皇太后：别急着走啊。你说了这半天了，来呀，赏下。

三德子拿钱。南怀仁跪下谢恩。

太皇太后：免了，挺老远地来我们这儿了，怪难为你的。

锣鼓起，崇公道带玉堂春出。

崇公道：小的崇公道。说公道，道公道，公道不公道，只有天知道。

康熙：天不会讲话，它怎么判公道呢？

崇公道：万岁爷，您是天，您应该是最公道的了。您看上朝您坐在中间，头上悬着正大光明的匾额；下朝了，您还坐在中间，不偏不倚。您应该是上也公道，下也公道，行也公道，坐也公道。您若不公道，那……那……

崇公道突然说不下去了，这时台上台下都紧张，锣鼓也停下了。

康熙：那怎么样？

玉堂春上去拉崇公道，崇公道却下了决心，终于说出：那天下就无公道了。

全场安静。

崇公道扑通跪下，等候康熙发怒。太皇太后假装视而不见。

康熙：天下太大了，天下的公道都向朕一个人讨，朕有点儿忙不过来，但你说的话朕听懂了。

玉堂春也跟着跪下了。众人还不知该如何发落，康熙大度地：接着演吧。

太皇太后有笑意：敢说话就不容易，赏下吧。

三德子赏下。锣鼓重开，崇公道、玉堂春复演戏。

康熙凝神，眼前玉堂春水袖抖过，康熙一直若有所思地看着玉堂春戴的那个枷，枷在晃来晃去。

康熙回头招手，法印过来了，在锣鼓声中，康熙对法印耳语。法印听完后走，康熙复看戏。

宫内戏园后台。夜。

急急风响过，法印静静地走进后台。人们忙来忙去，法印站着看着。

玉堂春、崇公道下场。

玉堂春：爷哎！吓出一身冷汗来，让您别说，您偏说。

崇公道：说说好。皇上哪怕听听老百姓一半的真心话都好，不糊涂。说完了痛快，我也是豁出去了，没想到还赏下了。

玉堂春：丢脑袋的事儿，这赏差点把命押上，也就是万岁仁厚。

法印上前。

玉堂春：这位爷，您……

法印：二位老板，下边还有戏码吗？

崇公道：没了，最后有个过场龙套。

法印：奉旨借二位老板一步，万岁爷有话想问。

玉堂春：哎呀！这位爷，有什么话还劳万岁爷问啊？我这师哥心直，这位爷您给说两句好话吧，求您了……

崇公道沉默，玉堂春枷还没摘，就跪下了。

法印：起来吧，就是问问话。

玉堂春有点哭腔：师哥，咱们还是惊了驾了。

崇公道：惊了驾了，也好，该说的话，能说给该听的人听，死也值。这位师父，我把脸擦一把。

台上锣鼓热烈。崇公道与玉堂春不知是擦泪，还是擦脸。

宫内戏园小室。夜。

康熙已坐在屋内，三德子一旁侍候。

法印带二人进。崇公道、玉堂春进屋跪下。

崇公道：罪民叩见万岁，万岁，万万岁。

康熙：起来吧。

崇公道二人不敢起。

康熙：看座。

三德子搬了凳子过去，二人不敢坐。

三德子：万岁让你坐你就坐。

三德子给二人按坐下。

康熙：公道一词实在是朕十分想做到的，但一人与一个偌大的江山来比，如蚍蜉与泰山之比相同。古话是兼听则明，你二人无论是在哪个朝代，今天的冲撞之罪是逃不过去的。

玉堂春、崇公道又跪下：罪民万死！万死！

康熙：既知有罪，为什么还要冒犯？

崇公道：实……实在有难言之隐。

康熙：朕很想听真正的不公道之事。你二人有什么不平之事，说出来吧。

两人叩头，还是不敢说话。

三德子：说吧，有什么说什么。

崇公道跪下：罪民万死，事已至此，只有冒死一说了。罪民是个汉人，原来世代在京郊务农。自大清建业以来，京郊四周，好土好地俱被旗人占了，汉人或为奴，或转为贫地。十几年来，因旗人不善经田，光用不养，肥田都变成了恶地。而汉人的地刚刚养好，旗人又要用恶地再与汉人圈换好地。汉人走投无路，深以为不平。

康熙：我旗人善牧而不善耕，如今让他种地了，已属不易。你给他好地尚经营不了，若再给其恶地，他不是更不会种了吗？这你们该想到啊！

崇公道：理是如此，但这样不停地圈换，总是以好换恶，种地的汉人觉朝不保夕，再也不会对原以为依靠的田土用心经营。这样下去，总有一天，所有的好地都会变为恶地。人心不在田土上，田土再不回报于人，哪儿还能有收成呢？还望有个更公平的明令，于人于地于国都有好处。

康熙：没想到你一个唱戏的，想得还不少，刚赏过了吗？

三德子：赏过了。

康熙：再赏。

三德子：嗻。

康熙：这圈换田地之事，朕记住了。朕会有一个长远的打算。

二人叩头谢恩。

康熙：你这套话在演戏前就想好了吗？

崇公道：想了多日了，汉人乡亲也寄希望于我。

康熙：你不怕死吗？

崇公道：怕。

康熙：那为什么还要说出来？

崇公道：冒死一说，只要能说给您听，死也值了。

康熙对玉堂春：你把那枷摘下吧。

玉堂春不停地叩头：罪民万死，还求万岁饶恕。

康熙：起来吧。

玉堂春还是叩头：求万岁饶恕。

三德子上来给他摘枷：都让你摘了枷了，不是就饶了你了吗？谢恩吧。

摘下枷后，二人叩头谢恩。

康熙突然变色：今天之事不论如何，你们死罪难免，但朕不愿杀人以阻言路。死罪朕可饶了你们，但活罪不可恕。来呀，二人永放宁古塔，不得再入关。

二人先惊，后松口气。

三德子：嗻。

康熙：你二人有什么可说的吗？

二人：谢万岁不死之恩！

康熙：这副枷留给我吧，当个纪念。

二人再谢流泪。

弘德殿内。

法印在读佛经，于世龙在读金圣叹的《贯华堂六才子书》。

明珠入殿。

于世龙、法印：明大人您来了。

明珠：来早了吧，怎么光你们二位在读啊，还……

正说着话，汉臣徐元文至。徐是前朝状元，与明珠不和，明珠一看徐元文比自己来得还晚，生气。

于世龙、法印坐下又起：徐大人您来了。

明珠未起。

明珠：于大人、法印，你们当起则起，不当起就不该起。弘德殿讲经是侍候皇上的一件大事，迟到者该罚，以后让迟者给早来的人请安。

徐元文坐下，不理明珠：于大人，今天皇上听《孟子》呀，还是听“如有周公之才之美，使骄且吝，其余不足观也矣”。

明珠：又来了。你们汉官除了之乎者也什么也不会了，我看明朝亡就亡在之乎者也上边了。你想呀，当官的都是学子曰诗云的，弓马一点儿不会，打起仗念着之乎者也又不能杀死人。

徐元文：明大人，话不能这么说，前朝除开文科外，也有武科呀。

明珠：武科是摆设，做大官的还不都是书生。

徐元文：书生做官更不是亡国的原因了。我看在做官之人专权、敛财、腐败，胸无点墨又不学无术才会亡国。

明珠：你这是说我呢？你说也罢，不说也罢，我都不会在意你。我是旗人，正黄旗，天下是我们打的，江山是大清的江山，皇上呢是大清的皇上。别看你现在坐在弘德殿里，人五人六地要给万岁爷讲四书五经，告诉你一朝不对付，就治你的死罪。我们不一样，漫说远近还沾着亲，就是不沾亲，我是旗人，说错了话，也是自己家里人说的，不碍！

徐元文：明大人既然把话说到这儿了，那我得说一句，旗人怎么了？鳌拜、索额图都是旗人，不是一样吗？

明珠：哎，你怎么拿他们跟我比！

徐元文：不是我比的，是你自己比的。

法印：两位大人，弘德殿是讲经之处，我看将来得改作辩经处了。这么辩下去，能有什么是非？外人看了以为要出人命呢。

明珠：我看快了。

徐元文：早晚有一个。

宫内宜妃处。

康熙一醒天已迟了，忙起。

康熙：宜妃，宜妃，什么时辰了？怎么没叫我呀？看戏误事儿一点儿不错。

宜妃：我也起晚了。那只洋钟，乍送来时听着不惯，一下一下地让人起急；后来惯了，不听又觉得一天过得懵懵懂懂的。走着走着，这不，今天早晨连响都不打了。

康熙：这钟不像司晨的公鸡，你得上弦。

拿过钟来，找到钥匙，一下一下地上弦：早先宫里用的铜壶滴漏，水没有了也要加水。时间这东西，看不见，摸不着，你要想看见它，就不能让它断了，得给它加劲儿。

用劲儿过了，突然，整个钟一下子崩散了，康熙吓了一跳，手足无措：这是怎么了？

宜妃看着笑：洋人的东西就是这么怪，走，不知它为什么走，像有个人在里边推磨似的，停也不知它怎么就停了。坏就更说不清了，看一下子就散了。

康熙看着散了的钟：这倒是像崩溃了的江山，收都收不起来了。

宜妃：一个钟，你怎么又扯到江山上去了。散了好，省得吵得慌。

弘德殿内。

于世龙慷慨激昂在讲金批唐诗。

于世龙：金人瑞以为，李白在黄鹤楼诗败于崔颢，不足为怪，大诗人也不必首首皆精，但后来他写凤凰台歌全用崔颢句法，实在是拾人牙慧，败兴得很。

康熙伸手把于世龙的书接过来：金人瑞是什么人？

于世龙：金人瑞，号圣叹，乃当朝江苏吴县人。

康熙：所言怪异而不失道理，很新鲜。朕想见这人。

于世龙：回万岁爷，见不到了，他死了。

康熙：噢，那是我没有福气了。怎么死的？

于世龙：臣……臣……不好说。

康熙：死了一个人有什么吞吞吐吐的，说吧，恕你无罪。

于世龙：金圣叹为控告吴县赃官任维初，率一百生员到文庙放声恸哭，被朱国治定罪说惊了先帝之灵。后来八位首要人物杀了头，其中便有金圣叹。

康熙：谁让杀的？

于世龙：您，您的圣旨。

康熙：有此事吗？我一点儿不记得呀！

于世龙：那时您刚登基，八岁。

康熙：八岁登基就杀了八个生员？不该，不该！他们只因哭庙吗？

于世龙：实的是哭庙，虚的是告赃官。

康熙：庙是什么庙？

徐元文：庙是文庙。

康熙：汉人到自己的圣人庙去哭怎么会定罪？

明珠：据臣所知，当时文庙因祭祀先皇帝而供着先皇帝的灵牌，所以说惊了先帝之灵。

徐元文：若要说惊灵，孔圣人的灵位在先，先帝灵位在后，惊也可说是惊了孔圣人的灵位呀！

明珠：孔圣人是你们汉家的圣人，先帝乃我大清的先帝，孰重孰轻，你难道还掂不清吗？

康熙：为此而杀了八家的秀才？

于世龙：杀了八家的秀才。金圣叹死时还……

康熙：还怎么样？

于世龙：还很壮烈。

当年。刑场。

八位秀才绑缚至，准备行刑。金圣叹昂首。

金圣叹对一难友：顾兄，砍头最是快事，你我真不意于无意中得之，也算是种快意的死了。

朱国治监斩。

朱国治：时辰已到，行刑。

刽子手刚举刀。

金圣叹：慢！我有话要说。借朱巡抚一步，叫他来。

刽子手：人犯有话对巡抚大人说！

朱国治下官案。

金圣叹：请附耳。

朱国治远远地附上耳去。

金圣叹小声：告诉你个秘诀，我实在不舍得带走。告诉你，花生米就豆腐干吃……

朱国治：怎么样？

金圣叹说：可以吃出烤鸭子的味道。

朱国治大怒：斩！

回声：花生米就豆腐干，可以吃出烤鸭子的味道……

血四溅。

弘德殿。

康熙听罢愣住：不失为一壮举。朕一直以为慷慨就义易，从容赴死难，此人堪称是从容赴死了。

明珠：万岁爷，臣有不同见解。

康熙：说。

明珠：金圣叹乃一汉人，实在是对我大清江山不满，才有此举动。

徐元文：万岁，此罪名莫须有。金圣叹所哭庙乃是至圣先师的文庙，这与大清江山何干？

明珠：汉人对旗人就是有不满情绪。

徐元文：这也是有些旗人不自重、不自爱所致。

康熙：于大人你看呢？

于世龙：两位大人的话不错，金圣叹之死实在是贪官借满汉不和而钻的空子，惊灵之罪牵强得很，当年鳌拜借此来杀汉人士绅的气焰。

康熙翻看六才子书：此事现在看来，在下，也在上。江山社稷用人第一，但国民和睦更为重要。你们三人说得或都不错，你三人所处不同，自有一说。但此事总该有一个人是错的吧？那错的人……也许就是朕。

康熙说完拿起书，起身出门。

众官慌忙跪送。

苏州府后衙花园。

竹影摇动，花红柳绿。

朱国治女儿云巧在与丫鬟坠儿学飞镖。坠儿是那种率直、粗放的女子，云巧冷而有气质。云巧一镖飞出，不中。

坠儿：小姐你花儿绣得好，可这镖不该是你学的。我看算了吧，将来去哪儿都带着我，我就当你的镖了，你说打到哪儿，我就打到哪儿。

云巧：瞎说！你能总跟着我呀，你要嫁人了呢?

坠儿：呀！你可坏死了，哪儿有这事儿啊，小姐还没嫁呢，丫鬟倒想嫁人了。

云巧：小姐不嫁了。

边说边收起镖来，不小心把手割破了，惊叫一声。

坠儿：就不是个使兵器的人，将来到了哈家让人笑话。

云巧：谁让你又提哈家的！告诉你别提他们，你偏不听。

坠儿：哈家都下聘了，不提他提谁呀！

云巧：我不去！告诉你，我看不惯他那股子霸道劲儿。

坠儿：人家是在旗的，在旗的终归不一样。

云巧：我看的旗人多了，他那样的少。不说他了，爹爹这几日为什么不高兴?

坠儿：说是那个神偷，叫个“我来也”的，又偷了几个官家，抓也抓不着，生气呢。

云巧：坠儿，一个偷儿有什么了不起的，他别来，他要来了你把他给我抓住。

坠儿：好！

苏州大牢。夜。

火把中被打伤的青年被拖进大牢，扔在草堆上。

牢头问话：这小子犯的什么事儿?

衙役：偷！

牢头：又是偷官不偷民的“我来也”?

衙役：没错。

牢头：什么就没错呀！这么两天我这关进十一个“我来也”了，没一个是真的。

衙役：嗐！你管他呢！他让你关，你就关，真的假的你都别管。枷上吧。

牢头：哪儿还有枷呀，就剩这绳子了。

衙役：绳就绳吧，跑了是你的啊。

二人用绳绑青年。

宫内木匠房。夜。

法印正在推刨子做枷，康熙在打下手。三德子忙来忙去的，插不上手还添乱。

三德子：和尚，你慢点敲，看准了，小心万岁爷的手。万岁爷，我来，我来。

三德子去扶，刚一扶住，法印就砸在他手上了。

三德子：哎呀！你可真准啊！

法印：不是我准，这斧子长眼了，不砸好人，专砸坏人。

三德子：你砸了人，还骂人啊！

枷做好了，康熙拿在手里掂了掂。

康熙：好重啊！

法印：要是柏木枷还要重，在三十斤左右。长枷的罪人，锁骨能压塌了。

康熙拿着枷左看右看，突然要给三德子戴。

三德子忙着躲，赶紧跪下了。

三德子：万岁爷，这可不是试着玩儿的，您快放下！

康熙：让你试试，不是真给你戴，试试。

法印也跪下：万岁，这是锁罪人用的，不吉利。

康熙：锁了的都是罪人吗？没锁的都不是罪人吗？戏里的玉堂春没罪为什么锁她？戴上试试。

三德子无奈，戴了起来。

康熙：蛮合适的，怎么样？

法印：合适，他戴着合适。

三德子哭泣：和尚你做什么不好，偏做这害人的东西。

三德子戴上枷了，左转右转，转晕了。

江苏府后衙。夜。

黑衣人从房上落下，飘至朱国治的书房。

书房。夜。

黑衣人将门打开潜进书房，左摸右摸，把朱国治的古董和金银装了一包背起。从怀中摸出一墨粉包，在白墙上轻轻一扑，清清楚楚三个字“我来也”。

江苏府后衙。夜。

“我来也”出了书房，不想被巡夜人撞见。巡夜人鸣锣，“我来也”逃。

众家丁拿着灯笼火把出，朱国治出。

朱国治：不要放走了，张网！

众人乱搜。云巧、坠儿也出来了。

朱国治看到书房门开，急急入。

江苏府书房。夜。

朱国治进房一看，百宝槅中已去五六。

朱国治打着灯笼看到墙上的“我来也”三字。

朱国治：偷到我头上来了！

回头看一屋子的家丁看着他，故作镇定：偷我能偷到什么呀！好了，都回吧，都回吧，无非是丢了几个瓷碗。

家丁都退出后，朱国治急急取一隐藏小箱子，掀开一看，里边飘出张纸，上写“借你赃银，以惩贪性。八秀才后人：我来也”。

朱云巧此时推门进，朱国治马上把纸袖起。

云巧：爹爹，又是那个神偷吗?

朱国治：什么神偷，一个小毛贼而已，总有一天我要抓住他。

东华门。晨。

灯笼一片，百官在御史的引领下上早朝。

百官走后，东华门外停着一地的轿子。

鸡鸣，晨光熹微，百官过乾清门。

乾清宫。

百官在朝驾，百官跪。

百官齐声：祝吾皇万岁，万岁，万万岁。

三德子：平身。

百官起，慢慢抬头，看见坐在宝座上的康熙戴着罪枷，大惊。表情不一，有打自己脸的，有揉眼的，有掐自己的，有当场晕倒的，一片混乱。

官员甲：李大人，您在吗？现在是早朝呢吗?

官员乙：对，王大人，我正想问您呢，怎么看着皇上他戴着……哎呀！

康熙戴枷威严而生动，看着百官。

明珠终于忍不住了，出班跪奏。

明珠：启奏万岁，臣有万死之罪，您戴罪人刑具上朝，实在是有失大清国的国威，万望您把那不祥不法之物摘掉。臣等万死，万万死。

百官：臣等万死，万万死。

康熙：众爱卿平身，不必太过计较，如往常一样吧。朕今日戴罪人之具上朝，只为罪己。罪己一词也并不是由我而生。所谓“禹汤罪己，其兴也勃焉”。禹汤这样的盛世君主，也是因为常罪己，才使国貌勃兴的。后代帝王效法颇多。东坡大学士不也说过“罪己以收人心，改过以应天道”吗？众爱卿你们不必拘谨，只当这刑人之具，是朕的一道罪己诏吧。

明珠：启奏万岁，实在是不妥。罪己是汉人帝王的遗风，我大清国为什么要承汉人的遗风，我大清国之国威何在？

康熙：明珠大学士，你一口一个旗人，不知你说的旗人中有没有朕？

明珠：臣万死，万死，吾皇乃旗人正统，万岁何出此言？

康熙：朕乃正黄旗不错，但就血统而言，朕的血液由三族人血汇聚而成。朕之祖母是蒙古族博尔济吉特氏，我乃祖母之嫡孙，这血液中除了满族人的血外，也有蒙古人的血。朕的生母孝康章皇太后祖上乃辽东汉人佟氏，佟氏一门后追随太祖，功名昭著，虽是汉人，乃八旗中坚。我母亲既是汉人，那我血中不是也流着汉族人的血吗？像大清国的皇上血中都有三族人的血在流，干吗还要把旗人汉人分得那么清？朕今日戴枷上朝，原只为罪己，现说到此，不如把话说完。旗人优越已逾两朝，旗人汉人都是朕的子民，以后当一视同仁。朕今日先罪己，以示效法先人。众爱卿，你们难道就没有过错吗？

百官跪，筛糠一般：臣等有罪，臣等罪该万死。

康熙戴枷威武下。

三德子：退朝。

东华门外。

百官急急出，各自冲进轿中，让轿子快跑。

木匠房。

木匠正做活儿。有十几个官员冲了进来，拿出钱来就给木匠。

官员甲：加急，明早就要。

官员乙：我多给钱，明早前一定给我。

官员丙：量好了尺寸，我矮，别做太大了。

众木匠被围住，收钱。

木匠：各位大人做什么？

众官：做枷。

木匠：做什么枷呀？

众官：罪人戴的枷。

木匠晕了。别的木匠铺也这样，京城一时木匠忙乱。

东华门。

百官排好了队，每个人都戴着枷。还有让管事的帮戴的，还有从轿子里出来已戴好了的。

戴枷的百官列队进东华门。

太和门。

百官戴枷过太和门，整齐庄重。

乾清宫。

百官戴枷朝贺，一片枷响之声。

百官：万岁，万岁，万万岁。

三德子：平身。

百官慢慢抬头，从宝座的下边慢慢看到上边，康熙不在，宝座上摆着枷。

百官云里雾里，只见枷乱成一片。

三德子：众位大人，万岁爷今天不来了，知道你们都戴着枷来了。

说着拿出一叠纸来，给了法印一半：既戴了枷就知道罪己了，有什么错，都在纸上写出来吧，别落下了，都写上啊，好好写写。

百官接了纸后，觉得深深地上了一当。

官员甲：李大人，这手可够高的！

官员乙：没法子，写吧。

百官跪在地上，戴着枷，右手艰难地写起了罪己折。

三德子站在宝座前，看着笑。

二

宫内宜妃处。

康熙把那只坏了的钟摊了一桌子，拿起这个零件，又放下那个，想修又不知如何下手。已是夏天，宜妃在为他边打扇边看着。

宜妃：洋人的东西就是搞不清楚，我看还是请那位洋大人自己去修吧。

康熙：不用，子曰“我非生而知之，好古，敏以求之”。我就不信，别人能装上，咱就装不上？对了，谨妃那儿不是还有一座和这一样的吗？

宜妃：什么东西能落下她呀！

康熙：三德子。

三德子：嗻。

康熙：去把那座好的搬过来，照着装不就是了。

三德子退下。

江苏府后衙书房。

地方官求见，边坐边等。朱国治急急入。

朱国治：哎呀！韩大人，让你久等了。公事繁忙，公事繁忙。坐，坐。

韩大人：府台大人，听说前些日子家中也失了盗了？

朱国治：没有的事，怎么会有这种传闻呢？我这儿有什么可盗的，无非是些坛坛罐罐。饿不能充饥，贫不能当钱，没有人要的。你不知道呀，小毛贼有时也要挑人家来偷的，没有钱的人家偷起来很无趣是吧。这江南一线，谁不知道我朱国治是清官呀，偷我不是空走一遭吗？哈！喝茶。

韩大人：也是，也是。这些古董，不懂行的人是不会看重的。

朱国治：懂行的人也不怎么看重，终归是个闲人玩的东西吧。

韩大人内心话语：什么闲人玩的东西，不知给京里的大官送了多少呢。

朱国治：听说韩大人家已失过几次盗了。

韩大人：哎！失过了，失过了。

朱国治：据说所失颇巨呀？

韩大人：不太多，不太多。

朱国治慢慢从袖子里抽出一张纸：这是韩大人给柳城镖行开的清单吧，光黄金就丢了二百多两，还有玉器珍珠，也还有古玩。

韩大人冒汗。

朱国治：韩大人一个七品官，这所失之数如果拿俸禄的话，大概两辈子怕是挣不来的哟！

韩大人：是我岳父大人这几年的帮贴。朱大人您知，我岳父乃是江南七大家之一，有钱的，有钱的。

朱国治：这话跟我说，我信，跟别人怕就不大容易能讲清楚了。来，喝茶。听说你近日得了一尊西周的铜鼎。

韩大人：府台大人真是耳听八方呀，消息真快，真快。下官还……还幼稚得很，没有见识。有个走眼看不到的地方，还望府台大人给我点明，点明。

说着解包袱，把铜鼎拿出：东西在这儿，不知真假，请府台大人过目。

朱国治假作镇静：怎么找到的？

韩大人：农民耕地耕出来的。

朱国治细看后，放于桌上：看不大准，你知道这东西一时半会儿是看不出名堂的。要看来看去，翻来覆去地看，啊，才能看出点名堂……你晓得吗？

韩大人：明白，明白。府台大人尽管留下看吧，下官告辞。

说完告辞，却不马上走，用眼瞟朱的袖子。

朱国治从袖中慢慢又将清单拿出：东西丢了就丢了，不要丢了东西又丢了官啊！拿回去吧。

韩大人：谢府台大人点拨。

朱国治：那个叫“我来也”的偷儿，早晚要抓到他，会抓到他的，你们放心。

韩大人：全凭府台大人了，全凭……

宫内宜妃处。

三德子抱着另一座钟急急来了。

三德子：万岁爷，这座也请来了。

康熙：快，快拿过来。

三德子把钟放在案上，康熙有如要吃大菜一般，摩拳擦掌，有种兴奋感。

康熙把钟翻过来，拆开，三德子、宜妃、小桃红都凑过来看。康熙看着钟的后边。

康熙：噢，这是咬着这儿的，这个又连着这个，明白了。

刚一说完，一动，那钟也稀里哗啦，弦也崩出，散了，崩得三个人乱躲。

康熙：刚看明白了点儿，它怎么也散了，这些洋玩意儿还有点脾气。

宜妃笑：还不是一点脾气呢，它是认生。

康熙：三德子，你刚看明白了吗？这个轮咬的是这个，还是这个？

三德子：奴才万死！奴才实在是没看清楚它们是怎么拢在一起的。

康熙：一到关键处，你就不中用了。嗐！不装了。我原想，这个是旗人，那个是汉人，理顺了他们总会咬在一起，嘀嗒嘀嗒地走起来。现在看，理是不错，但顺起来又谈何容易呀！

宜妃：以为您在玩呢，没想到还这么多的道理。得，您想着吧，我们去给太皇太后请安去了。

康熙：三德子，把东西包上，送南书房，再请南怀仁大人。

苏州街上。

云巧和坠儿在纱轿中从街上过，云巧看着街上的行人。

坠儿：小姐，您怎么一看东西就想事儿呀？和您在一起这么多年了，我总觉您心里有个黑屋子，里边藏着东西，谁也看不清。

云巧：我什么也没想。

坠儿：那看什么呢？

云巧：看人。

坠儿，人有什么可看的。

云巧：看人的眼睛。

坠儿：眼睛里有什么呀？

云巧：不是苦就是酸，一个清雅的都没有。

坠儿：什么叫清雅呀？那是什么样的，什么色？

云巧：跟你说不清，清雅哪儿有样啊，那是种感觉，看不见摸不着，是种感觉。

坠儿：感觉那东西多不实在呀，有它没它日子还不是照样过？

云巧：你说得不错，我要能像你这么想了，是我前世修来的福分。

正说着话，哈六同管带骑着马，衙役开道，在街上冲过来，马后拴着个人。街上人乱躲。

哈六同看见纱轿，停下马来。

哈六同在马上一抱拳：是府台小姐吗？

轿内，云巧低头不语，坠儿出来了。

坠儿：知道了还不下马？别惹我家小姐生气！

哈六同下马：多有冲撞，公务在身，少陪，少陪。

坠儿：什么公务啊？不就抓了个叫花子吗？

哈六同：此人是个偷儿。

拴在马后的人咿呀乱叫。

坠儿：什么偷儿啊，还是个哑巴，正经的偷儿你们都找不着。

云巧在轿中：坠儿，咱们走。

坠儿：行了，我们走了，快着点儿把偷我们家的人给抓来啊！叫什么来着？对，叫“我来也”。

坠儿上轿，轿走。

南书房。

南怀仁把两架钟都装好了，摆正。

康熙：好了吗？

南怀仁：装好了。

康熙：它们为什么不走啊？

南怀仁：没有钥匙不能上弦。

康熙：三德子，快去把钥匙拿来。

三德子：嗻。

康熙：人有所为，也有所不为。朕一个国家倒是能治理了，面对这么座小小的钟却束手无策。

南怀仁：一个国家与一座钟大致相同。

康熙：你怎么也跟于大人有点像了，动不动能由此及彼，来中国几年，你所学不少啊。

南怀仁：确实可比。

康熙：你比比看。

南怀仁：这弦是关键部分，是动力，一切由此而开始。这就好比是您的紫禁城，所有的法令、国策都由这儿发放出去。

康熙：不错，那这些轮子呢？

南怀仁：这些齿轮各自独立又环环相扣，就是国之六部，乃至地方官府、县衙，能对紫禁城中发出的法令一丝不苟地执行、运转。

康熙：有意思。那这针呢，是什么呀？

南怀仁：法令。国策效果如何，全都要表现在这两根针上。准而有序，就说明这钟走得不错，国家秩序平稳，人民生活安康，一切都是有序的。倘若这针乱走或不走了，那就证明，不是法令国策有问题，就是六部地方官有问题。总之，好坏都该以国势民情来表现，就像这两根小小的针儿一样。

说着话三德子已进来，把钥匙递上。

康熙接过钥匙：那这把钥匙比作什么呀？

南怀仁想了想：此乃启动紫禁城的关键之物，就把它比作是南书房、弘德殿吧。其中的阁老、大学士，这些制法定策的人就是这把钥匙。

康熙：你倒是比得头头是道的，于大人可能都要让你三分了。我们中国很注重这个，以物说理，举一反三。但你比来比去，少比了一样。

南怀仁看着钟和钥匙：再没有了，都在这儿了。

康熙：有！

南怀仁：什么？

康熙：你把朕忘了，这国家难道谁都不可或缺，缺了朕倒无所谓吗？

南怀仁看了看钟实在没什么可比的了，跪下叩头：臣万死，臣万万死。

康熙拿着钥匙给钟上弦：起来吧。朕不用比，朕还是朕，朕就是这个拿着钥匙上弦的人，朕就是这座钟的主人，也就是这个国家的主人，也是一个修钟的人。朕修不了时，可找人来修，比如找你来，找会修的人来。南爱卿，朕比得有理吗？

南怀仁：有理，实在是准确，有理得很。

康熙：三德子，把这只没上弦的抱上，咱们去弘德殿，好好修理修理那些零件。

康熙起驾。

弘德殿内。

于世龙、法印、明珠、徐元文都在。于世龙与法印看书不说话，明珠、徐元文站着争吵。

徐元文：天下哪有这样的道理，逃犯轻处而窝主重判，不但重判还连带三家。

明珠：逃犯如没有窝主，他不是无处可藏吗？不重判窝主判谁？

徐元文：什么样的法，就出什么样的用法之人。江苏这哈家，乃是旗人，他就利用这种法之弊端，不断地放出囚犯，故意到他仇恨的江南汉人士绅家中。不管如何，犯人前脚进门，后脚官兵即至，二话不说将正经人家当作窝主。当场正法的有，妻子、家产籍没的也有。哈家以此已将苏州士绅多人铲灭，财产据为己有，这难道不是法的纵容吗？

明珠：你空口无凭……

弘德殿门口。

康熙走到弘德殿门口，听两大臣在吵嘴。三德子抱着钟，刚要高声报，康熙上前将其嘴捂住了。康熙一使眼色，两人站下听两大臣吵嘴。

明珠：你空口无凭，说也白说。再说此法乃先朝皇帝所定，你难道还无视祖宗之法吗？再说江山是旗人打下的，旗人的江山，处处事事如不给旗人优待，这江山还能坐住吗？一个管带抄没一两个土财主算什么，就是普通的旗人，也比你这汉人大员高贵。

徐元文：你这话根本不通，旗人打的江山，难道没有汉人的相助吗？

明珠：哈，你还提到汉人相助啊！不说你汉人脸上还有些光，说出来了，你无地自容。你说的是吴三桂吧？不错，没有他旗人怎么能入山海关呢？要我说你汉人中就出这样的败类，连自己的国家都可以不顾。再说了，我们旗人入关是你们请进来的，既是请进来的，就是客人，哪有主人对客人不敬的理？

徐元文：你……你简直是不可理喻！

弘德殿门口。

康熙越听越不像话。

康熙小声：三德子，他们平时也这么吵吗？

三德子：回万岁爷，也吵，就是旗人汉人地一通辩，倒是不动手。

康熙：这就够失仪的了，还动手！报！

三德子抱着钟喊：万岁驾临弘德殿了！

弘德殿内突然鸦雀无声。

康熙在三德子报时的时候，看着他怀里的钟。

弘德殿。

四人肃立，康熙进，四人跪迎。

四人：吾皇万岁，万万岁。

康熙落座，一言不发，也不让官员站起来。空气静而凝重。四人跪着不知所措。

康熙：于大人，“绕梁三日，余音不绝”典出自何处？

于世龙：回万岁爷，典出自《列子·汤问》。说韩娥往东去齐国，没吃的了，卖唱要粮食，她走之后，余音绕梁，三日不绝，形容她歌唱得好。

康熙：你回得也好。今日朕坐在这弘德殿中也隐隐听到了绕梁之音，细细辨别，不是什么歌乐的丽音，而是聒噪般的争吵之声。此音在梁间久绕，已不是一日两日了，如再这样绕下去，我愿给各位出个哑谜。三德子，把东西摆上。

三德子抱着钟上前，放在桌上。

康熙：起来吧你们。这是一座洋人送的玩意儿，朕今天把它带到这儿来，原有一层意思。刚在门口听了会子你们的宏论，这意思变了，现在你们四人看着它，每人猜猜，朕现在想说什么。

说着掏出钥匙，上弦，钟走起来：朕不催你们，每人看着这分针走一格便说，想什么说什么。说对说错，朕不怪你们。徐大人中过状元，就由你而始吧。

钟嗒嗒走起来，气氛紧张。

徐元文看着：臣……臣……想好了。

康熙：说。

徐元文：当年子在川上曰：逝者如斯夫。感叹时间之快。此之前，都知时间在从身边过，但它终归不像一杯水、一只凳子样地有形。圣人说了逝者如斯夫后，才知时间如流水样，哗哗流走了。圣人为的是感叹时间之快和无情，告诫人们该珍惜时间。现在这座钟走起来就把时间一分一分地显出了，实在是万岁告诫我们时不我待，该奋进的意思。

康熙：不愧是读圣人书长大的，张口便引经据典。法印，你也说说。

法印看着钟在走：回万岁，对哑谜偈语一类我本不太擅长，但我想学佛法之初，乃见山不是山，见水不是水，而学成佛法后，便见山是山，见水是水了。这无非是座钟，它什么也不是，不是桌，不是椅，就是座钟罢了。若非要说到万岁爷的寓意，我以为您想告诫我们人要实实在在，一分就是一分，一刻就是一刻，是就是，非就非，桌就是桌，椅就是椅，钟就是钟。

康熙：也不失为一种佛家语，不过是种诈唬人的佛家语，像是很有境界呢。

钟嗒嗒在走。

康熙：明大人你怎么看？

明珠：回万岁爷，臣也曾有过一座这样的玩意儿，我觉得徐大人与法印都不像猜谜，说了半天还是大道理。我觉得万岁您今天将此物置于桌上，大概是这样的一个意思。这是时，这是分，在一起就是时分。此物乃是圆的，两根针也是在按着圆走，圆就是满。万岁爷您的意思，乃是十分圆满。想我大清建国立业尚不足百年，但江山已是历朝历代之最，人民安居乐业，四周万国来朝，哪个朝代的皇帝可与当今的皇帝相比，实在是十分圆满，十分圆满。

康熙：哈哈！没想到一件东西，一个人一个看法，竟能说出这么有牵连的道理来，有意思，有意思，很好。于大人，该你了，你有什么见解，说吧。

钟还在走。

于世龙：……臣猜不出来。

康熙：猜猜看。

于世龙：臣……臣就是猜出了也不敢说。

康熙：噢？你越这么说，我倒越想听了，赦你无罪。

于世龙：此话只能万岁您说，臣说出必是死罪。

康熙：既猜出来了，谁说出来也无妨，说吧。

钟在走。

于世龙：臣万死！万岁爷您今日来了弘德殿，原想以钟为例而谈别的事。您在殿外，听到了明大人、徐大人的争吵。您听过之后进来时一脸的消沉之气，您问到了绕梁三日之典。这时您想到了如一个国家的内阁大臣天天这么各为自己的利益争吵不休，那这个国家必然就要……

康熙：怎么样？

于世龙：要……完蛋了！您现在这个钟就是完的意思，终了，完了。

明珠：你怎么可以这么说？死罪！还不掌嘴！

于世龙：臣万死。

徐元文：万岁！

康熙正色：让他说完。

于世龙：倘若那样，万岁爷您，和这弘德殿中的这些人，就是给大清江山的送终之人了。我说完了。

说完此话，于世龙当即跪下。

明珠、徐元文：胡说！

康熙：跪下！你们都跪下！于大人你起来，坐着。

众人全都跪下。

康熙：于大人，你猜对了，一点也不差，朕就是这么想的。这想法一由心中涌出，拦都拦不住了。我知不吉、不祥，但总比让朕将来以一罪人的面目，去宗庙中向列祖列宗请罪强多了。朕绝不愿以一个亡国之君于史册的字里行间饮泣，朕……

四人：臣等万死，万万死！

康熙：哪儿有什么万死啊！像前朝的崇祯帝一样，拿上绳子跑到煤山上一吊，一死就完了。谁还容得你们万死！

康熙边说边站起，出弘德殿。众人泪流满面，自鸣钟当当而鸣，鸣钟之声里明珠等乱哭。

苏州禅寺。

烧香之人正在敲钟，庙中香火颇盛。

“我来也”一人进庙，在大雄宝殿叩了头，上了香，往庙后殿而去。一小和尚接住，“我来也”与其耳语两句，径直往后殿而走。

一便衣官差假作烧香，一直盯着“我来也”，“我来也”一走，他也想跟至后殿，小和尚拦住。

便衣：哎！他去得，我为什么就去不得？

小和尚：后殿乃是内坛，没有功德的人不便入内。

便衣：什么功德呀？无非是没给你银子！

小和尚：阿弥陀佛。

塔内。

“我来也”点了盏油灯独自上塔来，把油灯放在一佛龛前，拜了一拜。

“我来也”：佛祖保佑，你知我自爹爹冤死之后，一直以此下策来为爹报仇，望佛祖能明鉴我心。

说完后一按墙上的机关，开了个洞，“我来也”将怀中之物藏于洞中。

管带府内府。

哈六同在一桩凳上练功，站桩。便衣欲报，看哈六同正入定，又欲退出。

哈六同依旧闭眼练功：进来吧，访着了没有？

便衣：回爷，跟到西峰寺，他去了后禅房，从墙外看，他上了塔了。

哈六同：跟上去了？

便衣：没跟上，和尚不让我跟进去。

哈六同：那你怎么知道他上了塔了？

便衣：我看见塔里亮起了一盏灯。

哈六同睁眼收功：好！那天街上你见了？

便衣不解。

哈六同：就是碰见府台小姐那天。

便衣：见了。

哈六同：她一个小姐的丫鬟也敢当街羞辱我，说我抓的是个叫花子，还是哑的。这回我一定要露露脸给她看看，我哈六同可不是个专会吃喝玩的素馅包子，我得把她们家丢的东西找回来。知道他住哪儿吗？

便衣：住兴隆客栈。

哈六同：日夜派人盯住他，一有动静，火速来报，去吧。

苏州府后衙。

云巧连着三镖正中靶心，坠儿大喜。

坠儿：小姐，您今天是神了，怎么一镖比一镖准啊！

云巧：心里有事，扔镖反而是种平常心了。

坠儿：您那心有多大呀？您干吗给它装那么多事呀？事儿还装得完吗？今天装了明天还得装，索性不装也罢。

云巧：坠儿。

坠儿：哎！

云巧：你知道我干吗时时爱跟你待在一起吗？

坠儿自作多情：小姐疼我。

云巧：不是，是我羡慕你。

坠儿：我可有什么羡慕的，一个苦命的孩子。

云巧：你没我苦。

坠儿：小姐您这话可亏心……

云巧：你听我说完，我三岁上就没了亲妈，长到这时连一个说真心话的亲人都没有。

坠儿：老爷不是对您挺好的吗？让您从小读书、作诗。

云巧：我从来没读过书也就罢了，认了字读过书之后，就觉自己这一辈子该真情真意地活上一次。

坠儿：您这不是活得挺好的吗？

云巧：我说的活不是这意思。我说了不怕你笑话，哪怕像卓文君当垆卖酒，也不失为轰轰烈烈地过了一生。

坠儿：卖酒有什么轰轰烈烈的？那些书上的人可不能学。

云巧：你说对了。爹爱我，就不该给我许配哈六同那种俗物。真要有个清雅的人儿，哪怕如杜丽娘一样，惊梦而死也值了……坠儿，这些烦恼你都没有，你这不是让我羡慕吗？

坠儿：您的这些烦恼都太高级了，我们做下人的不配有。

云巧：什么下人上人的，在这世界上能高兴、少烦恼的人才是上上人。

南书房。夜。

康熙生气地走来走去。

康熙：说是一国之君，我一言一行什么时候不受限制呢？明明圈换土地不对，但你刚要改，就有那从陈墙烂缝想不到的地方钻出的面孔来阻止你。说的话全不以是非为判，说一些陈词滥调，好像他们对这个国家是最为有责任似的。其实他们从出生的那天起就只会结党营私，兴风作浪，无一时一刻不想到自己的私利。满汉满汉，怎么就分得那么清？把这些五彩的瓶子拿下去！换青花的上来！这东西让人看着心里乱。

三德子等太监赶快撤瓶、换瓶。

康熙仍在走来走去：朕已在朝上戴过枷，罪过已了，朕又在南书房以钟做比喻，几乎是声泪俱下，还要朕怎么样呢？难道他们不明白吗？三德子！你是什么族？

三德子刚放下瓶子，吓一跳，不知该怎么说：回万岁爷，三德子我……不是在旗的。

康熙：是吗？

三德子以为自己说错了：我也……不是汉人。

一眼可见，是害怕撒的谎。

康熙：噢！这我可没想到，你不在旗朕知道，你也不是汉人吗？

三德子：万岁爷，我不是这意思。我的意思是，在旗也好，在汉也好，这都……不重要，要紧的是，我是个大清国民不是？是，这就结了。

康熙：哎！好！你说得好！什么阁老、大学士呀，说了一套又一套，没有一个识不了多少字的宦官明理呢！大清国民，就这四个字，这就……你刚说什么？

三德子：结了。

康熙：对，结了。都是一国之民呀，还有什么好说的吗？三德子，你是几品？

三德子：回万岁爷，我是正四品。

康熙：哟，没想到你都正四品了。

法印：拿正四品的俸禄，不见得能干正四品的事儿。

三德子斜法印一眼。

康熙：到头了吗？

三德子：到头了，宫里就我高了，知足了。

康熙：就你今天的回话，我该给你加官晋级才对。

三德子高兴：谢万岁爷！

康熙：不过既然到头了，祖宗之例也不好破，朕也只能这么说说了。

三德子：那也谢万岁爷。

法印：得，什么也没捞着。

三德子小声对法印：你少在这儿说风凉话，快熬粥去。待会儿万岁爷饿了，看你怎么应付。

法印下去熬粥，康熙在读奏折。

苏州街上。夜。

“我来也”从兴隆客栈墙上落下，一身黑衣，在街上潜行。

对面街上埋下的两个盯梢，一人跟上“我来也”，一人去报信。

“我来也”边行边看，街上很静。

苏州府后衙。夜。

“我来也”从一墙头升起，看，飘然落下。

苏州府后衙。夜。

官兵在哈六同带领下，摸黑向府衙围去。

苏州府后衙。夜。

“我来也”用刀撬开书房门，进屋，直奔那只铜鼎。把铜鼎包入包袱，而后掏出粉包，刚要拍字，突然听到外边似有人声。

“我来也”开门看，灯笼火把突然亮起，人已把他围住了。

“我来也”把粉包毁了。

苏州府台衙。夜。

火把中，哈六同、朱国治站着看，一身黑衣的“我来也”从书房中出来。

朱国治：啊，朋友，没想到我们能在这么热闹的夜晚相会，看一看多少灯笼火把！这样的阵势见过吗？漫说你，我一个几十年的官都少见。哈哈，幸会幸会。

哈六同：拿下。

众兵丁欲上。

朱国治：慢！也许这朋友愿意自己走过来，把那只包袱先还给我吧。没猜错的话，你就是那个号称偷官不偷民的“我来也”吧？

“我来也”：我不知什么“我来也”“他来也”的。这东西的主人花钱雇我，让我把它拿回去。

哈六同：有胆做，无胆认。对他妈的这种人还有什么多余的话？拿下！

官兵上，“我来也”突然将鼎掷出，官兵躲时，“我来也”纵身上房。没想到刚一跃起，一张大网自空中抛下，将他罩住。

“我来也”被捕。

南书房。夜。

康熙看了明珠和徐元文对苏州哈六同诈窝主以灭汉绅一案的折子，啪地丢在了一边。

康熙：朕不再生气了，朕不能一个晚上生两回气。朕有时真的很羡慕那种布衣之乐呢，爱谁来当这个皇帝谁当吧，我去山间水上，伴那些不要钱的清风明月去。三德子，粥熬好了吗？

三德子：回万岁爷，法印去了一会儿了，该……

说着话，法印端粥至。

康熙：国家的事先不想了，先喝粥。你们也喝，咱三人一起喝。

三德子：万岁爷，您用吧。

康熙：一起喝，一人喝着不香，让人看着你喝就更不香了。忘了我上次去五莲县扮叫花子了？一大锅粥大家一块儿喝多香啊，那滋味再尝不着了。宫里的御膳之乏味大概就是没那个气氛。喝吧。

三德子、法印也端了一碗粥喝。三人喝粥声颇为壮观。

康熙边喝边问：三德子，今天这粥你吃出什么味儿了吗？

三德子看着法印：有点苦，这粥没熬好，一定是煳了，法印你怎么看的锅？

法印：我一直看着没走神。

康熙：法印你没吃出苦来？

法印：根本就没有苦味儿，三德子他胡说。这粥里边有红枣、有莲子、有核桃仁、有红豆、有芸豆，就是枣味儿最重，这粥有股枣的香甜味儿，哪儿有苦味儿。

康熙：你说苦，他说香，再问一人又是另种说法，朝政议……刚还说不想朝事了，光喝粥，说着说着又想起来了，脱不开了。法印！

法印：臣在。

康熙：粥还有吗？

法印高兴：有，万岁爷，我再给您盛去。

康熙：我不吃了，把于大人叫来，请他喝粥。

法印：这会儿，怕太晚了……

康熙看那只钟：不晚，朕还没睡呢，怎么会晚呢？

法印：嗻。

苏州府大堂。夜。

“我来也”已被手铐脚镣押在堂上。

朱国治：你认也罢，不认也罢，今晚这人赃俱在，你是逃不过去了。我只问你偷走的东西都藏在什么地方，找出来，放了你。

“我来也”：从未偷过，今天第一次。

哈六同：跟他还有什么说的，打！

“我来也”被拖倒，板子齐下。“我来也”咬牙不答，昏过去。

宫内。夜。

一盏小灯，法印引着于世龙。

于世龙：法印，这么晚了，万岁爷就是为了让我喝碗粥吗？

法印：是这么说的。这粥也不是普通的粥，是我下力熬的，万岁爷喝着好，又不想独享，所以叫你来喝一碗。

于世龙：再好的粥，这工夫了也不是时候啊，怕有别的事儿吧？

法印：就喝粥，没别的事。

南书房。夜。

三人看着于世龙喝粥。于世龙吹着喝着一碗喝完了。

康熙看着比自己喝还香：于大人，你喝好了？

于世龙：喝好了。

康熙：这粥的滋味怎么样？

于世龙：这粥的滋味……

康熙：对，怎么样？

于世龙：回万岁爷，我……要么我再来一碗？

康熙：不必了，喝了总能说出来吧。

于世龙：这粥的滋味，现在想……无非就是粥的滋味而已，倒没吃出粥之外的什么味儿来。

康熙：哈！好！朕就喜欢你这粥即是粥味儿的说法。你听啊，他说苦，他说香，你说无，各有立场。当然这粥朕也吃了，朕也自有评判，关键是要吃，别人说的终归是别人的。好，于世龙听旨！

于世龙跪下。

康熙：封你为江宁钦差，即日启程。

于世龙：谢恩。

康熙：起来吧。咱们还是老法子，为了这哈六同案子，去苏州府去看看。

于世龙：我说不光为的喝粥吧。

康熙：散朝，睡觉。

三

苏州街上。

康熙、宜妃、小桃红、法印一干人在街上看着逛着。

康熙：苏州原来不叫苏州，因是吴地，原叫过吴州，后来隋朝才改叫苏州的。法印，你知这苏州这“苏”字是什么来历吗?

法印：不知道，我只知这一带有个寒山寺很有名。

康熙：和尚到哪儿光找庙，都快说到地方了，还没说出来。

宜妃：他一个念经吃斋的哪儿说得出来呀，我倒是知道苏字出于何处。

康熙：那该问你才对。

宜妃：他刚说了寒山寺，就没想到姑苏城吗？姑苏城就是苏州呗。

康熙：借了和尚的光了，答对了一半还不确切。三德子，你知道吗?

三德子：三……爷，您别问我，我没读过书，您要问我大米粥是什么我知道，您问我苏州不知道。

康熙：问了半天还得自己说，苏州由姑苏山而来……

康熙说到这儿，正看一家粥铺在换匾。新匾把粥中间的“米”字去掉了，变成了“弜”字。

康熙：看看，说着粥呢，就到了粥铺了。这匾是怎么换的，有意思!

康熙一行人站下看着换匾。

云巧和坠儿坐纱轿从街上过。云巧看见了在街上闲逛的康熙，看着康熙不凡的气质，心有所动。

轿内。

坠儿：小姐，您看什么呢?

云巧：那拿扇子的人是谁啊?

坠儿：哪个? 哪个? 是个过路的吧。

云巧：跟着他的人，是……

坠儿：是家眷呗，一个太太，一个丫鬟，两个仆人。

云巧：你怎么就知道是太太?

此时宜妃也正好往这边看。

坠儿：那么美的人，穿着那么华贵的衣裳，不是太太，难道……

云巧不知哪儿来了火：你就知道太太！起轿！

轿夫抬轿走。

宜妃远远地看着轿子起来，平地起了阵风。

宜妃：小桃红，这儿的姑娘们也怪，都坐轿子里逛街呢。

小桃红：大概一个地方一个风俗。

康熙一直在看着换匾，觉得换成两个“弓”字太怪了。匾原是“正源粥铺”。

康熙对站在地上指挥的掌柜的说：请问一句，这粥铺要改买卖吗?

掌柜：改什么买卖，我为什么要改买卖? 奇怪，粥都快卖不起了，还能卖什么? 笑话。哎！那边再高一点，好了，下来。

三德子：三爷，您别理他，他不是卖粥的，他是卖枪药的。

康熙：都说江南吴侬软语，怎么这位说话那么冲啊?

法印：穷拿的，穷人长脾气，富人长疝气。

康熙：那咱们呢?

法印：咱们是闲人生闲气。

康熙：生回闲气不容易，走，咱进去看看。他要是卖弓咱就买张弓，他要是还卖粥咱就喝碗粥。

宜妃：怎么总想着喝粥啊?

三德子：宜主子，这不能怪别人，这是五莲县您给坐下的毛病。就这回出来，也是喝了粥后出来的。

众人跟进。

粥铺内。

刚挂匾的伙计一看来了客人，苏州话一通吆喝。铺子里柳伯坐在一边，怀抱一张琵琶。

伙计：掌柜的匾换得好啊，刚换完就来了客人了。坐，坐，几位坐下。几位?

三德子：你们这儿卖什么弓箭，拿出来看看。

伙计：搞什么搞?我们这儿卖什么弓箭啊?卖粥!稀饭!喏，粥——知道吧?

三德子：比你知道，在座的都是喝粥的祖师爷。既是卖粥的，就一人给我们来一碗吧。

伙计：好嘞!北方的客人，喝粥的祖师爷，粥五碗!

三德子：哎!你等会儿，除了粥还有什么别的吃食吗?

伙计：实话对各位说，我们这儿只卖粥，别的什么也没有。

三德子：三爷，咱换一家吧，这儿只有粥。

康熙：既来之，则安之，一碗好粥不是也很难得吗?

三德子：好，五碗。

柳伯看有客人，开始调弦。

说着话伙计一手托盘，五碗粥端出来了。掌柜的坐在柜台后，一直低头不语。柳伯调了弦看着这边。

伙计：粥来了。

挺精致的器皿，南方的风格，粥其实就是菜叶子配的山芋。粥摆到各自的面前，一股冲鼻的酸味儿。宜妃皱眉，康熙看着不动。

康熙拿起筷子要尝：朕江南也来过呀，这是粥吗?

三德子：爷，您别动，我先尝尝。

拿起筷子尝一口，叭地给吐出来了：伙计，过来!

伙计：爷，有什么不合适吗?

三德子：你这铺子卖几种粥?

伙计：就这么一种。

三德子边用筷子翻着碗，边说：这是粥吗?连一粒米都没有呀!

伙计：对呀，您说对了，今天刚换的匾，我们只能卖无米的粥了。来，您跟我出门看看那块匾。

康熙：不用看了，我们是看了匾才进来的。这种无米粥也有人吃吗?

柳伯从另张桌子转了过来。

柳伯：几位请了，几位客人是多年不来了，还是路过此地?

康熙：老伯请了，我们是路过此地。

柳伯：那就不奇怪了。现在的苏州城，已是今非昔比，再不是“苏湖熟，天下足”的苏州了。如今这样的菜粥能天天吃上也就不错了。

康熙：怎么会这样呢？

柳伯：几位听我唱一支评弹吧，我慢慢给各位说。

苏州府大堂。

众衙役喊堂威，朱国治升堂。

朱国治：带人犯。

衙役：带人犯！

“我来也”被拖上堂来，满身刑具。

朱国治：把人犯刑具除下。

衙役上把人犯的刑具除下，“我来也”跪坐在地上。

朱国治：人犯，知我为什么除你的刑具吗？

“我来也”：大人您查明了，我不是那个偷官不偷民的“我来也”，您是要放了我。

朱国治：要放你非常容易，我一句话，然后你站起来就可以从这儿出去，该回家回家，该做生意做生意。但说不容易也不容易，还是我一句话，不单你出不去，且不用等到秋决之日，你就不在这个世界上了。多少年以前，此地发生过一桩大案，八位秀才就是被我问的斩，你知道吗？

这话一说，“我来也”浑身抖，不是怕，是激动。

“我来也”：是那桩有名的哭庙案吗？

朱国治：不错，正是。你怕了吗？怕了就好，想活命，就把你为什么只是偷这几户官家的道理说出来。如是受人指使，就更没有你事了，受谁指使，只要说出姓名，我当堂就放了你。说吧。

“我来也”：我……我这是第一次。

朱国治：打！

苏州府府衙。花园。

鸟语花香，云巧坐在石凳上生气。

坠儿：我知道您看上了那位爷，可您让我上哪儿找去啊！那么大的一条街，每天照面的人不是一千一万的吗？谁能说碰上就碰上呀。

云巧赌气撕书，一条一条撕。

坠儿：再说了，我要说出话来您又不高兴，您没看见他带着太太呢吗？咱们晚了不是？

云巧仍在撕书：“情”字怎么有早晚？

坠儿：哎呀！我的小姐呀！您咋连理也不讲了？人家已经做了太太，您总不能过去后跟人家说，你不是太太，你不能是太太啊，那太太该是我当的。

云巧：这话你别以为我说不出口。

坠儿：坏了，坏了，这哪儿是府台大小姐的样儿啊！咱有脾气，有的不是地方呀！再说了，他要是个过客呢？路过，就一天，就那么一会儿。人家已经出城走了，您让我上哪儿找去呀？

云巧：那么悠闲的样子，怎么会是过客？就那么一会儿，怎么就让我碰上了？还是……

坠儿：有缘？天天碰的人多了，怎么就单单他一个有缘啊？我不去！

云巧流泪。

坠儿：哟！还哭了，得，得，我去，我去！

粥铺。

柳伯评弹唱罢，众人鼓掌。

康熙：师傅唱得百转回肠啊！

柳伯：气没有了，心也没有原来高了，苍凉多于甜润。

康熙：老先生，您在这粥铺的……

柳伯：这正源粥铺开了有三代了，在这阊门一带很有名的，原来的景象今天再不见了。每天喝茶的、吃点心的、吃粥的络绎不绝。我算起来跟了他们有四十七年了，给客人唱评弹，挣钱糊口。

说到这儿，康熙使眼色让三德子掏钱，三德子忙伸手入怀。

柳伯拦住：慢！我不是这意思。四十七年下来，就是这几年越来越不景气。

康熙：为什么？

柳伯：说句大不敬的话，左右不平呀！

康熙：怎么叫个左右不平？

柳伯：不说也罢，不说也罢。各位喝粥，我耽误你们吃饭了。

柳伯说着话，看着粥碗，直咽口水。

宜妃看出来了：给老伯要一碗粥喝。

柳伯：哎，不必，倘你们这粥吃不了，我端一碗走。

三德子：都端走吧，来，我帮你。

柳伯：谢谢了，谢谢。

康熙看着柳伯把粥端走，四碗倒入一个饭罐子，一碗自己吃起来。

康熙问三德子：这样的东西还要带回去吗？

三德子：他说家里还有老，还有小。

康熙看着吃饭的柳伯，心内很不是滋味。

宜妃：爷，咱走吧。

康熙：这情景在宫里待一辈子也看不到。

伙计出来收账。

康熙：等等，伙计，问你一句话。你这粥铺子已开不下去了，有心出让吗？

伙计小声：不瞒爷说，有心让，您也收不起。

康熙：为什么？

伙计：欠着外账呢。

康熙：多少？

伙计：拉了二百两银子的饥荒。

康熙：我帮他还。

伙计：哎呀！那我后边跟他说说去。

伙计刚回头，掌柜的站起来了。

掌柜：不用说了，我听见了。

宜妃：嘿，我一直以为他算账呢。

法印：阿弥陀佛，江南人都这样。

伙计：掌柜的今天匾是换对了，碰见大……大主顾了。

三德子小声对康熙：他……他是想说咱是大头。待会儿您别说话，我来。

康熙：大头是什么意思？

三德子：大头就是容易上当受骗，好蒙的人。

康熙：大头？也只有朕可当得起这一称呼了。

苏州大牢。

“我来也”重伤被两个牢头拖着，扔进大牢内。

牢头扔完以后要走。

“我来也”挣扎叫住二人：二位官爷！

牢头甲：叫我们呢？

“我来也”：二位官爷留步，能否帮我寻些棒疮药来。

牢头乙：好说，有银子就有药。

“我来也”：我现在身陷囹圄，不方便，待出去后一定设法。

牢头甲：出去说出去的，进来说进来的。谁知你是横着出去呀，还是立着出去呀！

二人出。“我来也”横卧于草堆中。

粥铺门外。

鞭炮齐鸣，康熙与原来的掌柜的都在门口迎接客人。

掌柜：这些都是老主顾，今天请他们来也是捧场，钱嘛，你今天不能收。

康熙：不收，不收。热闹就行，热闹就行，谁叫我们北方人是大头呢。

掌柜：哎，这话不好这么说，不好说。

康熙：没关系，我不计较。

粥铺内。

已坐了不少的客人了。大家一个动作在喝粥，端起碗喝完放下。刚一放下，三德子、小桃红就忙着收空碗，上粥碗，穿梭一般。

柳伯在弹评弹，弹一会儿喝一口粥。

粥铺操作间。

法印一身大汗守着一大锅粥在熬。

三德子、小桃红穿梭般地过来，法印边熬边盛。

法印：这么热的粥，喝也得喝一阵子呀，怎么跟喝水似的？

小桃红：你熬得香呗。

粥铺内。

宜妃在柜台内忙着接那些食客送的红包，接一个行一回礼。打开一看无非一大枚、两大枚。

众食客喝得满头生烟，热闹起来。

突然听康熙大喊，众人不喝粥了全看。

康熙：小心，让开！

康熙两手端了一大海碗粥，胸前还戴着个大红团花，也不会端，两根手指都伸进粥里去了，烫得哈着腰往桌子前去。众人闪开一条路，凝神看着。终于快端到原来掌柜的坐着的那桌了，突然一闪，粥碗摔在地上，啪的一声。众人齐声喊：碎碎平安！康熙先还愣在那儿，后来抬头，笑了。

宫内南书房。

三皇子、四皇子坐着听明珠和徐元文吵架。

明珠：我祖上三辈与皇家通婚，我是正黄旗，一门的忠烈。江山是我们打下来的，这江山姓满，不姓汉。

徐元文：我是前朝皇帝亲点的大魁天下的状元郎，我徐家一门三兄弟三科分登状元、榜眼、探花。我娘家舅是大家顾炎武。治国得有学问，可惜你胸无点墨。

明珠：你那点墨水可也比不过弓马刀枪。

徐元文：你不学无术。

三皇子实在听不下，使了个眼色，与四皇子出。

宫内南书房外。

三皇子：让他们吵吧，这就是阁老办公吗？也不知阿玛万岁爷每天是怎么忍过来的。

四皇子：当个皇上可不容易，真有这么一天了，让我当我也不想当，三阿哥还是你当吧。

三皇子：我不干，现在就听不了了，你再盯会儿吧，我去找南大人聊天去了。

南书房争吵之声还在传出来。

苏州粥铺。夜。

宜妃打着算盘，众人齐齐看着她算账，小桃红在帮她撕开红包。

小桃红：这些人也真是，一个大子儿也拿得出手。

宜妃左算右算。康熙沉浸在一种满足中，看着堆在一起的钱。

宜妃：算出来了。

三德子：多少？

宜妃：你是问赔了多少，还是赚了多少？

三德子：宜主子，您开玩笑，开买卖当然为了赚了。

宜妃：别人开买卖是为了赚钱，咱们开买卖不一样。今天一天净赔五十六两七。

三德子：怎么还赔了这么多？

宜妃：核桃仁三十斤，银五两；绿小豆二十斤，四两；芸豆、桂圆各十斤，八两；薏米仁、花生仁各二十斤，六两；红枣、蜜饯各八两，七两。这是无米的八宝八样东西，再加上柴火费、锅碗瓢勺，新桌椅还没算，人工没算，光成本，对，还有灵芝和当归呢，净赔五十六两七。

宜妃拨拉算盘时，嗒嗒声中的画面是：小桃红、三德子、法印在市场买东西，往回背东西、洗东西。夜里熬粥，对灵芝、当归，夜里瞌睡等画面。

康熙：好，不多，五十多两银子，让那么多人高兴一回，有意思。看他们吃得多欢啊！还有，我今天平生第一次端粥，原来别说是给别人端了，自己的粥都没端过，那感觉真是很温暖的。第一次端，就把碗摔了。他们，他们还喊碎碎平安呢，就这四个字，五百两都值了，平安多好啊。朕一辈子就爱看着人家高兴，赔得好啊。

宜妃捶着腰站起来：您倒高兴了，我们累……累得也高兴。小桃红，咱们进去吧。

刚要走，一眼看见坠儿进来了。宜妃看见女的就吃醋：这位客人，今天粥没有了，明天请早起。

坠儿不理，大户人家丫头的劲儿拿出来了，坐在一张桌子旁。

坠儿：这儿谁主事儿啊？

康熙没应，三德子、法印倒是一齐应了。

三德子、法印：哎，小姐，我。

两人应完，看一眼都想过去。

坠儿眼也不抬，指三德子：你！过来！

三德子过去：小姐，您有什么吩咐？

坠儿：你会开买卖吗？怎么一点规矩都没有啊？客人进来，哪有女人先开口说话的。

说罢瞪了宜妃一眼。

三德子：小姐，我们新学，不会开买卖。您看着哪儿不周到给说说。

坠儿：就这么一间大堂啊？

三德子：啊，一间大堂，十来张桌子。

坠儿：那怎么行！万一有个大宅门的女眷想来喝碗粥，连个回避的地方都没有，那不是乱了礼数了吗？

宜妃嘟囔：我们都不怕，这苏州城里还有多大的宅门，这么多礼儿呀！

三德子：要不方便来，我们熬好了给您送家去。

坠儿：是你送啊，还是他送啊？

说罢一指康熙。

三德子：我送，我送，这是我们掌柜的。

坠儿：你送不行。这么着吧，在这儿开个雅间，真有个内眷客人什么的来了，不便在外边吃，就在里边侍候吧。

三德子：哎！哎！那不是又得花钱修房子吗，我们恐怕待……

坠儿：待不长？你们不会刚来了就走吧？

宜妃：你怎么知道我们刚来的？

坠儿：那更得快着点了，明天备不住就要用。钱别愁，我给你想办法。哎！对了，里边清雅点，摆上几盆兰花，弄几张昆椅，别弄这么些粗傻的家具！

坠儿说完一扭一扭走了，宜妃、小桃红鼻子都快气歪了。

宜妃：这是什么大户人家的？我在京城也没见过这么拿架子的人啊！

康熙：有意思，她好像比咱们还不在乎钱，不是说苏州粥都喝不上了吗？

宜妃：小桃红，我怎么又觉得不太对了。

小桃红：三德子多余理她。

三德子：这跟我有什么关系？

法印：物以类聚。

苏州府后衙。夜。

朱国治正忙着指挥家人把古董都撤下来，然后把古董架上都摆起书来了。

朱国治：慢着，慢着，这东西别看旧，可不能碰坏了，轻拿轻放。这个打进那只箱子，放樟木箱子里。对，书，摆上书。立着，哎，对，立着。

朱国治正忙乱时，哈六同来了。

哈六同：岳父大人，您这是忙什么呢？好好的收拾起屋子来了。

朱国治：书房书房，该放书时则要放书。小心，小心！

哈六同：您怕是听到什么风声了吧？

朱国治：什么风声？我怕什么风声？我朱国治为官几十年，光明磊落，你什么时候看见我是听风声过日子的官？

哈六同：您说得一点儿也没错，但您要不知道，我告诉您一句，于世龙被点了江宁巡抚，说话就到苏州了。

朱国治：他来他的苏州，我住我的苏州。他待得长呢，我陪陪他；他住得短呢，我就送送他。

哈六同：不是这意思。

朱国治：那件放得不对，放那只筐里，放好！

哈六同：我是说，那个偷儿你不把他处置了，到时生事儿。

朱国治：谁说他是偷儿啊？他自己都不承认自己是偷儿，你倒先说起来了。再说我苏州大牢里别的不多，偷儿多得很，他有耐心就让他查。你呀，就是沉不住气。他是钦差巡抚不错，你有的巡，他才会巡你，你没的巡，他巡你做什么？

哈六同：我有什么可怕的？我在旗，我跟您不一样，我是满人，满人有另外的一条线，管也不是这么个管法。

朱国治：我倒觉你该注意点才对，那几户士绅也不会就这样善罢甘休。

哈六同：您放心吧，事儿我都摆平了。只还有一家，我会这几日让他滚出苏州府。岳父大人，还有我是想商量下云巧过门的事。

朱国治：现在哪儿顾得上啊。你不是说钦差要来吗，过了这段再说。你们旗人的规矩多而怪，我有一条，云巧嫁也要按南礼嫁。

哈六同：成，成，什么礼不拘，南礼也好，细致。我这儿有对翠镯子，送给云巧吧。

朱国治：放下吧。收好的箱子抬后院库房，慢点。

苏州府后衙云巧屋内。夜。

云巧：你再说说，他一句话都没说吗？

坠儿：没说，看着架子不大，其实架子可大了。天根本就不怎么热，他还张开把扇子摇啊摇的，我看他不像个买卖人，倒有点像个读过书的秀才！再高了也不像，顶多是个秀才，或再高点？

云巧：你倒会看相了。

坠儿：官儿，可不像个官，没有做官的那种酸相。哎，对了，有点像……

云巧：像什么？

坠儿：像戏台上穿龙袍的皇上。

云巧：越说越没边了，皇上哪儿有开粥铺的？他那个……

坠儿：什么？

云巧：那个女眷怎么样？

坠儿：你可能还真说对了，我呀故意冲撞了那女眷一下，你猜怎么着，她摇着扇子一动都不动。要是个正太太呀，她脸上该显出不高兴才对，我看啊，要是太太，也是个姨太太。

云巧：这就对了。

坠儿：小姐你呀，真的是巴不得人家没关系呢，可能吗？

云巧：我见了他一次，觉得前世就认识似的。今世能在一起，死也……

坠儿赶快上捂云巧的嘴，并不住地吐唾沫。

坠儿：呸！呸！怎么说这么不吉利的话，快吐三口。

帐中。夜。

于世龙俯在桌上睡着了，蜡烛爆响，于世龙惊醒。

于世龙：来人！

中军：嗻！

于世龙：几更天了？

中军：三更了。

于世龙：离苏州还有几天的路？

中军：快走三天，慢走四天。

于世龙：这一带可有什么古迹吗？我们盘桓两天再走。

中军：走一天就到扬州了，不如在扬州盘桓吧。

于世龙：也好，总之苏州不急着去。

粥铺外。日。

小桃红高高兴兴地拿着一个写着“无米八宝粥”的水牌出来，摆在门口。正碰上牢头甲、牢头乙，两人看见小桃红。

牢头甲：哎，买卖换人了吗？

小桃红：对，二位爷，您先看看匾，两个“弓”字中间无米，我们这儿卖的是无米八宝粥。二位爷里边请。

二位牢头直着眼地进来了。

粥铺内。

粥铺中有些散客，二位牢头坐下，三德子过来。康熙坐在一边看人吃喝。柳伯弹评弹，其他人在忙。

康熙：三德子，有客人。

三德子：二位爷您喝粥呀？

牢头甲：粥也喝，人也看。起开点，让那位小姑娘照应我们。

三德子：还不都是一样吗？

牢头乙：怎么会是一样呢？秀色可餐这话你听说过吗？看着秀色方才可餐，否则哪儿有食欲呀，起开！

小桃红过来。

牢头甲：哎，你来了，有酒吗？

小桃红：有酒。

牢头甲：有菜吗？

小桃红：有菜。

牢头甲：拣那好菜好酒，精精致致地给我们送上来，最后喝粥。

小桃红：好嘞，二位爷稍候。

牢头乙：几天没来，此地铺子换了东家了，真是不错啊！看这铺子里的小二，真是交关的好样子啊，大馆子里怕都没这气派。

牢头甲：哎，李哥，你说咱这牢里抓来的“我来也”，是真的还是假的？

牢头乙：我看不像，人说“我来也”是个神偷义盗，专门偷官不偷民，抓来的这人哪有个英雄样啊？打也打得皮开肉绽的。

牢头甲：英雄怎么了？英雄是肉长的，你打他他也出血。我看像，他受了那么重的伤，夜里一声都不吭啊，是条汉子。听说……

康熙听两人说话很有意思，不由自主端张椅子过来了，坐在两人中间很碍事。

牢头甲：怎么着？也喝粥啊？

康熙：啊，不，我是卖粥的。

牢头乙：卖粥你就去卖粥，坐在这里像个牢头一样。不对，我们是牢头。

康熙：平生最爱听与英雄有关的话，刚听二位说到……

牢头甲：噢，好打听事儿？懂了，开铺子没有不好打听事儿的。人来人往的比一个书场说的事儿还多呢。我告诉你，我们这儿抓了个贼，专偷官不偷民。你放心，不会偷你。

康熙：这是为什么？

牢头乙：听说为了给先人报仇。

康熙：有什么仇啊？

牢头乙：哎！酒怎么还不上啊？上酒，上酒！

酒端上来了。

康熙：二位喝，喝，那他有什么仇啊？

牢头甲：你是真想听啊？这牢里的事可不好往外说啊。

康熙：你不是已经说了吗？

牢头乙：我们现在不想说了，喝酒，喝酒。

康熙生气，起身要走。

三德子过来：二位爷，我们掌柜的有个毛病，听话不能听一半，听一半睡不着觉。

牢头甲：我也有个毛病，说话就爱说一半。

牢头乙：不过我有个主意，你是这儿的掌柜的吧？这样啊，您问一句，我们回一句，等我们回完了，你就送我们一壶酒。你问什么我们回什么，如何？

三德子听着生气了：放屁，你肚子里有什么呀？你是圣人呀，金口玉言，一句话值一壶酒，你们是馋疯了吧！

牢头乙：嘿！小子，你别出言不逊。

三德子：车船店脚衙，不就是个看牢的吗？你这人我们不伺候……

康熙拦下：等等，我觉这买卖不错。我送酒，他说事，两不亏。来呀，先拿十壶酒放这儿，我有话想问。

宜妃紧着使眼色，拿出了十壶酒，小桃红端过来了，两牢头看着十壶酒直搓手。

牢头甲：掌柜的，你这人有意思。来，李哥，咱们这次可过足瘾了。

牢头乙：掌柜的，来来，这酒虽是你的，你也不妨喝喝。往后咱们是朋友了，你有话就问吧。

康熙给二人倒上酒：他有什么仇？

牢头甲：你可知道几十年前，我们苏州有个哭庙案……

康熙问一句，给一壶酒，二人喝酒说。

柳伯在说着评弹。

康熙不断地问，二人不断地说，酒壶一壶壶空了。

二人醉伏于桌上。

康熙听过后很生气，起身走，扇子哗地收紧。

柳伯手指在扫弦。康熙走到宜妃的台子前。粥铺已没有什么人了。

宜妃：三爷，怎么听着听着就生气了？

康熙：有些事儿，不知道了想知道，知道了就后悔知道，生气！在宫里人都拿我当皇上，跟我说话有格式，有程序。好的官说一句藏五句，不好的官说一句藏十句。从他们嘴里说出来的天下，跟朕下来看到的天下，有多大的区别呀！还有酒吗？

宜妃：有。

康熙：有时我想当个醉生梦死的昏君，倒也落得轻松。

宜妃：那我们今晚就做个昏君试试吧。

康熙：你还没喝酒呢，就说醉话了。

四

苏州街上。

康熙与三德子、法印在街上走，边买东西边看景。

三德子：芸豆、花生买了，还有什么没买？哎，法印，宜主子还让买什么？

法印：芝麻、大枣、枸杞。

三德子：噢对，芝麻、大枣、枸杞。宜主子也真是的，差不多就行了，又不是自己喝的粥，熬得大补二补的，人要是补大了，劲儿就该往斜里使了。

法印：反正你怎么补也没用。

三德子：哎，和尚，你可是念经的，嘴怎么说脏话啊！告诉你几天没吵，你又嘴痒了吧。

康熙不理他们，边走边看景。

云巧、坠儿坐的纱轿正在街上过，云巧看见康熙了。

轿内。

云巧：哎，那不是他吗？

坠儿：真的啊，想到谁就碰见谁。

云巧：……

坠儿：大刘，慢点，跟着那三人后边走。

轿内看见康熙三人在走，康熙风度翩翩，云巧看得很深情。

苏州街上。

康熙边走边看，法印、三德子还要买东西，康熙一个人走前了。突然见人群往这边涌，推挤康熙。

康熙拉住一个人问：跑什么呀？

路人：哈少爷过来了，快走，走慢了生事。

人群涌过，康熙露出，看见桥头哈六同正在欺负卖鞋的谭一德。

康熙看着。

青年谭一德拿着母亲做好的鞋在桥头卖。鞋白白的边，青布面很干净。

谭一德端坐，明知哈来寻衅，但不失书生之尊严。

哈六同：你这鞋是卖的？

谭一德：卖。

哈六同：卖什么不好，卖鞋（邪），人也正不了哪儿去。

说着拿起一只鞋来试穿，穿在脚上故意往脏泥水中一踏，干净的鞋一下脏了。

康熙在桥头看着，很惊讶，愣住了。

哈六同把试脏的一只鞋扔在一边，又拿起一只来试，穿上又踩进泥水中，再扔在了一边。谭一德压抑着巨大的愁苦看着，双眼失神，任凭他糟蹋。

哈六同一只一只地踩进泥水，而后拍着手。

哈六同：知道吗？我这是大清人的脚踩的大清的江山，你汉人也就有个给我做鞋的份儿。好，你人真是学乖了，真有些个耐性了。告诉你，今天晚上为限，你快快滚出苏州去。

谭一德书生般忍无可忍，大喊：勇士不忘丧其元！

谭一德挺头往上冲去。

康熙远远看着，听了他一句喊：呀！还是个读书的人呢！

谭一德冲上前去，没有一点功夫。哈六同使了个绊子，谭一德跌倒在地，脸上出血，手受伤。谭一德还要起，哈六同拳又伸了出去。康熙衣袂飘过去，一把扇子将哈六同震出丈外。这时三德子、法印也从人群中冲出，乱咋呼。

远处云巧的轿子看到这些，对康熙更是心动。

哈六同：哈！好啊！我在苏州城这么些年没碰见过敢还手的，真是寂寞得很。今天你算是懂爷的心思了，该算个朋友，先别动手，我打听你个万儿。

三德子：别打听，打听进心里是块病！

哈六同的家丁一齐上：小子嘴放干净点！

三德子：哈！我这算是素的，看见没有，我们这一位，一张嘴就让你翻了船。

哈六同看看康熙：旗人？

康熙：旗不旗的你问不着。欺负一个卖鞋的，什么人也不行。

康熙说着话把谭一德扶起，帮他收拾扔了一地的鞋。

云巧在轿中看着。

哈六同觉得大失面子，回头一扬手，家丁冲上前去。三德子、法印接住。

三德子：和尚，打是打啊，枣、芝麻、枸杞别洒了，回去宜主子不高兴。

法印：放心，洒不了，你也经点心，别让他们的脏手碰着咱的东西。

二人玩一样与来人大打。

哈六同抱拳对康熙：真是幸会，能碰到你这么位有种的人。

康熙：我觉很晦气，这么好的太阳下看到你这种人。

哈六同：给你脸不要脸！

出手就打，康熙还击。

坠儿忍不住了出轿看，乱鼓掌。云巧在轿中沉思。正乱着，人群中有人喊“官军来了、官军来了”。

康熙一拉谭一德对二人：你们接住，我先走了。

康熙拉谭一德跑，法印、三德子也且打且退。

军官到，哈六同和家丁同官军追下去，人群乱跑。突然，哈六同看见人群退下后的街正中间，立着云巧的纱轿，一伸手止住众兵丁。

哈六同施礼。

哈六同：不知小姐在游街，有所惊动了。

纱轿帘儿一撩，坠儿出来了。

坠儿：好好的，怎么一时街上就搞成这样？小姐说了，谁也别跑，谁也别追了，散了吧！

哈六同无奈回身一挥手，众家丁让路。

小姐的轿从众人面前过。

粥铺。

三德子、法印扶受伤的谭一德进，谭满脸是血。宜妃恍惚中看见，以为康熙伤了。

宜妃：哎呀！出去好好的怎么弄成这样了？你们两人怎么护的驾?!

宜妃又吹风，又哈气，又要哭：爷，你怎么弄成这……

康熙推门扛一包鞋进。

宜妃回头一看，康熙没事，又赶快去接鞋，摸康熙的脸。

宜妃：哎呀！你没事吧，我还以为是你伤了呢！怎么出去三个回来了四个呢，还弄回个伤的？

康熙：先别问了，我没事，找药给他治伤。

小桃红忙向后去。

苏州街上。

轿子疾走，云巧在里边生气。

云巧：哈家这样的人，我怎么能嫁过去呢？蛮不讲理的粗人。

坠儿还沉浸在对康熙的回味中：小姐，您看他那身段多漂亮啊，就一把扇子抖抖衣服，那些人就全倒了。

云巧：你说谁呢？

坠儿深情地：当然说他了。

云巧：哪个他呀？

坠儿：哎呀，我忘了。小姐您看，您看，当然是您的他了。

粥铺。

谭一德一张破了的脸，宜妃在为他擦血。

宜妃：好好的怎么打成这样，没有王法了吗？小桃红把棒疮药拿过来。

谭一德：打扰得很了，今天真是谢谢各位。小生还有事，要先走了，改日再谢吧。

宜妃：别着急呀，不上点药怎么行？来，很快的。

康熙换了衣服出来：别忙着走，伤不可不医，话也不可不说。看阁下你是个读书人吧？

谭一德：我现在这样子还像个读书的人吗？

康熙：动手之前还要以孟子的“志士不忘在沟壑，勇士不忘丧其元”相号召，你说这样的人不是读书人是什么？

谭一德：让各位见笑了。于武一行，我实在是只有挨打的份儿。

康熙：谁挨打谁不挨打倒不重要，有股气就不失为勇啊！

宜妃：既然是个读书的人，为什么不考功名呢？看伤的。

谭一德：孔子说名不正则言不顺，现在这世道还有功名可言吗？不说了，不说了。

康熙：怎么样的不正不顺呢？

谭一德：满汉不平，今天你们看见的这个哈六同，就是以优满之法想将苏州城内的汉人士绅一一铲平的恶人。

康熙：为什么不告官？

谭一德：漫说苏州知府朱国治是个油滑的赃官，就是上京城，告到皇上那儿又能如何？

众人有点为谭担心。

康熙：告了皇上也许有用。

谭一德：不会，您想呀，皇上也是满人，他怎么会想到为汉人说话？

康熙：皇上也许要为江山社稷说话。

谭一德：话是不错，理也很通。可惜他在紫禁城内，怎么会像你我今天这样，见到了哈六同，而后又来讨论满汉的问题？

康熙：他可以从紫禁城中出来呀，倘他出来后又见到了这些呢？

谭一德：他不能见到。从古至今没有一个皇上能看到今天这样的场景，这位兄台你真是比我这书生还书生呀！

宜妃：对，你说得对，咱先不说这些，咱先换药，喝粥。

管带府。

哈六同气得在屋里走来走去地摔东西。

哈六同：我今天怎么就这么……啊我！你是小姐不错，见了我面，一句客气话都没有，每次派个丫头子出来说两句，我就老老实实地听了，要这样我将来受的气还有够吗？李二！

李二：爷！

哈六同：去街上好好访访去，那三个人是什么来头？

李二：嗻！

哈六同：再有，把谭家给我抄了，门封了，让他们快快滚出苏州。

李二：嗻！

苏州街上。

管带府兵丁在李二的带领下急急往谭家的街上赶去。

粥铺。

谭一德正说到兴奋之处，站起来慷慨激奋，头上缠着绷带，手吊着，颇为可笑。

谭一德：元朝为什么坐的时间短，尚不足一百年，一个重要的原因，就是它把一国之人分为三六九等，一等蒙人，二等色目人，三等北人，四等才是南人。最后没想到它灭就灭在这四等的南人之手了。从来这样，“不平则鸣”嘛！

宜妃想把粥端回去热，谭一德说到兴处把粥接了过来：比如说这碗八宝粥。没熬的时候，枣子、豆子、花生、桂圆，分得清清楚楚，一旦放入锅中，熬啊熬啊，你我相混，你我相吸，你我相熟。熬好了后再端出来，谁还分得清谁是谁啊！这就是一碗粥啊！在一碗粥中这些东西还要分为三六九等吗？这与一个国家中有十几个民族有什么不同？谁能说这碗粥只是枣子的粥就不是花生和芝麻的粥呢？谁能说这江山就是满人的江山，而汉人、回人、蒙人就没有责任呢？

谭一德说到这儿，自顾自坐下喝粥。众人温暖地看着他，小桃红不由自主地拿起谭的一包袱脏鞋去后边刷。

康熙：你可真有眼前抓物的本领，说得也生动。

粥铺后灶。

小桃红正拿着刷子刷那些脏了的鞋，宜妃进来了。

宜妃特别兴奋：你看人家一个青年人，瞧着挺不起眼的，说得多好啊。什么时候听过朝上的大臣这么说过话？……哎，你干吗呢？

小桃红脸红：他这鞋全脏了，不能卖了，刷刷好卖呀。

宜妃：对，好好给人家刷刷，这样的青年人，谁见了谁又不喜欢呢？……嘿，我这是说什么呢，我可不是那个意思。拿什么来着，对，拿小菜，拿小菜。

宜妃拿起小菜急急出去。

街上谭家小门之外。

官兵把谭老太太的纺车、破麻绳、做鞋底布等扔了出来。最后把老太太推了出来，拿出封条把门封了。

老太太：我们这一家是造了什么孽了，怎么连活都不让活了？

李二：老太太，你儿子回来了告诉他，限其今晚滚出苏州城。

风骤起，老太太抓自己要刮走的破布。

官兵走，天晚。

众街坊有出来扶老太太的，有帮老太太收拾东西的。

粥铺门口。夜。

牌子上写着“今日逢事，停业一天”。

纱轿中的云巧、坠儿看着，云巧很惋惜，又有些生气。

坠儿：早晚也不在这一天了，明天来吧。

云巧：……

粥铺内。夜。

康熙正指挥着：谁来研墨？

宜妃：我来，我来。

宜妃高兴坐下，伸出玉手来为谭一德研墨。

康熙：三德子，你把毡子和纸铺上。

三德子忙着铺毡子，赶纸。

康熙：法印，你侍候好了笔吧。

法印拿着笔出来。

法印：三爷，我们都有活儿干，您干吗呢？

康熙：让小桃红点上一炷香上来，我静等谭学士的这篇《八宝粥记》。

各人都忙过了，一炷香燃着了，大家都静等着谭一德。谭一德还是带着伤在地上走来走去，很有点酸腐气。突然收住脚，拿起笔，蘸了墨，在纸上写了起来。

香烟袅袅而升。

屋外。

月色，窗棂及各种景色，由苏州转至京城紫禁城的夜色。

谭一德画外音：《八宝粥记》：“姑苏古城，阊门东西行二十步，有百年之老号‘正源粥铺’粥铺。以粥闻名，城中老幼无人不知而未尝其粥者也。康熙四十三年孟春，粥铺无米，难以为继，换匾，将粥字去米而存弓，以示萧条。是日有北方过客，恰逢此景，慷慨将粥铺盘下，做无米之八宝粥。所用料凡豆、枣、麻、果八样不等。……是日由粥而谈及国事，谈满汉一家，满汉平，天下平要理。一鬻粥之商贾，一落魄之书生，于屋隅之间妄谈国事，实为一趣也，乐而记之。”

景回苏州城，粥铺剪影，众人坐，谭一德高兴地朗读，众人拊掌。

康熙："满汉平，天下平"，说得好。不过屋隅之间谈国事，实为君子之道才对。

众人拊掌。

苏州牢内。夜。

"我来也"伤重，高烧，辗转。

月光照入，当年斩八秀才事重现。

"我来也"惊醒，扶墙坐起，夜鸟惊飞。"我来也"拿起垫头用的砖，费力举起扔出牢房，发出很响的回声。

牢头灯亮。

牢头甲：他娘的，又是哪一个不想活了，皮肉还会痒啊？

打着灯过来，看见砖头。

牢头甲：死都数得过来了，还有性情捣蛋啊！过来！

"我来也"吃力地爬过去。牢头要打。

"我来也"：别打，别打，有一事问你，你每月俸禄多少？

牢头甲：夜里叫我就是为了问这个吗？你发羊癫风啊？

"我来也"：说说。

牢头甲：告诉你，也不怕你带到阎王那儿去，每月二两。

"我来也"：想不想一天挣五百两。

牢头甲：发烧发疯了，说起鬼话来了。

说着提灯要走。

"我来也"：别走，明天我让你到一个去处，只要弯腰拿，便可拿到五百两一封银子。来，来，蹲下把耳朵附过来。

牢头甲真的蹲下了，附上耳去。"我来也"说着，牢头甲听着点头。

苏州街上。夜。

谭一德高兴地在街上走。

背上背着包袱，手里拎着粥铺拿来的一个食盒。

谭一德自语：鞋一双没卖出去，倒是写了篇文章，荒唐！

谭家门口。夜。

谭一德远远看见黑黑的街上一盏小灯亮着，白发老母孤坐檐下。

谭边看边走，终于跑了起来。

谭一德：娘，娘这是怎么了？

老母：……

谭一德回头看见封条。

谭一德：这是怎么了，娘，他们不给咱们活路了。

母子相拥而哭，夜风骤起，孤灯闪烁。

苏州水边。

牢头甲假装背了一篮臭鱼来洗。

众妇女都在洗衣服。

牢头甲：让开，让开，先洗鱼后洗衣，来来让下，让下。

众妇女看到一篮臭鱼，吓得把衣服捞了起来，边走边骂。

妇女：败时的，格臭的鱼来搅人打衣裳。

小码头空了。牢头甲蹲下假装破鱼，突然一条鱼被牢头甲扔了下去。

牢头甲边看岸上边自语：最好的一条它倒掉下去了。

说着下河，按"我来也"的话果真摸到一个小坛子。他把篮子倒扣下去，将坛装入篮，胡乱盖了些鱼，拎起来就走了。

散乱着烂鱼及内脏的小码头苍蝇飞舞。

粥铺。

柳伯在弹琵琶，铺内只有一个人在喝粥。三德子、小桃红在忙着擦桌子，宜妃在记账。

康熙闲极无聊，三德子刚把条凳放在桌上准备扫地，康熙顺手又给放下来了。

三德子：爷，爷，掌柜的，您帮法印把芸豆拿过去，这儿您插不上手。

康熙：我总得干点什么吧。

三德子：去帮着法印拿芸豆。

康熙过来一个口袋一个口袋看，拿起一袋要走，经过宜妃柜台。

宜妃边打算盘边说：拿过来我看看。

康熙拿过张开口袋，宜妃抓了一把看。

宜妃：咳，错了，这是黑豆，磨面用的，芸豆是长的那种，花的，长的。

康熙赶紧拿回去换，柳伯边弹琵琶边看着笑。

康熙换了芸豆过来。

宜妃：对了。

康熙：我……我自打开了粥铺后，怎么觉得自己又笨又傻呀！

宜妃：你不傻，得看干什么了。

说到这儿，正看见坠儿拿腔作调地推门进来了，赶紧对康熙说：你快拿后边去吧，法印等着用呢。

康熙：哎！

坠儿进来，没人理她，三德子没看见，正往下放条凳呢。

坠儿咳嗽一声：哟！客人来了，怎么连个应声的都没有呀？这是卖粥呀，还是卖架子呀？

宜妃假装打算盘，小桃红给喝粥的那人上点心。

坠儿：嗯哼！哎！你！

三德子一眼看见，赶快跑过来。

三德子：呀！小姐您来了，雅间给您预备好了，您用不用先看看？

坠儿：预备好了就好。就一个喝粥呀？

三德子：还不是正时候，还没上客人呢。

坠儿拿出十两银子：给那位客人送去，让他上得月楼吃桌鱼翅席去。

三德子：这可不合适。

坠儿：有什么不合适的？你要不去，我就去了。

三德子：得，我去，我去。

三德子去，给了那人钱，那人站起来就走了，评弹依旧。

宜妃看了不高兴。小桃红假装看不见。

坠儿：你还挺能办事的啊！来，这是一百两银子，今天这大堂啊，我包了，待会儿一个生人也别让进来。

宜妃：这不合适！

坠儿：有什么不合适的？钱挣到了怎么都合适。

宜妃：我们这粥熬好了，是卖给喝粥人的，不喝粥包堂子，我们粥怎么办？

坠儿：好办，粥我也买了，你放心，剩不下。来，带我去看看雅间。

三德子把雅间门打开，兰香扑鼻，一股清雅之气。坠儿在门口看了看。

坠儿：好！真好！这十两赏了，没她们的份儿，待会儿麻利着点儿！

三德子不好意思，回头看宜妃、小桃红，两人假装没看见。三德子：不，不合适。

坠儿急急地跑出了粥铺。

宜妃一摔算盘，三德子一惊；小桃红一敲掸子，三德子一吓。

宜妃：我说三德子，你怎么一见女的，就不会说个话了？

小桃红：你没见过钱吗？

正说到这儿，坠儿又急急回来了，众人噤声。

坠儿：呀，最最重要的事给忘了！

三德子：您说。

坠儿：你们掌柜的在吗？

三德子：在。

宜妃：不在！

坠儿：到底在不在？

苏州大牢。

牢头甲在前边引路，一伤科大夫相随。

牢头甲：王大夫，您慢点儿，牢里不干净，您受累，受累，哎，看脚底下。

王大夫：不碍，不碍，看得见，看得见。

牢头甲把大夫引进牢内。“我来也”已改变了牢内待遇，此时关在一单间中，睡在一张床上。

牢头甲：到了，到了。爷，你醒醒，大夫来了，大夫来了。

“我来也”起。大夫看“我来也”棒伤，用药。

粥铺门口。

坠儿把小姐从轿中扶了出来。

坠儿小声：在呢，人我没看见，说是在后边熬粥呢。

小姐款步进粥铺。

粥铺内。

坠儿：三德子，快，接着。

三德子因大堂中没人正在桌上发呆，一听叫马上起来。

三德子：哎！小姐，您又来了！

坠儿：小姐在这儿呢，小姐到。

一打帘子，云巧进来了，低眉垂目。

宜妃：看她也不像个小姐样，敢情是个丫鬟。小桃红，快去后边看着，让他多待……

宜妃正叫小桃红，康熙戴了个围裙冲出来了。

康熙：没想到熬粥还很有学问，先放什么……

一眼看云巧，云巧也看见康熙，康熙有些失神，但嘴里还在说：后放……什么。哎，来客人了，请坐，请坐。

远远地拿条凳要搬过去。

宜妃：她跟前有凳子。

康熙似被看破，把凳子又放下，手不知如何放。

云巧：坠儿，就在这儿吗？

坠儿：不，小姐，咱们去雅间。

扶小姐进了雅间。小姐一进雅间，众人哗地松口气，柳伯琵琶复起。

康熙有点兴奋：三德子，哎，不，小桃红，你进去问问小姐用点什么。

三德子想进又不好意思，小桃红是不愿进，无奈得进。

小桃红刚要进，坠儿出雅间给拦住了。

坠儿：我们小姐脾气不好，挑人。你过来！

康熙：是我吗？

坠儿：对，是你，把围裙解了吧，你进去吧！

三德子看见宜妃乱使眼色，明白了：哎，不行，不行！这是我们掌柜的，他……他没侍候过人，手脚不太利落。

坠儿：那怕什么的，不用怎么着，就是端个粥递个水的，说个话儿，他能干。进去吧，问问小姐用什么。

康熙边进边像说给大家听的：遂客人的愿吧，啊，遂客人的愿。

三德子看着坠儿：您不进去侍候着？

坠儿：我不进，来搬条凳子，咱俩坐会儿，聊会儿天吧，反正没客人。

坠儿和三德子坐下聊天。宜妃、小桃红相对一看，气不打一处来。

宜妃：小桃红，这开的还是粥铺吗？

法印粥熬好了，从里边拎着马勺出来。

法印：嘿！今儿个是怎么了，粥早熬好了，怎么没人来喝啊？

出门一看，大堂空空，三德子在和坠儿聊天，宜妃、小桃红在生气。

小桃红：喝什么粥啊，都乱成一锅粥了。

苏州街上。

众街坊东家出西家凑地为谭一德母子俩盖棚子。管带府的封条还封着门。

谭一德边张罗着边干活，边谢街坊。

街坊甲：盼着有清官明主呢，草民如草，一点不错。你也不用谢了，你们谭家给这条街上谁家没治过病啊，这些人也只能帮你这些了，大事还靠命。

粥铺雅间内。

康熙侍候着云巧在喝粥。

康熙轻轻把粥碗放下，云巧有点不好意思，但还能显出落落大方。

康熙：小姐请用。

云巧：这是……

康熙：八宝粥。

云巧：佛家有八宝，你这八宝是什么？

康熙：八宝中有枣。

云巧：枣？是王安石说的“在实为美果，论才又良木”的枣子吗？

康熙：正是，正是。“风包堕朱缯，日颗皱红玉”，就是这枣。

云巧：还有什么？

康熙：还有莲子。

云巧：城中担上卖莲房，未抵西湖泛野航。

康熙：旋折荷花剥莲子，露为风味月为香。

云巧：你是个读书人。

康熙：是个卖粥的。

云巧：你坐吧。

康熙：只有客人坐的，哪儿有……

云巧：你不是苏州人吧。

康熙：不是，小姐看出来了。

云巧：那么好，现在粥铺中我是你客人，但在苏州城内，你却是我的客人呢。这你总可以坐了吧。

康熙坐下：小姐您喝粥。

云巧略尝一口：现在苏州很难喝到这等境界的粥了。

康熙：小姐是说苏州穷了？

云巧：苏州穷不穷我不知道，我只是说现在苏州很少有这么下功夫来做粥的人了。食不厌精，脍不厌细。谁能说做这最普通的吃食不能显出境界来呢？

康熙：小姐真好学问。我忘了一件喝粥的必备之物，待我速去取来。

说完康熙退下。

粥铺。

康熙退出雅座。坠儿先兴奋，宜妃、小桃红都盯住看，三德子也想问。

坠儿：哎，怎么出来了，怎么样？

康熙擦汗：这儿哪是喝粥啊！

宜妃：怎么了？她拿你怎么了？

康熙：没怎么，这是考状元啊！我说一样东西，她吟一行诗，句句有来处。还好这枣啊、莲子呀的诗句我也读过，能接上一句两句的，要再问别的，我可说不出来了。三德子！

三德子：爷，您说，别急。

康熙：咱们出来带没带《全唐诗》呀？

三德子：爷，咱……咱带那东西干吗呀！咱出来原不是为了案……

坠儿：案什么呀？

宜妃：按祖宗的遗训开个八宝粥铺。什么都想打听！

三德子：对呀，咱出来不是开粥铺来了。您可别诗呀思的弄得太乱了。

康熙：顾不得了，现在说什么晚了。啊对了，关于粥的诗能记住两行吗？我招架不住了。

宜妃：这粥铺算是开对了，出来时的那股劲儿现在一点儿也没了。

坠儿：我们小姐熟读诗书，漫说你是个开粥铺的，就是来个状元郎，也不见得怎样。

康熙：三德子，那盘小菜递给我，不怕，不怕，我想起一句与蔓菁有关的诗来了。对，就是这蔓菁。不怕了，不怕。

说罢擦汗端盘进。众人看着他端盘子进，紧张的心才放下。

宜妃对坠儿：哎，我问你，你们家小姐，是为了喝粥来呀？还是为了比学问来？要么就是为了看人来的？

坠儿：你说对了，都为！

大道。

快马奔驰。

驿站。

兵丁换马。

驿站长：什么事儿那么急？

兵丁：八百里告急，北边俄国又生事了！

山水大道。

康熙、三德子、法印、宜妃、小桃红、五乘快马奔驰，穿山过水。

康熙：法印，还有几天的路？

法印：换好了马，两天。

康熙：咱们快走，让他们三人在后面吧。

乾清宫。

百官朝贺，山呼万岁。

康熙：众爱卿平身，此次尼布楚战事，朕已下了决心，派精兵干将前往，绝不可再姑息养奸。明爱卿，你有什么样的人举荐吗？

明珠：臣在，臣已想好此事，非旗将勒尔锦莫属。

徐元文：臣以为不妥，勒尔锦在十九年平三藩时就曾拥兵半途自返，此人不堪重用。

康熙：那依你之意呢？

徐元文：臣举荐公彭春。

明珠：此人不妥。

康熙坐在那儿看两人开始争执，而出现在他耳边的却是谭一德所写的《八宝粥记》，声音越来越大。康熙突然站起，将《八宝粥记》从袖中拿出，放在宝座上。

康熙对三德子：好好读给他们听。

康熙在《八宝粥记》的声音中离开乾清宫，“满汉平，天下平”的声音在回荡……

五

苏州街上。

云巧、坠儿的轿子飞快。

粥铺门口。

粥铺大门紧闭，中间贴一张“告白”——家中逢事，关张十天。

云巧在轿中发脾气，坠儿站在轿外跟她说话。

坠儿：这您谁也怨不成，不是写了吗，家中逢事，十天，十天就回来了。

云巧：他走怎么也不说一声，可见眼里没人。

坠儿：人家这不是说了吗？告白，告白还要人家怎么说呢？

云巧：这不是说给我一个人听的。

坠儿：那其中不是也有您吗？……咱回去吧，等十天了再来啊。

坠儿入轿。外面下起雨来。

谭一德棚子。

外边下着雨，棚子漏得一塌糊涂。

谭一德老母亲病了，躺在铺上。谭在雨中给老母亲熬药。一家凄惨得不行。

邻居甲至，收伞。

邻居甲：这怎么行，这可怎么行呢！先暂到我家去避一避吧，来！

谭一德：不麻烦了，省得哈家又找你的麻烦。

邻居甲：要找怎么也是找。人折磨成这样，天还不开眼吗？走！走！

谭一德背起老太太欲走。

谭一德：药。

邻居甲：你先走，我来照看药。

药在炉上咕嘟，邻居甲蹲下打着伞看着药。

管带府后衙。

哈六同在拿大顶，仆人都忙着给他备饭。

一仆人过来蹲下，倒着跟他说话。

仆人：爷，膳得了，您是再拿会儿，还是？

哈六同一动不动像是没听见一样，眼里也是想事的样子。

仆人知趣刚要走开，突然哈六同脚放下，正踢在仆人屁股上，仆人抢地。哈六同下墙，擦手。

哈六同：叫你在我拿顶的时候别跟我说话，你不记着。滚！

仆人爬起，下。

哈六同：李二。

李二：爷，您吩咐。

哈六同：这两天我没问，谭家那小子怎么样了？

李二：我去看了，门还封着呢。

哈六同：人出苏州了？

李二：没有，娘儿两个在门口搭了个棚子住下了。

哈六同啪地把筷子摔在桌上：浑蛋，你们他妈的都是怎么办的事儿！没有一个办事儿衙役，吃我的，喝我的，临了了净蒙我。

李二：……

哈六同：今晚上，找人放把火，给他棚子烧了。

李二：那怕……

哈六同：没什么怕的，去吧。换了装去，别露了管带府的相。

谭一德棚子。夜。

突然起火，火光中映出几个管带府的人在跑。

众街坊出来救火。火殃及四邻的房子，全街的人都出来了，有人上房去救火，一个老太太跑出来了，坐在街上看着火流泪。谭一德母子在棚子火光映照中跑来跑去想救，棚子烧塌了。

半条街的人都在忙着救，几座民房也着了。

朱府的官兵至，把谭一德绑走。

谭一德大喊：不抓放火的人，为什么抓我？

谭母追上前去：你们不能抓我的儿子呀，我们这是怎么了，我们……

火光中谭母跌坐在地上，谭一德被绑着走。

大路。

康熙一干人快马加鞭回苏州，宜妃坐在轿车中。

宜妃：这是怎么了，这么快马加鞭像是有天大的军机要办呢，这又不是往京里赶？

小桃红：万岁爷惦记着粥铺呢。

宜妃：什么惦记着粥铺呀，惦记喝粥的人呢！我这回本不想再和他出来了，不出来又心疼他。三德子，问主子饿不饿啊！

三德子：刚问了，主子说赶路要紧，过了常州再说吧。

宜妃：连饭都不吃了，不知道饿了。小桃红，咱吃，多吃。

自己把酥饼放入口中，车颠得厉害。

苏州府后衙，云巧屋内。

坠儿在绣花，云巧在窗前读诗。

坠儿：小姐读半天了，你也在床上歪一歪，眼睛不累呀？

云巧：读书怎么能歪着呢！像你绣花似的，东边倒也行，西边倒也行，读书就是读书，坐不正好书也读坏了。

坠儿：我不认识字，所以书好也罢，坏也罢，于我都是白纸一张。我也不歪我也不正，舒服了就行。小姐，您那天都跟他说什么了，他出来时一头的汗，紧着说您考他了。

云巧：我考他什么呀，只是说到什么就顺口说两句。

坠儿：您都说什么了，能跟我学学吧？拣那个不大要紧的说，你们俩的悄悄话我不听。

云巧：哪儿有什么悄悄话啊，我读了两句诗，他接了两句诗，就这样。我那时的感觉很怪。

坠儿：有什么怪的？

云巧：我觉我们俩好像早就认识似的，像是哪部话本里的一个故事，早就被人写好了，注定了到那一天会说上那么一套话，一点儿都不陌生。

坠儿：有这样的话本，是谁写的？

云巧：跟你说，你也不懂。

坠儿：那话本里说没说以后能怎么样？

云巧：以后不知道，也许就根本没有什么以后了。

坠儿：不会吧，我看他那人不会。你看啊，他铺子里的两个女人多会吃醋啊，他一点儿都不管，该跟你说笑跟你说笑，临出来还送到门口呢！“常来啊！”他是这么说的吧？我当时听了那话恨不得再……

云巧：什么？

坠儿：我恨不得再多待一会儿，狠狠地气气那太太和丫头子。

粥铺内。

三德子、法印、小桃红、宜妃刚进来没多久，在忙着收拾店铺。

三德子：嚯！才几天呀，落了这么一下子土，法印你扫地泼点水行不行！

法印把扫帚一扔：我还不扫了，灶间的锅、碗我还没拾掇呢！

三德子：哎，不泼水就不泼，别走啊！

小桃红：就你话多，语多必失都不懂。

三德子：我话多，有些个话可是别人让我说的。

小桃红：什么话是别人让你说的？你跟那个小姐不是小姐、丫头不是丫头的人说的话可没人教你。

三德子：那……那我也是为了粥铺的人缘买卖。

宜妃边算账边说：人缘也不是为一个两个的人缘，小桃红问得对。

三德子小声：我这是招谁了，怎么都冲我来了？

康熙换好了衣裳从后边出来。

康熙：三德子、法印，咱们不收拾了，出门。

宜妃：去哪儿呀？

康熙：去看一个人。

三德子：哎，来了，来了。

康熙出，法印、三德子跟出。宜妃啪地把算盘一摔。

宜妃：桃红，咱也不干了。路上紧跑慢跑，到地方了，站还没站呢，就去看一个人，这就是男人的权利。小桃红咱们做饭吃！

小桃红：主子，咱们不是才吃过了吗？

宜妃：吃过了再吃。我也不知是怎么了，一生气就想吃东西。

苏州街上。

康熙在前疾走，边走边向人打听路。

三德子：法印，咱这是去哪儿呀？

法印：不知道，跟上吧，到哪儿也得跟着。

谭一德住的街。

康熙一行走到街上看见余烟袅袅，被烧了房子的人都坐在外边垂泪。

康熙边走边看，看见街坊甲蹲在一烧塌的矮墙边上烧饭吃。

康熙：这位大伯请问一下，此地可叫城坊街？

街坊甲边扇火边抬头：不错，此地就叫城坊街。

康熙：这城坊街可有一位叫谭一德的读书人？

街坊甲：你们不像此地人吧？

康熙：我们是北方人。

街坊甲：与谭一德认识？

康熙：一面之交。

街坊甲：喏！看到这些火烧败的房子没有，就是。

康熙：是他烧的？

街坊甲：是烧他的！败时的，一个多大的家业呀。吴门医派听说过吗？京城里的皇上看病都请过谭家的人，几代的家业，非要说家中窝了贼，一下子人也杀了，家也败了。

康熙：为什么要烧他呢？

街坊甲小声：你是谭家的朋友，我悄悄告诉你一句，得罪了旗人了。

康熙：哈家？

街坊甲：你知道我就不说了，听说是因为前些日子卖鞋的事。

康熙小声：说是帮他，倒给他惹事儿了。

街坊甲：您说什么？

康熙：没什么，听说他还有一个老娘亲呢？

街坊甲：那不是在墙下病着呢吗？

康熙：他人呢？

街坊甲：抓起来了，没有见过这么不讲理的。

康熙、三德子、法印赶快去看老太太，老太太病睡在一矮墙外。

三德子：老太太，老太太。

老太太醒了，一下抓住三德子手。

老太太：哎呀！官家呀！官家！放了我儿子吧，放了我儿子吧，他怎么会放火呢？他怎么会放火烧自己呀？天下没有这道理。

康熙回头问街坊甲：谭一德被抓到哪儿去了？

街坊甲：当夜就抓了，抓到知府大牢中了。烧了人家的房，还说他是纵火贼。

康熙愤而回头走：闻所未闻。

三德子、法印赶快去追，留下三人背影。

街坊甲：以为是朋友，看到遭难了，会接济一二呢，看来也是个怕事的，躲都躲不及。看跑得多快，世态变了，人心不古了。

苏州街上。

康熙快步而行，三德子、法印跟。

康熙突然站住，回头对二人说：青天白日，朗朗乾坤，不是亲见谁能相信，还有什么事比这更气人的吗？

三德子、法印听着，街上人也站下看。

康熙说完回头又走，三德子、法印小心跟着。跟着跟着，康熙突然又站下，两人等着转身，康熙没有转身，更快地往粥铺去。

粥铺内。

小桃红端着一碗肉汤给康熙送上来，康熙生气地坐在那儿，一动不动。宜妃小心地坐着，其他人站着。

宜妃：生气也不能不吃呀！

康熙：我生气也不是生别人的气，生自己的气。说你是天子，可你没有观音菩萨那样的千眼千手，看不见，摸不着。真不知这天下每天有多少不平事在发生啊！想到这儿就觉自己无能！

三德子、法印、宜妃、小桃红都跪下了。

三德子：万岁爷您可别这么说，您骂骂我得了，不是您无能，是我们手下人无能。

康熙：起来吧，你们也无能。这半天了，没帮朕想出一个好主意来。

法印：主意有呀，把哈六同抓起来不就得了吗？

康熙：那倒成全他了，我若抓了他，就是钦案，造他一世的不烂之名。再说了，旗人啊，牵一发动全身，抓他容易，该有个什么样的说法？

三德子：别的不管，先把谭一德放了吧。

康熙：放了又怎样，有什么下文？

宜妃：有呀，这么好的年轻人可以用他做官呀！做的官不比哈家小，让他反过来治治哈六同。

康熙：朕现身不在京城，谁来封他官呢？

宜妃：于世龙不就在左近吗？他是个钦差，还是像上次五莲县那样，让他传道谕不就行了吗？钦差不是能先斩后奏的吗？

康熙现出喜色：宜妃，这两次出门，我真是很谢谢你！咱们吃饭吧，我这会儿觉出饿来了。来，吃饭吧！

苏州大牢内。夜。

一犯人看着牢头甲为“我来也”端酒菜，从面前过，突然爬起来。

犯人：你他妈的偏心，怎么就不给我吃？

牢头甲：你？你他妈的也想吃？你这辈子就只有一个日子了，秋决那天我好好侍候你。

犯人：他妈的一个江洋大盗，进了牢变成了江湖大爷了，天天晚上有酒有肉。我们这些人连泔水都喝不饱。

牢头甲边走边说：什么江洋大盗海洋大盗的，你拿出钱来我也把你侍候成大爷。

说着话牢头甲进了“我来也”的牢房。

牢内“我来也”房中。

牢头甲端菜进：爷，来了，来了，起来吃吧。来，来，我给您把灯点上。

牢头甲竭尽服侍之能事，扶着“我来也”下来，撩衣服看他的伤。

牢头甲：哎，好多了，合了口子了，可别忘了抹药啊，够不着的地方叫我一声。来，先吃吧。

“我来也”：你也吃吧。

牢头甲：我偏过了，偏过了。不信您闻，还有酒味儿呢。来，我给您斟上。

“我来也”大爷般地吃着喝着。

“我来也”：李哥。

牢头甲：哎？您说。

“我来也”：最近外边有什么事儿吗？怎么不见提我了？

牢头甲：事儿也没大事，说是钦差于世龙要来了，府里顾不上了呗。来，吃这鸡，是乌骨鸡，不好找，吃吧，吃了长新肉，长得快。

“我来也”：李哥，我问你一句话，处了这些日子了，你是希望我出去，还是希望我被问个死罪？

牢头甲：哎哟！可不能提死，你可不能死，别说这不吉利的话，挺好的说死干吗？活，得活。不过我说句心里话呢，我……也不太想让您这么快就出去。我也这么一说，你别不高兴啊。

“我来也”：怕我出去，挣不着银子了？

牢头甲：不，不是那意思。咱们相处这些日子了，每天晚上坐在一起说会儿话，喝会儿酒，不是很快意的吗？我是这么着舍不得。当然，那原因也有点……

“我来也”：我出去，咱们也有酒喝，也有大把的银子花，你放心。

牢头甲：那就最好了，那我恨不得您明天就出去。

“我来也”：李哥，我求你件事，等巡抚于大人一到苏州，坐了堂，您帮我递一张状子上去。别的不用管，只要状子递上去，我就大大地有一份人心预备下了，到时，您也别当这牢头了，做个买卖。

牢头甲：那好，不就是递个状子吗，那还不好办？咱们进出大堂又不用敲鼓，就跟进自己家门一样，随便的事儿，巡抚来了咱就办。

巡抚驿内。

一个女子正在给于世龙梳辫子，突听得外边中军乱吆喝着一个游方僧人。

中军声音：哪儿有大早上就化缘的，还没起呢，还没起呢，别处要去吧。

法印声音：你这人怎么说话，化缘是帮你积德行善，怎么是要呢！再说了，我什么时候说我是来化缘的……

驿站外。

法印化装成了一个行脚僧，破僧衣僧帽，脏而凶：我是来行善来了。

中军：你行善也好，化缘也好，我不让你进去。

法印：谁说我要进去了？告诉你，我还不能就这么进去呢。你呀拿着这把扇子进去，给你们老爷看看，让他出来请我，我才进去，不请我，我回头就走。

中军：你是饿晕了，还是念经念糊涂了，去一边去！

法印：大胆，你们老爷于世龙见了我，也不敢这么说话。

中军一听知道老爷姓名，马上变了口气：你……你……你知道我们老爷是谁？

法印：不但知道他是谁，他现在干什么呢我都知道。

中军：这扇子我接了，我接了。这年头高人多了去了，谁知什么来头呀，说不准。

巡抚驿内。

于世龙梳好了头，正要照镜子，中军报。

于世龙：进来！

中军进。

于世龙：外边何人喧哗？

中军：外边有个行脚的和尚，来闹了一个早晨了。

于世龙：为什么不轰走？

中军：他说认识您，还给您这把扇子看看。

于世龙赶快接过扇子，一看是康熙的扇子，知是法印来了。

于世龙：快，快请，快请！

站起来手足无措，看见小女子：你回避一下，回避一下。怎么还不去请呀？

中军：他说您不亲自去请，他不进来。

于世龙：我去，去请，当去，当去。

于世龙亲自出门，把法印迎了进来。

于世龙：快请，快请……三爷可好？

法印：好。

于世龙：有什么急事吗？

法印：有件事儿，非你办不可。

苏州大堂门口。

三德子一副差人打扮，拿起鼓槌就敲。

升堂。

朱国治慌乱坐好。三德子威威风风地进来，宣读江宁钦差于世龙大人手谕。朱国治下座跪听。

三德子：江宁钦差于世龙谕，着苏州知府速将谭一德释放，另有所用，不得有误。此谕，于世龙。

朱国治听完后站起：差官请坐。

三德子：重务在身，不坐了，请府台大人遵钦差大人谕吧。

朱国治：好，好，马上放人，马上放人。来呀，将谭一德放了。

众衙役：放谭一德！

粥铺。

店里人手缺了，康熙穿上围裙在给人端粥。柳伯在唱评弹。一客吃了粥哇地吐了出来。

客人：嘿！掌柜的，这粥怎么不是前两天的味儿了？

康熙：这位客官真对不起，熬粥的师傅有事出门了，这粥有点熬煳了。

客人：谁熬的？

康熙：我熬的，火大了。

客人：你怎么这么笨啊，粥都熬不好，这么好的东西糟践了。

宜妃看不过去：嘿！你这人怎么这么说话呀！笨怎么了，不笨（奔）吃谁去！

康熙：哎！别吵别吵，粥是没熬好。这么着吧，今天喝粥我一文也不要了。为这八宝粥的信誉，大家能喝就喝，喝了不必会钱……

宜妃：大家想给钱呢，就给一点儿，不想给就不给了也行，给多给少自己看。

有人喝完了站起来，还是往柜台上放了钱。

康熙小声：你这是为什么呀？

宜妃：不收钱，不挣钱，咱们还像个开粥铺的吗？

康熙：也对。

刚才挑理的客人一听说不要钱了，拿出个盆来装。

宜妃：哎，您刚还说是不好吃呢，怎么还往里装啊？吃不要钱，装可不行。

客人：没什么，你说了不要钱了，我装点还不行？

宜妃：你装走了别人吃什么？不行。

康熙：算了，算了，他也许……

客人：我家，家里还有一家子人等着吃呢，你们得让我装点走。

宜妃：好，装吧，装吧，说是开粥铺，跟舍粥有什么两样。

客人大装。柳伯看不下去了，抱琵琶过来。

柳伯：班财主，你还有一家子要吃，那这苏州城的人都要饿死两回了。你总是见了便宜舍不得走。走吧，走吧。

康熙：柳伯，他……

柳伯：这是苏州城中最大的土财主。班得宝，名字起得好，一辈子不会饿的。

康熙：他有一家人要吃？

柳伯：你问他。

客人：柳伯，你不好这么拆我的台啊。

康熙：你要带回家给家里人吃，就走吧。

客人：我……我是带回去喂猪的。

康熙：什么？这么好的粥，你要去喂猪？

宜妃：好心也得用到好地方才行。

康熙：放下，今天的粥钱，别人可免，你要交钱。

谭一德家。

谭一德从牢里放出了，急急走到自己家的街上，看见众街坊还在断壁墙间收拾火后的东西。谭一德看见邻居甲。

谭一德：洪伯，我娘还好吗？

邻居甲：呀！你出来了，谢天谢地，你娘整日地哭，都有点糊涂了。在那儿呢，刚喝过水，不要紧的。

谭一德跑上前去：娘！娘！

老太太：我儿子没有烧火，我儿子给我熬药来着。

谭一德：娘，娘，我回来了，我是一德，我出来了。

老太太老泪纵横：一德，你回来了！这是哪儿呀？这是阴间吧？我们在地狱里见了！

谭一德哭：娘！您怎么会这样了？我是一德呀！

众邻居无不动容。

苏州街上。

报喜的仪仗队，吹打着往谭一德住的那条街而来。报官们托着圣旨和官服，热热闹闹，街上人都看着。

谭一德家街上。

谭一德给老母亲扶起来了，深情地在给老母亲梳着头。火炉上药罐子响着。

乐声隐隐传来。

老太太：一德，不要再给我熬药了，死了也好。

谭一德给母亲把头发梳好了，站起来侍候药，也不说话。

鼓乐越来越响。众邻居都站在烧塌的破房子前，看着那将近的报喜仪仗。

一匹马至。

一报：报——

一报勒住马，在这些房子前不知所措，问街坊：这是城坊街吗？

邻居甲：不错。

一报：有个叫谭一德的吗？

邻居甲：刚放出来，在给他娘熬药。

一报：快叫谭一德接喜报。报！

众街坊都往谭一德的小棚跑。

邻居甲：一德，一德，喜报来了，喜报来了，这下老天开眼了。

谭一德从棚子钻出来，呆呆地站着看，不知发生了什么。众街坊围过来，拥着他往街上去。

邻居乙：一报已过了，二报来了，上前去。

谭一德：众位老邻，别弄错了，别弄错了，是找我吗？弄错了，我还在熬药。

邻居甲：怎么会错，城坊街的谭一德不就你一个吗？快！

二报至，众街坊欢呼。

邻居甲：谁身上带了钱都拿出来，快快！要给报子钱的，要么丢我们一条街的脸。

说着话兜起衣襟，众人哗哗往里扔钱。谭一德傻傻地站着。

仪仗队旗帜飘扬，鼓乐大震，五花马牵来了。有邻居扶着老太太从棚子里出来，白发在风中飘着。

报官在读钦差报，众人跪。

苏州府后衙。

哈六同急急的脚步，边往里闯边喊。

哈六同：岳父大人，岳父大人！

苏州府后衙书房。

朱国治平平静静地看着一件小古董。哈六同喊着进来。

哈六同：岳父大人，怪了呀，怪！

朱国治还看小古董：怎么这么慌慌张张的呀？坐。

哈六同：谭一德被赐了进士，封了苏州府监察了。

朱国治还看小古董：我知道了。

哈六同：您知道了，还在这儿……

朱国治放下东西：我该怎么样？我该去跳井吗？早跟你说过得饶人处且饶人。你可好，非要把人逼到绝路上去。

哈六同：谁知他会有那么深的背景！

朱国治：他有什么背景，一个秀才而已。

哈六同：那怎么会？

朱国治：天底下没有什么会不会的事，你以为不会是你没想到，你算不过天。

哈六同：那现在有什么法子吗？

朱国治：人的来头都不知道，能有什么法子。

哈六同：给明珠大人写封信问问吧。

朱国治：只有这样了。

哈六同赶快为朱研墨，朱拿起笔来又放下了：我总觉这城里来了于世龙的人了，你留点心，城有什么奇怪的生人好好访访。

哈六同：哎！

粥铺雅间。

云巧与康熙面对面地坐着，云巧深情看康熙。

云巧：大千世界，人海茫茫，一个人与一个人相遇，有什么道理吗？

康熙：佛法中说，相遇的道理除了缘这个字外无从解释。

云巧：缘是谁定的？

康熙：天定的。

云巧：天道可违吗？

康熙：很难违。

云巧：如果把事想到这样的地步，那么即使我们做出什么不该做的，都在天理之中了吧。

说完给康熙斟酒，送了过去：我从不喝酒，但今天不能不喝，说句终归要说的话，我很看重你。

康熙：我……我只是个开粥铺的。

云巧：我看不像。

说着端起酒来，康熙看着她，两人喝酒。

粥铺内。

外边客人川流不息。柳伯在弹琵琶，宜妃在生气，小桃红、三德子在忙着招呼客人。

坠儿一人坐了张桌子吃瓜子，看着三德子忙：哎，你过来坐一会儿，这忙哪儿还有个头儿啊！

三德子：您吃您的，我这……

宜妃：三德子，客人要手巾！

三德子：哎，我就送去。

这时正有客人进来，小桃红故意把客人带到坠儿这桌来。

小桃红：来，几位这儿请坐，这儿请坐。

坠儿：哎，这桌不能坐。

小桃红：这不空着呢吗？你又不是千金的小姐万金的油，怎么就不能坐？坐吧。

坠儿：我告诉你，我们家小姐可不是一般二般普普通通的小姐。

小桃红：我告诉你，我们这粥铺也不是一般二般普普通通的粥铺。

宜妃：说得好！你们家小姐像不像个小姐，我们都见了，我的粥铺的能耐你还没见呢！

说着话，谭一德在仪仗的簇拥下，跨马正游街，热闹非常。

三德子一眼看见了，原想把架劝开，现在大喊了一声。

三德子：那不是谭秀才吗？怎么当上官了？快看，大伙都出来看啊！

粥铺门外。

谭一德高跨五花马，正从门口过。

粥铺里的人都涌出来，法印也拎着马勺子出来了。谭一德披红戴花地在马上坐着，不断拱手，谢各位乡亲。谭看见了粥铺的人，一下兴奋了。

谭一德：各位，我现在公务在身，不能下马，改日吧。

三德子：没事，没事，你风光你的，好好当官！

法印：别忘了卖鞋的时候！

宜妃：别忘了我可给你治过伤。

坠儿也出来看了，小桃红故意拿话闪她。

小桃红：看见没有？骑马做官的是我们粥铺的朋友。

坠儿：有什么了不起的，不说你不知道，说出来吓你一跳，当堂审案的是我们至亲。小姐，小姐，天不早了，咱们回吧！

粥铺内雅间。

康熙：冒昧地问一句，小姐许了人家了吗？

云巧：许了。

康熙：如何？

云巧：家是苏州城数一数二的大家，人是苏州城数一数二的坏人。

康熙：那为什么要答应？

云巧：你为什么问我这样的话！一个女子三番五次地找上门来与你谈诗饮酒，你还不知道她想的是什么吗？在这么好的景况下你会问出这么煞风景的话来。当年司马相如会问卓文君，你是逃婚的，还是寡妇吗？没话了，我们就这么坐坐不是很好吗？你真是不该来苏州，你不该来搅这池已经搅不动的水，你到苏州到底干什么来了？

云巧生气，抄起东西就出了门。康熙略有一愣。

康熙：哎，真是的，我到苏州是为了什么来的？

粥铺内。

云巧冲出径直往纱轿而去。

坠儿：哎！小姐怎么了，怎么了？他给你气受了？他欺负……

宜妃等众人看得莫名其妙。

康熙沮丧出，众人看着他：没想到，来一趟苏州知道自己不会做的事情太多了，不会端碗，不会熬粥，现在看谈情说爱也不会了。

宜妃小声：您哪儿会谈情说爱啊！从来只有别人爱您！

康熙：你说什么？

宜妃：没说什么，我想问您，这次到苏州干什么来了？

康熙：嘿！你也这么问我，刚她就是这么问了一句后气走了的。

六

苏州府大堂。

击鼓升堂，众衙役高喊堂威。朱国治先出，谭一德后出，两人一左一右各有一张公案，坐下。

朱国治：监察大人请。

谭一德：知府大人请。

朱国治：既是监察大人点的这桩案子，那今天就由您来审吧。

谭一德：好！来呀！带被告哈六同，原告吴月天。

堂下人喊“带被告、原告”。吴月天与被告哈六同上堂。原告上来跪于左，哈六同立而不跪。

谭一德惊堂木刚要拍，没想朱国治倒先拍了。

朱国治：大胆被告，见本官为何不跪？

哈六同：我家乃皇上封的命官，哪儿有跪的道理？

朱国治：监察大人，他是朝廷的命官。按法，受命的大夫过堂，一可找人代理，二是要赐座的。

谭一德：没想到还有这种的脏法，怪不得出赃官。

朱国治：来人呀，给哈管带赐座。

衙役拿了张椅子来给哈六同坐。

谭一德：好，要坐，哪儿有原告跪于堂下而被告高坐的？来人呀，拿张椅子让原告也坐下。

朱国治：监察大人，这恐怕不妥。

谭一德：为什么？

朱国治：一堂四个人，审案子的坐着，被审的也坐着，这不太像公堂，倒像……

谭一德：像什么？

朱国治：像是喝茶的茶馆了。

谭一德：要么就都坐，要么他们两个一个也不能坐。

朱国治：好，坐，坐，坐。

衙役又拿了张椅子来，原告坐下。

谭一德：吴月天，你有何冤情，从容道来，本官与你做主。

吴月天：小民世居苏州，承祖上荫德，积了几块薄田，前些日被哈六同买通人犯，用窝主法将我爹及一家数口抓而坐监逼死，家产尽数被哈家霸去了……

吴月天边说边哭，哈六同若无其事。

谭一德越听越气，惊堂木一拍。

谭一德：来人！

众衙役：有！

谭一德：将被告先打二十棍再说。

想抽签，没抽出来，衙役一个不动。

哈六同：我看谁敢！

谭一德：官这东西，要么就不当，要当就要敢字当头。来，打！

终于把签抽出，扔了出去。

众衙役：打！

朱国治：慢！慢！

谭一德：府台大人今天为什么三番五次地阻止我审案？

朱国治：不是我阻止，是自古审案之法阻止。所谓审案，一是问原告；二要拘审被告；三要引问人证；四要两告对质；五才可动刑。监察大人，我看今天一过还没有过，怎么就要动刑啊？最起码人证当问问啊！

谭一德：还要什么人证，我就有此遭遇，把我当人证就行。来，打！

朱国治：慢，那就更打不得了。你是审案的，与此事无瓜葛才对，你若有了瓜葛，这桩案子你也不能审了，你当回避。来人啊，退堂。

众衙役本来就欺负谭是新官，一看朱与谭有矛盾，更不怕谭了，立刻散了。

谭一德：哎！慢着，慢着，大家先别走。

众衙役根本不听他的，喊过之后，扛着水火棍走了。朱国治也先走了。

哈六同：嘿，卖鞋的，官就这么好当吗？今天是素的，明天就没这么便宜你了。

大堂之上，只有吴月天还站在地上，谭一德坐在公案后，一派凄凉。

谭一德：吴月天，你先回去吧。

吴月天：大人，我几辈人的冤情都托付给您了。我个人生死已在所不惜，这冤仇不雪，死了的人也难瞑目啊！

谭一德：我知道，我不把哈六同办了，誓不为人！

苏州街上。夜。

谭一德沮丧地在街上走。

粥铺门前。夜。

谭一德憋着一肚子火，正看见朱云巧的纱轿，又看见坠儿在门口拦住了别的客人。

坠儿：没有生意了啊，今天粥铺包下了。回吧，回吧。

客人：怎么个粥铺也不让进了？有钱的人连碗粥也不让我们喝了吗？

谭一德本来就有火，又认得是朱家小姐的轿子，就非要进去不可。他走上台阶。

坠儿：这位爷，今天粥铺包下了，不……

谭一德：一个小小的粥铺，也是这么势利吗？你有钱，我也有钱，凭什么你能喝粥我就不能喝？

正好小桃红看见了，大家正生气云巧总来，一看谭一德高兴了。

小桃红：哎呀！谭秀才您来了。

三德子：哎！现在得叫谭监察才对。那天我们都看见了，你骑在马上多威风。来，来，进来。

坠儿：讲好了，包下了，闲人不准进。来这儿的人家是谁，你看看轿子也该知道吧？

谭一德：哈！今天这粥铺，不是你家包的倒也算了，我不是非得喝这碗粥；是你包下的，你不抬出什么名号来压人也就算了；今天你话说到这儿了，这碗粥我就非喝不可了。让开！

谭一德愣是进来了。大家起哄。

粥铺内。夜。

谭一德进了粥铺，宜妃、小桃红都高兴。

小桃红：来，谭秀才您坐这儿，想吃什么我侍候您。

坠儿：敢给他东西吃！

宜妃：为什么就不敢呢？

坠儿：今天的东西我们都包下了，没东西了，他吃什么？

宜妃：有什么了不起呀，我们就不会自己再做吗？谭秀才你等着啊，我用小锅给你单做去啊，比法印熬得好……

谭一德：不用再费事，今天我就要吃他大锅里的，别的我还不吃呢。要不换个法子也行，她包了就得包吃了，一口也不能剩，她要能都吃了，我就饿一晚上没关系。

小桃红、宜妃都拍手。

三德子：谭秀才，没想到您……您……

谭一德：怎么样？

三德子：还有点不讲理的本事啊！

谭一德：不讲理，我今天才是遇到了天大的不讲理呢！去给我盛粥！

坠儿：不行！别人怕你，我可不怕你！

粥铺雅间。夜。

康熙：这么说，你也是从小就没了娘？

云巧：三岁就没有了。

康熙：比我还早。

云巧：你也……

康熙：八岁没了爹，十岁没了娘……

云巧：你比我还苦，我好孬有个爹。听说当今的皇上也是从小就没了爹妈的，受苦的人好知道上进。

康熙：你见过皇上？

云巧：没有。

康熙：想见吗？

云巧：不想。

康熙：为什么？

云巧：听说宫里的女子都不舒心，我只想当个平常的人，能有个……

康熙：什么？

抓住云巧手，两人相拥。

云巧拿着康熙的手，蘸着杯子里的酒在桌上写了三个字——你是谁。

康熙反过来拿着云巧的手指在桌上写了几个字——我是我。

云巧又拿起康熙的手指，把“我”字圈出来，上边那个“你”字也圈出来，中间加了一条连线。

康熙会意，两人刚要拥吻，就听外边摔盘子的声音，吓了两人一跳。

摔了一个不行，还要摔两个。

粥铺。夜。

坠儿：你当了官有什么了不起的？告诉你，我们也是官家！

坠儿说着在摔盘子。谭有点没见过这阵势，先躲了两下。宜妃原意就是想惊了雅间里的好事，一看摔起盘子来了，正合意，给小桃红一使眼色，小桃红搬了一叠盘子送给谭一德。

坠儿：也不到苏州城里去打听打听去，坐这顶轿子的是个什么人家。

边说边要摔，三德子来回在劝。

小桃红给谭一德盘子，小声：跟她比着摔，盘子有的是。

宜妃也在一边怂恿谭。谭拿起盘子，想摔又有点舍不得。众人以为他摔了呢，都捂耳朵，闭眼。谭没摔，坠儿来劲儿了。

坠儿：你有能耐摔啊！你根本就不敢！

谭一德被一激，急了，举起就摔，一个接一个地摔：你是官怎么了？你有什么了不起的？你喝粥别人就不能喝粥吗？你算什么？仗着一顶官轿，就以为天下就是你的了吗？告诉你，这天道从来是邪不压正！

谭一德边摔，小桃红、宜妃就边给他递盘子，谭一德说一句摔一个，每个都摔在坠儿脚下。坠儿乱跳后退，摔到雅间门口，康熙和云巧都出来了。谭一德摔得高兴，在康熙而前也摔起来了。

谭一德对康熙：原来以为你大度而豪爽，疾恶如仇，没想到你开了个粥铺也这么势利，一个小小的粥铺也勾结了官呢！

再想回头接盘子，小桃红、宜妃不敢再传过来了，谭没接到盘子，也摔累了，坐下。

康熙看着一地的碎盘子，想着谭的话，回头问云巧：勾结了官府了？他这是说谁呢？

云巧：说我呢！我是朱知府的女儿！

康熙：你……那我们就算认识对了。

云巧：为什么？

云巧说完与坠儿出去。众人站着愣着。法印拿着大勺从后边出来了，看着满地的盘子，再看着各有心思站在那儿发愣的人。

法印：这……这是怎么了？

苏州大牢内。夜。

“我来也”的单间，哗啦开了门，牢头甲领着一个专写状子的师爷进来了，师爷夹了个包。

牢头甲：爷，人我白天带进来不方便，这是咱们苏州城有名的写状子第一——吴事忙吴讼师。

“我来也”赶快坐起：师爷，您请。

牢头甲：来，坐下，坐下，把小桌挪过来，纸墨砚摆开。您坐，您坐。你放心，一点事儿都没有，到了这儿呀，跟回了家没有两样，踏踏实实的啊！该怎么说怎么说，该怎么写怎么写。你们说着，我去准备酒菜去。

牢头甲说罢出去。

吴事忙：问您一句，这牢头是您亲戚？

“我来也”：亲戚怎么会这么好！

吴事忙：那他怎会这么热情？

“我来也”比了一下钱：无非是这个。

吴事忙：这年头，还就是钱有用。

“我来也”：师爷您放心，事成了，少不了您的谢仪。

吴事忙：啊！我不是这个意思。来，我们写吧。

谭一德新家。夜。

谭一德在边翻书，边用毛笔记录。老太太身体也好了，端灯来探。

老太太：儿啊，歇歇吧，已过了三更了。

谭一德：娘，您怎么还没睡呢？您可要注意身子呀！

老太太：当官了就要当好官，个人家里事小，道理是大的。

谭一德：娘，您放心。我想过了，不做便罢，做就要与贪官作对。反正这官是白来的，当不成了就不当。

老太太：我觉得也真是蹊跷，梦一样的。家败到不能再败了，怎么平白地掉下一顶官帽来？

谭一德：想不出来。娘，是不是爹早年去过京城啊？

老太太：去是去过，不过没有什么记忆了。

管带府后衙。夜。

哈六同在按一个拳谱学打拳，看一眼谱打出一式。

哈六同：李二，对不对？

李二正瞌睡，惊醒。

李二：哎！对！对着呢！

哈六同：对个屁！养活你们也是白吃饱，探了一白天，问出来什么没有？谭家什么靠山？

李二：撒出去二十多人，哪儿哪儿都问了。只知他家原来出大夫，和官家没有大来往。

哈六同：天下真有这样的无根之木？说开花凭空就长开花了？没有根，没有根能做官？我才不信呢。没有这样的道理呀！封谭一德的手谕，是谁下的？

李二：问清了，钦差于世龙于大人。

哈六同：通了，通了。这城里一定来了生人了，来了于世龙的人了。

粥铺外。

哈六同便衣一身，坐着轿，到粥铺门口下。也穿了身与康熙差不多的衣裳，也拿了把扇子。

三德子正在门口送客人，看见哈六同，认出来，无奈伸手往里让。

三德子：这位爷，您是堂座儿，还是雅间儿？

哈六同进大堂一看，喝粥吃酒的人不少，柳伯在弹琵琶。

哈六同：就坐大堂吧，大堂热闹。

三德子张罗一张桌子，让他坐下。哈坐下，左右看了看。

三德子：这位爷，您是喝酒啊，还是喝粥？

哈六同：先不忙，咱们是不是认识呀？

三德子装蒜：噢，瞧我这记性，您……您是……

哈六同：管带府的哈六同。

三德子：哈六同，对，哈六同。如雷贯耳，如雷贯耳。您喝什么粥？

哈六同看着在一边张罗的康熙：那人是掌柜的？

三德子：啊，不错，是我们掌柜的。

哈六同：能不能让他和我喝两杯？

三德子：这我可得问问他去。他脾气不太好，也不大喝酒，喝了酒好骂人，我问问去。

三德子去找康熙，康熙看看哈六同，走了过来。

康熙走到哈的桌旁，哈六同站起来马蹄袖一放，施礼，嘴里说着一串满洲话。

康熙一抱拳：请了！

哈六同觉得很意外：你不是旗人吗？看着像呢。

康熙：旗人能一眼看出来吗？

哈六同：你不是旗人，也是个京城来的。

康熙：怎么说？

哈六同：你这马褂上的绣活儿，是京城正一顾乡庄的绣活儿，你这鞋面是前门外洪德祥布店买的德国青，你这帽子更是非京城莫属。

康熙：万德帽店的帽子，你不是也戴着呢吗？

哈六同：不错，你这么样的一身到苏州来，还不扎眼吗？我知道你是干什么的了。

三德子：来了！酒菜来了！

康熙：我是干什么的？

哈六同斟酒：来喝，我不能给你说破了，不过你也该知道我是干什么的。

康熙：噢，你是干什么的？

哈六同：我们哈家正黄旗，我祖上是叶赫部贝勒金台什之侄孙子，和当今皇上还沾点远亲呢！几代的功臣，要不怎么能上苏州这么好的地方来当差呢！

康熙：是亲戚留在京城不是更好吗？

哈六同：浅见，京城有什么好，天天的皇城底下，放个屁都能传出声雷去，弄不好就……

康熙：不干坏事，有谁要你的头啊？

哈六同：来，喝酒，喝酒。你这人是真不懂还是装糊涂啊？当官有不干坏事的吗？你不干坏事，你个开粥铺的人，能穿着这么三百五十两一身的行头。鬼！你必是干过坏事的。来，喝酒！我一进门，一看见你这身衣裳，我就有底了。

康熙：干坏事能从衣裳上看出来，我还头次听说。再说没谁怕我这身衣裳呀。

哈六同：他们不懂。你要是个官，穿了这身衣裳，你必是个贪官。清官他一个月的俸禄买不起你的一双鞋。

康熙不屑地看着哈六同：以衣取人，往往会把人看错吧？

哈六同：一分也看不错。比如说你，我已看出来了……

康熙：看出什么来了？

哈六同小声神秘地：你就是于世龙本人我也不怕，我今天不是喝了酒才这么说的。实话告诉你，当今的阁老明珠明大人是我的近亲，我这儿还有他刚来的一封信呢！这说的还是远的。

康熙：难道还有近的吗？

哈六同：有，这苏州府的知府，知道吗？朱大人，我就是他未来的女婿。

康熙：您说什么？朱大人有几个女儿？

哈六同：就一个呀，我就是云巧小姐的夫婿，难道有什么不妥吗？

康熙现出些惊讶：哈！你今天这些话真是都说在点子上了。哈！怪不得她会那么说呢，也真够可怜的。

哈六同：这回你明白了吧，还想不想惹我了？

苏州府后衙。

云巧在归拢自己的细软，坠儿有点生气地在旁边看着，又看又不看。

坠儿：小姐，小姐，你是真的要跟他私奔呀？

云巧：你说什么呀！我什么时候说了我要私奔？

坠儿：你要走也不要紧，一定要带上我。

云巧：哪儿有的事儿啊！我收拾东西难道就为私奔吗？

坠儿：那天是我不好，可谁知道那姓谭的敢有那么大的脾气，全是老板娘和那个小桃红给撺掇的，害得你们也……

云巧：我们什么事儿也没有，我生气是因为他知道我是知府的女儿了。

坠儿：知道了有什么不好吗？知道了不是更好吗？他……

云巧：坠儿，你别再给我添乱了好不好！告诉你，有一种男人，知道了你的身份，一下就变了，有的会攀荣附贵，那该有多俗啊。

坠儿：他早晚得知道啊。

云巧：宁愿他不知道。还有种男人，知道了这事后会对你敬而远之。这么一来原来是两两相向的事儿，中间夹进了一个做官的爹，那还有什么味道？

坠儿：哪儿还就有那么多的说头，好就好，不好就不好，还能赖上有个爹了？又不是做菜，要那么多味道干吗？

云巧：你说什么？

坠儿：没说什么，我搅了你的局，想赔你一个。

云巧：赔一个？你以为是摔了一个碗呢，想赔就赔，这怎么个赔法？

坠儿：咱们不去那个什么八宝粥铺了，铺子里的人都是宝。咱们去归氏园吧，有花有景，又好作诗，又好有味道。

云巧一听觉很中意，放了手里的东西：你……你倒是挺有心机的。

坠儿：当丫鬟就得当个好丫鬟，我一辈子佩服的丫鬟就是红娘。

云巧叹息：可谁知他是不是张生啊。

谭一德府门口。

谭一德虽然做了官，但是个清官，府不像府，马不像马。加上朱国治故意整他，谭一德这天出门，看一个又老又跛的老衙役牵了匹又瘦又老的马在等他，为他开道的差官也都是老弱病残。

谭出得门来。

衙役：老爷您上马！

跛着过去扶谭，谭也不分就里就想骑，刚一拉马笼头，马一下子就倒了。

谭一德不明就里：它怎么还知道我要上马，还会蹲下呢？

衙役：不对，它这是趴架了。起来，起来，你个瘸牲口。老爷您别急，我先给它拉起来。

跛着过去，拉马，马不动。衙役又招呼开道的：来呀！哥儿几个过来，把马抬起来，趴了架了。

哥儿几个懒懒散散地过来抬马，假装抬也抬不动，喊的“一二三”声音倒不小。

谭一德：这是什么马呀，不驮人倒要人抬。

衙役：马倒是好马，就是没喂好，它饿了。

谭一德：你倒是喂好了呀！

衙役：想喂也没钱买料呀！

谭一德：你的意思……

衙役：老爷您先给两个钱，我们几个先把马喂好了，再把我们几个喂饱了，好好地来驮您，给您开道，让您去坐堂。

谭一德：都听人说阎王好过，小鬼难缠，今天我是见识了。你们该上哪儿上哪儿去吧。不错，我今天是做了官了，没听说做了官就不能走路的，我走着去！

众人：哎！老爷，您不能不管我们了，自己走啊！

谭一德：怎么着，还讹上我了？

众人：您自个走了，我们吃谁去呀？

谭一德头也不回，急急走。一群老弱病残的衙役在后边跟着。

苏州府堂内。

堂上一人没有，空空如也。

谭一德开了大门一看，气不打一处来，出门。

苏州府门外。

谭一德拿起鼓槌就敲起堂鼓来了，敲了十多下，衙役甲凶凶地出来。

衙役甲：谁啊！谁敲堂鼓，作死啊！

一看是谭一德又假赔笑脸：哟！监察大人，您这会儿才来，等了您半天，刚散了。

谭一德：一个偌大的苏州城，一天有多少事要办，这日头才一竿子高，怎么就散了？公堂公堂，不办公事还叫公堂吗？

又敲堂鼓。

苏州府大堂内。

衙役三三两两地出来了，有的手里还拿着麻将牌，说着你和几把我输了多少的乱话。

朱国治忙忙地出来了，坐在公案后。

朱国治：堂下何人击鼓？带上来。

谭一德：不敢劳动，我自己会走。

谭一德不紧不慢地走到公案后坐下。

谭一德：知府大人请了。

朱国治：请了，监察大人，你今日升堂已晚了半个时辰，本官实在等不了你。这会儿你又击鼓是为了什么事？

谭一德：击鼓为升堂。

朱国治：这堂已升过了。

谭一德：升过了？升堂为了什么？

朱国治：办公事呀。

谭一德：今天办了什么公事吗？

朱国治：因为等你，什么事也没办。

谭一德：那就与没有升堂有什么区别，所以我要再击鼓升堂。

朱国治：嘿，你来晚了，结果理倒是在你这一边了，胡搅蛮缠。

谭一德：吴月天告哈六同一案现在还没了结。哈六同派家丁烧城坊街一案，那些没了房子住的人还在风雨中煎熬。城西欺诈案、城东命案都还没有头绪。我们拿着国家的俸禄，办公事就这么个办法吗？来人呀！把城坊街纵火案嫌疑犯李二捉拿归案！

朱国治：慢！

谭一德：为什么又要慢？能不能快点儿？

朱国治：你那番话倒说得头头是道。你年轻又新在任上，我不怪你，话都能说，事却不是这么办的。我问监察大人，为什么拿李二？

谭一德：他放火烧了老百姓的房子，难道不可以拿他吗？

朱国治：当场抓住了吗？

谭一德：月黑风高，没人拿住他。

朱国治：有人见到了吗？

谭一德：一定有人见到。

朱国治：好，带上堂来！

谭一德：百姓怕豪强，没人敢来。

朱国治：那我说李二也好，王二也好，就不能抓。

谭一德：但是，此情我是……

朱国治：你看见了吗？

谭一德：……

朱国治：你要看见了，这案子就只能让我一人来审。

粥铺内。

坠儿颐指气使地坐在那儿。

坠儿先拿出一包银子来，小桃红在虚应着她。三德子远远地擦桌子假装看不见，宜妃生气翻账本。

坠儿：这包银子呢，是那天的摔盘子钱。我们家小姐说了，摔了人家东西，不能仗着自己是官就不赔了。我们赔，就当玩儿了。

小桃红：我们这可是粥铺，不是什么摔盘子玩儿的地方。要是我们高兴了去你们家摔盘子，你也乐意吗？

宜妃翻账本，不抬头：说得好，钱不要，让她买一百五十个一模一样的盘子给送来。

坠儿嘟囔：那天可不是我一个人摔的，要赔他也得赔。

宜妃：他赔得看我们要不要，你不一样。

坠儿：为什么？

宜妃：你不为你的主子干好事。

坠儿：那是你的话，我可不这么想。这钱你爱要不要，这儿有一封信，是给你们掌柜的。

宜妃一下站起来，给小桃红使眼色，让她接了。小桃红刚要去接，坠儿把手撤回来了。

坠儿：小姐吩咐了，要亲自交他手上。

小桃红：掌柜的不在！

坠儿：不在我等。

宜妃：哪儿有这样的人家呀，小姐不像小姐，丫头不像丫头。三德子，把她给我轰出去。

三德子：哎，哎，我来了，我来了。

其实不动，在原地像找东西一样。正此时，谭一德极为沮丧地进了粥铺。

三德子可找到台阶了：哎！谭大人，谭大人您又来了，您这边坐。

坠儿：真背兴，怎么我一来他就来呀！

归氏园内。

鸟语花香，一派春意。

康熙在花径间急急地走着，拨开花丛，看云巧娴静地坐在圆凳上，团扇轻掩，一幅江南女子之景象。康熙一生在深宫中，这种情趣真是没见过，不由动情。

康熙：徘徊花下，请试低头，影儿憔悴浸春池。

云巧：此间深处，是伊归，莫惹相思。

康熙忘情：朕一生，所遇无数，此情再难求。

正要拥吻，云巧觉“朕”一字有问题：你刚说什么？你说“朕”？

康熙：啊！我是说，真是一生，真……

云巧：乍听那个字，我耳边像过了阵刀一样的冷气，把刚刚来的柔情蜜意全割断了。我总觉一生美好的事物像幻影一样，即现即收了，并不属于我。

康熙：那个字就那么可怕吗？

云巧：哪一个宫中的故事不是悲切的？

康熙：怎么会有这样的想法？不说了，此时天好，花好，人不是也很好吗？

康熙说着吻云巧，云巧眼中汪出泪水。

云巧：我真怕这一切都是过眼烟云啊……

粥铺内。

坠儿还在等，没人理她了，谭一德进来后都围着谭一德去了。

小桃红：谭秀才，怎么你当官当得越来越不高兴了？看着你比写《八宝粥记》的时候可不一样了。

宜妃：小桃红，别这么说话，快给谭秀才拿酒去。

小桃红：哎，这就去。

宜妃：有什么不高兴的事儿呀？说给姐姐我听听。

谭一德：我原以为当官不是件什么难事儿，按道理办公，按律法办案……可当了两天深觉不是那么回事。

宜妃：为什么？

谭一德：你要办好事，可有人就要办坏事。你说法，他也说法。你是惩戒坏人的法，他有袒护坏人的法。两个官之间还搅不清呢，何况审案？哪儿还有心思去对待坏人？

宜妃：你该把他搅清了。

谭一德：说得是，这些赃官坏蛋都是在官场上滚打了多少年的，说出话来明明是错的，可他也是慷慨激昂，一套一套的。慷慨激昂说假话，我真是见识了。

宜妃：来，喝酒，我算看出来了，现时的好官大多愁眉苦脸的，坏官都是兴高采烈的。我们先喝酒。别人的事我管不了，我把你当成个弟弟吧，你的事我一定要管。

苏州府后衙。

朱国治：小姐呢？小姐哪儿去了？

老妈子：刚出去了，没说去哪儿。

朱国治拿着那对翠镯子：该过门的人了，还是那么好玩！有人跟着吗？

老妈子：有坠儿跟着呢。

朱国治：这对镯子是哈家送来的，这些天一忙给忘了。人家过些天就要来迎娶了，你见了她让她少出门。对了，好孬也还给人家一件礼物，东西不拘，写首诗画个扇面都行。

老妈子：哎！

归氏园内。

康熙与云巧春帐度暖毕。

康熙：来苏州这几天，像梦一样。

云巧：你原本到苏州来，是为什么？

康熙：开粥铺啊。

云巧：谁会相信你是为开粥铺来的？

康熙：那我就是个假借开粥铺之名，来寻芳问柳的风流子。

云巧欲起床：我倒是希望你真是这样的人。

康熙拉住她：我难道不是这样的吗？

云巧：从我第一眼看见你，就看出你是个有心思的人。

康熙：你倒是会看人。

云巧：你如今依旧是个有大心思的人。

康熙：也许遇到你后把心思放了。

云巧在妆台前梳妆：你不会放。

康熙：怎么见得？

云巧：因为在那么动情之后，你居然会问出哈家是不是就是我说的坏人。你到底是谁？

康熙：……

粥铺。

宜妃正与谭一德对喝。

宜妃：谭秀才，谁都有不高兴的事，这世界上，生下来就不高兴的是我们女人。孔夫子说“唯女子与小人难养”，生而为女人，未出世时已经就被这句话打入地狱了。来，喝！

小桃红：哎！主子，让您劝谭秀才，您怎么倒喝起来了？您别！

谭一德：没事，让大姐姐喝，我陪她。

宜妃：你们男人有权力呀！外可以做官，内还要当爷。说是娶妻生子，娶妻就像是就为生儿子用的，娶过一个不妨再娶一个，天大的事也没有谈情说爱大。出来了，说是私……私……

三德子：哎！思乡心切，思乡心切。

宜妃：对！对！思乡心切。什么思乡心切呀，明明是相思心切，下次我再也不跟着出来了。话说回来了，不出来又有什么意思呢，深宫大……

三德子：对！公公，大姑子，公公，大姑子。

宜妃：是，有公公，还有妃子。

三德子：您喝多了，喝多了，咱们去后边歇歇，歇歇。

给小桃红使眼色。

宜妃：别急。所以说谭老弟，我说你生而为男人，先就是幸福的。再者你做了官了，就能为天下人做一两件事了，有什么不高兴的？振作起来，该斗斗，该争争，当个好人，当个好官。

谭一德感动，借酒劲儿：你说得……说得可真有豪气。天生我才啊，必将降大任于斯人。我不斗争谁斗争？我不为民申冤谁申冤？说得好，你这个姐姐就是好。来，喝！

宜妃刚要端杯，大现酒意。

小桃红：主子，别喝了，这怎么都弄成这样了。

谭一德喝了酒，酒杯一抛。

谭一德：我已有擒敌之妙法了。

说完大步出粥铺。三德子、小桃红扶着宜妃往后去。

三德子：一个醉了，一个疯了。

一直被冷落的坠儿突然大声喊：嘿！这么半天了也没人招呼我了，你们是开粥铺还是开荐头店呀！

三德子：哟！姑奶奶您就先别添乱了，没看这儿都乱成一锅粥了吗？

坠儿：不行，得留一个人侍候我。

正说着话，法印拿马勺从后边出来了。

法印：得，我来了，您是要吃呀，还是要喝呀，还是……

坠儿回头一看是法印，马上拿出酸劲儿来：你是谁呀？怎么来这么多回都没见过你呀？

法印：我是后边熬粥的，现成的，热的，您喝不喝？我给您……

坠儿：等会儿，等会儿，我先不喝粥呢。我问你，你们掌柜的去哪儿了？

法印：掌柜的去了个叫归氏园的园子。

坠儿大惊：什么？

法印：去了归氏园了。

坠儿：胡说。

法印：怎么会胡说呢，我一早给他送过去的。

坠儿差点晕过去：怎么会是这样呢，怎会……

法印要扶又不好扶，还是扶住了，大叫三德子。三德子冲出来换手扶住。

法印：快按人中！三德子，快！

三德子：你按啊，我腾不出手来。

法印：阿弥陀佛，我就按住了。三德子，我怎么觉得这次出来这么乱啊！

三德子：是够乱的，哪一关不过都不行，估计明儿正事就该开锣了。醒了，醒了。

坠儿：哎呀，我这是在哪儿呢？

七

苏州街上。

监察府贴出的告示。三德子如在宫中一样地念告示：

> 告苏州百姓，本监察为访民之冤情，查官之劣迹。即日起，每日开放，接待前来告官诉冤之人。所诉之冤情，必一一记录在案；所举之官，待证据足时必查办。
>
> 此布
>
> 监察：谭一德。

百姓们听着，看着布告。

三德子一读再读，底下百姓就是让他读，没有别的反应。

三德子：不读了，不读了，读了几遍，也没见你们有谁要去诉冤告官的，不读了。

甲：告什么官呀，自古官官相护，官告官还差不多，民告官，怎么能告得通啊？

乙：告不好，自己倒霉，算了，算了。这苏州城是又不是你一个人在受苦，赃官也不是那么好办的。

三德子：那也不见得啊，这不是写着证据足了就查办吗？不告哪儿来的证据？你们……别走啊！

甲：要告，你去告吧，告赢了，我们大家给你立牌坊。

康熙和法印在人群中看着。有个二混子模样的人问三德子。

二混子：哎，大哥，我问你，这告官用不用写状子？

三德子：不用，去吧，什么事都行，去啊！

二混子模样的人刚往街上跑，突然人群散开。哈六同带帮家丁来，看见那小子，下手就打。二混子模样的被打倒在地。

乙：还去告呢，走在路上就给你收拾掉了，谁敢告官啊。

人群散开，康熙与哈六同照了面了。

哈六同：以为你是个开粥铺的，会老老实实做买卖，没想到这样的浑水你也来搅。

康熙：我每一见你，就见你在出手打人，可惜每一次都碰到这么好的天，这么好的太阳，你不觉得你这人很让人败兴吗？

哈六同：我打他是轻的，我要他的命也在情理之中，他欠我的钱。

康熙：这苏州城中到底有多少人欠你的钱？你的钱是不是太多了点儿？

哈六同：我想让谁欠，谁就欠。苏州城有多大一点儿啊，江山大不大？再大也姓满家的。

康熙：我看满人中要都是你这样的，当年怎么进得了关？

哈六同：你没资格说这种话，今天我找你还有别的事儿。

哈六同突然回头一指，众家丁把五花大绑的坠儿推上前来。

哈六同：真是他妈的耗子敢到猫碗里偷食，你是丈八的树上捆鸡毛——好大的胆子，吃腥吃到大爷我头上来了。我今天必要立毙你于刀下！

法印、三德子：大胆！

康熙收了扇子，一指坠儿：你当街绑人家姑娘来要挟我，这种架我不打，你先把人放了。

哈六同：少他妈的摆出副怜香惜玉的样儿来，绑了她算什么，我还要当你面一剑挑了她。

说着回身一剑向坠儿刺去。坠儿大叫，正此关键时，人群中的云巧与康熙同时冲出。康熙一掌将哈六同剑架开，云巧扑向坠儿，不意手臂已被哈六同的剑划伤。坠儿一见云巧大哭。

坠儿：小姐，你去了哪儿了？我出了粥铺就被他们绑了。

云巧：别哭！……哈六同！

哈六同一见云巧，一下子庄重起来：在！

云巧：你是我什么人，你竟敢绑我的丫鬟，坏我的名声？你快快给我离开此地！

哈六同：你是我什么人，你最清楚。今天这事，我意不在你，在他。

你既然不高兴，此事容我以后解释。

带家人欲走。

云巧：等等。

哈六同：小姐还有什么吩咐吗？

云巧：今天到此，再没有什么以后。

哈六同：也好。

云巧站着，有点支持不住。

坠儿惊叫：小姐，你流血了。

云巧欲倒，康熙上前抱住。

康熙：没想你……真是个烈性女子呢。

云巧：千万别负我。

康熙：你怎么会这么想？

监察府。

谭一德正瞌睡，头点桌子惊醒。一老苍头（就是街坊甲洪伯）看不过去。

洪伯：大人，您两天两夜没睡了，可一个举报的人也没来，您去睡会儿吧。

谭一德：两天了吗？

洪伯：两天了。

谭一德：一个也没来。

洪伯：一个也没来。

谭一德：苏州城中难道一个有血性的人都没有了吗？

洪伯：也不是，哈家派家丁把住了路口，来一个打一个，两天打伤了十几个人了，根本就过不来。

谭一德：暗无天日呀！什么叫暗无天日，这就叫暗无天日。洪伯。

洪伯：在。

谭一德：我们可以有家丁与他们对打吗？

洪伯：没有。

谭一德：我们为什么没有？

洪伯：我们没钱，养不起家丁。

谭一德：世上有多少时候钱是用在正义上的，又有多少时候钱就是帮凶。君子不爱钱是句多么简单的话，此时我真是无力说出。我这官原是稀里糊涂当上的，但我可不能就这么稀里糊涂当下去。我没钱，但我有性命，我拼命也要铲了这苏州的恶霸，以抚民心！

不知何时，站在堂下的三德子一个人鼓起掌来，掌声空旷。

谭一德：谁呀？三德子呀！好，来人了，来人了，有什么冤，来，来诉，快来。

三德子：不是，我们老板娘，你干姐姐，看你两天没有去喝粥了，让我给你送粥来。

谭一德：姐姐还这么想着我呢。我这个官当的，还有什么脸面去去铺子里喝粥啊？三德子，你能想办法找点人来吗？会功夫的，咱们和他们对打呀，这世道光有理也不成。

三德子：好说，你先喝粥吧。

谭一德：也好，也好。喝粥，喝粥。

归氏园。

桌上摆好了的药和白绫子。

康熙嚓地撕下条白绫子给云巧疗伤，云巧脸色苍白。

康熙：今天的哈六同就是你要嫁的人？

云巧：……是。

康熙：这趟苏州我是来对了。

云巧：为什么？

康熙：做不了风流子，救一个人也行。

云巧苦笑：情这东西，细想有时能救人，但有时也害人。

康熙：你太柔弱了，皎皎者易污，谁能呵护你啊？

云巧：舍你其谁。

两人相吻。

云巧把手上的一只镯子褪下来，在手中摩挲了一阵递给康熙：你是谁，为什么来这儿，我现在已不想再问了。我今生能有这一阵，已很知足了。

说着把镯子递给康熙，康熙接了。云巧：别负我，别让我知道你辜负了我……

康熙忙捂云巧的嘴，云巧泪下，康熙坐下，托起云巧脸：我怎么会负你……你怎么会这么想？

苏州府后街。

哈六同在地上来回走，朱国治平静地坐着。

哈六同：岳父大人，人是越快娶越好，我是……

朱国治：为什么这么急？

哈六同：我丢不起这个脸！我……要么我就带人去把那粥铺给平了。说是个粥铺不起眼，自他们来后，这苏州城里出了多少事。

朱国治：那才不能动呢。

哈六同：怕什么？您可有什么可怕的？

朱国治：还没到拼命的时候，谈不上怕不怕，是个智不智的事儿。于世龙要来了，一切等他来后再说。

哈六同：于世龙说来，可总在苏州城边上转悠，他什么时候来呀？

朱国治：不急，他不来，我明天去见他。既然总要来，不如把他迎进来。对了，那个粥铺你先别惹他，他不是个蝎子更好，他要是个蝎子早晚得露夹子。

苏州府大牢。

牢头甲把吴事忙写好的状子给"我来也"，"我来也"看过后生气。

"我来也"：这人写的是什么状子呀！要按他写的状子告上去，不但放不了我，关一辈子也不多呀！

牢头甲：您别撕，您别撕呀！都说他状子第一，我也是这么听人家说。爷不碍的，不碍的，您要是不满意咱再请一个吧。苏州城近二年缺吃缺穿，可写状子的人有的是。再请一个，反正于世龙还没来呢，来得及。

"我来也"：于大人要来这话说了有些日子了，他怎么还没来呢？

牢头甲：当官的事儿，我们也说不好，今天要来，许今天又有别的事，绊住了，没来。早晚得来，您把状子写好，等来了我就给您递上去，不急，不急，咱们有人不是？您这事就跟我自己的事一个样，您把心放在肚子里。爷，我还有件事想跟您说呢……

"我来也"边收状子边问：什么事儿，说吧。

牢头甲：最近呢家里出了点事，手上不太方便了。

"我来也"：好说，这回你去……

二人耳语。

佛塔内。

牢头甲拿着灯上到第七层，找到了那块砖，轻轻一移，打开后看到一包金子。

牢头甲拿了金子就要走，回头看见佛龛中的佛，又回过来了。

牢头甲：菩萨保佑，菩萨保佑，一是别把他放了，二是别让他死了。将来我有钱了，给您点长明灯。

抱金子下。

大路上。

朱国治的官轿在大路上飞快前行。

靠山路上。

谭一德骑着那匹瘦马，走也走不起来，站也站不稳，跛脚衙役牵着马。终于走起来了，瘦马跛夫，谭一德坐在上边，很可笑。

谭一德：能不能快点儿，这样去见到钦差大人就明年了。

跛衙役：好好的去见钦差干吗？当大人没有个当大人的样，不会等着他来见你？吁，吁，歇会儿，歇会儿，马累了。

谭一德索性下马：知府去见钦差了，我为什么不去？上边来的官都是光听不看的，等着他把话说完了，我再说什么还有用了？快走。

跛衙役：快不起来。哪能赶上他朱国治的八人官轿，跑起来不停地换人。反正也赶不上了，我看咱不去了也行。

谭一德：是你当官还是我当官？你怎么……

跛衙役：你当的这个窝囊官，让我当，我还不当呢。

说着坐在地上。

谭一德：你不去算了，我一定要去。

说着把官袍一掖，把官靴脱了，换了双布鞋：我翻山抄近路，不信赶不上他们。

谭一德说完话翻上山去。

跛衙役看着谭翻山的青春影子：没见过这么当官的，人是个好人，可不会当官。

大路上。

于世龙钦差的仪仗滚滚而行。

粥铺内。

冷清无比，一个客人也没有。三德子伏在桌上睡。小桃红坐着在看窗外。康熙在看一册书。宜妃在柜台后摹红模子。

弹评弹的柳伯轻轻进来，刚站在三德子旁边，三德子一下惊醒。

三德子下意识地：哎！客人您来了，您请，您……嗐，是柳伯呀，我还以为总算来了个客人呢！

柳伯：要不是说我来拿琵琶，他们也不让我过来，漫说喝粥了，路过都难了。

三德子：天下哪有这么不讲理的？不许人家开买卖。这些老百姓也是，好孬来一个让我们开开张啊，省得和尚在后边熬了一锅粥没人喝。

宜妃一语双关：没客人不是清静吗？

三德子看老人拿琵琶：柳伯，我来帮你拿吧。

柳伯：不用了，这粥铺终归不是一个长开的样儿呀，我走了。

康熙放下书：柳伯，您何出此言？

柳伯：你要听我说，我就跟你说说。先从这无米的粥说起，天下哪儿能常吃无米的粥呢？新鲜一次两次也就对了，这样的粥铺怎么能开得长？再有，从开张到现在，我不是时时都在，也差不多天天都来。就我盘算着，这些日子光银子就赔了有近千两了，再开还要赔下去。天底下说是买卖有赔有赚的，天天赚钱的买卖不多见，但天天赔钱的买卖就更没道理了。所以我说你这粥铺不是一个长开的样儿。

康熙：开不成了就只有关。

柳伯：关也不是那么好关，你的事儿还没了呢，怎么能关呢？

康熙：柳伯，我们有什么事呀？我们就是个……

柳伯：开粥铺？不像，从第一天起见了你们就觉不像。尤其你，心里有大事呢！

宜妃嘟囔：大事？大事早让他给忘光了。

康熙：我怎么就让人看着心里有事呢？

柳伯：我告诉你，你在这粥铺里，一不算账，二不结账，三不问账。不熬，不端，不扫。你这样儿不是做大事的，难道是做小事的吗？你来苏州干什么我不知道，但心里一定有件大事。我在铺子里做了这么多年了，什么样的人没看过？你这样的人少。可惜我换一家茶楼了，否则一定要看你个结局。

说完哼着走了。康熙还在那儿愣神。

三德子：万岁爷，咱这粥铺还开吗？

康熙：开！也开不了几天了，我看就再将就几天，我们离开苏州。

三德子：那案子呢？

康熙：指谭一德是指不上了。就这两天，我们再看看。

三德子：这事儿不是挺清楚的了吗？

康熙：朕……朕有难言之隐。

宜妃：……

路上。

朱国治坐在轿中静养。外边轿夫走着，他们换人不停轿。齐齐地换下一批人来，换下的人喝水，吃东西。轿子有劲儿地走着。

山上。

谭一德穿了官服，官靴背在肩上，在荒山中奋力爬山。突然官服扯了个口子，谭一德停下来。

谭一德：越乱越乱。

谭一德索性停下来，把官服官帽全都脱了下来，和肩上的官靴一裹，背在肩上向山下冲了过去。

苏州府后衙。

云巧一只手吊着还在绣女红。

坠儿轻轻地推门，欲进又不进。

云巧：进来吧，藏藏掖掖的干吗？

坠儿进来，反而做生气的样子给云巧看。

云巧：我都不生气了，你还生气吗？

坠儿：……

云巧：我问你话呢！

坠儿：啊！

云巧：啊什么呀！还要我给你赔不是吗？

坠儿：不是，我生气也是生自己的气。丫头哪敢生小姐的气呀！

云巧：哼，你生得还少吗？

坠儿：我从小就被卖进来，跟小姐一起长大的，以为自己跟小姐多亲多热呢！小姐疼我，体贴我，说是个丫头子，其实跟姐妹差不多。

云巧：这是真话，结果呢？

坠儿：结果不是那么回事。

云巧：不是那么回事，是怎么回事？

坠儿：小姐根本就和我不贴心！明明自己有安排了，还诓着我去送信，重色轻友。

云巧：你这是生自己的气吗？这不是生我的气呢吗？

坠儿：生自己的气，就是生自己的气，怎么没让小姐更喜欢我，更信任我呀？

云巧：坠儿，有些事就是两个人的事，再说了，他那边人也不是要稳一稳吗？

坠儿：哪儿稳得住啊，我都快被人给吃了，出来还让哈六同给捉走了。

云巧：真是委屈你了，我这一剑就算是为你赔的不是吧。

坠儿：小姐，你疼不疼？

云巧：你这会儿才来问我啊！疼也是我自己的，你一点儿都不知道。

坠儿：心里甜也是自己的，我也不知道。

云巧：你个小人精，还会说风凉话了。

坠儿：我自打小时候看过《西厢记》之后，就一直想扮个红娘，因为我是个丫头子呀，能当个红娘多好啊，没想到最后没当上。这两天呀，我也想通了。

云巧：怎么个通法？

坠儿：干吗非得当红娘啊！以后咱们的事儿写成了书，叫个什么什么粥记的，还不是跟《西厢记》一样？到那时候，还备不住有人想当我坠儿的呢！事儿还不都是那么伙子文人写出来的吗？有人写呀，我就能活了。

云巧：别臭美了。咱过的是日子，又不是过的小说，想得那么美。

坠儿：你不是见天地在过小说呢吗？

云巧：闲话不说了，烦你给我送点儿东西去。

坠儿：又送东西，你去不去？

云巧：我不能去。

坠儿：你不能去，我也不去。昨天老爷还给我叫去骂了一顿呢，我不去。

云巧：你看看你，多不听话，要叫外人看，以为你是小姐我是丫头子呢。

坠儿：那也是你惯的。

云巧：行了，不斗嘴了。这有包东西，你带给他。这还有封信。

坠儿：哟！什么东西呀？

说着话就给打开了，一看全是小姐的首饰：小姐，这么多好东西，干吗都给他呀？

云巧：别问了，拿过去吧。

坠儿：你不怕他都给用了？

云巧：就是让他用的，让他别开粥铺了，回家好好读书，考个功名。……我等他。

坠儿：那得等到什么时候去？

云巧：什么时候都等。

坠儿：那哈六同那儿呢？

云巧：誓死不嫁。

哈府。

哈六同在磨剑，霍霍地磨。李二在旁边侍候。

哈六同磨好剑后，收了磨石。

哈六同：李二，那瓶药呢？

李二十分谨慎地开柜门拿出一小瓶：爷，这东西是云南苗家人的一步倒，毒得厉害呢！

哈六同：好，就要厉害的。摆在桌上。

李二把药摆下，把一支蜡点着了。哈六同打开小瓶谨慎地取那毒汁，剑在蜡上烧着，毒汁滴上。火苗蓝色。

李二：爷，咱在苏州城用不着这玩意儿吧？

哈六同：用得上，别人身上用不着，到时候，也许我自己身上能用上。

李二：爷您怎么说这话啊？

哈六同：说这话也不多，这辈子我没有活得这么没底过。

哈六同看看剑，哗地把剑插入鞘中。

钦差行在。

朱国治已经到了于世龙的帐中，两人正谈话。

于世龙：朱大人请用茶。

朱国治：转眼二十余年了，于大人，我们同科的人现在活着做官的已经不多了吧？

于世龙：大概有数，没有细算，总不在十五名之外吧。

朱国治：当年是明珠明大人监的试，我们齐齐地去府上拜师，你还记得吗？

于世龙：记得，记得。

朱国治：我来去苏州，已有三个来回了，这苏州府也有明大人的至亲你可知道？

于世龙：没有听说呀。

朱国治：哈管带，哈六同乃明珠的子侄之辈，人很能干。

于世龙：噢？请用茶。

山上。

谭一德一脸的汗，一身的土，一脚的泥，还在快跑。

钦差行在。

朱国治：此案大多是江苏绅士纠集刁民诬告，无实可言。

于世龙：你们新监察谭大人怎么看？

朱国治：我还正想问你此人的情况呢，他当这官实在是……

钦差行在门口。

谭一德一身土汗，狼狈至。

谭一德：报钦差于大人，有苏州监察谭一德求见。

中军：苏州监察？在哪儿？

谭一德挺了挺胸：在下便是。

中军：你？你给我滚远点，装他妈的什么不好，要装个官。上回来了个和尚，谱也大得不得了，但人家可不敢说自己是个官。你看看你像个官的样吗？官有你这样的？

谭一德：当官的什么样？

中军：当官的，喏，刚进去的朱大人，有八抬大轿，有前后的护从、衙役，有官服，有官帽，有官靴，有官一样的眉毛、官一样的脸、官……

谭一德：我也有！

中军：在哪儿？

谭一德：没穿！

中军：穿上！

谭一德拿出官服边说边穿：真是越来越以衣帽取人了。

中军看着穿上官服的谭一德，表情逐渐变。

中军：还是真有啊，这些日子稀奇事多了。大人您原谅，我当了这么多年的中军，没见过您这样的官，您等会儿，我马上报去。

谭一德：去吧！快去！

中军：报……

粥铺内。

宜妃正指挥着三德子、小桃红收拾铺子。

宜妃：那张画给摘下来，对，桌子往一边归拢吧，摞到一起去，碗筷子的全收拾了。哪天叫个打小鼓的进来估估价，全卖给他吧。

康熙：我看别卖了，卖也值不了几个钱，原物再送给粥铺老板吧。他也是个百年老店了，让他接着开。

宜妃：他指着什么开呢？钱没钱了，米没米了，只有再开菜汤铺。

康熙：他昨天没米，不见得明天就没米，苏州事终要在苏州了。

三德子：对，万岁爷，您私访不成，干脆就明访了吧。开不开粥铺的不当紧了，您就下道圣旨给朱国治、哈六同一抓不就成了吗？

康熙：只为抓两个赃官，就不必劳我下来了。

宜妃带酸：有些事儿，您不下来还不成。

康熙：我们满人进关时，连兵带家属才二十多万人，这么大一个国家要管理，指这二十多万人是金子也要把你化了。满汉平等、满汉团结当是国策。此事不弄清了，朕不会回去了。

三德子：怎么清啊，一个谭一德又倔得不得了，朱国治滑得不得了，哈家又没什么凭证。爷，咱回吧。

康熙：不在这儿，有件事我想通了，就会一通百通。

钦差行在。

谭一德、于世龙、朱国治都在，谭一德慷慨激昂。

谭一德：哈六同一仗自己是满人，二仗宫内有依靠，三赖有极为不公的逃人法，将苏州的士绅冤死逼死的不在少数。朱知府你总说我是当事人该回避，我看你才是大大的当事人，听人说你已经与哈家联了亲了。

朱国治：你……你怎么把家事也拉到这里来谈，钦差大人哪儿有工夫听这些事？

谭一德：中国之事，最为微妙的就是家事。贪赃枉法的人不都是以家为事吗？他们什么时候想到过国家。那些行贿钻空子的人不也都是走家串户吗？钦差大人，我不必猜，我虽来晚了，但刚刚朱知府跟您说的一席话，一定是在为哈六同开脱，他说的国事其实就是家事。

朱国治：放肆！

谭一德：放肆也就放肆了。我是为了苏州一府的人，为国之正理，放肆也还是有胆可放，你朱国治还绝不敢这样。

于世龙暗笑：谭大人，真没想到你还是个慷慨之士。

谭一德：百无一用是书生。但别人可说无用，你自己可不能也把自己当成个无用的人，当说则说，真能做到十分之一，也是国之幸事。

粥铺。

牢头甲得了金子，高高兴兴地进了粥铺。粥铺内一派萧条。

牢头甲：哎！怎么两天没来就打了蔫了？出了事儿了，还是死了人了？

三德子：你才死了人了呢！

牢头甲：要不怎么这么丧气呀？乐着点，乐着点，送钱的来了，就得有个笑模样。

小桃红：老没客人，我们都不会笑了。

牢头甲：我教你，我教你，两条嘴角往上翘，眉毛往上飞，眼瞪大了。

三德子：那是什么样？

牢头甲学了一下：是吞铁球吐不出来了……不开玩笑了，有什么好吃的，给我端上来，侍候好了这今天的账我都结了。

三德子：行，你老坐下，有什么新鲜事说说就行，钱不敢指望你们当差的。

牢头甲看康熙：掌柜的，今天我可不白喝你酒，我请客。来，你过来，咱一块儿喝。有钱，有钱，喏，一块银子，我今天是先付酒钱，省得你们提心吊胆。

康熙：今天是中了大彩头了还是……

牢头甲：哪儿有什么彩头呀！还是我上次说的，牢里关了的那个好买卖，都说他是神偷“我来也”，明白了吧……

康熙：他怎么了？

牢头甲：都说他偷官不偷民，官家的什么都能偷出来。

康熙：他真有这本事？

牢头甲：我干吗骗你呢？实话告诉你，我这些天花的钱也都是官儿的，他偷的。

康熙：他在牢难道还能出去？

牢头甲：出是出不去，出去不又多了个“我来也”了吗？是……不能告诉你，来，喝酒，喝酒。

康熙若有所悟：来！喝！喝！三德子来，上酒。

三德子：来了！

康熙：这位官爷，今天这酒还算我请你的，这银子你收起，收起。

牢头甲：不合适，不合适，我现在是有了。

康熙：我有一件小事求你。

牢头甲：说！就冲我白喝了你这么多天酒，你说吧，别提“求”字。

康熙附耳小声。

牢头甲一指三德子：就是他吗？行！有笔墨吗？我给他写个条，明天上牢里报到去吧！

三德子：我？上牢里干吗去？我……爷我可不去。

康熙：不去也得去，就指着你了。来，喝酒。

八

大牢内。

牢头甲把“我来也”的牢门打开了，三德子跟在他后过进来。

牢头甲：爷！爷！醒醒，醒醒。哎！给您带来了个人，三德子来，过来见见，见见面。爷，他可不是什么新手，听说会侍候人呢。你有什么事儿就叫他吧。来，三德子，见见呀，说话呀你。

三德子：我？我说什么呀？

“我来也”抬起身来看了看三德子，又躺下翻身朝里睡去。二人站着不知所措。

“我来也”：先把那马桶给我倒了，再烧壶开水过来，我等着喝茶呢。

三德子一听直愣。

牢头甲：麻利点。哎，行，行，这就去。快干吧。

牢头甲出，三德子跟着出。

三德子：哎！你慢点，你慢点走。我问你，这是囚犯呀？看着怎么跟老太爷似的。告诉你，我可不干啊！

牢头甲：瞧着办，你们掌柜的求我让你进来的，又不是我雇的你，不干你回，我不留你。

三德子一听没了办法，站住往回走，去侍候“我来也”。

牢内墙角。

一边刷马桶，三德子一边生气，一边发牢骚。

三德子：苦命呀，真苦命，一辈子侍候人的命。上边的侍候，下边的也得侍候，现在可好，侍候到牢里来了，连犯人也得侍候了。他妈的，找谁说去。

牢头甲的声音：三德子快点，等着沏茶呢！

三德子：哎，来了，来了。这……这……这哪儿像国家的大牢啊！怎么感觉跟大客店似的，哪儿哪儿的都是爷，就我一个是个孙子。

粥铺内。

谭一德边喝边跟康熙说气话。

谭一德：什么钦差啊！就长了一对耳朵、一双眼，嘴没带来，看看这个，听听那个，谁对谁错，不说也就罢了，最后连听都不听了。钦差要是这样，皇上不定什么样呢！

康熙：皇上会不会像我？

谭一德：不会，不会。能有你这样的皇上，实乃是江山之大幸也。

宜妃小声：总算没得罪我。

谭一德：你说什么？

宜妃：你可小心点，听说于世龙可是皇上点的清官。

谭一德：皇上点的就那么准吗？也许皇上就爱那些不言不语的人。我虽没见过皇上，但我想呀，如有那么一天真到了皇上的身边，一定是非常遭厌的。

康熙：那倒未准。

谭一德：你一个开粥铺的，哪儿懂这些呀！官场上的事儿我经过这么两天便知道了。话到嘴边留半句，很沉闷，很不痛快的，很虚伪。嘴上不说，心里斗，斗得像水开了一样咕嘟咕嘟冒泡，可脸上还看不出来。

康熙：你这官真是当得很不痛快了。

谭一德：不痛快，实话说，人世间最不痛快的事就是当官，但不知为什么人人都想当。真正为公的官有那么好当吗？难！

康熙：难在哪儿？

谭一德：难处多了。比如办案，他明明是个坏蛋、赃官，但告起他来还要找凭据。

康熙：这当然要找。

谭一德：我去哪儿找？去朱国治的书房，他会让我进吗？现在我看这法中空子太多了，只有知法的人犯起法来才会无法无天，这是法之局限。

康熙：你这话倒有些启发。

谭一德：再有我也想通了，旗人就是旗人，他们把江山看成是他们的，怎么会跟你汉人平等呢？

康熙：江山这么大，万年不变。坐江山的人却在变，把江山看成是某族人的不是很可笑吗？

谭一德：你这话说得好，可惜出不了这粥铺，便烟消云散了。漫说能到京城去给皇上听了，连近在咫尺的钦差都听不见。当个皇上有什么意思？天下有多少好的警世之言他都听不见，像你这样的山野隐士，他也无缘得见，可惜，可惜。来，喝！

宜妃：你怎么就知道他听不见呢？

谭一德：皇上他高高在上啊！我一想到皇上就觉他像天上的玉皇大帝一样，坐在云里，不知跟哪个白胡子臣子在下棋呢！这么远的事儿怎会知道？

宜妃：他不会也开个粥铺听你说吗？

谭一德：姐呀，笑话，他会来开粥铺？那真天下之大幸，是仁义之君，永垂青史。那样苏州城的百姓可交了大运了。

康熙：你不就走了运吗？

谭一德：那叫什么运？一个受气的官，也还没当好。你们在开粥铺，就把皇上也想成是开粥铺的，你们哪一点像皇上啊？

宜妃：我们像什么呢？

谭一德：你们最多像个私奔而出的当垆卖酒的卓文君和司马相如。

宜妃：真的？你把我们比成是凤求凰啊？

谭一德：对，对，凤求凰。

谭一德已醉，张开手时，可以看见手掌都是划破的口子。

宜妃：你这手是？

谭一德：我回来时，以为他于世龙能借我一匹马。没有，他有那么多马，一匹也不借给我，我还是爬山回来的，手都抓破了。

宜妃：呀！破成这样，我去拿药！

康熙：等等，让小桃红拿去吧。宜妃，他……他刚喊你什么？

宜妃：……

康熙：他叫你姐？

宜妃：那又怎样？有的人在找妹妹，难道不许别人也找个弟弟吗？

康熙：……

苏州府后衙。

云巧把包袱打开了，一件一件看着。

云巧：他真是那么说的吗？

坠儿：一句也不错，他说东西你带回去吧，信留下，告诉小姐心我领了，我……一定不会负小姐，但……但小姐的家人或有对小姐不住之处。

云巧：他说的是我的家人，我还有什么家人啊？他为什么要这么说呢？

坠儿：他也许说的是哈家。

云巧：不会。这就是他不要东西的理由？

坠儿：他可不像是个缺钱的人。

云巧：他也不像个谈情说爱的人。他该不会说的是爹爹吧？

坠儿：……

寺庙。

一顶寻常轿抬进院落，庙中已无人，方丈迎候。轿帘撩开，朱国治便服下轿。

方丈：知府大人，阿弥陀佛。

朱国治：阿弥陀佛。

朱国治急急走进方丈室。

院中众家丁一箱一箱地往里抬东西，都堆放进寺庙的后院。

方丈室。

朱国治边在窗口看着家丁往里抬东西，边对身后的方丈说。

朱国治：一共二十大箱，先存于你处，你给我打一个收条。

方丈展开笔砚。

朱国治：以一月为限，如我一切平安，东西我日后收回，如我有难，东西全部由我女儿继承。如……如我一家无人在世，东西悉数归庙，算是我的功德。

方丈：知府大人倒是看得很透啊，钱财终归是身外之物，生不带来，死不带去。

朱国治：我要早看透就好了。

粥铺。夜。

三德子回粥铺来吃饭，边吃边说着“我来也”，众人围坐听。

三德子：什么神偷啊，整个一个大爷。爷，说句犯上的话，比您谱还大呢，除了躺着就是吃，就差我喂他了。

康熙：跟你说了什么话没有？

三德子：他也得开口呀！我问他什么都不说。我说朱知府家的书房是朝南吧，他瞪我一眼；我说钦差大人快来了，他装没听见；就是我说了句你姓金呀，他……

康熙：他怎么样。

三德子：他有点反应。

康熙：他没说是吗？

三德子：没说。

康熙对宜妃、法印：准备点酒菜，装在食盒里。

宜妃：这么晚了，您还去看谁呀？

康熙：晚不怕，晚了好办事。三德子你快吃，咱们走。

三德子：去哪儿啊？

康熙：别问了，多备酒。

宜妃不高兴。

京内明珠府。夜。

明珠桌前放了一堆信，明珠闭目听着师爷在念信。

师爷：此监察使，原只是个秀才，官不会为官，案不会问案，对满人有一腔之仇。

明珠闭目听着，突然啪地一拍桌子。

明珠：什么监察使，于世龙也太妄自尊大了，他竟然隔过吏部就自行封官鬻爵了。罢了他，着吏部下文，罢了他，星夜送苏州。

师爷：怕……

明珠：没有什么怕的，在朝上看是我与徐元文大吵大闹，其实不只是两个人的事，满人之利益不吵，大概要断送在我这辈人手里了。我也是为一族之人，没什么怕的，下文。

师爷：嘛。

明珠：还有多少来信没读？

师爷：还有十几封。

明珠：不读了，我乏了，明天再说吧。

说着站起来。

师爷喊：掌灯。

仆人进，明珠下。

大牢内。夜。

康熙打扮个送酒菜的，低头戴了个帽子。三德子打了个灯笼在前，二人进牢。

牢头甲边啃猪蹄边问：来了！后边那个是谁呀？

三德子拿灯笼晃牢头的眼：酒馆的小二，送菜的。

牢头甲：你小子也会偷懒了，两步道还叫个小二送过来。去吧，别让他着急了。

三德子：是了，是了。

遮着康熙往里走，走了几步，听牢头甲在后边喊。

牢头甲：回来！

两人站下，康熙不敢回头。

牢头甲：有酒吗？给我留一壶。

三德子：有，有。

赶快拿了一壶酒送进去。

“我来也”牢内。夜。

三德子忙着把酒菜摆好，“我来也”坐在桌前，消极地看着那些菜。

三德子：爷，这位是我给您找来的写状子的，号称江南第一圣手，再没人比得了了。

“我来也”：不写了，写也没用。

康熙：我看也是。

“我来也”：你何出此言？

康熙：人是被当场所获，虽无明证，不是也是了，判你个死罪，没有什么二话可说。再说，自抓起你后，“我来也”在市面上再也不见，你不是他那谁能是呢？所以说写不写都没什么用了，到谁手里你也脱不了个死字。

“我来也”冲三德子：嘿！你个小子说是替我找个写状子的，怎么给我找个添堵的丧门星啊！我还没死呢就咒我死了，出去，你们出去。

康熙：现在不堵心，明日不堵心，后天也得堵心。打仗要知己知彼，打官司也一样。现在你是既不知己也不知彼，那这官司怎么能脱身啊！

康熙说完收拾酒菜做要走的样子。

“我来也”：慢！先生您先留步，话不中听，但理还在，我官司打不成了那又该怎样？先生您……

康熙：你要真听我的，别的不敢说，保你不死。

“我来也”：不死已是活命之恩了。什么法子您说吧。

康熙与“我来也”耳语。

“我来也”听完后，看看康熙，冷冷地说：我凭什么相信你？

康熙不紧不慢地从食盒下边拿出金圣叹《六才子书》：我曾读到这样的一则逸事……

当年旧事。大牢中。

金圣叹将要行刑，儿子（小时候的“我来也”）来看他，为他送吃的，知爹要死了，悲伤而泣。

金圣叹：儿啊，有什么可哭的？别哭，别哭，先让我把饭吃了。你别哭，我给你出个对子，你先对对。死不足惜，死得其所，实在是人生之难求之归宿。就以这莲子为题吧，我说了，你听好：“莲子（怜子）心中苦。”

金圣叹说完喝粥，少年“我来也”只顾垂泪，一言不发。

金圣叹：哎！我一碗粥都喝过了，你还没对出来吗？

“我来也”扑向金怀：爹！

金圣叹：莫哭，莫哭，对不出来，我来帮你，我来帮你。我刚说的是

“莲子心中苦”吧……

金随手拿起送来的一只梨又说：咱们对，就对“梨儿（离儿）腹内酸”吧。

说过后，泪如雨下。

大牢门口。夜。

牢头甲已喝得迷迷糊糊的，三德子和换了装的“我来也”要出去，“我来也”拎着食盒，低头怕牢头看出。

牢头甲：怎么才喝完啊？这么晚了。

拿着钥匙来开门。“我来也”低头在后，三德子打着灯笼。

三德子：菜好，就吃得慢了点。

牢头甲：还有什么没动的，给我留下。哎！这小二怎么不说话呀！

三德子：这不是还有盘鸡没动吗，给您留的。他呀，他认生，怕见人。

牢头甲：行了，快走吧，太晚了，路上黑。哎，你别走啊，三德子，你得陪着我值更。

三德子对“我来也”：行，那你回吧，拎好了东西。

“我来也”快步而行，消失在夜中。

粥铺。夜。

法印在打坐，宜妃伏在柜台上睡着了。小桃红在轻轻地扫地。刚扫到宜妃那儿，宜妃惊醒。

宜妃：几更了？

小桃红：三更刚过。

宜妃：他们还没有回来？

小桃红：怕是……不回来了。

宜妃：原本还只是白天去，现在夜里也要去了。几家夫妻同罗帐，几个飘零在外头。桃红，有吃的吗？咱们好好吃一顿。

小桃红：主子，您说万岁爷是去找那个小姐了？

宜妃：你以为呢？

小桃红：我看不像，那天那小姐白天派了丫头子送来一包首饰。

宜妃：哎？我怎么不知道？

小桃红：没告您，怕您生气。

宜妃：我现在就不生气了？我那么多气都生了，再加一点儿还怕？还不是一样地生？东西呢？

小桃红：万岁爷没要，退回去了。

宜妃：为什么？

小桃红：不知道。

宜妃：呀，那小姐也怪可怜的，诚心诚意地给了人东西，最怕的就是人家不收了，何况是个姑娘。

小桃红：主子，您刚还在自己生气呢，这会儿又为人家担心了。

宜妃：嗐！我就是这个命。自己也愁，为别人也愁。做女人谁也不容易，爱上个人的女人，那个愁就没有边了。他为什么不要呢？

法印此时自顾自地收功敛气，宜妃看着生气。

宜妃：哎，和尚，你说，今晚上万岁爷去哪儿了？

法印：不知道。

宜妃：你就顾了打坐了，什么也不管。

法印：真是不知道嘛！来了苏州就熬粥卖粥，别的什么也没干，你们前边的事我怎么会知道？脑子里除了粥没别的。现在连粥也没的卖了，不打坐干什么？

苏州府后衙书房。夜。

已潜入书房的"我来也"在轻轻地翻找东西，找来找去，没有。终于从一假书中翻出一个小匣子来。

"我来也"将匣子打开，看到了账本和来往信件。

"我来也"将东西装入怀中，拿出粉包，在那几面墙上连拍了三个名字——"我来也"。

苏州府后衙。夜。

"我来也"欲上房前又在墙上拍了个名字。

然后上房，在房顶故意掀了块瓦投到地上，哗的一声。

牢内。夜。

牢头甲突然惊起，看着旁边睡着的三德子。

牢头甲：嘿！醒醒，我怎么觉着出去一个人啊！

三德子：刚不是店小二出去了吗？

牢头甲：不对，那是店小二吗？我得看看去。起来，起来，谁跑了都没事，他跑了，我没酒喝了。

三德子：您……您歇着吧，我给您看看去。

牢头甲：不行，得我看，要不睡不着。

牢头甲接过三德子的灯笼，自己往前走。到了“我来也”的牢笼，打灯笼往里一照。

换了装的康熙背朝里睡着。

三德子：你真是发癔症了，那不是好好的吗？

牢头甲：喊喊他。

三德子：别喊，吵醒了，回头不高兴。

牢头甲：嘿，小子，你也知道心疼他了，他给了你好处了吧，可不能吃独啊。

说着话走远。康熙睡在黑暗中睁着眼睛，缩作一团。

苏州府后衙。夜。

朱国治和众家丁打着灯笼火把，齐向书房而来。

众人：别让他跑了，抓住他。

朱国治急急进了书房，一下子看见匣子空了。

朱国治：快看！留下什么痕迹没有？

朱国治一下接过火把，照见“我来也”三个字。

管带府。夜。

哈六同也带着家丁在检查丢了什么东西。火把下哈六同也看见了“我来也”三个字。

哈六同大怒，用火烫那三个字。

牢内“我来也”笼中。夜。

“我来也”已回来了，拿出东西给康熙看。康熙借着灯笼光看着那些书信证据，越看越气，手直抖。“我来也”坐在一边，看着康熙。

康熙：骇人听闻，居然真有这等的事！

“我来也”：哎，你小声点，东西对不对？

康熙：错上加错。

“我来也”：我拿错了？

康熙：不是说你，是在说我自己。

三德子过来，在外开门。

三德子：快点吧，天快亮了，快出去吧。

康熙收起东西，欲走，回头看“我来也”。

“我来也”：您走了？

康熙：你保重。

“我来也”：我没事，告倒了赃官，我死不足惜。哎，想问一句，您是谁？

康熙想说又没法说，一肚的心事：此刻，此刻，我是“腹内酸”。

说完回头走。

康熙被三德子小心送出。

三德子：东西小心。

康熙：放得好好的。

苏州街上。夜。

街上已无行人，康熙匆匆而行。

哈六同骑马带着人众在街上急急跑过，康熙欲避不能，贴墙潜行。

哈六同看见康熙，突然勒马。

哈六同：这么晚了，怎么街上还有人，去问问他干什么的。

兵丁回头来追问康熙。

兵丁：站下，那戴帽子的站下！

康熙站下，紧张地摸了摸胸中的东西，又小心从腰中摸出一物，攥在手中。

兵丁：干什么的？

康熙：给人家送丧报的。

兵丁：晦气。丧报呢？

康熙：送出去了。

兵丁：那可说不清了，来跟我们走。

看康熙不停地张开手，康熙不太会这一套，所以很紧张，也可笑。

兵丁：你手里攥的是什么？

康熙：没什么。

兵丁：拿来看看！

康熙：是人家给的赏钱。

张开手一锭银子。众兵丁识相，抓过银子，散开，去回哈六同。

兵丁：报告管带，他只是个给人送丧报的苦主，是南街得月楼的店小二，我们认得的。

哈六同：走！

众人跑。康熙拎起灯笼走。

康熙走着走着，突然停下来，自己大声独白：烂了，烂了！从上到下都烂了！一锭银子，一锭银子，他会说你是得月楼的店小二，他认识你，见过你。他们除了认识钱，还认识人吗？还认识我这一国之君吗？我的官，我的亲戚，二十多年来，以为他们都在为国为民，屁！他们除了金钱私利，眼中什么也没有。贪官污吏啊，一点儿没错。不走下来行吗？不下来我就是紫禁城宝座上的玩偶。我愧对列祖列宗，我愧对我的江山大众。没什么可等的了，人也好，情也好，我只……只能抛了！

康熙说着说着把灯扔在地上，灯笼自己烧着了，康熙上去踩。

沿街的窗户全打开了。几个窗户伸出头来问：干什么呢，撒呓挣呢？

康熙不听不闻，在街上昂首走。

大牢内。夜。

一盏灯下，牢头甲和三德子睡得正香，牢头甲又突然惊醒了。

牢头甲：我这是怎么了，今天怕要出事吧！哎，醒醒，我怎么觉着又有一个人出去了啊！

三德子：没出去，刚进来了。

牢头甲：进来了？谁进来了？

三德子：那个谁……进？没谁，没谁，睡觉，睡吧。一晚上你他妈的净折腾什么呀？

牢头甲：不行，我得看看去，刚我没跟他说话，这回我得问问才踏实。

三德子跟起：你他妈的真有病。

“我来也”牢口。夜。

牢头甲打着灯来了，往里一照床上人没了。

牢头甲：哎！没了，真没了！我说没了吧，三德子，灯，灯！

三德子也一惊：嗐！刚还在呢！

牢头甲：啊！这可怎么好！哎，来……

贴在天花板上的“我来也”突然说话：没不了，我在这儿呢！

牢头甲把灯抬高些，看见贴在天花板上的“我来也”：爷！你可吓死我了！怎么上那儿去了？下来，下来吧。好好的床不睡，你……

“我来也”自天而落。

“我来也”：总不练了，怕功回了，你们睡你们的。这么严实的牢，我能跑到哪儿去呀？

牢头甲：练什么功啊，你还惦记出去呢？

“我来也”兴奋异常：对！今夜一过，时风大转了。

牢头甲：怎么转了？你是不是喝多了？今儿晚上是怪点儿……全中邪了。

三德子：您说得不对，邪的全正过来了。

牢头甲：你他妈的一个卖粥的，什么时候也正经起来了。

粥铺内。夜。

康熙在灯下看着那些文件。法印、宜妃、小桃红都静静在一旁。

康熙半自语，半对人：多少人钻了满汉不睦的空子，多少人把这满汉不和当成了一把大伞，左也可遮挡，右也可以遮挡，谋私利如鱼得水呀。掌灯。

小桃红迅速下去，拿了盏油灯来拨亮。

康熙：笔墨侍候。

宜妃早有准备，哗地把纸展开，笔墨摆好。

康熙抚纸、蘸墨，写下圣旨：奉天承运，皇帝诏曰……

苏州府后衙书房。夜。

朱国治拿着火把在放火烧自己的书房。

书都着了，朱国治出了书房，又烧门窗，整个房子烧起来。众家丁急喊救火。

朱国治把火把扔进房中。

苏州府后衙云巧房内。夜。

云巧被火光照醒，赶紧起来，开窗看到着火了。

云巧：坠儿！坠儿快起，着火了！

坠儿：啊！怎么了，这一晚上乱死了，又失盗又着火的！

云巧把康熙给的玉坠攥在手中出门。

粥铺。夜。

康熙写好了圣旨，卷好。

康熙：法印听旨。

法印跪下：嗻！

康熙：法印，你今夜骑快马去找于世龙，让他速速来苏州，查办朱国治、哈六同。

法印：遵旨。

苏州府后衙。夜。

火已大起来了，家丁及哈六同的人马都来救火，见朱一身白服站在火前。朱拦住了要救火的哈六同。

朱国治：让它烧吧……

火中墙上“我来也”三字很明显，哈六同看着火中的字。

哈六同：我看这些天的事，没有一件不起自粥铺。

云巧跑到月亮门，看见大火和站着看火的人。

朱国治：不管起自哪儿，你我已无路可退。

房架坍下。

九

路上。

钦差于世龙的仪仗滚滚而行。官轿内，于世龙不停地探头看。

于世龙：仪仗收起，快行！

中军：仪仗收起，快行！

队伍边收旗子边跑，马上快起来。

于世龙问中军：法印何在？

中军：昨夜已快马赶回了。

于世龙：离苏州还有多少路？

中军：百十里。

于世龙：明晨务必赶到！

中军：嗻！

队伍快跑。

谭一德府大门。

谭一德把大门打开一条缝，看见那些老弱病残的衙役，牵着半死不活的瘦马，坐了他一门口，都在打瞌睡。谭一德蹑手蹑脚地迈过众衙役，想不理他们自己跑出去，不意碰醒了跛马夫。

跛马夫：监察大人，你当官哪儿能不骑马呢？你等等……

谭一德已跑远：我有腿，我自己走，你们歇着吧。

苏州大街。

法印与京城来的吏部差官各骑着一匹快马，飞快相向跑过。

大牢内。

牢头甲开了“我来也”牢门，哗哗地给他戴锁，手脚都一一戴上了。

牢头甲：谁想到这么快，说审又要审了。

“我来也”：钦差来了吗？

牢头甲：没听说呀。

“我来也”：那一定是他了。

牢头甲：谁？你说的是谁？

“我来也”：……

苏州府大堂。

鼓声阵阵，众衙役高喊堂威。

大堂上朱国治与谭一德并案而坐。

朱国治惊堂木一拍：速将“我来也”疑犯押上堂来。

衙役带“我来也”上堂，手铐脚镣。“我来也”上堂跪，牢头甲站于一边。

朱国治：人犯抬头！

“我来也”抬头，平和之样。

朱国治：人犯何名？

“我来也”：辛中苦。

朱国治：胡说，天下哪儿有这样的名？

“我来也”：父母所起，不敢擅改。

朱国治：你还是不招吗？

“我来也”：不知大人要我招什么？

朱国治：人犯，你昨夜在什么地方？

“我来也”：在牢内。

朱国治：堂下衙役，昨夜什么人当值看管？

牢头甲站出：昨夜小的轮值，小的看管大牢。

朱国治：人犯是否出过牢房？

牢头甲：人犯实在没有出过牢房。人犯如出了这牢房，今天就……

朱国治：就不会在此过堂吗？你也以为本官是吃素的吧。大胆的人犯，在公堂上还不老实，来呀，打二十棍。

谭一德：慢！本官以为人犯所言并无什么不老实之处，没有打的道理。

朱国治：我说打，就要打，不打怎么会招？

众衙役一发堂威，把“我来也”的后衣剥开。朱国治看到了“我来也”的后背。

“我来也”躺下。衙役举棍刚要打时，朱国治若有所悟，突然止住动手的衙役。

朱国治：慢。

众人诧异。

朱国治：慢些动手。

朱国治亲自走下公案，来到“我来也”的身旁，看到“我来也”后背来的鞭伤弥合得非常之好了。

朱国治走回公案后，看着牢头甲。

朱国治：我来问你，这人犯可是你一向看管？

牢头甲：是我一向看管。

朱国治一拍惊堂木：你这些日子得了他多少好处，快快从实招来！

牢头甲慌了：哪儿得到他好处？他一个犯人，又无亲朋来探，怎可得他好处？

朱国治：本官做知府也有三十余年了，这点儿鬼点子也瞒得过去吗？从实讲来！

牢头甲：实在没有得……

朱国治：用刑！

一根飞签又出，众人喊堂威，把牢头甲放倒。

牢头甲：大人不能无辜打小的啊！

朱国治：无辜？人犯前次用刑，皮开肉绽，这才有十余天，伤口完好如初，头脸清洁，衣帽光鲜，无人无钱照顾，他怎会有今天这个样子？来，先打衙役，再打人犯！

众人上前剥衣，衙役挣扎，板子举起，呼呼的风声。

苏州府后衙。

烧坍的朱家房子余烟阵阵。云巧裹了件斗篷在废墟处远远站着，看着，面色苍白。坠儿立于一边。

云巧：坠儿。

坠儿：小姐。

云巧：那天……他说他不会负我，可我的亲人也许……

坠儿：他是这么说的。

云巧：他为什么要这么说？

坠儿：小姐，我也不知道。

云巧：他不是个一般的人。

坠儿：不是。

云巧：他要伤我的心，他要狠狠地伤我的心……

云巧说罢，眼泪难忍，转身离开烧坏的房子，急急向自己的屋内去。

云巧屋内已见零乱。云巧推门进来，先把康熙送的那块玉放于圆桌上，然后开始武装自己。

云巧先把袖箭安于斗篷内的手臂上，再把镖囊拴于腰际，再从墙上把剑取下，抽出宝剑，寒光四射。云巧解下斗篷，悬剑于背上。最后从桌上拿起那块玉佩。移身对镜，镜中的云巧将那块玉佩深情戴于脖子上。云巧看着镜中的自己，然后猛地推镜而起，镜落于地上粉碎。

苏州大堂。

板子啪啪地打在牢头甲的屁股上。牢头甲大喊不止，刑毕。

朱国治：你有什么话说？

牢头甲瘫在地上：小的……小的确实受了人犯的好处。

朱国治：怎样受法？

牢头甲喘息：人犯每每将其藏金之处告于小的，小的先还不信，去取之后，次次得手。

“我来也”凝神不知所思，朱国治颇有得意之色。

朱国治：共得手几次？

牢头甲：两次。

朱国治：共有几次？

牢头甲：实在只有两次，每次百余两。

朱国治已然心中有数，看着“我来也”。

朱国治：人犯，你还有什么说的吗？

“我来也”一言不发。

朱国治：大刑侍候！

众衙役将各种刑具哗哗扔在地上，情势颇急。

谭一德：慢！

朱国治：为什么？

谭一德：按刑律，用刑之人，两次用刑间隔当在二十天后，本官查过，此人犯与上次用刑间隔才十九天，还差一天，若要用刑，也得等到明天才是。

朱国治：今天明天有什么差别？

谭一德：刑律的差别。

朱国治：你倒慢慢学会当官了。

谭一德：不敢，本官倒是对朱大人审案之做派深感佩服，这样的一件案子，居然又问出新东西来了，实属不易。可见对衙门口内之腐败行事的了解得很深了，佩服，佩服。

朱国治：不客气。

谭一德：可有一件本官没有想通。据说昨夜府台家中、管带家中俱已失盗，偷盗之人仍是“我来也”，可此人现关于牢中，他怎能飞出重重大狱去作案呢？

朱国治：这正是我要问他们的。来人呀，给牢头酷刑“老鼠弹筝”侍候。

衙役搬弄刑具。

牢头甲一听突然跪起磕头：老爷饶命，用此刑不如让我死。昨夜人犯确实没有出过牢门，我曾起来看过两次，不信可问三德子！你问……

朱国治：昨夜不止你一个看管吗？

牢头甲：不止一人，还有个新入行的三德子。

朱国治：带三德子！

众衙役：带三德子！

谭一德面有惊色。

粥铺内。

康熙正坐在一张面对门的太师椅上，盘腿打坐。屋中一派紧张中的安静。

突然铺门被撞开。背光中，云巧一袭戎装，一剑直刺康熙咽喉。康熙躲已不及，往后就倒，翻身站起。云巧、坠儿乘势进，法印、小桃红惊魂中赶快护驾。两边对峙。

宜妃从后边跑出，一看惊住。

宜妃：小姐，有话好说……好说……别动手。

说着话，法印踢起一条板凳向云巧扔去，坠儿手疾眼快一镖出，将凳子打碎。两边还要动手，康熙止住。

康熙：退下。

众人被迫退后。

康熙："扰扰香云湿未干，鸦领蝉翼腻光寒。"归园一别，小姐可好啊?

云巧听这两句诗，表现得很矛盾。

云巧：你……你到底是什么人?

康熙：不能说。

坠儿看不下去，突然有镖出手，向康熙扔去。康熙眼疾手快，一把扇子一罩，把脸罩住。众人大惊，云巧以为伤了康熙，失声大叫，还是对康熙充满了情爱。康熙把扇子从脸前慢慢移开，亮出接在手里的镖。

康熙：好手法，如再快一分，现在第一个哭的是你家小姐。

宜妃：什么时候了还开玩笑。法印、桃红，把她们家伙收了。

两人欲上前。

云巧：慢！我没看错，你确实是来伤人心的，这也是命中注定。现在你是谁不说也罢，相逢何必曾相识呀。归园一日，穷尽了我一生的快慰，活到此也就够了，我没有一点儿可后悔的。

宜妃半自语：天下的女子哪儿有不痴情的。

云巧：但我有一句话要告诉你，或可以说……求你。我自小没有母亲，被父亲养大。父亲于我就是天地，他如有什么不对，望你能放他过去，我会以此相谢……

说着话，倏地横剑向咽喉而去。

康熙大惊。只见宜妃冲了过去，一掌将剑打落，抱住云巧。

宜妃：不能，不能，有话好好说啊，别拿刀动杖的，还不到那个时候。法印快搬个凳子来，我……我一生最看不过刚烈的女子，他不告诉你是谁，是怕说出来吓着你，别急，早晚知道了，坐。

苏州大堂。

三德子被衙役的水火棍一扫跪下。朱国治一句话不说，扔下飞签。

朱国治：先打二十杀威棍，再行问话。

谭一德：慢！哼，我原来以为当官有多么难，无非是拉上一个打一个，打过今天打明天。这打人的公堂我是实在坐不下去了。

谭一德慢慢摘下顶戴，放在公案上。走下公案，看了看大堂上下，抬头看见“明镜高悬”四个字。

谭一德独白：我自幼读圣贤书，自觉明理知耻，长成用书中之理去度量时事，却无一中规中矩。心中曾疑惑是书错了，或是我错了。你们这些赃官也都是以读圣人书盗取了功名，却干着祸国殃民、巧取豪夺的事。我原以为天下事终归是邪不压正，现在看也不是那样的简单。但我想天道昭昭，总归会明镜高悬，再不使贪官、赃官张扬、害人。

谭一德说完要走，三德子自己早站起了鼓掌。

三德子：谭大人，我这是第几次给你鼓掌了？说得好，说得真好！谭大人，我还得叫你一声大人，天道昭昭一点儿不错，你有这念头就算对了。那什么，三爷没错看你！去吧，这官帽不戴就不戴了，将来换个大的。去吧，去粥铺等着吧。我，我这儿没事。

朱国治听着听着，觉得不对，从公案上下来。

三德子边说边目送谭一德出衙，突然朱国治一只手扳过他的肩膀，另一只手狠狠地向三德子胯下一抓。

三德子毫无表情。

朱国治满脸的惊恐。

朱国治：你……你……

三德子用手指放在嘴边：嘘，知道了？千万别大声说，说出来吓死一堂的人！

朱国治大惊失色，冷汗一头，但凶相露出：哈！左不过是一死，谁先死还不知道呢！来人呀，一起押起来。

三德子：你不想活了吗！

苏州街上。

哈六同一身戎装，带了兵丁在街上跑过。

粥铺。

云巧跪于地上。

康熙：起来吧，朕绝没有怪你的意思。朕此次来苏州原本事情简单，但朕因顾及你而未能尽快决断，一个情字使然。朕珍视这个字，但朕不负你便要负国家，负二十余年死于冤情的八位秀才。朕虽然贵为天子，实在连一半身子都不属于自已。朕又何尝不想做一个天天可吟诗谈月，于花前月下流连徘徊的人呢！但谁又能背着座大清的江山那样去做呢！你起来吧，有归氏园一日，朕今生不忘。

说着话，下来扶云巧。云巧跪而不动，已泪流满面：我……我可代父去死吗？

康熙有点生气：不可，冤有头，债有主，在大义前，我们不能愚孝。

云巧：好，我想通了。但有一事不明，你既早知道我家爹爹是天大的一个大恶人，为什么当初还要与我交往？你那时把江山社稷放到哪儿去了？你把一个痴情女子的此时此刻放在哪里去了？

宜妃内心话语：问得好！

康熙被打到疼处，在粥铺来回走：你……你怎么能这样问呢！男女之事，有时是很难说清的。再说我贵为天子……

云巧：早知你是天子，我绝不会与你交往。你现在大道理一是一、二是二说得如此清楚，小道理却为什么说不清？

康熙：天下最说不清的是小道理。朕那时极为沉迷，几乎要将这次出行的目的放下，朕也是肝肠寸断。这话你可以问宜妃、法印他们，你问问他们，问吧。

法印：我不知道，我天天在熬粥。

宜妃：我知道，但我不想说。

康熙：……

云巧：只有我像是被一个圈套套住了。这十几天我过了一段比梦更像梦的日子。我不后悔……好了，坠儿，咱们走。

康熙：别走！

云巧：还要留下我吗？

康熙：你别走，我……朕可以……你别逼我，朕当然可以放你爹……

云巧：别，别说出来！你是金口玉言，你不能为我说出那样的话来，那我会一生都不安。我不再为此而揪心了，个人铺的路有个人的归宿，不是人力可及的。此前我还以为那样的相逢不是能求来的，那样的卿卿我我，那样的专注于情，是一个人的，最多是两个人的。现在我知道了，只有我一个在这么看的，其实所有的东西都可设计、人为。明白这点，也不枉来世上一生。

宜妃：云巧小姐，你不必这么说。真有一天进了宫，我们不妨深谈。

云巧：进宫，我会进宫吗？

康熙：朕……一定带你进宫。

云巧：清廷的祖训，汉人女儿是不能进宫的。

康熙：我要破了这规矩。

云巧：为我？

康熙：为你！

云巧：不必。我要走了，我没想过要进宫，宫里不是我的生活。

说完悲凉退。众人伤感。

云巧走到粥铺门口。

苏州街上。

风起，换了一身便服的朱国治独自在街上走。

朱国治拉住一个衙役：看见小姐了吗？

衙役：没有。

街上人在跑。朱衣袂被吹起，露出了手上拿着的机弩。

粥铺。

屋内康熙等正消沉，突然门大开，坠儿扶着云巧又回来了。众人还没醒过味儿来，哈六同带家丁轰然闯进。

哈六同一身戎装，横剑而至。宜妃、小桃红上前，将云巧、坠儿拦向身后。康熙端坐于太师椅上。

哈六同用剑一指康熙：好啊，都在。自你进了苏州城，爷我就没有一天受用过。今天我得杀了你亲自熬锅粥喝。

宜妃说了一串满洲话。

哈六同：哈！他不说自己是旗人，你说了，晚了！我不管你是什么旗，这苏州城里我就是第一杆旗，小的们，给我收拾了！

两个兵丁挺刀向前，康熙坐在太师椅上一动不动。

法印空手将两兵丁立毙脚下：阿弥陀佛，佛祖原谅。

康熙平静看着。哈六同大怒，仗剑向前。宜妃忙乱中看见放在桌上刚才康熙接住的镖，拾起朝着哈六同就是一镖。哈六同帽子被穿透，镖的红穗垂下打在哈六同的眼睛上，哈乱晃头，看不见了。

康熙：你也是正黄旗吗？

哈六同：正黄旗。

康熙：如今的旗人真是大不如前了。

哈六同退出时，康熙等人追出门去。法印搬了太师椅跟出。

粥铺门口。

哈六同摘下镖来站住，门口兵丁一片。康熙等出粥铺，法印拿出太师椅，康熙坐下，看着一地的兵丁。宜妃、法印等在后，如绷紧的弦。

康熙看着阶下的兵丁，突然大声问：阶下兵丁，是旗人的站出来。

旗兵甲：你是什么人，你怎么敢这么跟我们说话？

康熙用满洲话说出了自己乃是大清爱新觉罗氏玄烨，康熙大帝。所有听懂了康熙话的旗人连同哈六同大惊失色，全数跪下。

哈六同不单跪下，还把帽子摘下放在地上，筛糠般发抖。

康熙：才只有十个人吗？而汉兵却十倍于你们。想我大清入关之时是借了关内汉家江山的内乱，乘乱而入，那时虽称八旗，但不过二十余万，二十余万打败了汉家千万精锐，为何会如此，不在我人强，而在彼自乱。所谓乱之根源就是不和。如今天下大定，除满汉外，还有回、藏、蒙、壮等族人，如若不和则江山震荡，再大的江山也会自灭，所以在旗的满人要团结汉人，而不可视自己高出一等。

康熙边说，阶下的兵将一传十，十传百，全都跪了下来。康熙说到高兴处站了起来。

云巧伸手入囊，把支镖拿了出来，远处朱国治潜行而至。

阶下兵丁山呼万岁。

一身戎装的朱国治隐于一牌楼之后，静静地给机弩上箭。

康熙还在台阶上说。

康熙：以后朕将立法，旗人犯罪，罪加一等。

众人欢呼。

朱国治趁此机会突然站起，向康熙发出一弩箭。

站在康熙身边的云巧一直看着下边，突然看见自己的亲爹站起放箭了，下意识地出手，将手中的镖飞了出去，并舍身挡住康熙。镖和箭之音嗡嗡作响，两两飞行。

云巧前胸中箭，云巧的镖也中了她爹的咽喉。中箭的云巧倒在康熙怀中，血洇了她白绫子的衣衫。

康熙大惊，下意识地要拔那支箭：云巧！云巧！

云巧抓住那支箭：别动它，你不知道这疼……是甜的。别碰它，我要把这疼带走。别碰它……

云巧死。坠儿扑了上去。

坠儿：小姐！小姐！

宜妃、小桃红垂泪。康熙抱起云巧，回身向粥铺内走去，两肩抖动。

人群散开，被镖击中咽喉的朱国治倒于地上，血流一地。

于世龙率二十骑大内高手至，兵丁散。

于世龙在马上看见跪于地上的哈六同，哈六同此时知大势已去，不住地对着粥铺的门磕头。

于世龙：阶下何人？

哈六同：哈六同。

于世龙：绑了。万岁爷何在？

法印从粥铺里出来。

法印：于大人您还真会赶时候，每次都掐得这么准，事儿完了您也来了，快下马吧。

于世龙下马想去见驾。

法印：等等吧，万岁爷现在谁也不见。

大牢内。

三德子、牢头甲、“我来也”、谭一德关在了一起。

三德子：怎么还不来人呀？

牢头甲：你是什么人呀？怎么连朱国治也怕了你了？哎哟，打死我了！

三德子：我！哼！就他十个朱国治也得吓没魂了。

牢头甲：吹吧，你是皇上？

三德子：皇上身边的……

三人：太监！

三德子：叫老公好听点儿。贴身的，形影不离。

谭一德：那你来了，皇上呢？

三德子：也来了。

谭一德：在哪儿？

三德子：你们不是都见过吗？

三人：谁呀？

三德子：你也见了，你也见了。

三人都明白过来了：你说的是他？！

"我来也"：怪不得呢，二十年前的事儿他还能说得那么清楚，这下好了，这下好了。

牢头甲：这下可坏了。

三德子：怎么呢？

牢头甲：我……我在他那儿喝粥不给钱，在牢里又吃犯人的好处，他可都知道了，这下罪上加罪，哎！三……三公公，这次您一定给说说，您给说说。

三德子：不管，谁让你不干好事儿的。

牢头甲：我们这行，历来就这样。以后我改，一定改。

三德子：行，我说说，没你也找不着他。谭大人，您说呢？

谭一德：他就是当今皇上呀！……哼，也没什么了不起的，原本是件清清楚楚、一天两天就了的案子，他却在苏州待了十几天。

三德子：这您不能怪他，那不是沾了一个情字吗！皇上也是人啊！

山岗香冢。

山岗的顶端，康熙立于云巧墓前，然后从食盒中拿出八宝粥，拿出酒肉供品，一一摆上。身后是宜妃、小桃红、三德子、法印等。

四人远远看着，以为皇上不会跪，康熙轰然跪下。

宜妃眼泪流出：这种时候，真让人受不了，云巧姑娘说得一点儿都没错，咱们万岁爷就是个伤人心的情种。

三德子：宜主子，宜主子，咱得想法劝劝万岁爷，您就别哭了。

法印半自语：阿弥陀佛，善哉，善哉。人死灵魂不死，她已在天上了。

众人都上前去劝康熙。

远处树丛中，坠儿看着这一切。坠儿一身行装，看过后回头走。

坠儿：小姐，我这就走了，我对不住你。世上哪儿有那么多的莺莺、红娘啊，从今后我断了情这个字了。

说完昂然上山。

天高日暖。

大路上。

皇家仪仗滚滚。谭一德随行，“我来也”随行，哈六同被囚于木笼中。

宫内大殿。

明珠、徐元文谨慎列两边。

康熙慷慨陈词：这些贪官就是在满汉不和的夹缝中，大行其道……

康熙抖动账本。

太监押哈六同上朝。明珠、徐元文同时摘下顶戴。

谭一德加封苏州知府。“我来也”谢恩。

康熙：大清的江山，并不是一个满人能坐得住的，江山社稷中不论何族都是朕之子民，朕必一一善待。所有不合之法，依数去除。圈换地法再不得进行，逃人窝主法改，旗人犯法罪加一等。退朝！

三德子：退朝。

百官跪拜。

康熙昂扬下殿。

苏州粥铺。

匾依旧是无米粥的匾。粥铺门口排了一条长长的队伍，拿着锅端着碗。

大家高兴地说：喝御粥，这可是喝御粥啊。

粥铺内。

原来的老掌柜、店小二忙来忙去，客人很多。柳伯在唱评弹。

柳伯：那一日，晴天日暖天气爽，朱家小姐在归氏园，等来了风流倜傥的黄三爷，他二人谈罢了唐诗唱宋词，吟罢了燕子颂春风。……一说就说到了八宝粥，八宝粥有哪八宝……

音乐起。

买粥的队伍。

上堂的谭一德。

修好了的城坊街。

孤独的山岗上云巧的荒冢。

柳伯评弹：……一宝乃是枣，二宝是莲子，三宝是那个豆啊，一十二样的豆，四宝是……

铜鼎记

一

南书房。

各部大员在座。于世龙、三德子、法印也在。

内务府总管一品大员纳岚在读提本。

纳岚：皇孝寺，太后捐银一万两，内务府拨银六万两，共用七万两。承德避暑山庄修缮新建一年费银八万两。紫禁城每年修建费银十余万两。大宗便花三十万两。其他各项昨天的提本想万岁爷您也看了，开销颇大。若再减免各地的税银怕是不够支付的，现在已是寅吃卯粮了。

康熙：这么说朕刚说的减山东、苏北的税是不可行了？

纳岚：皇上圣明，税尽可减，不过您刚说修国子监、盖太庙之事便要缓一缓了，否则钱不知从何来。

康熙：都说皇上不挣钱，不管钱，不花钱，最不知钱为何物了。自朕八岁登基到现在，实在是无一天不为钱在愁。百姓遭灾，怕税重民穷，总要减税免税；国家大典，怕属国笑话，总要办得堂正光彩；老臣退隐总要有所表示，否则内心不安。原以为宫内花销大了，我就一项一项地减免，说句不见外的话，朕有时赏嫔妃首饰也只是一句话而已，说赏了，就算赏过了，只是个赏的名分罢了。很像御史对朕一些话的记录，记是记了，从无结果。刚才听你一说，内务府动辄万两。万两银子，够你几年的俸禄？

纳岚：臣万死，够臣四年的俸禄。臣每月俸禄二百两银子，实在是拿得有愧，有愧。

康熙：这么说朕还是不够克勤克俭了。好，既如此，国子监暂不修，太庙不能不修，山东、苏北的税银一定要减。如没钱，再想办法。朕自登基以来国事平稳，该有些积蓄，倘还是这样捉襟见肘，朕倒是要向你们各位去化缘了。好，散朝。

宫内。

康熙、于世龙、三德子、法印从南书房出来。

康熙在前急急穿廊越殿，脚步快，众人跟随。正在扫院子干活的太监垂手。

夹道。

过夹道时，一小太监鬼鬼祟祟正行，远远看见皇上回身欲跑，跑几步又停了下来。康熙心中正不快，看着那小太监，突然停下。

康熙：三德子，问问他是谁手下的，怎么不懂规矩。我什么都能见，就是见不得贼眉鼠眼，就跟我生不了纳岚总管的气一样。

三德子紧走向前追，小太监反而跑起来。

三德子：站下，问你话。

后宫门前。

三德子追上一把抓住，小太监欲挣不脱。康熙众人追至。这时有一队太监从另一边也追过来了，领头的是徐公公。

徐公公：放手！

看到康熙，话说不出了，向那小太监使凶狠的眼色。

小太监被三德子抓着跑不了了。康熙至。

康熙：拿下，送弘德殿。

小太监听了这话，又看了眼徐公公，突然，把舌头伸出嘴外狠咬一下，血四溅。小太监倒地死了。

康熙一惊：这是怎么了？

三德子：没怎么着呢，就……就……就咬了舌头了。

康熙问徐公公：这是你的手下吗？

徐公公看小太监死了，松了一口气：回万岁爷，他是新来的，有点认生。

法印看着小太监血糊糊的头：阿弥陀佛，挺好的一个人，生被吓死了，无心。

三德子：嘿！这怎么怨我呢？皇上，于大人您也看见了，我什么还没说呢，就喊了他一声，他就咬了舌头了。……你倒是有心，心在嘴上呢。

康熙看着躺在地上的小太监，轻轻一翻他的手臂，从衣内掉出一只青铜小鼎。康熙把鼎拿在手里翻看，鼎上有些铭文。

康熙：是个普通的小商鼎呀，是为了这个吗？

说着递给三德子、法印看。鼎内的铭文特写，很明显。三德子俯下身来在小太监身上又翻了一遍，没有东西。

康熙：就为了这么个小鼎子?

于世龙：皇上，依臣之见，这是个鼎倒不错，但它绝不普通。

康熙：我看着没什么两样，就说为个珍贵的古物也不该去死呀，人之体肤受之于父母，怎么就这么不珍惜呢?

康熙把鼎递给三德子。

康熙：为这么个玩意儿，就死了一个人，这东西越透着怪了，一股凶气。和他一起葬了吧。不以物喜，不以己悲，他要是说喜欢，我备不住就赏了他了，干吗想私拿出去呢?

看了徐公公一眼。

康熙走，众人跟上。

徐公公等垂手。看康熙走后，徐公公让人把小太监抬起，他小心地把青铜小鼎放在他怀里。正走，三德子追了回来。

三德子：等等!

三德子拿起鼎来，举起要摔在地上，突然又停住了手。

三德子：皇上说了和你一起葬。我想要是个整东西呢，备不住就被人惦记上了，和你就葬不到一处了，就是葬到一处，往后也备不住有人来盗你的坟。刚我想还是摔碎了好，但一瞧见你，我又有点不忍了，你要真为了个铜玩意儿死，谁也拦不住你，但这可怨不了我了。要是像和尚说的是我吓的，到了阴间你也别怨我，我也是奉旨喊你，其实你怨我也没用，你说不出来，你舌头没了……

三德子一边说着话，一边又把鼎放回死人怀里：好了，搭走吧。

宜妃处。

宜妃把手炉递给康熙。

康熙：就你这屋暖和，你是怎么烧的地炕?

宜妃：回皇上，奴婢使的是煤。

康熙：我知道使煤，哪家不使煤呀，可别的屋里没有你这热。

宜妃：那……

康熙：那什么呀?

宜妃：都使煤，没有烧不热的，除非……她的心不热。

康熙：这和心有什么关系呀?我看倒是和这些烟道啊、火墙啊有关系。

宜妃：烟道、火墙都跟心通着呢。再说了，您要不来，这屋也热不起来。

康熙站起来随手翻宜妃的东西，小声：又来了。……你丢过东西没有？

宜妃：您问的是大的，还是小的？

康熙：我今天不问大的，就问小的。

宜妃：丢过。

康熙：什么？

宜妃：不知道。

康熙：不知道，还叫什么丢？不过，朕也一定是丢过很多东西，但大多也不知道。今天刚知道一件，就害死一条命。

三德子：万岁爷，那可不是您害的，谁叫他偷到宫里来的。

宜妃：是偷儿啊，偷东西的人今天不死，明天也得死。我一生最恨偷这个字，一是偷东西，二是偷人。

康熙：偷人怎么讲？

宜妃：偷人就是，把别人心上的人偷走呗。

康熙：痴情这一路事，不单自己苦，别人也苦。我倒觉得偷香窃玉是件很有趣的事儿。

宜妃：奸懒馋滑不能坏，坑蒙拐骗不能偷，一沾坏一沾偷这人就低下了，不值钱。

康熙翻到盒中有一扳指，记着是自己的，拿出戴在手上，背对着问宜妃：那把别人的东西给匿下来了，是不是也叫偷啊？

边说边看着戴着手上的扳指。

宜妃：当然也叫偷了，还是个暗偷呢。

小桃红给宜妃打手势，宜妃不觉还说：暗偷更可恨，人不觉鬼不晓的，把朋友心爱的东西就给偷走了。平时姐姐妹妹地叫着，让人说也不是，道也不是的。

说着有点伤心。

康熙看着不忍，上前劝：都说当皇上乐子多，谁知道每天有多少车话得听，有多少话说不出来得咽下去呀。行了，行了，你们女人说话都会拐弯，说着说着就出岔子了，说个偷东西的事儿，也能说伤心了。

康熙说着话在宜妃面前晃着那个扳指。宜妃看着看着悟过来了。

宜妃：您这是从哪儿给翻出来的？

康熙：不知道呀。这东西原来是朕的，后来丢了，今儿个又找着了。

宜妃：是呀，在哪儿，在……

康熙：就在这儿呀，你说我这东西是被人偷了，还是被人捡了，还是被人匿了？

宜妃：你们……你们男人呀，骂人才会拐弯呢，坏！

两人相视笑。

小店。

掌柜的开门喊。

掌柜的：起吧，起吧！天亮了，再不出去，人市上揽不着活儿，又得白吃白住我的。快起！

众力巴噼里啪啦地起。连锁还睡，有个力巴踢他。

掌柜的：让他再睡会儿，你是个力巴，连锁可是有手艺的。那手冬天盘炕、夏天糊棚的活儿，够他养活一家子八口子的。

这时连锁也起来了，掌柜的又对连锁：连锁，我就纳闷了，你怎么就不想法娶个媳妇？

力巴甲边穿边说：我们连锁不娶媳妇，就喜欢我们这臭烘烘的大炕。

力巴乙：娶媳妇多劳神啊，白天得陪着说话，晚上还得侍候活儿……

众人大笑。

连锁穿裤子，拿起瓦刀要出门，对掌柜的说：掌柜的，实话跟你说吧，当力巴就得认力巴这个命……您就当好您的掌柜的就结了，该收房钱收房钱，该轰人轰人，别的您就别瞎操心了……

掌柜的：嘿！你这小子，怎么这么犟啊！我这可是为你好啊！

连锁：好不着！

街上。

连锁边往人市走，边吃着一张饼。

人市。

揽活的人不少，来了个雇工的，众人往上拥。连锁站着吃饼，一动不动。

雇人挑了拨人走了，留下的人回来等着。

又来雇的东家，站在人群里喊。

雇主：嘿！你，腰里别瓦刀的，东厢盘炕去不去？

连锁：谁？我？盘炕不会，搭个鸡窝都不能高了。

众力巴笑。

有个人应了活儿走。

力巴甲：嘿！怎么有活儿都不去呀？

连锁吃完了拍拍手：这小子是有名的忤逆不孝，我给他们家盘过炕。自己住着北屋大瓦房，让八十岁老母亲住小偏厦，我见不得这样的。

有人来雇，人拥上去。

弘德殿。

法印拿着本经书，摇头晃脑地在读经。三德子看着他。

三德子自语：晕不晕呀？就显着认两个字儿了。念就念吧，还晃脑袋。

边说边用尘拂掸土，掸着掸着，扫过法印的秃头，法印浑然不知。三德子犯坏，稍重一点儿地扫过。法印强忍，读经的声音更大。三德子故意扫来扫去。法印经就是不断，实在忍不住了，觉又痒又麻，睁眼伸手要打三德子。

三德子：别！别！都说你们和尚能入定，能念着念着经凡事不知了，我不信，今天试试你，真的！那么多下，你的经文就是不断，嘿！越念越洪亮了。我今天算佩服你了，确实有点道行。

法印转怒为喜：那是！别说拂尘这类只是吓唬苍蝇的东西了，就是你拿把刀在我头上切菜，金刚婆罗密经只要念起来就不会断。哪儿像你这样的俗人呀，笑也是假笑，哭也是假哭，连嗓音都是假的。

三德子：嘿！夸你两句就不知道北了吧，还菜刀呢，那天我看着高兴摸了一下你，就急了，要拿菜刀你还不先杀了我？

法印：此头可杀，不可摸，尤其是不能被你那种脏手摸。

正说着于世龙进来。

于世龙：说得好啊！平生最爱听者，豪言壮语也。

三德子：于大人您来了，您还夸他呢！他呀，说是出家人，该一心向佛吧，可见天地想着怎么欺负人。

宫内。

康熙在廊中走，太监传话：皇上驾临弘德殿。

弘德殿。

康熙进来了，三人施礼。

康熙：免了。于卿，我这走一路想着今天要问你两个字。平日里我们读的都是经书典籍，为的是深明大义，以求治国抚民的知识。今天我这两个字小了点，也不洁，也不贤，你别见笑。

于世龙：皇上您尽管说，只要为臣的知道。字没有洁与贤之分，洁贤只是在解法上。比如“脏”这个字吧，您不能说这个字是脏的。

康熙：那我先问个“偷”字吧。

于世龙：偷，从人，俞声。原来也有女字边的也读偷。原意大概指苟且，所谓偷生、偷安是也。后引申为窃取，如偷东西。再引申为背人做事，如偷看、偷摸等。

康熙：这个字真不好，怪不得宜妃讨厌它。那有偷的，就有丢的，我再问“丢”这个字怎么讲。

于世龙：“丢”是个会意字，大概是说去了，要不怎么“去”字之上加一撇呢。所谓失去，比如丢东西。再引申为抛的意思，比如丢个眼色什么的。

正说到这儿，小桃红正从弘德殿过，想找三德子传宜妃话。三德子不敢动，使了个眼色给小桃红。康熙看见。

康熙：眼色也可丢吗？三德子你听说过“丢眼色”这词吗？

三德子：听说过，但不会学。

康熙：猴精子，你别堵我的嘴，我见了你丢眼色。

三德子：奴才冤枉，奴才每天只是眼观鼻，鼻观心，心里想着主子，哪儿有丢眼色的时候。

康熙：刚你看见小桃红了没有？

三德子：啊！那什么……看见了。

康熙：你是怎么看的？

三德子：就是那么平平常常地看的呀。

康熙：学给我看。

三德子无奈，只好随便做了个样子。

康熙：不像，再学。……对，这样，就是这样，于卿，他这叫不叫丢眼色？

于世龙：叫。

康熙：三德子，你会得不少啊。

三德子：奴才不敢。

康熙：好了，不开玩笑了。于卿，我这两个字问过了，还有一处想不通。所谓丢东西，该是知道有这东西，丢了才叫丢，丢了而不知道，那叫丢吗？

于世龙：那……可能还得叫丢。

康熙：为什么？

于世龙：不管您知道不知道，只要是您的，被人偷了就叫丢。

康熙：比如朕在这宫中的东西，从身上的到箱子里的所用无数，没用过的没见过的多了去了，丢一件还叫丢吗？

于世龙：也还叫丢，但有的丢了并不重要，要看丢的是件什么东西。

康熙：比如这喝水的杯子。

于世龙：这丢也就丢了。

康熙：什么不能丢？

于世龙：比如这手里的书不能丢。书是明理教化之本，尤其是孤本典籍绝不能丢，那实在是一代圣贤穷一生所著，丢了就丢一种思想，您敢想这世上没有《论语》会是怎么样吗？说当年始皇帝焚书坑儒事，当年要不是孔子后人把四书五经砌进墙内藏了起来，那我们现在怎么会知道“学而时习之，不亦乐乎”呢？怎么知道“三人行必有我师”呢？所以说天下最不能丢的是书。

法印：把书刻在石头上不就结了，还至于砌在墙里？

于世龙：法印说得也对，后人有把经文典籍刻在石头上的，现已不少了。一个字，还是怕丢。

法印：我有一个办法，让人把所有的书都背下来不就结了？我还能背三部经呢。

于世龙：天下的书浩如烟海，远的不说，前朝的《永乐大典》就有两万二千八百七十七卷，三亿七千余万字，光编辑此书的人就有两三千人，别说背了，抄也得五年。

说着看康熙愣神，问：皇上您今天为什么单问这两个字呀？

康熙：说来似乎有点小。朕平生征战南北，大仗小仗也都经过了，九死一生，杀人无算，但前日看了那个咬舌而死的小太监，心里有点放不下，想想原本是他的错，他不该偷呀。但总觉为了一个小鼎死个人不值当，当时我不该那么急地让三德子去喊他。

三德子跪下：实在是奴才的不是，奴才万死。

康熙：没你的事儿。我想丢这个字，有时不如看作是弃，这样就轻了。

于世龙：皇上，我倒是有另种看法。

康熙：讲。

于世龙：那小太监所偷之物，实在不是个普通的玩意儿。在您是个小鼎而已，可此物实非一般之物，所谓“有铸九鼎而得天下”之说，鼎不比一般东西，是不可失之物。再说此物价值不菲，如流入民间，大概养一家人过一辈子没问题。

康熙：这么说，我害了一家人了？

于世龙：臣不是这意思，臣倒是觉他的死法太过刚烈，怎么能一句话不说就咬了舌头呢？

三德子：我也觉怪，撞墙也行，干吗咬舌呀？想着都疼。

法印：该疼时你不疼，不该疼时你倒疼了。

三德子：臭和尚，这说正事儿呢！

康熙：你是说他怕舌头误事？

于世龙：我这么想而已，有一不见得没二，这要是个偶然最好，若是……

康熙：我这宫里还真会有个往外运东西的小偷队伍吗？不会吧？

于世龙：仓鼠仓鼠，有仓就有鼠，不过我只是这么猜猜。

人市。

力巴渐少，日已上三竿。连锁在墙根晒着太阳等活儿。力巴甲、力巴乙也在。

大络子、二琉璃一干人过，后跟着一担架，过人市时突然一掀，把一贫病老太太弃于街上，弃了就跑。

老太太在地上爬，流泪。连锁惊起看，老太太哭诉。

老太太：黑心的贼呀，看我是孤寡你们就强占我的房呀！青天白日的，宫里的皇上你管不管啊，你是个……

老太太晕倒。连锁欲向前，力巴甲拉住他。

力巴甲：别管，满街都是苦人，你管得过来吗？你没看见是大络子他们做的事儿吗？管出祸来。

连锁看着老太太。一辆车过，差点把老太太碰着，连锁不再犹豫。

连锁：看不着也就算了，碰上了就得管。

连锁先买了碗豆浆给老太太喝。

老太太醒了，看着连锁叫自己儿子的名。

老太太：山子，是山子吧？……我想你得回来。山子……你不是山子。啊，对了，山子死了，你……

连锁：您老喝吧。

老太太流泪：山子死了，房子也被黑道霸去了，让我死了吧。

连锁：您别！别！

力巴甲说风凉话：瞧，沾上了吧，要是个大姑娘沾也就沾上了，一个老太太……

宜妃处。

宜妃正梳妆，小桃红回来了。

宜妃：经还没讲完呢？

小桃红：没呢，正讲得欢呢。

宜妃：哪就有那么多说的？国家，国家，有国也得有家呀，光想着国了。……见了三德子了？

小桃红：见了。

宜妃：说上话了？

小桃红：没有。

宜妃：嘿！我不是让你跟他说散了课，上我这儿来吗？

小桃红委屈：他侍候着皇上呢，离不开。

宜妃：你不会丢眼色呀！

小桃红：丢了，差点丢了命。

宜妃：有这么严重？

小桃红：皇上正说着“丢眼色”这三个字呢，三德子也正好那么丢了一下，皇上就……

宜妃：就怎么了？

小桃红：就拿他举了例子了，还非让他演一回。

宜妃：怎么这么寸呀！其实呢，我也不是那种光会拈酸惹醋的人。我是觉得皇上到我这儿，学不了红妃她们的坏心眼。我是郭络罗氏，满门的忠烈，从小就深明大义，我是学过《女儿经》的镶黄旗。……得，别哭了，明儿三德子来了给他好吃的。

小店院子。

连锁背着老太太，一下子把门撞开了进来。

掌柜的拿着算盘冲出来。

掌柜的：这是谁呀？谁呀？怎么也不会敲……噢，连锁呀！背的谁，背的谁？哈！早上说娶媳妇怎么认了个妈回来？你小子发癔症了，这是你亲妈还……

连锁：别问了。

力巴乙：大街上捡的。

掌柜的：什么？捡的？这年月有惦记捡金子的，没听说有捡妈的。连锁，你给我哪儿捡的扔回哪儿去。

连锁：别管，把西边偏厦给我打开，我租下了。

掌柜的：我这可是个力巴店，不侍候要死的街倒儿。

连锁：你别管倒不倒，把偏厦打开。

掌柜的：不开，你给我扔出去，回头我这店里往外搭死人不吉利。连锁，我这是为你好，要是个大姑娘，哪怕是个寡妇，我们哥儿几个给你凑份子办事。这么个要死的人了，我不侍候。

连锁气急，冲到偏厦门前，一瓦刀把锁砍下来了，背老太太进去。

掌柜的：怎么着，大白天砸明火了！

连锁：砸了，要房钱给你房钱，这店我租了。

偏厦。

掌柜的及众人跟进来。

掌柜的：你给我扔回去，要不你就见天看着她。

连锁一字一字说：掌柜的，你有妈没有？你是人不是？告诉你，这老太太现在就是我妈，我愿意侍候她，你也得侍候她，白天我要不在，她受了委屈，我跟你拼命。

掌柜的无语。

宫内。

康熙来给老太后请安。

康熙：请太皇太后安。

太皇太后：你这么忙还来看我，来坐吧，这炕上暖和。想吃点什么，我这儿有豫王爷家自做的糖葫芦，你尝尝。

康熙拿起糖葫芦：这不是山楂吗？怎么做得这么精巧？外边这层是……

太皇太后：还说是当了皇上什么都见识过呢，连冰糖都不认识，一看你就是个操心的命。

康熙吃着糖葫芦：嗯！又甜又酸，这豫王爷家还真有好厨子。听老辈人谈起来，当年就数多尔衮的弟弟多铎打仗凶，要不八大铁帽子亲王哪儿能轮到他呀！现在好，后辈人把行兵打仗的心都用在吃上了。

太皇太后：那有什么不好的？天底下的人都不打仗了，都在吃上下功夫，那还怕天下不太平吗？

康熙：太皇太后您说得对。天下太平，有时孙儿我写这四个字觉得笔画最少，最为简单，横横竖竖加起来才十几笔，还不如一个字的笔画多呢。但要想真做起来这四个字有多难呀！我是当了皇上了，才知道这个国有多么大的，普天之下，莫非王土。你要是想学由古至今的明君圣主，你就一天也不能懈怠，一天也不能不想着自己的百姓。

太皇太后：你说这话我就放心了，别说一个国了，一个家也难太平。我听说你丢了东西了？

康熙：没有的事。我有什么东西可丢呀，东西多了就都不是你的了，丢也不能叫丢了。

太皇太后：话这么说是透着你仁慈，原我还想劝你两句呢，你这么一说，我倒要反过来说说了。丢一件半件东西，这么大的皇宫，怎么也免不了。丢了的东西能救急救命，这算丢值了，这样的东西不如多丢，省得再吃斋念佛地去行善了。话说回来了，如丢的东西落在那些贪人、贼人之手，就是一件也不能丢，这么一丢就丢出一帮子贪官坏蛋来。

康熙：太皇太后圣明，听您这一席话，比我在弘德殿想了一天还管用呢。孙儿我一定掌握着分寸。

街上。

内务府总管纳岚的车由街上过，纳岚一脸的不愉快。

总管府。

纳岚下车，门房接着。

纳岚：徐公公来了吗？

门房：来一会儿了，在书房等着呢。

纳岚快步进府。

书房。

徐公公正仔细看着一个蝈蝈葫芦，纳岚匆匆进。

徐公公：哟，回来了，再不回来我都想走了。

纳岚：抽不出身来，一个白丁捐银子买外放的事，死活地不吐血。让您等了。

徐公公：不碍，有这个蝈蝈葫芦，我待一天都不烦。

纳岚：公公您喜欢拿去玩儿吧，真正的骆小野的烙画、杜十三刻的牙板子。说句托大的话，宫里都没有的玩意儿。

徐公公：照你这么说，我拿着有点烫手了。

纳岚：您自管拿走，旁的人淘换这东西说他上天入地都不为过，咱们易如探囊取物。

徐公公：好，那我就袖起来了，要不也对不起您这一番的大话。

纳岚：您袖，您袖。那小太监的事？

徐公公：了了，不含糊，自己把舌头咬了。

纳岚：真可惜了的，那皇上呢？

徐公公：你猜猜。

纳岚：震怒？

徐公公：自责！

纳岚：这么大个事，皇上能自责？

徐公公：自责，你想想呀，那个商鼎在咱就是千两万两的银子，在他那儿，怎么也想不出它是破铜烂铁之外的东西来。说皇上圣明，那是在大事上，小事，他们糊涂极了。朝里的君王不就有坏在小事儿上的，说前朝的崇祯聪明，还不是让底下人给蒙了？

纳岚：没事儿真好啊，那咱们还是外甥打灯笼——照旧。好，徐公公，我想贸然地问一句，那只小鼎呢？……我这不是贪心，实在是心里有点放不下，您知道我有这个嗜好。

徐公公：脑袋都差点没了，还惦记玩意儿呢！皇上说这东西害死条人命，有了凶气，让一起葬了。

纳岚：葬了，可惜，可惜。不过，也是个机会。

徐公公：你听着啊，个小王八羔子三德子，比猴还精。他人都走了，又回来要把那鼎给摔了，说是整的还怕有人惦记。

纳岚：他摔了？摔不了吧，他摔不了。

徐公公：你怎么知道？

纳岚：我知道，万岁爷从不这么行事。

徐公公说着话拿出了那个小鼎：你比他还精。我这是为朋友舍命了，真正的商的东西。

纳岚：好东西呀！货归识家，天经地义。

宫内。

康熙带着三德子、法印、于世龙疾走。

康熙：好久没下雪了，如能下场雪，登高才更有意趣。“燕山雪花大如席”，李白当年把话也说得太大了，雪花大如席，那还不得把房都压塌了。而且我觉得燕山这一带雪倒是并不大，那年出关我赶上过雪，真大呀，马腿都没了。

于世龙：李白时的唐朝燕山就算最北了，他也许没见过关外的雪。

康熙：都说是盛唐，但就版图来看，哪朝哪代比得过大清的版图？不过大也大得朕难以招架了，否则我绝不会签《尼布楚条约》。

宫内楼梯。

几人上楼，三德子欲搀康熙。

康熙：不必，有上楼的心情，自然就有上楼的脚力，朕还不到老朽得坐在炉子边上心驰神往而不可亲临的程度，真有那一天，三德子。

三德子：嗻！

康熙：怕你也没扶我的力气了。

紫禁城上。

康熙看宫外，心情极好，几个人跟随。

康熙：看着天蓝云白，心也一下子像洗过一样，看阳光比看月亮更有一番心情，在廊下看雨总有种幸灾乐祸之感，尤其雨中若还有一人在跑，那种暗自庆幸是因了人。一人看月滋味不好，看太阳下的街景有种兴奋。你们看。

法印：皇上，说句不敬的话，您真有慧根，何不出家把红尘事了了算了。

三德子：万岁爷，这您还不让我掌他的嘴，自己当和尚都当得勉勉强强，动不动还慧根什么的。

法印：你没根，听了这话自然不能消受。你想出家还没人要你呢！

康熙看着墙外的民居。

康熙：有时我常想，这就是一墙之隔吗？但内外的生活是多么不同，此时我站在墙上倒没想着要去当和尚，想着要过过老百姓的日子，那滋味该是什么样的？

法印：老百姓一百个有九十九个这会儿也想着怎么跟您换呢。

三德子：嘿！仗着你是出家人，怎么满嘴跑船呀！

康熙：也是一句实话，真要换换，可能两个人都愿意。

康熙一下看到一个屋顶不断地往外冒热气。

康熙：那座房子是怎么回事?

三人看后，齐声说：热的。

于世龙：也许是个油坊，俗话是冷酒房、热油坊。油坊榨油最怕冷，冷了不出油，所以热。

三德子：我看不像，要是油坊外边都该堆满了豆饼，可它外边没豆饼。我看是女人坐月子呢，把炭火烧得太热了。

法印：这事儿你也想得出来?什么样的女人坐月子能把房坐热了?没经过不知道的事儿就别说。

三德子：你经过，你坐过，一个和尚比红尘中人还俗气呢。

法印：俗不俗你想俗还俗不了。我看是屋内有个内功极高的人在练功，且练的是莲花功，致使热气四溢。

康熙：你们……说得都不对，我看那是个黑道的贼窝，我看见进出的人都很怪。

康熙的幻觉画面：小院内此时正热火朝天地吃着。大络子、二琉璃和一帮子江湖。屋内真是地上埋了好多的锅，吃着流水火锅。画外，是康熙和三德子等在对话。

三德子：坏了，我们皇上爷这些日子跟贼偷干上了，什么都是贼了。

于世龙：若是贼窝，屋内热怎么解释?

康熙：贼日无所循，生活没规律，今天有点凉，正好吃火锅，不是一个火锅，流水席，一拨拨的人吃了来，来了吃，把屋内吃热了。看，那不是只冻羊给搬进去了吗?

三德子：我们什么也没看见。

康熙：记住方位，改日去探。

二

殿上。

众大臣山呼万岁，平身。康熙正襟危坐。

三德子：各位大臣有事早奏，无事退朝。

大学士明珠出班。

明珠：启禀万岁，近日东北满洲边事又增，雅克萨、尼布楚两处的俄罗斯流民不断肆行扰害，不以前界为界，致使边军、边民日无宁日，生产生活俱难以正常。请万岁下旨，再次出兵雅克萨。

康熙：朕曾告诉过俄罗斯察汉汗的使者尼果来等人，一要他撤军，二要他带信给察汉汗。没想到数年来竟无一回音，反而变本加厉，尼布楚条约后依旧如此。朕以为一是俄国将有罪之人发配至此，使其不可回国，又不惜其生死，以达长期与我大清对峙之目的；再有也许所有的书信没有达到察汉汗之手。南怀仁！

南怀仁：臣在。

康熙：俄国话与你们比利时话有无相通之处？

南怀仁：相通处极少。

康熙：有多大区别？

南怀仁：臣打个比方吧，不知万岁听过广东话没有？

康熙：听过，听着硬，声音也大，一句一句说出来像啃萝卜似的。

南怀仁：听得懂吗？

康熙：得猜。

南怀仁：猜得出来吗？

康熙：颇为费力。哎，众爱卿，有是广东人的说句话让我猜猜。

广东官出班：臣不敢。

康熙：这我听懂了，他说的是臣不敢。

南怀仁：他这说的是广东官话，当地老百姓并不这么说话，这么说老百姓也不懂。

康熙：你说句老百姓的话。

广东官：臣实……实在地不敢。

康熙：还是不敢吗？不碍的，朕恕你无罪。

纳岚出班：启禀万岁，臣以为在大殿上说蛮夷之话不妥，有失大清皇威。

康熙：这有什么不妥的，难道岭南之地不是大清国吗？岭南之民不是大清的国民吗？朕了解国民之言语不是很应该的一件事吗？退下。多了讲不出，讲两个字让朕听听。

广东官：恰捧（吃饭）。

康熙：什么？

广东官：恰……捧。

康熙：恰捧，恰捧——夹缝吧？

广东官磕头不止。

康熙：我说对了吗？

南怀仁：您说的肯定不对，只是他不敢说您不对。

康熙：说吧，再恕你无罪。

广东官：臣罪该万死，罪该万死，臣说的是……吃饭。

康熙：说的是吃饭啊，我给听成夹缝了。原来听俗语说十里不同音，我还不信，怎么走十里路就又说出一种话呀。现在听了这广东话真是南辕北辙，一点边儿都不沾。南怀仁！

南怀仁：臣在。

康熙：既然言语不通，朕问你，你们国有没有会讲俄国话的人？

南怀仁：有，不少。

康熙：好，朕拜托一事，下次你老家有朋友来，给朕带过给察汉汗的信去，务必要他回音。朕也将托荷兰国使臣转送。先礼后兵，但兵也不可不发。明珠大学士！

明珠：臣在。

康熙：诏尼布楚、雅克萨我大清精兵，凡有犯者，来一人杀一人。再诏当地边民免税三年，以求养息。

纳岚又想说什么，康熙挥了挥手：一个国家最不能丢的就是国土，一家丢了件小东西还会嘀咕几天，何况一国之疆土。譬如朕手上这念珠……

康熙说着摘手上之珠，左右寻不到。

康熙让三德子过去，三德子假作给皇上整鞋跪向前。

康熙小声：我的串珠呢？

三德子小声：不是在您手上呢吗？

康熙小声：没了！

三德子小声：是不是……落在宜妃那儿了？

康熙小声：宜妃近来倒是添了这毛病了，你还说朕日日喊贼呢，不喊行吗？

纳岚一副平静样。

康熙：啊，譬如这殿中的香炉吧，每天见它犹如不见，如一旦拿开就会觉少了心肺样的空，别扭。边土亦然，虽是边土，但如朕心肝，少一寸如割朕一寸肉。对大如来犯者、小如偷儿都不能姑息，有一惩一。退朝。

宫内。

康熙快走。

三德子：万岁爷，慢点，慢点，快了伤身子。

康熙：我急着找东西呢！

宜妃处。

宜妃正梳妆，小桃红跑进来。

小桃红：散了朝了，今天来得比哪天都快，三德子都追不上了。

宜妃很有几分得意，离了梳妆台。

宜妃门外。

三德子紧着边跑边喊。

三德子：万岁爷驾临庄宜院。

康熙急急而至。

宜妃出来接驾。

宜妃处。

康熙气哼哼地坐下来了。小桃红倒茶。宜妃还沉浸在幸福中，没发现康熙的怒气。

康熙：宜妃！

宜妃：哟，怎么这么大声呀？奴婢在。

康熙：东西你要喜欢，留下也没什么，犯不着，犯不着。

宜妃：什么东西？犯不着什么？

康熙：前些天在你这儿我找到一个扳指，就当你是喜欢留下了，一句话也没多说你。今天可好，在众大臣面前，我要拿手脖子上的东西都拿不出来了。一个堂堂的大清国君，身上的东西说丢就丢，这要传出去，还有君威吗？

宜妃跪下：奴婢有罪，但到现在还没听明白罪在哪儿呢。

康熙：三德子！

三德子：在。

康熙：告给她。

三德子：事儿是这样，皇上在朝上，和众大臣议论国家大事，先问了俄国人的事，又学了个广东话。

康熙：谁让你说这儿了，照直说。

三德子：嗯，宜妃主子，我也跪下了。您要是拿了万岁爷手上的珠串就还出来吧。

宜妃愣：什么珠串？我可没拿，指不定掉在那个屋子里了呢。

康熙：你别瞎冤枉人，昨天我就在你这儿过的，昨晚上还在呢！

宜妃：昨晚上在，我可没见，东西我见过，但没拿。珠串那种东西，不像男人大老爷们儿的东西，我不喜欢。我是拿过一个扳指，可也是扫炕时捡的。谁知这东西被谁喜欢上了，红妃呀、谨妃呀，干吗丢了东西就上我这儿来找？

康熙：就在你这儿丢的，昨晚上还见了。

几个小太监站在一旁，神色紧张。

康熙指小太监：你们见了吗？

众小太监：奴才们没见。

康熙：三德子，东西一定是在这儿丢的，你去给我找回来。

宜妃：好！非说东西在这儿丢的，找得出找不出我都躲不了这干系了。

说着站起往柱子上撞去。康熙赶快上前，把宜妃抱住了。

宜妃：一死洗清白，让我死！

康熙抱着宜妃，宜妃又做幸福状，两人相拥。众人看也不是，不看也不是。

康熙：这怎么就要说死呢？……算了，东西不找了，丢就丢了。我也是没事找事。

宜妃：你舍不得我死？

康熙：舍不得。

宜妃：那……那我就不死了，你……也别走。

小店。

连锁从街上急急地回来，手上拿着一包药。

小店偏厦。

连锁进屋看老太太还躺着，忙着点火熬药。

老太太：连锁，连锁。

连锁：妈，你醒了。

老太太：醒着呢。像梦一样，一看见你就想我的儿了。我一天一天躺着，觉着我那儿子又活回来了。

连锁：你就当我是儿吧，我妈死得早，没多疼过我，我指着您疼我呢。

老太太：连锁，你过来，让我好好看看你。

连锁：哎，咱们说会儿话，我先把药熬上。

连锁熬药。熬上药后过去，老太太突然起来跪下了。

老太太：连锁我给你磕头了。我一个老太太不值得你动什么心眼子，你要真想害我，就早早地结果我了吧，那我可谢你了。

连锁大惊：哎，这是怎么话说的？您怎么了，您这是怎么了？快躺下，您是听人说了什么了，我怎么能害您呢？

老太太：谁的话也没听，我躺着想了两天了，想不通你怎么会捡这么个要死的老太太回来，世上除了庙里的菩萨，谁也做不出这事儿来呀。庙里的菩萨是泥的。

连锁：我也不知为什么要背您回来，我自己也问过自己，我也说不清。

老太太：总有个原因吧，你不会像那拨子人一样，每天把我放在街口要钱给他们花吧？

连锁：他们是那么干的？我没想过。那天一看见您在街上爬，我就想起我妈来了。您知道，不是任一个老太太都能让我想起妈来的。您让我想起来了，想起了就放不下了。我想我妈要没死，我看见她这样了，心里会怎么想？能看着不管吗？我不能。那天我刚过去，您就叫我儿。我想这是个缘分，我没妈了，您没儿了，就让我当您儿，您当我妈吧，您是老天爷给我送来的。

老太太：你也是老天爷给我送来的，连锁，儿啊！

连锁：妈！

药咕嘟咕嘟开了。屋内一派母子亲情。

藏春楼赛赛屋内。

妓女赛赛与一个半男半女之人学着唱戏的身段，那男子的一招一式比马赛赛还像女的。

阴阳人：袖子往这边甩，眼往那边看，这才迷人。……对，对。

马赛赛做着娇媚的身段。老鸨坐在一边，边看着边兴奋地抹泪。

老鸨：多好的时候啊！我年轻时就想唱戏，哪儿有人教，有钱学呀？瞧瞧这身段多美。说是学了给人看，就是不给人看，自己在水边，在镜子前，这么一做，给自己看也是件美事呀！可惜我老了，腰也没了，色也衰了，要不我绝不比你马赛赛差。

马赛赛：妈，看您说的，您现在看着都比我迷人。

老鸨：别拿话架我，我迷人，那我就在藏春楼挂头牌了，到时候粥都喝不上了。

阴阳人：你也别那么看不上自己，赶明儿我们班唱戏，我让你扮个胖丫头，上台准红。

马赛赛：对！对！让妈扮一个。

老鸨：那松老板什么时候真提携我一回啊？我可不白演，我买一百张票送朋友。

藏春楼大堂。

大络子、二琉璃一伙黑道进来坐下，叉杆应上去倒茶。

大络子：别倒了，坐不住，传条子让赛赛姑娘跟我们出个茶局。

叉杆：好嘞！赛赛姑娘应条子出茶局！

大络子二人左右看。

马赛赛屋内。

老鸨：别说笑了，赛赛打扮一下，有客出条子。……哎！赛赛姑娘就来。快着点儿啊，把花插上。

马赛赛：我这还学着身段呢。

老鸨：别学了，有的是工夫。

藏春楼大堂。

老鸨下楼。

老鸨：哟，几位爷好兴致啊！几位爷看着眼……

大络子：眼生是吗？没事儿，一回生，二回熟，长了就好了。你是马赛赛？

老鸨搔首弄姿：哟！什么眼神呀？今天是怎么了，净是拿好话填和我的。看我们赛赛姑娘下来了。

马赛赛打扮好了下得楼来。

大络子：好姑娘啊，糟践了。

老鸨：你说什么？

二琉璃：啊！他说这么好的姑娘，名不虚传。

老鸨：那是，有其母必有其女，想当年，我比她可红。人好，自然要给个好价呀。

大络子眼看直了，二琉璃忙掏钱。

二琉璃：那是，那是，这是十两银子，茶围过后再给你补十两。

老鸨：爷就是爷，出手都不一样。来，赛赛，见过二位大爷。

马赛赛刚学的身段，不知不觉就用上了，迷得大络子、二琉璃手足无措。

马赛赛：见过二位爷。

大络子：好，好，免了，免了。

老鸨：用不用派轿子给您送去？还忘了问您了，去什么地方呀？

大络子：火营巷。

老鸨：那地方多偏呀！

二琉璃：不是，是霍家巷，出门没多远。不劳您送，我们门口有应差的。

老鸨：行，去吧，晚上可得给我送回来。

二琉璃：一定，一定。赛赛姑娘您请，请。

马赛赛在前，大络子、二琉璃在后出藏春楼。

藏春楼门口。

有妓女送客，马赛赛等出。

马赛赛：不是说有轿子吗，在哪儿呢？

大络子冲墙角的人一使眼色，几个黑道伙计抬过副担架来。

马赛赛：这哪儿是轿啊，这不是抬病人的担架吗？这我可不坐，我不去了。

刚要回身，大络子衣袍一动，将赛赛摆在担架上，盖上白单子，马赛赛挣扎。

马赛赛：你们这是干什么？

大络子低头捂着马赛赛的嘴说：别出声，好好躺着。只借你用一会儿，绝不会伤你，完了事送你回藏春楼。

马赛赛怕也说不出来了，只得泪汪汪地躺着，白单子盖上。大络子使个眼色，众人抬起马赛赛走。

街上。

康熙、法印、三德子便装出宫，在街上走。

康熙：都以为当皇上福气呢，锦衣玉食，六宫粉黛，谁也想不到皇上受气的时候。

三德子：往后您受了气就出宫走走，让她们见不着您干着急。

康熙：女人有一个叫爱，比一个多就该叫乱了。你想呀，像跷跷板似的，扶起了这个，就压下了那个。什么时候能平衡？有一个跷跷板就够你受的了，有五个你说你怎么忙得过来？男人嘛，总得让自己的女人高兴呀！想让她高兴你就得高兴，你勤朝理政一天了，回来是想过个说闲话、开玩笑的日子。可你一进房见了她就跟罪人似的，她恨不得你天天在，天天来。倘要就一个妃子，这也就没事了，有六个妃子，你怎么可能天天住一个地方呢！这时的女人就好有一比，三德子！

三德子：嗻，我听着呢。

康熙：算了，不跟你说了，你没用。法印！

法印：哎。

康熙：你知道拿她们比什么合适吗？

法印：不知道。

康熙：往小了比是包袱，一个又一个的包袱，背着赶路，沉啊！往大了比呢是山，一座一座的大山，你就好比是压在山下的孙悟空，再有天大的本事，也翻不出来了。你说是不是，法印？

法印：您说是就是，这事儿我一点儿掺和不上。

康熙生气，回头看二人。

康熙：怪我，怪我。我这是怎么了？跟一个老公一个和尚谈女人的苦处，这不是跟个饿汉子谈鱼翅席的做法一样吗？今天真是昏了头了。不说了，三德子，那天咱看的不落雪的房子，是不是该在这边？

三德子：可能不是这条街。

大络子、二琉璃一干人抬了马赛赛在街上急行。马赛赛趁担架摇晃时把头露了出来，故意把朵绒花落在了雪地上。

马赛赛的脸三个人都看到了。康熙上前捡起雪地上的绒花，拿在手里。

康熙：是个女人。

三德子小声：刚还为女人发愁呢，这会儿见了女人又……

康熙：你说什么？

三德子：没说什么，我说万岁爷您说对了，是个女人，是个生病了的女人。

法印：你怎么知道她病了？

三德子：嘿！怎么了，你没看见担架抬着呢吗？

法印：担架抬着就是病人吗？我没见过去看病还描眉画眼，头上插花的。

康熙看着绒花：我看也不像什么病人，弄不好是伙强人强抢民女。你们没看出那几个抬担架的个个挂着相呢吗？走，咱看看去。

三德子：不找那房子了？

康熙：房子在那儿，丢不了。

三德子小声：一见了女人，把正事都忘了。

三人急急跟上。

中药铺外。

大络子一干人把马赛赛抬到门口，拍门。

二琉璃：掌柜的开门呀！有急病人！

寿之堂中药铺内。

掌柜的李木庵正在里屋看《大明皇帝医案》，听到敲门声忙喊。

李木庵：小刘，告诉他们坐堂的大夫走了，除了妇科不看病了。

李木庵吩咐完，急急回屋。

寿之堂药铺内屋。

李木庵开锁，把《大明皇帝医案》锁了起来。

药铺柜台前。

伙计听着敲门喊。

伙计：嘿！别敲了，坐堂的大夫走了，除了妇科病不看了。

门外喊：是妇科病呀，是急症，你开开门吧。

小伙计开了个门缝，铁链子还是把门连着。门外担架抬过来，马赛赛的一只手伸了进来。伙计一看是女人手，忙把门开了。

伙计：你们怕麻烦，我也怕麻烦，可不这样不行，市面上不太平呀，净是……

刚说到这儿，众人破门冲入。大络子一掌将伙计打翻，众人上前。正赶上李木庵锁好了《大明皇帝医案》出来，众人在药铺交手。

街上。

康熙、法印、三德子急急追至，药铺门外。

正看见马赛赛从担架上站起来要跑。三人看见一光彩照人的美人，都站住了。马赛赛袍袖飘舞，在雪地上一袭红衫，很美。这时正赶上众人从药铺打了出来。李木庵也有功夫，但渐渐不支。

大络子边打边说：要财也要物，你要不怕死，也要你一命。

李木庵：这可是朗朗乾坤，天子脚下。

正急处，康熙三人上手，几下将大络子、二琉璃一帮人打跑。

李木庵抱拳：几位英雄幸会，要不是几位上手，小店今天要遭大劫了。

康熙抱拳：区区小事，何足挂齿。路见不平，拔刀相助，实乃我中华义士的美德。今天你就是遇不到我们三位，大概也还有另外的三位来援手。

李木庵：义士过谦了，哪儿还有那么好的事儿呀！如今见了事躲着走的大有人在，莫说这杀人越货的大事儿了，就是看见小偷偷东西咳嗽也不咳一声的也有的是。

康熙：真的会是这样了吗？我……

李木庵：这位英雄像是从化外之地来的呢。还没有问爷的尊姓大名。

三德子：我们是关外来京的客商，我们爷姓黄，黄三爷。

李木庵：黄三爷请了。

康熙：请了，请了。

李木庵：在下姓李，字木庵，在这儿开了个小小的药铺子。黄三爷怪不得如方外之人呢，原是从关外刚来的。这儿不是说话处，前边有个小馆子，借各位一步，我们边喝边聊。

正说着，法印拉着马赛赛回来了。

马赛赛边走边挣：看你像个出家人，怎么跟女人拉拉扯扯呀？

法印：阿弥陀佛，出家人看人也分两种，但不是男女，是好坏。一个要杀人的人还是什么女人？

三德子：咱们这儿说闲话呢，他惦记得倒真准。松手吧，她跑不了了。你真会找机会。

法印：三爷，杀人的没抓着，抓个同伙的也好告官去。

康熙看着马赛赛。马赛赛挣扎时又正好把刚学的身段又用了一下，千娇百媚。

康熙内心话语：在宫里待久了，每天的锦玉堆绣，但一出宫见到的女人怎么就那么有味道呢？

康熙：抓得好！

马赛赛：一点儿都不好，我又不是什么杀人越货的贼，我是藏春楼的头牌马赛赛。不信问李掌柜的，他认得我。

李木庵忙点头：是，是。

酒馆。

康熙、法印、三德子、马赛赛、李木庵在一起喝酒。

康熙：李掌柜，这些人也没有蒙面，看来你跟他们不认识吧？

李木庵：从不认识。

康熙：既不认识，也谈不上有仇了？

李木庵：我是个开药铺的，又不是个开钱庄的，怎么会有那么多的仇人？

康熙：我倒是听他们像问你要东西呢。

李木庵支吾：强盗嘛，自然是要东西了，但我一个小药铺会有什么好东西。

马赛赛：来，喝酒，我给几位爷都满上，不是没丢什么吗？也没伤着人，这就是万幸。喝酒吧。

康熙：赛赛姑娘想必认识那几位绿林了？

马赛赛：我可是一个也不认识。青楼中人按理说认识的人该不少，上自达官贵人，下至引车卖浆者流都熟，但今天那几个人我不认识。

康熙：达官贵人你也认识？

马赛赛：多了，达官贵人也是人呀，常来常往的有，偶尔光顾的也有。

康熙：这我将来倒要讨教了。

马赛赛：这位爷看您气宇不凡，该不是……

康熙：什么？

马赛赛：该不是正三品吧？

康熙：哈，说小了。我既无级，也无品，一个品字去两口，剩下一口。一张口吃饭，一张口说话，我是一口丁。

马赛赛：一口好，一口好。哪像一个品字有三个口啊，三个口的官，你说他得吃多少呀，能不贪吗？三张嘴他得说多少话呀，能没有假话吗？好，一口好，咱为这一口丁干一杯。

康熙：你这解释……倒是别具一格呀！好，干！

马赛赛：今天这事真是好玩儿，贼传的条子，倒陪着和尚喝酒了。来，和尚，咱俩喝一杯。要不是你追我，我现在在藏春楼应付着那帮子俗人呢。

三德子：对，与和尚喝一杯，让他醉一回。

法印眼观鼻，鼻观心，坚决地读经，不敢看赛赛，经文越读越响……

小店偏厦。夜。

连锁累了一天，在为老太太熬药。

老太太：连锁，再吃了这服，不吃了，我觉得好多了。我听说一服药比咱们一天的饭钱还贵呢。真难为你了，哪儿淘换来的这些银子？

连锁：妈，您放心地吃吧，没事，药咱不花钱。

老太太：哟！咱又没开着药铺子，哪儿有吃药不花钱的？你可不能干那违法的事儿。

连锁：不是，东城寿之堂的李掌柜的和我有过来往，我抓药他不要钱。

老太太：这当儿还有这么多好人呢，我净遇见好人了。

街上。夜。

众人吃过酒出门来。

康熙：法印，你送赛赛姑娘回藏春楼吧。

法印满脸惊慌，大声自言自语地读经。

三德子：你倒是去不去呀？拉人家有胆，送人家无心了。

马赛赛：算了，这京城你们还没我熟呢，我自己走了。

说着，哼着小曲走了。康熙给三德子使了个眼色。

三德子：哎，赛赛姑娘，来来，我去送你。

法印的经文弱下。

康熙：李掌柜，夜深了，我们送你一程。

李木庵：也好，也好，走夜路总是多一人好啊。

三人走。

街上。夜。

三德子：赛赛姑娘等我一等。哎，你要不要一顶轿呀？

马赛赛：不要，不要。这平时被人抬来抬去的，想走也走不成。今天有这么好的月亮，又有人送，干吗不走呢？

说着假作脚疼，三德子赶快扶她。

马赛赛：心急吃不了热糕，刚说想走，这脚先疼上了。你受累了。

三德子扶着：哎，没事，实在不行我背你。

马赛赛：你怕背不动吧，那个倔和尚可能还行。

三德子自语：还真有给和尚捧场的。

马赛赛：你们那位叫黄三爷的，他人怎么样？

三德子：人么，还不错。

马赛赛：我看他挺傻的，场面上的事一点儿都不懂。在藏春楼我也没见过他，不是什么重要的角色吧？我看你们有点儿像于世龙手底下穿便衣的捕快，他最多是个捕快头。

三德子：什么？捕快头？我们爷……你真好眼色。

马赛赛：猜对了吗？

三德子：噢，对了，对了。他不是头，是个二等捕快。

马赛赛：我说呢，叫菜喝酒，连个衙役的样都没有。

三德子：衙役什么样啊？

马赛赛：哎，瞧，说谁谁来，你看那不是于世龙的衙役们来了吗？

一队官兵将两人围住。

军官：深更半夜，一男一女，搂搂抱抱大伤风化，捕了！

三德子：哎！怎么了？她走不了路，我也只是扶她一把。孔子还说“仁者爱人”呢。

军官：好，捕了，去牢里爱吧。

马赛赛兴奋：今夜真是太离奇了。还能坐牢？想不到后边还能有什么事儿发生。走吧。

街上。

康熙、法印送李木庵一行快步，李快到家时坚辞不让送了。

李木庵：黄爷留步吧，我那铺子已到了。今夜真是有劳二位了，留步，留步。

康熙：好，那就此别过了，后会有期。

李木庵告辞往药铺去。大地卷雪。康熙、法印稍后跟随。

寿之堂中药铺。夜。

李木庵刚一敲门，门自开了。李一惊，看见伙计就死在门边。

中药铺内。夜。

李木庵大惊，快步往铺内走。到锁医案处，看东西已被窃走。再回头时，看见康熙、法印就站在身后。

三

中药铺内。夜。

李木庵一脸的晦气。

康熙：东西还是丢了。

李木庵：不怕贼偷，就怕贼惦记。事也怨我。

康熙：丢的到底是什么？

李木庵：所丢之物不要说想占其所有了，说出来都是死罪。

康熙：是宫里的？

李木庵：猜对了，是宫里的医案。还有前几朝的御方，御医记录的皇上的病案，十分珍贵，每读必有心得。或可看出御医用药所费的心思，甚至可看出前朝各帝的性格、脾气，实在是积几百年来的一部珍书。

康熙：有当朝皇上的吗？

李木庵：还没有看到。

康熙内心话语：真偷到宫里去了，连这样的东西都会丢，皇上家这样，那老百姓家的东西还不是说丢便没边了吗？

康熙：书来自何处呀？

李木庵：我也是偶然得之。有个人市上的苦力，因其母病，抓药先还有钱付，后就没钱了。赊了几服后，突然有天拿了这套书来，说再换两服药吃。我看了书后，大奇，也大惊。喜欢是喜欢到心里了，恐惧也恐惧得后背发麻。原不想收他的，怕杀头。后实在为其所惑，还是收下了。告他以后凡抓药尽管来，书先放在这儿，想拿回去也行。我是怕他有背景。

康熙：这书许是前朝流出的，与当朝无关。

李木庵：先我也这么看，看到后来，发现了有当朝内务府的官印，可见不是前朝流出的。

康熙：你以为此书平日在宫内，该由谁主管？

李木庵：依我看，只有内务府人才可接近此书。

康熙：那此案已发，只有报官了。

李木庵一听“报官”二字，一下给康熙跪下了：黄三爷，您今天已救了我一次，还望您再救到底。

康熙：李掌柜您请起，这是怎么了？

李木庵：此案只要一报官，我必有杀头之罪。您想，私藏御方、御医案，这是小罪吗？这也是我迟迟不想告诉你实情之苦衷。您一定要答应我。

康熙：好，既救了你了，就救你到底，不告官了。但有一事要问你，那人市上的苦力他到底是谁？

街上。

黑帮头子牟九在街上走过，街上人对他毕恭毕敬。牟九走到人市上，问一小力巴。

牟九：你不赌了，很好。

小力巴：我这不是来挣钱来了吗？挣了钱好给九爷。

牟九：这话说给谁听呢？九爷等着你的钱花吗？告诉你，钱我要，要你赌赢的，不要挣的。

小力巴：九爷您把我放了吧。

牟不理，走开。康熙、法印、三德子、于世龙也在街上走，康熙看着牟九，觉得很生动。

一辆华贵的骡车过来，人群散开，独有牟九站在街当中，不紧不慢地从怀里掏出一根柳条来，插在路中间，双手抱肩站着看那枝柳条。赶车的把式不知怎么回事，把车勒住了。

把式：小子！大白天的挡横啊！闪开了！

牟九："古木阴中系短篷，杖藜扶我过桥东。沾衣欲湿杏花雨，吹面不寒杨柳风。"一抱拳：车主请了，我这枝杨柳是要长到三月迎春风的，倘要有车马、人脚把它踏坏了，多可惜呀。

把式：嘿！小子，给你脸不要脸，驾！

突然车里有人说话。

车主：等等。

车主撩帘子看了一眼牟九。

车主：让他过来。

牟九袍袖一闪过来了。从轿车中伸出一双手、一个银锭、一张片子。

车主：闲了来家坐。

牟九接过片子一看。

牟九：谢爷了，在下牟九，得便一定登门给爷请安。

骡车启动，车轮压倒柳枝，牟九也大摇大摆走。

站在暗处看了这一场戏的康熙几位都有点蒙了。

三德子：这是哪路的买卖，上马路中间插根柳条，这也太风雅了点吧。

法印：你懂什么呀，这是黑道的诈财，有碰瓷的，有告地状的，这叫诈财。

三德子：就你懂得多，一个出家人不好好念经，肚里快成泔水桶了。这也知，那也知，就显你能。

康熙：这种要钱的方法，真是很诗意的。于六爷，刚那位读的诗，不是他口占吧？法印你知道吗？

法印：这诗我知道，是南宋僧人志南写的。

三德子：好事儿都往和尚身上揽。

于世龙：说得不错，确是志南写的，“吹面不寒杨柳风”为佳句流传。

康熙：这种要钱的法子，还真是带着几分的霸气呀，我奇怪为什么坐那么好车的人也要怕他？

于世龙：光脚的不怕穿鞋的，车里的人大概想息事宁人。

康熙：车里的是谁呢？这街上种树的又是谁？

三德子、法印：不知道。

康熙：三德子，你去访访那会念诗的人到底是干什么的，法印你去探那坐骡车的。

三德子、法印：那您呢？

康熙：我与于大人去顺天府牢看关着的马赛赛。

三德子、法印：您去好。

街上。

三德子追上牟九，刚要搭话，突见一些泼皮从街上涌了出来。

泼皮甲：呀，大哥，听人说你刚又用柳枝换了钱了？

泼皮乙：大哥，几天没喝酒了，请小的们去喝一顿吧。

牟九高兴：今天的钱，一分不能用，虽是拿在我手上了，待会儿我要给人家送回去。

众人：那是干什么，难道怕他不成？

三德子挤不上去，拉住一个做小买卖的。

三德子：老哥，刚那个咋咋呼呼的人是谁呀？

老哥：嚯，他你都不认识？不认识最好，认识了心里是病。他是牟九呀，这条街上的第一大泼皮。

三德子：牟九。

街上。

法印追着骡车。

骡车到总管府门口停下了，纳岚下车。法印喘喘地看着。

总管府内。

纳岚边走边说。

纳岚：待会儿，那小子要拿我的片子来见，让他进南书房。

管事：哎。

顺天府牢。

马赛赛关在牢内，闷得很，练着身段，唱着曲。

女牢头：别唱了，还当这是窑子呢？

马赛赛：你不想听就把我放出去，你以为是唱给你听的。俗话拳不离手，曲不离口，我是怕几天下来生分了。

马赛赛又唱。

康熙与于世龙进来。于世龙正想让马赛赛噤声，康熙止住他。康熙鼓掌。马赛赛又把那千娇百媚的身段亮了一下。

康熙：今天真是出人意料，刚在街上看了出插柳吟诗的戏，这会儿又看了出铁窗舞袖，有意思极了。

马赛赛：三爷，没想到你还能看我来。平日里那么多的孤佬，陪他们喝了酒了，陪他们唱了曲儿了，一出事谁也不来了。咱们说来只不过见了一次面呀。

康熙：不是这话，我要想来也进不来呀。亏了我这朋友，跟这牢里有熟人，托人说项才让我们进来了。

马赛赛很娇媚地施礼：谢这位爷了。

康熙：这里比藏春楼如何？

马赛赛：好着呢，不用装腔卖笑，想睡就睡，想唱就唱，到时候有人给你送饭送水。除了一个闷字，比藏春楼哪儿都强。

康熙：那就多住些日子吧。

马赛赛：哎！黄三爷你别这么说，可就这一个闷字难排遣呀，连个正经说话的人都没有。

康熙：那就唱曲吧。原以为来看你会一哭二闹呢，没想到还自舞自唱起来了。

马赛赛：说是那么说，您要大老远地来看我，我跟您哭闹，那不是我马赛赛做的事。我活一辈子，得一辈子让您看着我高兴。但话说回来了，我要这么硬撑着在里边再住些日子，不明白的人说我傻，明白的人说我矫情。不管怎么说，二位爷能来看我，是马赛赛我三生有幸。

说着又欲哭。

康熙：刚还好好的，别这样，谁叫摊上这事儿了的。

马赛赛：三爷，你一定不是个风月场中的人。我们这行，黑白道都有接触，但从不做犯法的事。这事儿不是我摊的，是人摊给我的。

康熙：白道也有熟人吗？

马赛赛：当然，内务府总管纳大人，常来楼里安排给人传条子，传的人是谁不知道，但据姑娘们说，没有一位是三品以下的官。就是顺天府尹于世龙也见天地来。

于世龙：什么？你说谁？

马赛赛：于世龙呀，老百姓叫他于得水，据说还是个大清官呢。

康熙笑：你认识于世龙吗？

马赛赛：当然认识了。告诉你句别跟人说的话，我连皇上都认识。

康熙更觉可笑：真的？这就新鲜了。

马赛赛：不过，不是真人，是个洋教士拿的画片。

康熙：是啊，皇上他人怎么样？

马赛赛：其实呢，也就是个一般人，不过那眼睛不一样，像两颗宝石似的放光。脸白白的，手像女人的手似的，有胡子。

康熙：见了能认识吗？

马赛赛：我是没机会见皇上，要有机会皇上见了我，那他一定传旨，封马赛赛为贵妃，那我就该去宫里了。

康熙：未准。

马赛赛：一定。

于世龙：我觉得也未准。

马赛赛：为什么？

于世龙：因为你太多嘴多舌了。

正说着话，老鸨大惊小怪地进来了。

老鸨边走边喊：哎呀！我的儿啊！可苦了你了，这话是怎么说的……

一眼看见康、于：哟！咱藏春楼的人缘就是好，这还有人来看你呢。

老鸨说着往外拿吃的用的。康熙不看她。

老鸨：不过两位爷真眼生啊，二位……

马赛赛：人家两位是真正的正人君子，是我的朋友，跟咱藏春楼可没关系，妈，你别瞎搭搁。

老鸨：天底下的人谁不是朋友呀，要没朋友，你妈能进来看你吗？光花钱都不行，那于世龙于得水管底下管得严着呢。

康熙：再严，你不也是进来了？

说着看于世龙，于冒汗。

老鸨：再严也架不住有缝，他有法子，咱有招儿，这不进来了？不是跟二位爷吹，皇上爷的紫禁城，我想进也能进去。

于世龙：真是有其母必有其女。

老鸨：您说什么？

康熙：他没说什么。很好，你们见面了，我们该走了。

马赛赛：妈，您看您来的这时候。

老鸨：妈可从来不是没眼力见的人啊，这不是不在藏春楼吗？这是大狱呀，我还能顾得上情儿呀，你可别怨妈。

马赛赛：三爷。

康熙回头。

马赛赛：我谢您了。

康熙：没帮什么，问你一句话，那伙人让你见了，还能认出来吗？

马赛赛：能。

康熙：那就好。

康熙、于世龙出。

总管府。

纳岚在床上抽着烟，把玩着一件宫里的御用之器，边玩边翻书。屋内陈设华贵。

纳岚对小妾说：我这屋里的东西拿出去就值半个江苏省。这一件小玩意儿，就值你们老家怀来一年的收成。

小妾：吹吧。

纳岚：什么叫吹？就是皇上来看了，也得认账。说是普天之下莫非王土，率土之滨莫非王臣，不错。但东西多了，就不叫东西了。皇上不缺吃不缺用，东西在他那儿，还不如一本书的一个字真呢。可在我这儿就不一样了，一件东西就是一件东西。想当什么官，给他匹唐马，官儿就当成了，这东西就值一个大官。想开买卖吗，把这玉佩让出去，买卖就有了，这东西就值个大买卖。人活一世，草木一秋，挣的就是身外之物，是你的不是你的，只要你想就能弄来，就是个本事。有所想又有所得，这人一辈子就没白活，这就透着你能耐。

小妾：那想还有个边儿呀，想到丢了脑袋就不想了。

纳岚：你放心，脑袋长出来不易，轻易也不会就掉了。你想啊，官怕什么？

小妾：官怕民。

纳岚：官哪有怕民的？

小妾：官不怕民，民给你点颜色看。

纳岚：官怕的是皇上，只要皇上保着你，谁也拿你没招儿。

小妾：你跟皇上二心，皇上还能保你？

纳岚：他哪能知我想的是什么呀？他手上的串珠丢了，还不知谁给拿了呢，想谁也想不到我这儿。我是他亲戚，我给他管着钱呢，他使钱都得找我。话说回来了，再硬的铁板也有缝，有缝就能钻进去。

说着做了个下流动作。这时总管进来报告外边牟九求见。

总管府书房。

牟九换了衣裳，一身光鲜在书房内等着。纳岚进屋一抱拳，看见还回来的那锭银子放在桌上。

纳岚：这是为什么？给了你的东西没有往回要的。

牟九：总管大人，我牟九在街面上混了这么多年了，再不懂事儿，这点事我还懂。我是什么？街面上混的小毛贼，再大大不出一条街去。您是上通皇上、下达边地的内务府总管大人，这大小尊卑我还理得清。

纳岚：难得你还这么懂事儿啊！我倒是敬重那些有本事吃饭的爷们儿，甭管他是什么本事。

牟九：承您看得起了，街上混的人怕的就是官，今儿个我要知道是您的车，借我个胆儿，也不敢挡横啊。

纳岚：回来我想过，我这车真要是压过去了呢？

牟九：您的车压也就压了。我从不挡官轿，谁知您那天坐上车了呢？再说了，干我们这行的谁没有一个半个官护着的，碰见您奉承还来不及呢，哪儿敢挡横啊？

纳岚：你不光会办事，嘴也挺甜呀！来呀！

管家上来，纳岚：给牟侠士封二百两银子。

牟九：这可不敢，打死我也不敢。我是个混混，您是当朝一品大员，在您这儿喝杯茶我就知足了。这片子我留下了，钱不要。

纳岚：你先听我说，这钱你拿着，办完了事，还有这么多一份。将来事成了你也就别在街上混了，跟着我长做吧。

牟九：有什么事，还不是您吩咐一声。

纳岚：前些日子，我家里丢了一套书，是套医书。此事我不便告官。但东西很贵重，我得找回来。今天咱也是有缘，只能烦你留心了。书的名字我写下来了，你留心吧。再说一句，事成了，你跟我长做，我这人爱人才。

牟九收起条子：小事，这在咱们是小事。钱我不要，事儿办成了，您将来赏我个功名就行。不知您是哪天丢的，有没有影儿？

纳岚：想不起来了，只是那天人杂，有些是人市找的力巴。

牟九：干什么的？

纳岚：盘炕。

弘德殿。

于世龙正给康熙念书。于念的是《侠客列传》。康熙听着听着走神。

康熙：于大人，等会儿，我想起事儿来了。三德子！

三德子：奴才在。

康熙：那天让你跟的人，探明了没有？

三德子：回万岁爷，探明了。

康熙：他是什么人。

三德子：是个街面上的混混老大泼皮，名叫牟九。

康熙：泼皮怎么讲？

三德子：就是流民无赖，《水浒传》您看过吧，里边的牛二就是了。

康熙：当朝还有这等角色吗？

三德子小声：哪个朝没有啊！

康熙：我还以为是书中编造的，杀猪的赵屠不死，原来牛二之流也不死啊。

说着看了于世龙一眼：法印，你那天跟的又是个什么人？

法印：跟的是个官。

康熙：官为何不坐轿，想必是个小官。

法印：大官。

康熙：大官？有多大？

法印：一品大员。

康熙：胡说，哪儿有一品大员当街而行，会怕一个泼皮无赖的，可见你跟错了。

法印：没错，看他下车了。

康熙：他是谁？

法印：是你亲戚，正黄旗。

康熙：还是个亲戚。我有这样扶不起来的亲戚吗？

法印：对，是内务府总管，纳岚万林，纳大人。

康熙：这我可想不到了！哈，真是乾坤倒转了，堂堂一品大员会叫泼皮诈住。要朝里都是这样的官，我这皇上也就不用当了。于大人你说呢？

于世龙：未曾亲见，不可乱说。

小店。

连锁出了门，对偏厦喊了一声。

连锁：妈，我出去了，中午回来。

街上。

牟九站在墙根，和几个泼皮耳语，泼皮们散去。

街上。

牟九摇晃过来，看见人市上的连锁。

牟九：“人生无根蒂”。

连锁不答，磨自己的瓦刀。

牟九：换了手了？

连锁：早不干了，砌墙胜似掏墙。

牟九：前些日子，内务府家炕是你盘的吧？

连锁：记不住了。怎么，不好烧？

牟九：好烧，就是贵了点，再说引火也用不了那么多本书呀！

连锁：书，什么书？力巴读书，那不应了俗话了吗？

牟九：怎么讲？

连锁：假充圣人。

牟九：那书不是圣人书。

连锁：这世上除了圣人书，还有什么书呀？

牟九：药书。

连锁：药书你找药铺去呀，干吗……

连锁知自己说漏了，起身要走。

牟九拍了拍连锁的肩：你说得对，我去找药铺——寿之堂。

连锁慌慌地走了。

牟九刚要走，看见康熙、三德子、法印正过来。牟九见人那诈的劲儿上来了，上去给三人拦住。

牟九：三位爷，逛啊！

三德子：爹妈给的腿，不逛干什么去？

牟九：说得好。

说着话把旁边摊上的黄雀架过来了：怎么着？算一卦吧。

康熙：是它给我算，还是你给我算？

牟九：我算准了，是欺负你，当然是这鸟给你算了。

三德子：滚，一边去，自己贼眉鼠眼的样，还给别人算卦。

牟九：怎么说话呢？哥儿几个！

众泼皮：有。

牟九：给这位爷拿捏下筋骨。

众人上前。三德子、法印欲动手。

康熙：慢着，人算命我见过，鸟算命还没见过呢，让它算吧。

牟九一松手，鸟去叼签了，叼过来一看是正黄旗：还是个正宗呢，爷，您看看怎么样？

康熙：不怎么样。

牟九：叼错了？

康熙：错倒没错。

牟九：那您有什么不服气的？

康熙：它叼的这签我知道，这不叫算命，我这命它没算出来。

牟九：嘿！都说我是混混，今儿个我可开了眼了，还有比我更泼皮的。这位爷，您也甭管今儿个是不是算了你的命，我不跟你嚼理。如身上带着钱呢，给放下一锭银子，你们三位大摇大摆地走。如拿不出钱来，嘿嘿！

三德子：怎么着？

牟九把手攥得咯咯响：就尝尝铁窝头、铜豌豆。

康熙拦下要出手的三德子：别打，别打。要钱呢，没有，不过算命呢，我会。你算我一命，我算你一命，咱们一命抵一命，两不欠吧。

牟九：啊！好主意，有点意思，在街面上难见这么有性情的人。好，算吧。算准了，咱们交个朋友，算不准可别怪咱不够朋友。你是看手啊，还是摸脸呀？

康熙：什么也不摸不看。就冲你今天的行径，出不了七天，你必被杀头，身首异地。

牟九：哎呀！气死我了，哥儿几个今天就让他身首异地！

两拨人大打出手。于世龙官兵至，两拨人分头散了。

小店偏厦。

连锁忙忙地收拾着老太太的东西。

连锁：妈，您再想想这京城左近咱有没有亲戚。

老太太：连锁啊，你管了我这么些天，我的病也治好了，这就是活菩萨心肠了。老了老了碰见你这么个人，我觉着这一辈子过得还挺让人舍不得的。没事，你要是那什么……妈就再回街上去。

连锁：哪能让您回街上去呀！我是想让您换个地方住住，我还是跟着您。

老太太：回我原来的院吧。

连锁：那院被一帮贼占了，回不去了。

老太太：那咱告官吧，人都说于得水人还不错。

连锁背起老太太：告官也来不及了。

老太太：那咱干吗非要挪地啊？

连锁：一句话还说不清，咱先换了小店吧。

背老太太出门。

街上。

康熙、三德子、法印三人在找那天从紫禁城看到的黑窝。

三德子：该离这儿不远吧？

法印：我记得旁边是间寿衣铺。

三德子：你怎么知道的？净拣那不吉利的话说。

法印：这有什么吉利不吉利的，它要挨着杠房、棺材铺你也没辙呀！

康熙：我看你们两人就够开个杠房的，一天下来不抬杠就过不了日子。也好，省得我闷。

街上。

三德子问路。

法印问路。

康熙抬头看着紫禁城。

黑窝门口。

康熙一行走到跟前，康熙又回头看了眼紫禁城。

康熙：是这儿无疑了。上去叫门。

三德子：和尚你去吧，万一敲错了，你就说是化缘的。

康熙：万一要敲对了呢？

三德子：咱……咱说什么呀？

法印：咱什么也不说，迎头就往里走，我嘴里念经，你们嘴里念什么都行。这回让他们丈二的和尚——摸不着头脑。

康熙：就这么办。

法印敲门，半天里边有人应。过了会儿，有人问：是谁？

法印：开门就知道了。

一黑道人开门，一看不认识，复要关门。法印念着经冲撞进去，康熙、三德子嘴里也念念有词往里冲。那人先是蒙了。

黑道：嘿！干什么，干什么呀？说什么呢，这可不是庙，出去！

黑道看拦不住了，突然大喊。

黑道：老大来了空子了，放狗！

三只大狗应声冲出。法印、康熙、三德子见了狗回头就跑，嘴里也不念了，狗分头而追，三人狼狈不堪。

宫内宜妃处。夜。

宜妃为康熙洗脚。

宜妃：谁让您好好的金殿不坐，去外边瞎跑的，狗可不认识皇上。

康熙：不认识皇上的是狗。

宜妃：您骂谁，谁也听不见。又想不让人认出来，又怕人认不出您来，当您底下的百姓也难了。这么点事，让于世龙去办不就得了？

康熙：于世龙是清官不假，可于世龙手下的衙役可不是个个都是清衙役。今天在顺天府大牢，那老鸨居然就能买通了牢头进来探监。这次如果不下来看看，我还认为这天子脚下是铁桶一般的太平盛世呢！其实不然，街上有街霸，牢里有贪官，好也只好了于世龙一个人而已。当皇上就不能天天在金殿上坐着，当坐则坐，当下则下，要不与瞎子、聋子没有两样，那皇上能当好吗？

宜妃：不能。我想问问您，牢里怎么去了老鸨了？莫不是有青楼女子也扯进您丢的东西里了？怪……

康熙：啊！有时候，事儿它就这么寸。啊！想都想不到，可就……碰上了……

宜妃：比写的还准呢！万岁爷，奴婢我不是个拈酸惹醋的人，但您是一国之君，您的身体就是国家的身体，千万不能太由着性……

康熙：这下坏了，又招出事儿了，三十六计走为上。宜妃，你先歇下，我去南书房，办了事就回来。

说着逃似的走：别送了，别送了，小桃红留着门啊。

宜妃坐在床上生气。

南书房。夜。

三德子在补被狗咬坏了的裤子。法印在纳被狗咬坏了的鞋。于世龙在写自己的检讨，写一张揉一张。

三德子：开了门还不是为了看啊？说什么不好，说要口水喝也行啊！非满嘴念经，都说念经管用，管什么用啊？狗可不管什么经不经的，跑慢了就是咬。挺好的裤子，还是小桃红给缝的呢，这可好，张嘴了。

法印：谁让你念经了？经是你念的吗？你不念还好，你一念准出事。再好的经也让你那歪嘴给念歪了。

三德子：嘿！你还怨上我了，我要不是护驾，非让那些狗咬死你。

法印：咬谁还指不定呢，我可没破裤子露着腚地在街上走。

三德子：告诉你，和尚……

于世龙：哎！我说你们俩别吵了行不行。你们那算什么事呀，一条裤子一双鞋的，今天我这罪己状不写出来，是要掉脑袋的。

三德子：于大人，什么事这么严重？您不就是和万岁爷去探了次监吗？

于世龙：就是探监探出的事儿。

法印：出什么事儿了，和赛赛姑娘？

于世龙：不是那事儿。哎，想哪儿去了。

三德子：一个和尚净往哪儿想呀！

于世龙：要是那种事，就与我无干了。偏在我们探监时，那老鸨居然买通了牢头也进来了，这是顺天府大牢呀，这样进进出出的和藏春楼有什么区别呀！实在是我管教不严，这官我是没脸做了。

三德子：这也怨不着您。俗话是阎王爷好对付，小鬼难缠，真能把小鬼治好了，这世界就太平了。还有一句话，车船店脚牙，无罪也该杀。有人说这牙字说的是牙行，我看是说衙役。衙役一行知法犯法、知法吃法的多了。要不咱大清的例律，让干师爷小吏这行的三辈之后才能考进士取功名呢，这就是嫌他们不干净。

正说着话，外边喊“万岁爷驾临南书房”。

康熙一脸严肃地进来坐下。

康熙：顺天府尹于世龙。

于世龙满身抖动：在。

康熙：速派官兵，连夜将獐子胡同七院内的奸人捉拿归案，不得有误。

于世龙磕头，出了一身汗，出宫。

街上。夜。

官兵从府衙中出来，向獐子胡同去。

黑窝内。夜。

如先前康熙所想一样，满地的大锅，黑道的人来来去去吃着流水席，大络子、二琉璃都在，热气腾腾。

突然院内狗吠。

院内。夜。

院门被官兵撞开，队伍整齐入，狗被三两下杀死。于世龙至。

于世龙：院内人犯等不得违抗，抗者格杀勿论。

院里炸了窝了，众黑道有抄家伙的，有想跑的。

黑窝内。夜。

烟雾腾腾，众人踢倒了锅。

大络子和二琉璃想抬一只木箱走，势急抬不动，弃在墙角。二人趁乱越墙走。众黑道有打有降，有一人被官兵杀了。

胡同内。夜。

官军过后，一人急急从街上来，是牟九。他看着门上的封条，后悔自己晚了一步。

四

总管府内室。

纳岚让人做过了头部按摩。

纳岚对总管说：让那个江苏人在中堂等我。

总管：嗻。

纳岚对按摩的小妾说：我就喜欢你这双小手，看着没劲儿，一捏一个准。

小妾：我这手也没您的手好！

纳岚：怎么讲？

小妾：我这手只是捏疼拿痒的，取不来财，可您的手不一样。

纳岚：怎么个不一样啊？

小妾：您的手好有一比。

纳岚：比作何来？

小妾：您的手是空穴来风，变土为金，变水为银，比前门外的戏法还灵呢！

纳岚：比得好，比得好，你看过《三国》没有？

小妾：没看过，听过。

纳岚：知道常山赵子龙吗？

小妾：当然知道，除了吕布就他俊了。

纳岚：他比吕布还俊呢，在长坂坡他一杆枪、一把剑，在百万军中取上将首级，如探囊取物一般。什么叫探囊取物啊？

小妾：知道。

纳岚：说说。

小妾：就是伸进手去抓东西，抓什么是什么。

纳岚：对！在这大清国，想要什么东西就能抓着什么东西的人，只有一个。

小妾：是皇上？

纳岚：不是，是我。皇上吃东西得找我要，皇上要吃今天的黄瓜，我给他前天的他也得吃。

说着拿出一个珠串来，是康熙常戴的那串：这是皇上的，天天戴的，我想要就归我了。我这就好比在江山社稷中取百万钱财，如探囊取物耳，俊不俊？

小妾：听着都害怕。

纳岚：别怕，撑死胆大的，饿死胆小的。再说了，钱也是种势力，你没听过有钱有势这话吗？

小妾：我还听见过为富不仁呢。

纳岚：仁是什么呀，仁是骗人的。

这时总管来回话，说江苏人等着呢。

纳岚：知道了。

把珠串给小妾：拿着玩一会儿，别带出这屋去。

小妾：大小姐不闹事吗？

纳岚：闹吧，大不了嫁不出去，我养她一辈子。

小妾：找个人跟她说说话，许能治好了。

纳岚：你就别操这个心了。

总管书房。

纳岚进来，刚一坐下，江苏人跪下磕头。

纳岚：别那么客气了，来呀，看茶。

江苏人惶恐坐下。

纳岚：一路风光可好？

江苏人：好，好。

纳岚：俗话上有天堂下有苏杭，苏州府自古富庶，天下难比。

江苏人：富，富。

纳岚：富而思贫，才是正理。人一富了就想得多了，其实呢，所思所想大概与人之最根本之要求相差甚远。比如呢，有白面吃已是上天有眼了，还想着怎么把里边包进糖去，再用油炸过，有吃嘛还要好吃。吃好的人必好吃，口腹之乐，从孔子那儿就开始了，所谓食不厌精，脍不厌细，我是最反对这样的。我平时只是粗茶淡饭，像颜回那样一瓶一钵足矣。要钱有什么用呢？不要，不能贪，不能贪。

江苏人越听越流汗。

江苏人：对，不能，不能。

纳岚：不过嘛，话又说回来了，有了钱呢是富了，有富的人不见得有贪，富人很多，而贪人少。所以有的人啊，就想着花钱捐个官呀，买个功名呀什么的。也没什么不好，有钱的人不当官，难道让叫花子当官吗？再说了，钱收上来也可再派用场嘛，这也叫物尽其用。但一定要找对人啊，找对人。

江苏人：找总管您，实在是小生的福分。

纳岚：啊！有些说了不算、算了不说的人找也没用。比如说那个于世龙吧，虽跟在万岁爷身边上，但你要找了他就真办不成事。找我呢，我也是吃着国家俸禄的，钱要它有什么用，身外之物嘛，生不能带来，死不能带走，还不是为国家社稷！说句大不敬的话，皇上有时没钱还找我要呢！

江苏人：听说了，听说了。

纳岚：好！有什么事跟胡管家办吧。和买东西一样，一分钱一分货，哈，哈！

顺天府堂。夜。

升堂，威严。于世龙就座，夜审黑窝抓来的人。

于世龙：将所捕人犯带至大堂。

众衙役喊堂威。

顺天府堂偏室。夜。

康熙、法印、三德子还有马赛赛在帘后坐着，听于世龙审犯人。

康熙：赛赛姑娘。

马赛赛：哎，您吉祥。

康熙：等一会儿，人犯中有你见过的请认一认。

马赛赛：放心吧，我一准认出来。爷，我什么阵势都见过了，可那堂上坐的人，他到底是个什么官呀？

法印：女人最会攀荣附贵，一见到官，眼中必无人了。

马赛赛：嘿！我可不是这意思，我是怕原来说话得罪过他。

康熙：嘘，静声，听审。

顺天府大堂。夜。

于世龙惊堂木一拍。

于世龙：来犯依次出列，供出名姓、籍贯、所行、所为。

左边第一犯人被推出。

于世龙：讲！

甲犯：小的吴有头，三河人。向来没有手艺糊口，原与老婆合作仙人跳生意。

于世龙：何为仙人跳？

甲犯：就是……就是设计让老婆与人通奸，而后我去捉奸，以此诈钱。

偏室。夜。

马赛赛：哎呀！还有这样的丈夫呀？

三德子：娶妻嫁人的都是冤家。

康熙：赛赛姑娘，这人你认识吗？

马赛赛：不认识，认识他可晦气死了。

顺天府大堂。夜。

甲犯：后来老婆真与人走了，留下个孩子，我便在江湖上假卖孩子为生。

于世龙：腊月三号是否去过寿之堂药铺？

甲犯：从没去过，小的有病只有扛着，哪儿有钱吃药？

于世龙：带过一边。

三德子出来和于世龙耳语一番，于点头。

衙役又推上一个人来。

乙犯：小的张不来，天水人。每天在街口告地状行乞。

于世龙：何为告地状？

乙犯：烦人写自己身患恶疾求钱医病的状子，铺在地上，以求人怜悯要钱。

于世龙：你有疾吗？

乙犯：现在身上。

于世龙：验看。

法医上前，撩开乙犯的衣服，中间破开了一个大口，血肉模糊，众人看了摇头，马赛赛在偏室做不忍状。突然法医从边上用力一揭，一块猪皮伪装的伤口给揭了下来，肚子好好的。

于世龙：到了本大堂上还是这等的不老实，三十大板！

偏室内。夜。

康熙看着这些人犯非常生气。

康熙：说是有五千年的文明教化，这般刁民还是蛆虫一样的，让人望而生恨。

马赛赛听着打屁股的声音，捂脸：算了，别打了。

康熙：你小时淘气，挨不挨打？

马赛赛：挨打。

康熙：那就对了。

马赛赛：但也有打错的时候，打人是教人说谎的根源。小时怕打就说谎，说了谎就不打了，所以打不好。

康熙：你有点见解啊。闲话不说了，这人是那天的人吗？

马赛赛：也不是。

接下来于世龙一个一个地审，有后边长尾巴当堂脱下看的，有说自己这个那个的。一通地审下去，马赛赛个个摇头，三德子来回传话。审到最后一个，说自己是个口技者。

大堂。夜。
口技者：小的是万学样，沧州人。平日里在街上撂地表演口技。
于世龙：何为口技？
口技者：上学雷电风雨，下学风箱辘轱，中学人兽鸟虫。
于世龙：学来看。
口技者表演起来。

偏室。夜。
已很疲倦了的几人，一听口技觉得真好玩，笑起来。
马赛赛：等了半天，终于有了……
康熙：他是那天的人吗？
马赛赛：啊！不是，也不是。我是说有了点……意思。
康熙：这些人中没有那帮人吗？
马赛赛：没有。
康熙：看得准吗？
马赛赛：一定没有。
三德子：那这帮人也许不是那天一伙儿的，线可断了。
康熙想了一会儿：不是还有一个来不了的吗？
马赛赛：哟，还有来不了的吗？
三德子：噢，有一个。
康熙：出去认认。

停尸处。夜。
三德子把席子掀开了，法印打着火把，马赛赛战战兢兢地向前一看。
马赛赛：今晚真是什么都看了，我这是走的什么背字呀！
康熙：这人……
马赛赛：是，那天他那脏手摸过我的脸。
康熙：传话复审人犯，在逃的两人必是元凶。
三德子：嗻。
马赛赛看着康熙：你是个什么官啊？
康熙：我是个捕快。
马赛赛：我看不像，你最起码是个……
康熙：是个什么？
马赛赛：是个贝勒子。

康熙：我哪儿有那么大的官啊！

街上。

人头攒动，李木庵在街上走，边走边看人。

人市。

连锁蹲在墙角磨瓦刀。刚有人喊谁能搪炉子，连锁就站起来应了。

连锁：这儿，有搪炉子的。

力巴甲：这主儿可抠门，钱给得少。

连锁：顾不上了，家有老人得吃。

李木庵看见了连锁，走过来细看，认出是连锁。

李木庵：这位兄弟，怎么不见你抓药去了？

连锁一看李木庵，不想说话，工具口袋一甩走了。

李木庵：嘿！病好了就不认人了。

对力巴甲：这位兄弟，刚才那力巴现住哪儿呀？

力巴甲：怎么了，他欠你钱呀？

李木庵：不，不欠。

力巴甲：不欠就甭打听，有什么活儿就雇人干活儿。问住哪儿，说住王府你信吗？

李木庵：真是不可理喻，唯女子与小人难养也，一点儿不错。

街上。

牟九在街角站着，待李木庵过来时，牟九站出来，一下拉住李木庵。

牟九：哟，这不是李掌柜的吗！有日子不见了，上次您给我配的金疮药还真管用，抹上就好了。俗话是请不如撞，今天咱有缘撞上了，就得喝酒，喝酒。

李木庵：哎！牟爷，应该的应该的，今儿个我不便，改……

牟九：我做东，怎么你不便呢？别以为我牟九光是吃人家的，喝人家的，您今天喝我一顿行不行？我不是不认好赖人，我眼毒着呢。

说着架了李木庵向一个酒馆去。

李木庵无奈，内心暗道：我救人倒救出事儿来了，这小子请我喝酒，一定没好事儿。

街上。

连锁与雇主走着走着，突然停下了。

连锁：这位爷，我今儿个跟您去不了了，想起家里有事，我得回去。

雇主：这可不成，这不是还得让我回人市吗？你不是涮我吗？

连锁：您受累再雇一趟吧。

雇主：现在人怎么都这样了！

酒馆。

牟九拉着李木庵坐下。

牟九：李掌柜其实咱俩干的是一行。来，坐，坐！

李木庵：这话怎么讲？

牟九：您想想您开药铺为的是什么？

李木庵：疗伤治病啊。

牟九：着啊！疗伤得有伤吧，伤哪儿来呀？俗话是跌打损伤，不打怎么出伤？没伤，您药铺还有什么买卖呀？我伤人，你治伤，左不出一个伤字，这不是一行吗？

李木庵：头一次听说，高见，高见。早听说牟九爷身手不错，没承想嘴上功夫也好。

牟九：哪儿的话，别看我现在在街上混，小时也读过两年私塾，都是孔家门出来的，《三》《百》《千》我也读过。读过一联叫“不凡之子，必异其生；大德之人，必得其寿”。李掌柜，我很有些不凡的地方，您还不知道吧？

李木庵：还没听说。

牟九：我左脚是六趾，要不要脱下给你看看？

李木庵：啊！不必，不必，改日吧，改日再一睹异彩，一睹异彩。

牟九：也好，先喝酒。来，干一杯。

李木庵无奈举杯：我不胜酒力。

牟九：喝吧，喝了这杯酒，我还有话问您。

李木庵：什么事，尽管吩咐。

牟九：李掌柜，您不够意思，真是拿我当外人了。

李木庵：没有呀，我什么时候把您当过外人？

牟九：家里出了事，也不告诉我，这不是拿我当外人吗？

李木庵：您是说……

牟九小声：家里被盗了吧？

李木庵：啊！啊！

牟九小声：还死了个伙计吧？

李木庵：啊！啊！

牟九：书丢了吧？

李木庵：什么书？没，没丢。

牟九：没丢，那就还在？

李木庵：不，不在了，没了。

牟九正色：没了，那肯定原来有呀，是不是那个力巴偷了给你的？

李木庵一头大汗：你打听这个干吗？

大车店。

老太太能做饭了，正在烧火，连锁急急回来了。

老太太：怎么这么快呀？又没找着活儿吧？没活儿就歇着，不急，吃的还够两天呢。

连锁：娘，咱看来还得搬地方。

老太太扒拉开块地方：连锁，你过来坐下，咱娘俩边烧火边说会儿话。

连锁坐下。

老太太：你是不是有什么事儿瞒着我啊？这事要是因为我这么一趟一趟地搬，这回咱就不搬了。我老了没什么，想害我的人，也就是为了一套院子，给他们了，不想了。这事要跟你有关，你要信得过娘，就跟娘说说，两个人的主意比一个人的多不是？

连锁：话早想跟您说，怕您操心惦记着，没说。

老太太：慢慢说吧，打小儿说，娘想听。

连锁：我家是衡水人，小时也是个殷实人家。后来因为土地，与一户当地的恶霸打官司，被他买通了官，官司输了，家一下败了。爹不服，上京告状，路上死了。我和娘要着吃的来了京城，流落街头。从小就让人追着喊花子，没吃过饱饭。娘在我十三岁那年死的，死在了街上。那天我一睁眼，看见娘像堆破布似的倒在街上了，怎么推也不醒了。我去了衙门，那些人把我给打出来了，我无依无靠，没有能力把娘给埋了。

老太太：像我那天在街上倒着一样？

连锁：一样。后来就我一个人了，要不着吃的就学坏了，学会了偷，跟着一个街上的混混学偷。那时京城里我挺有名，专偷富户。很快就被抓了，放了关外的宁古塔，十年后才回来。在宁古塔碰到一批放到那儿的有学问的人，跟着他们学圣人书，学手艺。我这手盘炕的手艺就是在东北学的。回来后就在人市上当力巴过日子。

老太太：这你有什么可跑的，事儿都了了，难道又碰了原来的仇人？

连锁：没有。前些天您病了，每天是一两银子一服药，后来吃不起了。我趁着去内务府总管家盘炕时，抓了他一套书。原想一套书，不能算偷，和药铺换药也好换，谁知这套书可能出了事了。

老太太：我想着就是因为我。老了老了我还添乱。咱把书赎回来还人家。

连锁：咱没钱赎。

老太太：有，我今天就去顺天府把那套院子要回来。连锁你别心里犯嘀咕，这次是为了我，不管最后犯不犯事，我一定要把这事说清了。

连锁：娘，这事跟您没关系。我想着把您安顿了，自己就去顺天府投案。

老太太：案早晚要投，但不是现在，咱们先把院子要回来再说。来，吃饭。老太太我不遇事则罢，一遇到事儿倒精神了。

街上。

于世龙派人在街上张贴大络子、二琉璃的画像。

差人：……所绘二犯，重案在逃。如有知情不报者连坐。有检举告发者赏银一千两。

差人念完敲锣走。人群中低压着草帽的大络子、二琉璃也在。

二琉璃：大哥，咱值这么多钱吗？要值这么多，咱还不如把自己给卖了呢。

大络子：少废话，走！

二人低头走。

顺天府堂。

于世龙提审马赛赛。康熙、三德子、法印隐于内室。

于世龙：马赛赛。

马赛赛：在。

于世龙：原准备在你认出人犯之后，即行将你放回藏春楼，不想你认出的人犯是个死人，所谓死无对证。鉴于此情，只有再将你扣押一阵子了。

马赛赛：您尽管押着，赛赛我在青楼是身不由己地过日子，在牢里呢，还是身不由己地过日子。说句托大的话吧，没有一点儿的不习惯。只不过一个热闹一个清静，一个太热闹，一个太清静。赛赛其实想过的是一种平静的日子，每天有可人儿说话，有儿女绕膝，有一日三餐的饭动手要做，有一年四季的衣动手要缝。偶为分别伤心，偶为小事拌嘴。有亲戚可走，有朋友可谈，无事最好，有事大家忙。过这样的日子，在别人是寻常事，在奴婢我却是个理想了。

内室。

康熙：说得好，怎么跟我想的有点像啊？

顺天府堂。

于世龙：我才说了一句话，便勾出你这么多话来了。如果句句是实的话，何不早早从良？

内室。

法印：这于大人是审案子呢，还是谈心呢？审着审着怎么连从良都说出来了？

三德子：这有什么，自古审案子不都是这样吗？你没看着玉堂春当堂认夫吗？说从良是文明的，当堂认走的事有的是。

康熙若有所思：这样的情景，原以为只在戏里有，这次出宫看到的赛赛姑娘真是生动无比，可惜了残花败柳，一朝污损再难洁。

三德子：她要求倒不高，嫁给一良人就行了。

康熙：倒是，嫁谁呢？你们俩给想着点，有合适的提个醒。

法印：没见过这么审案子的，外边的说心里话呢，里边的惦记着说媒呢。

堂上。

马赛赛：从良又谈何容易，偌大个河山，我们这样的人，家不知何处，更别说父母在何处了。无父无母无家，只有依靠鸨母。常言都说婊子无情，戏子无义。其实真无情的是婊子吗？那些日日嘴上跟抹了蜜似的嫖客，满嘴的心呀情呀的、死啊活的，莫说要他的命了，要他一个钱马上就情义全无了。从良从良，当然要有良可从，像杜十娘怒沉百宝箱，实在是良没有从成，倒从了恶了。

于世龙：世上也有不同啊，比如花魁娘子与卖油郎，不是很好的一对吗？

马赛赛：奴婢不敢自比花魁娘子，世上卖油郎也少，薄情郎、负心郎奴婢倒是见过。

于世龙探身：也未见得都是吧……

正欲再说，听到内室三德子咳嗽，于世龙又回过身来。

内室。

三德子：平日在弘德殿于大人讲圣人书倒是头头是道，没想到他对野草闲花也很精通啊！

康熙：倒也真实可爱。

大堂。

于世龙反应过来了，啪地一拍惊堂木。

于世龙：马赛赛！案尚未结，本官已派人到处张贴影像了，待二犯捉到后，再将你处置。

马赛赛：倘那二人捉不到，奴婢是否要老死在狱中？大人，我倒有个主意。

于世龙：有什么主意？讲。

马赛赛看了看左右：事关重大，请大人移驾过来。

于世龙：大堂之上，没有不便，讲吧。

马赛赛：实在不好讲，大人如不肯屈尊下来，这主意就算是没出吧。

于世龙无意地看了看内室，假作为公事，毫无私心，下堂：好，为天子社稷，我下来听你说。

马赛赛：请附上耳来。

于世龙附耳给马赛赛。

内室。

康熙、三德子、法印三人都想探头听，挤作一团，看于世龙在那儿不住地点头。

三人相视，什么也没听见。

弘德殿。

康熙进殿，于世龙已是一副庄重样请安。

康熙：坐吧。给于大人把上好的大红袍沏上。

于世龙：谢万岁爷，我有杯花茶就好了。

康熙：免了，朕这大红袍也不白给你喝，把昨天为天子社稷所下堂附耳听到的话，能否向朕透露一二？

于世龙：正要向万岁爷禀报。

康熙：有何不便吗？

于世龙：没有任何不便。昨日那马赛赛出了两个主意。

康熙：一是……

于世龙：她说，如把她放回到藏春楼去，贼人可能会追至藏春楼杀人灭口，待引出贼人，一举抓获。

康熙：你以为……

于世龙：不妥。

康熙：为什么？

于世龙：贼人没那么傻，再说影像已张贴出去了，他们模样已大白天下，要灭口还灭得过来吗？

康熙：有道理。那么第二个主意呢？

于世龙：她说，贼人所抢乃是药铺，一是药铺有钱，二是也许药铺有奇异之物，如有奇异之物，查明其来历也是个办法。

康熙：这话倒是提醒了咱们了。这两天咱们光追贼了，忘了还有个人市上的力巴还没查清呢。这主意好！好！出宫！

于世龙：万岁爷，我……我茶还没喝呢。

康熙：江山社稷要紧，走。

中药铺。

李木庵一头汗从外边进来。刚一进门，看见康熙、三德子、法印坐在屋内等着呢，一愣。

李木庵：哎呀！找你们两天了找不见，瞧我这一头的汗。没想到在家里呢。

康熙：我们来时看您买卖都关了，原想去街上迎您，后想不如索性坐等，实在有失礼数，见谅。

李木庵：哪还有心思开买卖呀？街坊也都知道这铺子出了凶案，知道了就不来抓药了。伙计没了，也没人给几位倒茶，我去烧火。

康熙：不必了，我们想问那人市的力巴有没有消息？

李木庵：就是这事儿呀！前天我在人市上又看见他了，上去搭了话，他慌慌张张地走了。后一打听，他原住在力巴小店里，捡了个老太太回来，最近不知搬到哪儿去了。

康熙：这世上捡什么的都有，捡老太太倒没听说过。

三德子：也许是亲妈，原来不认，现在心不忍了，又认了。

李木庵：或许这位小弟猜得对，他前些日子来抓的药都是治老太太的药。后来实在没钱了，才拿出那套书来换的药。

康熙：倒还是个孝子呢。此人面目如何？

李木庵：寻常的苦人儿样，身上结实，看着像个长年干活计的。

康熙：好！掌柜的，请问一下，那力巴小店在什么方位？

李木庵：城南棉花胡同口，到那儿就找见了。

康熙：不打扰了，回见。

李木庵：三位慢走，我有一句话想问您几位。各位是黑道上走的，还是白道上混的？我李木庵开铺子这么多年，各色人也接触过了，就是怎么也……

康熙：猜不出来是吧？猜不出就对了，我们既不是黑道，也不是白道。

李木庵：那我就不明白了，这浑水别人唯恐避之不及，您几位倒是为的什么呢？

康熙：人世上最大的烦恼是什么？

李木庵：说不好，我现在最大的烦恼，就是想知道他们干吗抢我。

康熙：着啊，人生最大的烦恼莫过于想知道一切。知道星星为什么亮，人为什么会死，海水为什么是咸的。这种疑惑只要一遇上，就想知道个结果，就如现在你想知道谁在抢你一样。我们三个人什么道也不在，非要说个道吧，就是个闲道，闲着没事，遇见事了，就想知道个结果，你们说呢？

三德子、法印点头：对，闲道，闲道，就是吃饱了撑的。

李木庵：这种闲道之人我也想做，但现在撇不开了。不过我还有一句话告诉各位，街上的混混、黑道的牟九也在探听这事，你们三人跟他不一事吧？

三人愣住。

五

大车店外。

连锁收拾好东西，背着老太太走。

老太太：于世龙就是于世龙，状子刚递上去，房子就发还了。也多亏了众街坊连名具保，要不那院子我只有在梦里见了。连锁，雇个车吧，怪慢的。

连锁：看您急的，自己的东西，发回来的再丢不了了，您倒跟捡了个宝似的。

老太太：话是这么说，可这东西不是转了几个弯才回来吗？我想啊，真是从见着你那天才改的运，儿子也有了，房也回来了，没遇见你，我还不定在阴曹地府干什么呢。

连锁看见骡车：娘上车吧，咱那地方叫什么名呀？

老太太：走吧，往东，我告诉你。

连锁扶老太太上车时，正好牟九过来，与连锁没照上面，擦身而过。

大车店院内。

牟九大摇大摆进。

牟九：谁是掌柜的？

掌柜的忙放下手里的扫帚过来：这位爷，有事儿呀？

牟九背过身来，悠然一转，又拿出柳枝来了，插在院子中间：碧玉妆成一树高，万条垂下绿丝绦。不知细叶谁裁出，二月春风似剪刀。

掌柜的：哟，看我眼拙的，您是牟九爷。牟九爷，您老今儿个怎么得空上我们这鸡毛小店来？蓬荜生辉，蓬荜生辉。

牟九：你知道我？

掌柜的：谁不知道插柳吟诗的牟九爷呀！知道知道。您稍候，我有一份人心。

牟九：不必了，想不到你还是个场面人。

掌柜的：那可是，干什么吆喝什么，开店的不知道地面上的三神六怪，那不是开着傻店吗？再说了，您牟九爷的名号那真是如雷贯耳，北京的四九城稍一打听，没有不知道的。

牟九：我有这么大的名姓，我都不知道。得了，碰着你这么乖的我就落个高兴吧，下回再说。

牟九说着走出门去。

掌柜的：九爷您慢走，慢走。

送完回来，自语：有时好话也能当钱，要不还不得一天的房钱！

掌柜的说完刚拿起扫帚，一看牟九又回来了。

牟九：好话害人，一点儿不错，听了你一嘴甜，倒把正事忘了。

掌柜的：我给您拿去，给您拿去，有，家里有。

牟九：不是那事。问你，这店里可住着一个力巴带着一老妈？

掌柜的：啊！什么？

牟九：你要装傻，这个月我就代你收房钱了。

掌柜的：啊！对！一个力巴带着一个老妈！是连锁，连锁。

牟九：快告我他住哪屋！

掌柜的：啊，连锁，走了，刚走，您进来时刚出去。

牟九：还回来吗？

掌柜的：退了房了，走了。

牟九：去了哪儿了？

掌柜的：这可不知道，就说是有了房了。

牟九一下抓住掌柜的脖领子：你是想把这片房变成柳林子吗？

掌柜的：真不知道，就说于世龙把房给退了，在东城一带。

牟九放了手，转身疾走。

弘德殿。

于世龙在读《流红记》。

于世龙：流水，无情也。红叶，无情也。以无情寓无情而求有情，终为有情者得之，复与有情者舍，信前世所未闻也。夫在天理可合。虽胡越之远，亦可合也。天理不可，则虽比屋邻居，不可得也。

康熙：把最后一句再读一遍。

于世龙：天理不可，则虽比屋邻居，不可得也。

康熙：说一遍。

于世龙：万岁爷，您是不是没细听呀？

康熙：听了，这不是张实的《流红记》吗？说宫内宫外人借红叶题诗相爱的事。听了，只这最后一句想听你的解释。

三德子：万岁爷，我说说看。

康熙：你也能说？好，你说说。

三德子：就是说呀，如果没缘分，就是挨着住的邻居街坊，也得不到。

康熙：是这意思呀？法印，你也说说。

法印：所谓天理不可者，是说命运之成数。还有就是天理也是一种规矩，按说此事实在是天理不可的，一个俗人怎么可爱宫中佳丽呢？但因流水落叶传情就有了成数，所以可得也，有情人终成眷属。

康熙：你倒解释得更细些了。

三德子嘟囔：一个和尚，倒把谈情说爱的事看得那么清楚，有能耐把经念好了。

法印：能谈则谈，不能谈则吃酸。

康熙：我刚才听了这故事想的不是情呀爱的，我想起贼人住的那幢房子了。那不也是跟咱比邻吗？到现在案子还没破，且越来越乱，又冒出个牟九来，牟九他为的谁呢？

于世龙：我想有一人。

康熙：我知你想的是谁，先别说。但他干吗非得找个混混呢？犯不上呀。

于世龙：混混有混混的好处。

康熙：有什么好处，你说说。

于世龙：让混混办事，一是与官没关系，弄出天大的事，官不知道。二是官能办的案子，混混或能办成或办不成，但官办不成的混混大多能办成，且办成了也是悄然无声。

康熙：如要办不成呢？

于世龙：办不成也好办，杀个混混是个容易的事，杀个官兵可就不容易了。

康熙：是这个理，要不一个一品大员为什么要跟个混混搅在一起呢？

三德子：你们说的是谁呀？

小院。

连锁背了老太太进来，院子一片狼藉。

老太太：哎呀！没看见时急着看，看见时不认识了，造成这样了。

连锁放下老太太开始收拾。

屋内。

一地的锅，很乱。

连锁：怎么这么多锅啊？

老太太：住了一伙子人呢，天天还各吃各的，流水席。不生烟囱，说是一个锅忙不过来。

连锁：娘，怎么一个铺板也没有？

老太太：他们都夜里出去，白天回，回来就睡地上，哪还有什么铺板呀。

连锁边把锅一个一个地收起来，边填着地上的坑：一共几间呀？

老太太：一溜的六间房，那边还有三间呢。房子够了，你将来有了正经营生，给我娶个媳妇，我老了老了，还不想死，还想抱个孙子呢。

连锁：回头您一人住吧，我见天来侍候您。

老太太：说的什么话！你怎么了，有了房倒想撇下我不管了？

连锁边收拾边说：不是不管，见天来。但住这儿不合适。

老太太：没什么不合适的，怕人说闲话？怕人说你当时救我就是看中了我这六间房？

连锁：没房我倒踏实。

老太太：没什么不踏实的，自己的房，自己儿子住着，别想那么多。一个人在世上吧，做坏事他倒什么也不想了，做好事还想那么多干吗？告诉你连锁，我这老太太你想甩也甩不掉了，二两膏药——贴上了。你还得给我娶房媳妇回来。刚我说了，等着抱孙子呢。

说着话，看见大络子、二琉璃没拿走的箱子：好，还算有人心，这只破箱子还给我留下了。来，连锁，给它移那墙角去。

连锁过来搬箱子：什么呀？这么沉。

老太太：原来装的一堆破烂，撂墙根吧，天好了我收拾。家里什么也没有，那三间屋要暂不住，我招上一个好房客，咱租出去，吃瓦片子也能过。

连锁：不租，娘您放心，我有手艺，挣得着钱。

说着背起两口锅来：娘，您先歇着，我背两口锅上小市换床板去，这么多锅留着也没用。

老太太：换去吧，赶明儿都换了桌椅板凳的回来用。

街上。

连锁背了锅刚过去，牟九又从那条街上过。

牟九从街上疾走，去小院。

小院。

牟九推门进。小院静。牟九向怀中摸刀，老太太正从屋里出来，两人相视。

老太太：您找谁？

牟九又抖袍转身从怀里拿出柳枝来，插在院子中间。

老太太：您也别费心耍身段了，是神汉吧，我们这还没归置利落呢，没工夫请神，您回吧。

牟九玩了一套把戏居然没人认，很尴尬。看着柳枝，突然袍袖一舞又把柳枝收了。

牟九：连锁在哪儿？

老太太看着牟九，突然不信任装傻：你说的是人还是锁呀？

牟九：老太太您别跟我装傻充愣，我问的是你儿子连锁。

老太太：我儿子早死了，我也找他呢，找不着了！这位爷，您回吧，我要关院门了。

牟九哗地一抖袍子，老太太退出去：我杀过不少人，可从没杀过老太太，你可别让我破了例。

老太太：这可是天子脚下，于世龙刚退还我的院子。小伙子，我说句许是你不爱听的话，做人做好人最舒心，做坏人实在是难活得很。

牟九：我看你是活得不耐烦了，找死呢！

说着怀里抽出刀来。

街上。

康熙、三德子、法印在街上走。

三德子：街上人倒是不少，咱想找的人一个没有。三爷，咱不如到藏春楼去访访，许能从赛赛那儿听到点什么。

法印：不去，要去你去，我可不去。那是个下地狱的通口，男也好，女也好，去了那种地方，死后必去阿鼻地狱，火烧鞭抽，来世变不成人了，变成只屎壳郎在屎里过日子。什么人呀，动不动还想去什么楼什么楼的。

康熙不听他们吵架，自己走了。

三德子：嘿！告诉你，我去那儿可不是干那事去的，我是奔着破案子去的。你在这儿卖什么清白，有能耐见着赛赛姑娘别念经呀！把持不住就说把持不住，充什么南无阿弥陀佛呀！

法印：念经一事也是你说的？念经去烦恼也是你能体会的？跟你说话真是对着枯枝败叶说话一样。

三德子：佛法也讲普度慈航吧，救一切众生，哎，我难道不是众生之一吗？

法印：众生万千，但就没有你，你不是。

三德子：和尚，你别欺人太甚！

法印不理，念经，突然一个路人拉住他：哎，你是化缘的吧？哎，我这儿有一个大钱，算我做的功德啊！

法印：施主有何所求？

路人：求我赌场大胜。

法印把钱扔在地上：佛岂管此事，罪孽，罪孽。

路人：嘿！这和尚，怎么嫌少啊？你是什么和尚？有贪官，没听说也有贪和尚的。

三德子拉过路人：别求他，他是个假和尚。

路人：假和尚？这年头怎么什么都是假的，和尚也是假的！

人市。

康熙刚才不听他们吵嘴，自己快步到人市了。人市的力巴多，雇工的少，刚有一人要雇工，力巴一下拥上去，雇主选一人走。

康熙看着，有一人突然拍他肩，康熙回头。

李总：想找活干吗？

康熙：哎！你看我像找活儿干的吗？

李总：那有什么像不像的，我看你半天了，你站了这么久也不张罗雇人，自然就是找活儿干了。难不成在这卖呆吗？

康熙：对，对，找活儿干。您家有什么活计？

李总：活儿不重，陪小姐说话。

康熙：这活儿我倒是干过，不知小姐……

李总：实话告诉你，我是他家的管家，小姐得了花痴，只有跟男子说话聊天才能不闹。看你人长得不错，或许小姐会看上……

正说着话，三德子、法印奔了过来。

三德子：三爷，让我们好找。

康熙：吵完架了？

三德子：哎，嘴闲的。

康熙：好啊！给你找着活儿了，专治嘴闲。这位爷，我这位兄弟嘴上功夫好，爱与人谈天说地，你看雇他怎样？

李总：这位哥子更好，人白白净净的，好，小姐看了会喜欢。只不知价钱……

康熙：钱好说，除了一日三餐，给个茶钱就行了。

李总：那好，那好，这位哥子，那咱们就走吧。

三德子：去哪儿呀？

李总：内务府总管府。

康熙一惊：那可是个大宅子啊。

李总：敢情，可北京也找不出给小姐雇聊天的府去，这人也不好找，我在这儿站了半天了。

康熙：好，那你就更得去了。

三德子问李总：干什么去？

康熙：陪小姐聊天。

三德子喜：有这等好事？

法印开始念经，康熙笑。

小院。

牟九把老太太绑在椅子上，嘴里塞了东西，然后把院门关了，躲在门后等连锁回来，罩上脸罩。

街上。

连锁把锅卖了，正数钱，边数钱边走，去旧家具市挑床板。

康熙、法印正从街上过。

康熙：看人市上的力巴，天天日出即在此等人雇佣，有人雇则已，没有人雇一天的吃喝都没了着落。朕原以为国家大事国家大事，所谓大事该都是平藩保土，去权臣选贤能等等，从就没想到过人人都该有活做，人人都要吃饭这类事。想想如果能与南怀仁所说的，把这些人都组织起来，找一种活儿来干，不是很好吗？

法印：想得不错，不过世上大概总是活儿少人多，我原也是铁匠木匠地做过，后来还不是做了和尚？要是活儿多人少，就不去当和尚了，和尚终归是闲人。

康熙：谁能主宰这世界有一般多的活儿一般多的人就该省心了。

法印：也不省心，省下心来还有偷啊贼的要抓，最好的办法就是这辈子积德，下辈子升天，去极乐世界，过天上的生活。

康熙：你说是入了空门，其实满心的俗念，积德为了升天，这大概也并非佛法所言。

法印：您恕我多嘴，我想积德为升天，总比不积德也不想升天的好。作恶之人不是又低了一层吗？没有他们，我们也不至于这么忙忙地跑来跑去。万……三爷，咱这是去哪儿啊？

康熙：再去那小院看看。

小院。

老太太被绑在椅子上挣扎，牟九冲过来又把老太太紧了紧。正动着手，听院门口有脚步声，忙忙地冲到门后，先把脸罩罩上。

老太太紧张。

门被轻轻推开，是法印，法印刚要问话，牟九刀已落下。法印在这一瞬间看见了被绑的老太太已有警觉，飞快躲过。

院门大开，牟九与法印大打出手。康熙随后进，两人战一个，牟九不是对手。牟九战不过时，突然移至老太太身后，用刀指着老太太的脖子。

牟九：两位好汉，楼高可以摘星。

法印：屋小只可容膝。

牟九：既是同道，二位何必蹚这浑水？

康熙：同不同道，也不是一句话就同了道的。你先把老太太放了，咱们井水不犯河水，你走你的路，我探我的房。

牟九：二位何方英雄，报个名来，小弟我日后也好有个挂念。

康熙：无名无万儿。你脸上的布拉下来，咱们也许有个好认。如若不便，我数三下，你不走就别怪我们欺负你了。一、二……

牟九飞身上房跳走。

康熙、法印忙上前给老太太松绑。

老太太：我这是怎么了，刚说交了点好运，又有恶人来闹了。自这房被贼占了后就沾了贼气了。好好的，刚搬进来，东西还没归置呢，这事儿又来了。我这么老了，小时候在襁褓里可能被绑过，今天这是第二回……谢谢你们了，我这些日子就是逢凶化吉，这要是连锁刚好回来……那可是一个天下难寻的好儿子，还不就被杀了？

康熙：老人家，刚才那人您认识？

老太太：不认识，他绑了我后才蒙的脸，怕是认识你们，要不就认识连锁。要不他蒙脸干什么？

康熙：您说的连锁是您儿吗？

说着话扶老太太进屋。

屋内。

老太太：瞧这屋乱的，刚进来还没收拾呢。坐吧，我也没家伙给你们二位烧水，连锁去了，过会儿能回来。你刚问连锁是不是我儿，他比我亲儿子还亲呢，要不是他把我捡回来，我这命……

街上。

连锁买了床板，扛在肩上往家走，还有些吃食挂在他手上。

屋内。

老太太边说边抹眼泪，康熙、法印听着。

老太太：刚搬过来他就说，不住这儿，要走，怕人说是因为想占房才捡的我这个老太太。我不是不长眼，就是诸葛亮他也算不到捡我就能把房捡回来。我活了这么大了，好坏人还分不清吗？这样的人现在少了，自己的亲妈还不养呢，捡个妈回来养，真是菩萨心肠。

康熙：二十四孝也就是孝顺亲爹亲娘，还没有听说孝顺不相干的人的。您这儿子是前世修的，您有福了。

老太太：我也这么想，给他娶房媳妇，备不住我老了老了还能抱上孙子呢。

外边连锁回来了，在院子里喊“娘”。

小院。

连锁扛着门板，拎着吃食进门。

连锁：娘，怎么门大敞四开的？现在乱，咱得提防着。是不是我走了忘关了？

连锁放下门板后，看见扶着老太太出来的康熙、法印。

老太太：你说的一点儿都没错，刚才要不是这两位好人相帮着，我这条命、你这条命都得被那坏蛋给毁了。连锁来，谢谢这二位爷。哟，我还忘了，您二位贵姓？

康熙：我姓黄，排行三。

老太太：来，连锁，先谢黄三爷。

连锁有敌意，过来先问老太太：娘，您没伤着吧？

老太太：我没事，谢这二位爷。

连锁有点冷淡：谢了，二位。

康熙：不谢，也是无意间碰上的，要谢，谢缘分吧。

老太太：嘿！刚才光听我说了，我还没问二位爷，刚怎么就想着进了我这个小院了呢？

康熙、法印被这一问，一打愣。

街上。

三德子跟着内务府李总走。

三德子：有雇瓦匠、泥匠的，没听说还有雇了跟人聊天的。

李总：天下之大，无事不有，有得肺痨的，也就有得花痴的。得了花痴就得排解，大夫说了，排解最好的办法就是说话。都说人不吃饭不行，不喝水不行，但人不说话也不行，怎么大户人家就养不住小姐呀？没人跟她说话，她就跟花儿似的，不浇水还不打蔫了？

三德子：我看你挺能说的，那你跟她聊不就行了，我走了。

李总：哎！别，别，我不行，她认识我，见了我没话。好容易把你找来了，可不能走。

三德子：你不是先看上那个……三爷的吗？

李总：你说的是刚才那位，对啊！那位爷多好啊，英武，透着大气。走有走样，站有站样。满腹的心思，看着就能治病。

三德子：那你怎么又拉我来了，我不去了。

李总：别！别！你有你的好处。他太正，我是怕小姐一见聊着聊着就爱上了，那不是旧病未去，新病又来了吗？

三德子：你看我怎么个比他好法？

李总：你呀，小白脸一个，伶牙俐齿的，没个男人样。小姐见了你许只把你当个聊天的主儿，心里话都说，就是不能看上你。

三德子生气：你这是夸我呢还是骂我呢？不去，不去了！

李总：到了，到了，你这回一定得帮我这忙儿，到时我多给你开茶钱。

总管府大门。

三德子有意把帽子压低，看见很多人在门口候着，往上投刺。

三德子跟着李总，往大门走。看见有当官的，怕认出来，把头更低下了。

门房：李总，找来了？

李总：找来了，真不容易。

总管府后花园。

三德子跟着李总走。

李总：还有，我忘告诉你了，来这儿的事，和小姐说的话，千万不能往外边说，说了要命啊！

三德子：那我还是不去了，我觉着不对劲。

李总：都到这儿了，想走也走不了了。

三德子：这不是总管府？怎么门口那么多人呀？比上朝还热闹呢。

李总：今儿个还算少的呢。内务府总管，你想呀，求他办事的人能少吗？

三德子：都求什么事？

李总：有想当官的，有想发财的，都是送钱来了。

三德子：那他有多少钱呀？

李总：别愁，花不完。

走到垂花门，内有老妈子迎出来了。

老妈子：哟，李总来了，快着吧，小姐又犯了病了。是这位吗？

李总：是，快跟阮妈去吧。

三德子：我……我有点怕。

老妈子：怕什么，又不吃人，就是说话。叫什么？

三德子：三德子。

老妈子：到小姐那儿，她叫你什么，你应什么，顺着点儿。走。

小院内。

老太太问过康熙、法印干吗来了。

康熙：我们……我们在附近开了家买卖，没住的地方，想就近找上两三间房租下来住。

老太太：这不找对了，我这儿正有闲房呢，这咱们真是缘分了。

连锁听了不乐意，边干活边说：娘，咱这房没收拾，还住不了人呢。

法印：没事儿，我们帮着一块儿收拾，缺家具咱置。

老太太看出连锁不乐意了。

老太太：那些还都是小事，不过我也是租房租怕了，有一点定规不能破。就要光您二位还不行，得有女眷。

法印：女眷？

老太太：一定得有！

康熙：有，一定有女眷，您放心。

康熙、法印背过头，两人同时：马赛赛。

小姐闺房。

小姐刚摔了一地的瓷器，正背着身。

三德子仓皇被推进来，看着一地瓷器不知如何下脚。突然看见先前招致小太监咬舌而死的那只鼎也碎在了脚下。

小姐依旧背着身，像京剧道白：官人来了！

三德子：来了。

小姐：趁满地的月光，我们快快地逃吧。

说着话背身，舞着身段，冲三德子而来。小姐长得很漂亮，只是眼已失神。

三德子：小姐，小心，这哪是满地的月光啊，这是一地的瓷片。

小姐：你说什么？

三德子也学京剧道白：啊，我说，满地月光，被你一碰，俱已碎了。

小姐：碎了吗？

三德子：碎了。

小姐：那我就把这月光捡了起来，拼了一拼，送与你当个信物。

小姐俯身拼起那商朝小鼎。三德子趁势把瓶底有字的部分装了起来。

三德子道白：这信物真是别致得很啊，胜似那红娘的罗帕。

小姐一惊：啊！你果然是张生。

三德子：果然是张生。

小姐哭状：哇呀！你、你、你到哪里去了，害我相思成病，头发都白了，看啊！

给三德子看头发，投怀送抱。

三德子：看见了，看见了。小姐尊重，小姐尊重。

小姐脸贴过来，三德子推了小姐一下。

小姐：不玩了，你不是张生。

三德子：谁说不是的？我姓张名生字君瑞。

小姐：你是张生，那你怎么那么害羞？

三德子：这不是害羞，我是有点怕。

小姐：我知道你也怕我爹。他有什么好怕的？告诉你，他可坏着呢。他是个偷儿，净往家偷东西，还偷过我的东西呢。

三德子：偷你什么了？

小姐：不告诉你，你忘了吧，你送我的那块玉，他就给偷走了，完了还打你，把你打呀，打死了，满身是血。哟……你怎么就又活了呢？

三德子自语：这是什么差事呀！啊！我又活了，活过来了。

小姐：伤都好了，养好了吗？让我看看，看看。

说着撩三德子的衣服。

三德子：别！别！小心我要着凉了！痒痒，痒痒。

三德子在屋里跑，小姐在屋里追。

总管府大门。

牟九急急而来，报门房进。

总管府花园内。

牟九跟着管家走，另条路三德子衣衫不整地跟李总出。俩人正说话，三德子一眼看见牟九，先一惊，后马上自己不说话了，把帽子压低。

牟九和管家过去。

三德子松了口气：你这儿真是什么人都来啊！

李总：今天不错，把小姐哄睡着了，是大功劳。这是茶钱，明天再来啊！

三德子：不知道的以为我挣这点钱多容易呢。真正唱完了一出《西厢记》外加一出《宇宙锋》，又累又怕。

总管府书房。

纳岚在炕上坐着，一副志得意满的样子。牟九急急地进。

牟九：给总管大人请安。

纳岚：免了，坐吧。有什么消息？看你急的。

牟九：牟九无能，东西现在还没追回来，但事儿已探得差不多了。

纳岚：东西在哪儿，知道吗？

牟九：东西是上您这盘炕的一个力巴随手拿走的，到了寿之堂中药铺换了药了。中药铺的李木庵是个鬼机灵，东西现在他手里的可能有五成。

纳岚：怎么只有五成啊？

牟九：因他家被人抢了一次，东西丢了些。抢东西的人我也查清了，是新起的三河的两个混混，并不是专为偷书，是碰巧了。这两个人现在跑了，不知在何处。

纳岚：东西呢？追不追回来不重要，啊，这路的东西有一件没一件也当不了大事。说是孤本，我见的孤本多了。但有一条，不能让它现世，最起码这三年不能现。真要现世了，不到皇上手上还好。其实就是到了皇上手上又有什么呀，我与皇上的关系，比那八大铁帽子王都亲。

牟九：那是，那是。

纳岚：没人的时候，皇上得叫我一声叔，皇上不跟我见外，我还能见外吗？都说于世龙是个清官，清官怎么了？他也只是清他自己呀！他能让整个朝廷的官的都清了，那才是本事。我不是清官，我管着皇上的家呢。皇上要使钱，我说没有，那我这官还当不当了？我说有，可库里没预备下，让我不是抓瞎吗？不错，我抓钱，我不抓钱行吗？皇上家跟我这儿连着呢。皇上的就是我的，我的当然也就是皇上的了。

牟九内心话语：这种人不当官什么人当官，能干能说，把理全说给自己了。

纳岚：不用急啊，你说那什么？

牟九：现在东西五成在中药铺子里呢。

内心话语：东西也难找了，告他在中药铺，回头我给中药铺烧了，就说东西没了吧，我不能多话，那横插进来的两位爷还不知干什么的呢。

纳岚：东西不重要，只要不现世就行，你看着办吧。

牟九内心话语：多鬼呀！让我毁铺子，又不明说，非让我说出来。

牟九：有大人这话我就明白了。我今晚把……

纳岚：你怎么干，我不管，啊，你去，你去。来人呀！

管家：爷吩咐。

纳岚：给牟壮士封二百两银子。

中药铺。

突然火起，放火的人跑。烈火熊熊，李木庵在火中被烧死。

六

宫内太皇太后处。

康熙刚给太皇太后讲完了连锁的故事，太皇太后听后抹眼泪了。

太皇太后：那个孝子叫什么？

康熙：他叫连锁。

太皇太后：倒是个朴实的名字，孝子历朝历代都有，书上写的有，口上传的也有，真能对别人的妈这么好，少。

康熙：我听老太太讲这事儿时，想起自己小的时候了。我刚生出来就被孙妈妈养大的，吃的是她的奶，小时候想见亲娘一回真难。好容易长大了，又因没出痘而出了紫禁城，见爹见娘就更不容易了，想想还是跟着您老的时间长。由连锁这事想到自己，再回去想到连锁，觉他确实有大善之处。但他呢可又有大过。

太皇太后：什么过呢？

康熙：他为救老太太命，偷了一件东西，这东西又不是件平常的东西。

太皇太后：东西什么叫平常，什么叫不平常呀？能救人命的才是东西，救不了命的东西它再值钱也是个寻常的东西。

康熙：您老这话我也懂了，但按法，偷了东西就得治罪呀。有大善又有大过的人，最不好处理。扬其善惩其恶吧，此人最后的结果还是坐牢，杀头。光扬善不惩恶，法又谈不上了，这样也不公平。光惩恶不扬善于心又不忍，也不能服众。

太皇太后：法的事按说我不该多话，不过是否最后能善恶抵消呢？

康熙：好像又没有这样的法，没有谁说过，善几两，恶几两，抵消后还剩几两。谁也无法做这样的评判。所以我这些天想想，连锁之事真是不好办。

太皇太后：事儿了了吗？

康熙：没最后了呢。

太皇太后：参汤来了，这是我留的好高丽参，你喝一盅。

康熙：谢太皇太后。孙儿还有一事要告诉您，此次这事许要牵进我岳父家的亲戚。

太皇太后：宫廷之内都是亲戚，也就没什么亲戚。他若做出个亲戚样儿来他就是亲戚，他如连个亲戚的样都不做了，你也就别把他当亲戚了。该怎么办就怎么办，只是这连锁真不知能有个什么结局。

康熙：事儿还没完，看发展吧。

太皇太后：有个结果来告我一声，也备不住你能想出个好办法来。你能为一个小百姓的事费心，这真是让我高兴的事儿。所谓“得众则得国”，众是什么呀？就是小老百姓。去吧，我不留你了，你忙。宜妃那儿怎么样，还那么爱闹吗？

康熙：还是老样。

太皇太后：女人哪儿有不吃醋的，可她就没想过，在宫里吃醋吃得过来吗？

宜妃处。

宜妃正卸妆。

小桃红：主子，您怎么还没过晌呢就卸了。待会儿万一万岁爷过来……

宜妃：他爱来不来，来也是这个样儿给他看。他看的花儿多了，眼早就迷了，我才不稀罕他来呢。告诉你小桃红，咱不能学仁妃那样，一会儿唱曲呀，一会儿说心口疼什么的。咱们是郭络罗氏，男人能打仗，女人能生孩子。男人像男人，女人像女人，就是不会吃醋。他爱去哪儿去哪儿，我早就不当回事儿了。

小桃红：也许他那儿还当回事儿呢。

宜妃：真的吗？你又听三德子说了什么了？

小桃红：没听什么，三德子都多少天没见了，是我这么想。

宜妃：你倒会想。

宫内回廊。

康熙边走边想事。

康熙：三德子。

三德子：奴才在。

康熙：你说咱去哪儿？

三德子：不知万岁爷这会儿想干什么？

康熙：我是想找点儿寻常女人的穿着衣物。

三德子：不知万岁爷想找好的还是破的？

康熙：当然是好的，找破的干吗？还想扮叫花子啊？

三德子：找好的一时不好找，找破的估衣铺就有。

康熙：不出去，就在这宫里找不着吗？

三德子：找也能找着，谁没当姑娘时穿的几身衣裳呀。但不知万岁爷要给谁找衣裳？

康熙：给马赛赛，你说去谁那儿找合适？红妃？裕妃？

三德子：要我说是去宜妃那儿。先是身量差不多，宜妃没有小桃红也有。

康熙：不去。几天不去了，去了她又使小性。

三德子：使小性不也是个乐子吗？还显得真呢。

康熙：是不是你几天没见小桃红了，也正想？

三德子：万岁爷开奴才玩笑了。奴才昨天在总管府受女人的罪实在受够了，再不想见女人。

康熙：对，你不说我倒忘了，昨天的事你还没说呢，回头说说。走吧，咱就去借衣服，借了就走。

三德子：哎，走。

边走边喊：万岁爷驾临宜兰院了！

宜妃处。

外边三德子喊的“万岁爷驾临宜兰院”传入。

小桃红：主子，真来了。

宜妃：你看早不来，晚不来，偏趁我刚卸了妆就来了。快，小桃红，帮我插上。

两人忙乱打扮，已来不及了。

宜妃：算了算了，来不及就这样吧，真是不是冤家不聚头。

宜妃素妆迎接康熙。康熙进来，宜妃上前深道万福。

宜妃：万岁爷吉祥。

康熙：免了，免了，坐，坐吧。呀！宜妃，几天没见你可改了发式了，我看看，我看看，哎呀！好！素雅，素雅中透着那么闲适、孤寂。像什么呀？像“落花人独立，微雨燕双飞”。真好，以后就这样吧，朕喜欢。

宜妃羞喜参半：万岁爷又拿我开玩笑。

康熙：怎么是玩笑呢？真好！《长恨歌》里说什么来着，“六宫粉黛无颜色”，无颜色的只能是粉黛，天然去雕饰是不会无颜色的。自然就是自信，自信不就是美吗？

小桃红悄悄给三德子拉到一边去。

小桃红：万岁爷今儿个一定有事儿要求我们主子。

三德子：就你机灵，也许是万岁爷真喜欢呢。

小桃红：你也想跟着瞒我，我虽没见过什么男人，但男人说不说真话，我可知道。

三德子：我可没说过假话。

小桃红：你？假话堆出来的。

康熙：真要有一天闲下来呀，我一定搞一次你们衣着发式的大会。所谓衣食父母，衣还在食之前，可见圣人们都把它看得很重啊，有衣还要会穿。宜妃，我从没见过你的衣柜，能打开让我看看吗？

宜妃：万岁爷，您今儿是怎么了，怎么换了个人似的，倒对声色犬马感起兴趣来了。奴婢倒要劝您一句，事事该以江山社稷为重。

康熙自语：她倒庄重起来了，我非得把衣服弄到手不可。故意大声：啊，那是自然，衣服也要看，江山也要看，今天先看衣服。

衣橱打开，宜妃把衣服一件件拿出来，康熙边看边选，看中的放一边，没看中的还给宜妃。康熙还觉不够。

康熙：小桃红，你有什么衣服也拿出来看看。

小桃红：回万岁爷，奴才的衣裳不敢污了万岁爷的眼。

康熙：不碍的，拿出来看看。

小桃红拿出一个包袱皮儿来，打开了，见是些普通的衣裳，康熙觉得喜欢，也都留下了。

康熙：这些衣裳都旧了，不好看，朕收了。三德子听旨。

三德子：嗻。

康熙：着内务府拨银一千两，为宜妃及宫女小桃红做四季衣裳各十套，钦此。

宜妃、小桃红：谢万岁爷。

康熙：不用谢，不用谢，应当的。我不收了你们的旧衣裳吗，给你们做新的就是师出无名，别人会说闲话，收了旧的呢，别人想说也说不出什么了。好，就这样，三德子，把衣裳收了。

三德子：哎。

三德子把衣裳全收了，包进一包袱。

康熙：排驾弘德殿。

宜妃、小桃红把康熙送走。

宜妃发愣：小桃红，你过来。

小桃红：奴才在。

宜妃：你掐我一下。

小桃红：奴才不敢。

宜妃：掐吧，我怎么觉得今天这么怪呀。

小桃红：我也觉得怪。

弘德殿。

于世龙在读一篇古文，大家正襟危坐。

于世龙：笑曰“若不是韩信，如何取得他三秦”，四座不敢领略，一哄而出。秦亦不敢明行谴罚去云。

于世龙合上书。

康熙：读好了？

于世龙：好了。

康熙：我都听懂了。咱今天不说这文章了，问问三德子，昨天去总管府怎样？

法印：还能怎样？想的做不出来，做的说不出来，看脸就知道了。

三德子：回万岁爷，昨奉旨去总管府，先看见的是府外有长长的人排队。

康熙：胡说，又不是米铺，哪儿有那么多的人？

三德子：奴才先也疑惑，后知道是求见投刺的，问李总管怎么这么多人……

康熙：李总管何人？

三德子：就是昨天雇人的那位。听李总管说大多是来送钱的，有求官的，有求事儿的，看着比上朝还热闹呢。

康熙：于世龙，你天天在外，会有那么热闹吗？

于世龙：总管府实在不是一般的官府，从来都是门庭若市的。

康熙：他倒是勤于公务啊，比朕的南书房管得还多呢。还见到了什么？

三德子：是都说还是拣重要的说？

康熙：当然拣重要的说了。

三德子：我出来时碰到了一个人。

康熙：什么人？

三德子：在街上插柳吟诗的混混牟九，他也正好进府。

康熙有点生气：要不怎么会门庭若市呢？上自达官，下至混混，出入总管府如入场肆，南怀仁还说南书房乃是关键之零件，我看慢慢要变成总管府是关键了。我对内务府总管一向看重，四辅臣佐理政务时，总管内务府的乃是索尼，与朕有亲缘关系，也是正黄旗，当时他的职位是一等伯。现在我还是看重纳岚，不想他比朕看重他还更看重自己啊！好，接着讲。

三德子一看康熙生气了，反而有点不敢讲了：重要的大概没了。

康熙：不重要的也说。

三德子：那小姐……

康熙：怎样？

三德子：确实得了花痴。

康熙：怎么个花法？

三德子：与奴才唱了一出《西厢记》加上《宇宙锋》……哎！不是演练其中的故事，是真唱，且歌且舞。

康熙：没想你还真会不少的戏。

三德子：这实在跟奴才没关系，进了屋她就开唱了，我要不说自己是张生，她就会拿东西砸我。

康熙：这样的崔莺莺也厉害了点儿。《西厢记》唱唱倒也合理，花痴吗？她怎么又会唱《宇宙锋》呢？

三德子：她先是疯，与《宇宙锋》中的艳容有些像，再有她跟我骂她爹纳岚是个偷儿，这不是《宇宙锋》吗？

康熙：什么，她也骂爹是个偷儿？

三德子：对，骂了。还有，我……

康熙：你怎么了。

三德子看左右的太监：我……

康熙：留下于世龙、法印，余下人回避。

几个太监走。

法印：去了趟内务府，人怎么变得神神道道的？

三德子从怀里拿出那只鼎底：万岁爷，您看。

康熙接过鼎底看了看：有什么可看的，是个破铜底子。

三德子：您再想想，那天咬舌而死的小太监。

康熙：啊，对了，那只小鼎上也有铭文。不过有字的青铜多了，这铭文也不见得就是那铭文。

法印：臣能看看吗？

康熙递给他：看吧。

法印看过：是那只，这个“食”中间有个黑疵，我当时认在心里了。

三德子：正是，奴才也记着呢。

康熙：我当时不是让这鼎与小太监一起葬了吗？

三德子：您是这么下的旨。中途我还回去过，原想把这鼎摔了，后一想几千年的东西是件物件，没舍得摔，没想东西压根就没遵您的旨。

康熙：许是当天就转了内务府了。哈，哈，好，好！当时我还为那小太监着实地有点不忍呢！哈，好，这些日子朕真是长学问啊！

于世龙：有这鼎底，我看可以结案了。

康熙：不急，我要把医案找回来，那可是个没有退路的凭证。

小院。

马赛赛像个女主人似的指挥着法印、三德子收拾院子。

马赛赛：把土铲了，把树围个圈好浇水，春天说话就到，浇足了水好看花。哎！我说和尚，别把那水缸移树底下去呀！回头拉进去鸟屎，咱做饭不用放作料了。那些砖别扔，垒起来，等着砌灶用。

马赛赛听见有人敲门。

马赛赛：哎！来了，来了！哟！家具送来了，搭进来，搭进来。这桌子怎么少根掌啊，回头搭回去换一张啊！来来放下手里的活，三德子、和尚、三爷！三爷！出来搬东西。

康熙出来。

康熙：干吗呀？怎么听着你一人说话比看一台戏还热闹呢？

马赛赛：自己不干活儿，还说风凉话，来，把这张双人床搭里屋去。

康熙：怎么？还买了双人床了？

马赛赛：笑话，不买双人床怎么过日子呀，去，搭里屋。

三德子小声对康熙：三爷，我看你是出了火坑又进水坑了。

康熙：我今天大概要唱《武家坡》。

众人往里搬家具。

老太太从自己屋里边出来，看着笑。

老太太：家里有个女眷就像过日子的，瞧着都热闹，多好啊！有乱有忙这才像过日子的呢。

马赛赛又从屋里出来。

马赛赛：大妈，等屋收拾好了，过来坐啊。听说您还有个儿子会盘灶，回头在当院给我们盘个灶啊！

老太太：行，他过不一会儿就回来了。锅你们就别买了，锅有的是。

马赛赛看见出来的法印身上有土，伸手就帮他掸。法印一下子有点晕眩，不由自主地就念起经来了。

马赛赛：你这是怎么了，打第一次见你，见了我就念经。

三德子：他没念经，他背《花间词》给您听呢。

正说着话，连锁回来。众人看着他，连锁视而不见，只叫了声“娘”。

老太太：哎，回来了，瞧，这是新来的街坊。

连锁：我买了棒子面了，您烧柴吧，咱烙贴饼子。

众人看他不热情，回屋去了。老太太抱柴，连锁脱了光膀子打了盆水在院子里洗上身。

老太太：我知道你不高兴，我是想房闲也是闲着，租出去挣俩钱儿，你也就不用那么累了。

连锁：娘，您心疼我我知道。租就租了，我这人见了生人没话，没别的。

说着话，马赛赛出来付钱给搬家具的力巴，送走人，关院门，看见在草棚子下老太太烧柴，连锁光膀子烙贴饼子的景象，忽有所感，慢慢地往自己门里走。走到门口又摘下头巾，边掸土边看着连锁娘俩温暖的生活图景。正愣神，康熙在后边说话了。

康熙：好吗？

马赛赛：哟，吓我一跳。……好，真好！

看着草棚，又像自语，又像对康熙说：我自小被卖在青楼，从来觉得这世界就是青楼那么大，男人都是那些坏男人，我都认命了。看着我一天一天的高兴吧？不这样又能怎样？为自己也得高兴啊。没想到人间的百姓是这么过日子的，看着让人心动。

康熙：想过这样过日子吗？

马赛赛：不是想就能来了。

康熙：不想就更不能来了。

马赛赛：你也想过这样的日子吧？

康熙：我也想。

马赛赛：那不是很好吗？我们……

康熙：可惜，我没这个命。

马赛赛：真的？你比我还可怜呀。你……

康熙：不说我了，你不觉得这个家中还有点欠缺吗？

马赛赛：能这样就不错了，还缺什么呀？

康熙：缺个拉风箱、洗衣服的大嫂。

马赛赛：自己还没怎么样呢，倒替别人操心了。

小屋内。

堂屋已很像样子了，有条案、八仙桌，有太师椅。康熙、马赛赛各坐一边，三德子、法印站在后边。

马赛赛：嘿！你们站着干吗？找凳子坐下呀。

三德子、法印：我们不累，站会儿，站会儿。

马赛赛：哪儿有不累的？干了半天活儿了，坐吧。

康熙：找凳子坐吧。

两人这才敢坐。

马赛赛：听说人家娘儿俩还不是亲的呢，能这样就是真不错了。

康熙：天下人都能如此相待，那自然就太平了，还要皇上干吗？

马赛赛：你怎么这么说话，家里说说还行，出去说可不行啊！大不敬，要杀头的。

正说着话，老太太端着新烙的贴饼子进来了。

老太太：也没什么好吃的，老百姓的饭，给几位尝尝。

马赛赛：哟！住您的房，还外带着吃您，这房客可当对了。来，您坐会儿。

老太太：不坐了，还得烧火呢。

老太太说完走了。

康熙闻见新贴饼子香：呀！这是什么呀？怎么这么香啊？好吃！好吃！

马赛赛：哟！见过什么呀，一个贴饼子就把你香成这样了。如果真给你宫里皇上吃的栗子面小窝头，还不定把你香成什么样儿呢。

康熙：栗子面的没这好吃，这是什么面？

马赛赛：你是真傻呀，还是装糊涂呀？棒子面都不知道，好像没吃过饭似的。要带你们去大馆子还不定什么吃相呢，真是东北棒子没见过世面。

康熙：大馆子东西不香，做得跟花儿似的，看都看饱了，怎么吃怎么腻。来，三德子、法印，你们也尝尝。

二人过来大嚼。

马赛赛看着生气：还惦记中午能请我出去吃一顿呢，这下好了，三个贴饼子脑袋，我看都看饱了。

总管府小姐屋内。

小姐在发脾气摔东西，丫鬟老妈在劝。

小姐：告诉我，是不是我爹把那天的张生又给藏起来了？快去给我找回来，找不回来，我就死给你们看！

说着话要撞墙，众人忙拉住。

垂花门外。

老妈：你那天找的人呢？怎么两天不来了？快找去吧，回头老爷怪罪下来吃罪不起。

李总管：谁知这小子哪儿去了。钱也给得不少呀，这两天连个人影都没了，我这就去，这就去。

小院。

连锁正要出门，康熙迎出来。

康熙：出门呀？

连锁不回答，开门就走。

三德子看着他出门后：怎么这么犟啊，冷冰冰的。

康熙：你跟着他去人市上看看。

三德子：我……我去人市怕不合适。

法印：有什么不合适，大不了再唱一出《凤求凰》。

三德子：这是出家人说的话吗！得，我去。

人市。

三德子到了人市，远远地看着连锁，左看右看。连锁拿着瓦刀蹲在墙根。

突然李总管的手抓在三德子的肩上。

李总：哎呀！让我好找，让我好找，走吧，今天我给你双份的茶钱。

三德子：不行，今天我有事，不去了，不去！

李总：不去也得去，要不咱俩儿的脑袋都保不住了。走！走！

三德子：你换个人不行吗？

李总：换谁也不行，小姐就看上你了。

三德子一看脱不了身，假装答应：好！好！走，走！

街上。

三德子和李总走。三德子走到人多处，突然掀了一张摊子，转身逃跑，李总在后边边追边喊。

三德子疯跑而逃，李在街上追。

人市。

大络子、二琉璃戴了低低的帽子来找连锁。看见蹲在墙根的连锁，大络子让二琉璃过去搭话。

二琉璃：这位兄弟出个工吧。

连锁：什么活计？

二琉璃：好活儿，盘个炕。

连锁：这看着快晌午了，怕盘不完。

二琉璃：八铺炕够你盘半个月的。

连锁：我晚上得回家。

二琉璃：恋着媳妇？

连锁：不是，有个老娘。

二琉璃：那最好。每晚你回，不远，过了枣林就是。

连锁站起来与大络子、二琉璃走，力巴甲看在眼里。

小院。晚。

屋内马赛赛正弹着琵琶唱曲，影子在窗上。老太太从屋里出来拉了院门往外看。

老太太：平日这会儿早回来了，怎么今天还没回来呀？天都这么晚了。

康熙屋内。晚。

马赛赛边弹琵琶边唱自己的身世。

马赛赛：三转两转来京城，亲舅舅把我卖进了火坑。藏春楼内无春色，十六岁的姑娘受欺凌。王家的少爷李家的官，天下的男人太无情……

唱着唱着，马赛赛哭了。法印大哭起来，康熙也有悲色。

法印：我原来觉得我苦，比起你来我是甜的……

康熙：别哭了，好日子在后边呢。

正此时，老太太在外敲门了。

老太太：三爷，您还没睡呢吧？

康熙：没有，快开门。

三德子开门。

三德子：老太太怎么了？

老太太：连锁晌午出去，这会儿没回来，我有点怕出什么事了。

康熙看三德子：三德子，你？

众人都看他。

三德子：别看我，我说我去不合适吧，到了那儿李总管就给我拿下了。要不是我在街上跑了，现在还不定是个什么情景呢，再到人市他人就没了。

康熙：走吧，去人市上找找。老妈妈您别急，人丢不了，我们给您找去。

马赛赛：我也去。

树林。晚。

连锁被活埋在一坑里。大络子问一句话，二琉璃填一锹土。

大络子：这土眼见就到脖子了，我问你家里是不是有口大箱子？

连锁费劲：那不是我的家，有没有箱子，我也不知道。

大络子：少废话，不是你家你住在那儿？填土。

二琉璃哗地一锹土，打在连锁的头脸上。

大络子：箱子里的东西，想必你也见了，按黑道的规矩，见者有份，到时你想拿什么就拿一件。我们俩是不为公也不为私，偷东西为自己，你也别怕沾上，什么事儿没有。

连锁喘气：那不是我家。话一时也说不清，要不你们给我放出来，你们跟我一起回去。找着箱子，我什么也不要，你们拿走。

大络子：想唬我们上套呀，小子你还嫩点儿。填土。

二琉璃又一锹土。

大络子：谁不知你们家住了官兵了！

连锁喘气：没什么官兵，那只是一家房客，有女眷的。

人市。夜。

康熙、三德子、法印、马赛赛跑到人市天已黑了。三德子看见墙角睡着的力巴甲，上去拨拉醒。

三德子：哎！醒醒，醒醒。

力巴甲：啊！啊！雇工啊，我什么都会，雇工不是？

康熙：问你件事儿。

力巴甲：我一天没吃东西了，什么事儿也不知道了。

法印：阿弥陀佛。

三德子给了力巴甲一块银子：这人市上有个盘炕的连锁见了吗？

力巴甲：啊！见了，见了。下午俩人给雇走了，说是去枣林西边。

康熙：你说清楚点儿。

力巴甲：往西走了，说是要过了枣林。

康熙：快走。

树林。夜。

土埋到连锁脖子了。

大络子：别以为我们俩会再从这儿给你扒出来。这一辈子我杀的人多了，不多你一个冤死鬼。说吧，再不说我们俩就走了。过不了一时三刻，人就活活憋死。

连锁光张嘴不出声了。

大络子：想不到这小子这么硬。

二琉璃：心硬扛不过命硬，他一会儿就死了。大哥，我看咱也别费那劲了，真要回去取箱子，备不住就栽在里边了。只要人在，东西去了还能来，是不？

大络子：挺好的一箱子东西，挺不容易整来的，不知便宜谁了。行，走吧，回三河。

二琉璃：这小子放这儿吧。

大络子：让他一寸一寸地过吧，早晚是死。

二人走。

夜光中连锁的一颗头露在外边。

天上一轮月亮。

连锁看着天上的星星，越来越模糊：娘，我走了，顾不上了。

树林外。夜。

康熙、三德子、法印、马赛赛各打了火把在找，分别喊着连锁，连锁。

康熙：这是枣林吗？

法印：是枣林，往西没什么人家呀。

康熙：分头找。

四人打着火把，边找边喊，越来越深入林子。

突然马赛赛被连锁的头绊了一下，摔倒在地，火把掉在连锁头旁边，照着连锁露在外边的头。

马赛赛：啊！鬼！鬼！

众人齐齐地奔过来。康熙一摸连锁还有鼻息。

康熙：快，挖出来！

众人下手挖。

七

小院。夜。

老太太在喂连锁喝水。众人在旁边看着。连锁要坐起来。

连锁：娘，您还没吃饭呢吧？

老太太：什么时候了，还想着我？吃了，吃了。你躺着吧，要不是三爷他们，你这会儿在阴间等着我了。等你缓过来，得好好谢谢三爷他们。

连锁总以为康熙他们不是官即是贼，他对康熙他们没有表示。

老太太：这孩子吓糊涂了。

康熙：不碍的，人碰见人都是缘分，要谢就谢缘分吧。我想问问连锁兄弟两句话。

老太太：这不醒了吗？问吧，问吧。

康熙：连锁兄弟，雇你去的人，你认得吗？

连锁：不认得。

康熙：他们干吗埋你？

连锁：不知道。

康熙：他们没问你什么？

连锁：没，没问。

康熙内心话语：他不说呢，是信不过我们，他哪知道我这是给他机会呢，他要真说出来，就没死罪了。

康熙：你见过没见过一套宫里的医案？

内心话语：我这是给你最后的机会了。

众人紧张地等着。

连锁：我……我不认字。

众人都很失望。

康熙：好，睡会儿吧。咱也回去。

众人刚要出门，连锁突然说了一句。

连锁：那两人说他们回三河县去了，听口音也是三河的人。

康熙：吃得准？

连锁：吃得准！

顺天府后院。夜。

于世龙打着灯回卧房，打开门看三德子坐在屋里。

于世龙：嘿！吓我一跳。怎么不知会一声？

三德子：怕穿了帮。没想到于大人这么晚才睡呀。

于世龙：这么晚睡还出事呢。这顺天府尹历来不好当，有几位是能全身而退的？在外省打出雷来，到了紫禁城都听不见，在这儿放个屁都是大动静。京官不如外放，一点儿不错。

三德子：别说您当官的苦了，像我这样侍候人的差事更没边了。再说了，万岁爷也不容易，这一天下来比演《石秀探庄》还热闹呢！

于世龙：有什么事儿吗？

三德子：万岁爷让您即日去三河县，捕人审案。

于世龙：去三河县捕谁呀？

三德子：还是大络子、二琉璃。您先去，我们随后就到。

三德子站起来想走，又想起什么。

三德子：这次可该您老整出动静来了，别又放哑炮。

康熙小屋内。夜。

可以看见对面屋中，马赛赛边缝康熙剐破的衣服边等康熙。康熙在另间看书，法印在打瞌睡。马赛赛一边缝一边探头往那屋看，康熙一动不动看书。马赛赛忍不住了，站起来穿过堂屋来康熙这边。

马赛赛：怎么还不睡呀？

康熙放下书，看着马赛赛：你……你先睡吧。

马赛赛：怎么睡呀？

法印醒了，听着。

康熙：你一个人睡吧，我怕有什么事。

马赛赛把补好的衣服扔给康熙，生气回。进自己那屋后，把门关上。

康熙接过扔来的衣服，看着原来破了的地方补出一朵花儿来。

康熙自语：手还挺巧……

法印：什么？

康熙把衣服拿起来：没什么。

马赛赛小屋。夜。

马赛赛关了门，坐在床上赌气。

马赛赛自语：是嫌我脏呢，我分明从他眼睛里看出来了。“你是个青楼女子，你还不配和我睡觉。”我贱啊！我是贱我是脏，但这污水是谁泼给我的？从小没爹没妈的一个孤苦，我面对这么大的一个世界，一个男人说了算的世界，我能怎样呢？我这身脏水都是你们泼过来的。你们有钱啊，有了钱就想买情。你们什么时候买到过情啊？这世界上最脏的是坏男人，是那些有了钱的坏男人。……传了条子出来，晚上还不与你过夜，干什么？拿我当摆设呀？我才不干呢，我明天就回藏春楼去。

正说着，有人敲门，赛赛一下兴奋地把灯捻亮了。

马赛赛：谁呀？

康熙：赛赛姑娘睡了吗？

马赛赛：没有，没有。说不来又来了，哼，男人！

马赛赛打开门，看见康熙拎着那只从宫里拿出的衣裳包袱。

马赛赛：有事儿吗？

康熙：我……我这儿有几件旧衣服，想送给赛赛姑娘。

马赛赛：哟！我给你补了个洞，你就送我衣裳啊？来看看。

康熙在床上把那衣服解开。赛赛看得心花怒放。

马赛赛：呀！这是苏绣呢，真正苏绣，这件杭缎的颜色多好啊！你说什么？是旧衣服吗？我看一次都没穿过呀。我问你，这是什么女人的东西？

康熙：女人倒是女人，但你放心，绝不是不明不白的东西，你留着穿吧。

马赛赛：只要是你给的，就是不明不白的我也要。

康熙：赛赛姑娘的胆量真是让我佩服。

马赛赛：光是胆量吗？

说着蹭了过来，康熙想躲，马赛赛一拉衣袖把他拦住：赛赛姑娘的别的就没让你心动吗？

康熙：动在当动之时，止于当止之机。

马赛赛：不懂。你坐下，看我一件一件地换给你看。衣服好，你看看穿上衣服的人如何。

康熙欲退：好东西不可一次穿尽，赛赛姑娘从明天起一件一件穿吧。我走了，我先走。

马赛赛生气了：站住！把东西拿走！

康熙：……

马赛赛：以为你为刚才的事儿来道歉呢，倒是第二次来羞辱我了。不错，我不是什么冰清玉洁的好女子了，但我也不是一个任人看不起的玩意儿，起码我心里不是这么想的。这衣裳我不稀罕！

说着把衣服扔给康熙。康熙边退边出门：送东西倒送出气来了。

马赛赛屋门外。夜。

康熙被马赛赛推出，衣服扔了一身一头，正赶上三德子回来。

三德子：哟，万……三爷，您这是？

康熙抱着那些衣服回屋：三德子……

三德子：嗻。

康熙：我说这宫里宫外的女人怎么都一个样啊？

三德子：那得问您。

三河县。

于世龙在大张旗鼓地抓人。

街上，村里官兵在搜人。

大路。

康熙、三德子、法印在骑马去三河的路上，马赛赛坐在轿子里。

康熙：刚才于世龙的人说什么？

三德子：回三爷，刚才那人说给整个三河篦头发似的篦了这么一遍，也没找着大络子、二琉璃。

康熙：连锁他不会说假话吧？

三德子：那也备不住，我看他终归是个卖力气的人，心里没什么准谱。

康熙：我也许把他那点儿善看得多了。那天问他的话，他一句都不说。他要真把话说出来，这事就该有个好结局呢。

老太太屋内。

连锁在窗户里看着老太太在院子里抱柴火，忙在屋内床下找大络子他们说的那只箱子。钻到床下找，又爬高上梁上找。正找时，老太太进来了。老太太看着连锁鬼鬼祟祟的有点不理解。

老太太：你找什么呢？

连锁吓了一跳：啊，找一只箱子。

老太太：什么箱子？

连锁：一个大木箱子。

老太太：你的？

连锁：不是，原来这屋的。

老太太指着屋角：还用爬高啊？那不是在那儿呢吗？

连锁下梯子，到墙角移开杂物，看见那只箱子，拖了出来。

老太太：谁告诉你这儿有只箱子？是那两个人？

连锁：啊。

老太太：那那天三爷问你干吗不说？

连锁：信不过他们。

老太太：一箱子破烂有什么信不过的？

连锁把箱子打开，二人惊。箱子里都是大络子、二琉璃他们偷来的东西，一箱子宝。

连锁拿起那套医案，手直抖：真在这儿啊！

老太太：箱子里的东西什么时候换了？

总管府正屋。

纳岚从宫内回来，跟着的两个随从进来，小妾接着。

纳岚回头对两个人说：你们俩把东西取出来吧，洗净了给我。

说着话和小妾进了里间。

里间。

小妾：又让人从那儿往外带东西，多臭啊！

纳岚：你懂什么，臭不臭只是种感觉。东西拿出来了，甭管从肚子里还是屁眼儿里带出来的，到时候就换钱。钱臭吗？钱就是掉在粪坑里它也不会臭，钱花起来总是香的。说不爱钱都是假的，没钱行吗？无钱寸步难行，一分钱憋倒英雄汉。

小妾：那我问你，什么叫有钱呀，钱有边吗？

纳岚：好，问得好。按理来说一个人光想着积钱不花，他再有钱也跟没钱一样，那他是不知道钱的用处。花钱还不是说这寻常人家的花钱，买个馒头，买个首饰，这是寻常人家的花钱。这有个十万雪花银就够了，一辈子用不尽。但这不叫有钱。真有钱的人是什么样呢？在他眼里，天底下的事一下子变得简单了，什么都拿钱来说事，再大的事也能办了。打仗事儿大不大？花钱让打就打，让不打就不打。犯了死罪事儿大不大？花钱就能给救出来。有了钱就有势了，皇上怎么着，到时也得听你的。这是往大了说。

小妾：那往小了说呢？

纳岚：买香饽饽吃，睡香的女人。

管家在外喊：爷，东西取出来了，洗净了。

纳岚：伤没伤着？

管家：您问的是东西还是人？

纳岚：这不喘气吗？当然是东西了。

管家：东西没伤。

纳岚：人呢？

管家：人出了点儿血。

纳岚：没事儿，好兆，要发大财。

说着跟小妾起腻。

小院大门外。

连锁雇了辆骡车，停下来了。

连锁推门：娘，车来了，快着点儿。

小院。

老太太收拾好了。连锁扛起那只大箱子，扶着老太太出门。

小院大门外。

老太太上车，连锁把箱子也放在车上。

老太太：咱这是上哪儿啊？刚消停了。

连锁：到地方您就知道了。

对车老板：快走吧，往东。

三河县城。

官兵连下田的农民都要盘查。

街上兵跑来跑去。

于世龙在街上站着着急。

路上。

康熙、三德子、法印在急急赶路，突然马赛赛在轿子里叫。

康熙：你去问她又怎么了。

三德子过到轿前：赛赛姑娘，怎么了？

马赛赛：停会儿，我……我要方便一下。

三德子：这说话到三河县城了，你就不能忍会儿？

马赛赛突然撩了轿帘子：这么颠的轿子，怎么忍？

三德子：好，好，那您请出来吧，该怎么方便就怎么方便吧。

马赛赛慢慢地出来。

马赛赛嘟囔：嫌我碍事把我送回藏春楼去呀，让我跑来跑去的，嗓子都快颠出来了。

指着康熙、法印：下马！下马！别坐得那么高，没看过女人方便呀！

康熙、法印无奈下马。马赛赛往田里走。

三德子：哎！别往那么远走，不怕耽误时间？

马赛赛往田里的一个废窝棚去：就去那儿，你们歇会儿吧。

康熙：女人可真费事，要不咱们早到了县里了。

法印：佛法中戒色自有道理，色最乱心性。

三德子：有心性的才会乱，没心性的再怎么有颜色也不会乱。

法印：啊，对，咱俩换换就好了。

三德子：你就会说便宜话，狗屁和尚。

康熙：怎么还没完啊！三德子喊一声。

三德子：哎！好了没有？赶路啊！哎！快点儿！

窝棚背后出来的不是赛赛一个人，是三个人。大络子、二琉璃押着马赛赛当人质，用刀横在她脖子上，往这边走来。

大络子：汉室三分鼎。

法印：兄弟，春秋一部书。

三德子小声：哎，是他们俩，上手吧。

康熙：慢，赛赛在人手里，别伤了她。

三德子：这时您还怜香惜玉，刚还说女人费事呢。

康熙：好汉，你走你的路，我行我的船，咱们素不相识，别伤了我的人。

大络子、二琉璃走近。

大络子：三位爷眼生得很啊，做什么买卖？

康熙：不买，也不卖，指着说话挣钱。

大络子：啊，是说书唱曲的。怪不得把藏春楼的头牌都拐出来了呢，能说的就是吃香，对不对？

法印：你们把人放了吧，咱们各自方便。

大络子：人我们不能放，指着她。

康熙：指着她干吗？

大络子：不干吗，换顿饭吃。

康熙：好说，这有一锭银子，拿着二位喝酒。

大络子：钱我们有，我说的是换你们做个陪客。

康熙：什么陪客？

大络子：一起去，热热闹闹地吃顿饭。你们该说书说书，该唱曲唱曲，吃饱了分手。

康熙：我们还得赶路，您二位自便不是更好吗？

大络子：要能自便就至于饿了两天了？走，兄弟，咱跟这二位爷换身衣裳吧。

大络子、二琉璃和三德子、法印互换衣服。

酒馆。晚。

康熙、三德子、法印、赛赛、大络子、二琉璃进来喝酒。

酒保：几位爷，里边请，里边请。几位？

三德子：六位。

酒保：六位屋里！

六人坐下，大络子、二琉璃夹着马赛赛坐下。

酒保：几位爷吃喝什么？

康熙摆了下头，让他问大络子、二琉璃。

大络子：是那解馋顶饱的只管上，还问什么！

酒保：是咯，有什么上什么了！

法印和大络子在桌下斗起了脚功。大络子不行，生气拔刀，二琉璃劝住。

二琉璃：大哥，菜来了，吃吧，吃了走。

酒菜上来，那二人乱吃。

康熙：我们喝一杯吧。

大络子：好啊，说个由头吧。

康熙：为了各自方便。

大络子：好，这话好。

马赛赛：我……我想先方便一下去。

大络子：你不能动，吃完了饭走。

正说着话，一个胖军官带三个兵进来了。

大络子、二琉璃一下慌了，看住马赛赛。

军官：酒保。

酒保：哎，来了您！

军官：店里有生人吗？

酒保：您看啊，都是熟客，没有生人。

军官：那好，来，咱先歇会儿。

三德子看官兵，自语：嗯，这下好了！

大络子小声：各位爷，过了这关，咱们各走各的路，万一有闪失，可别怪我们俩手没遮拦。

说着捅了马赛赛腰，马赛赛轻叫了一声。

康熙：二位别那么想，来喝酒，喝酒。

三德子故意大喊大叫：对！对！喝啊！

军官看见这桌有个女客，马赛赛也趁机吸引军官，军官过来了。

三德子：官爷，喝一杯。

军官：不客气，几位呀？

三德子：你看啊！

军官：啊，六位。还有个女客，好局，好局。

三德子小声：军爷您看清了吗？

军官看马赛赛：看清了，长得好。

三德子大声：军爷，您是干吗来了？

军官：公务。

三德子：干什么呢？

军官：抓人。

三德子：抓人，好，抓什么人？

军官：抓两个人。

三德子：就抓两个吗？

军爷：就两个。

三德子又开始丢眼色：那这……两个什么人？

军爷：坏人，不过，看你们也不像良善之辈。

三德子：啊对，您眼真……

军爷：可你们人多了点，是六个，不是两个。

三德子：哎，六里边不是有二吗？

军爷：六是六，二是二，别以为我不懂。快吃啊，吃了好走，夜里不太平。

军官走了。大络子、二琉璃松了口气。康熙倒不指望军官援手，但看了这样的军官生气。

康熙：要不是亲眼所见，我还以为这是演戏呢。……啊，来喝酒。

官兵要出门。三德子总是不甘心，突然指着法印：你欠我的银子什么时候还！告诉你，今晚不还钱你就别想过去。你以为你是谁？你是什么人我还不知道？你有刀，我还有刀呢！

法印先一愣，后明白了：你小子少跟我犯浑，谁欠你钱了，阎王爷不欠小鬼的账，你他妈的想诈呀？

官兵看两人吵起来，又回来了。

三德子：你他妈的什么人啊，剃秃瓢装和尚，肚里花花肠子比谁都多。告诉你，我可是眼里揉不得沙子，你别跟我这儿腰里别耗子——假充猎户……

法印：妈的，小子男不男女不女的一个东西，敢骂我。你那点儿底儿我还不知道？别让我给你揭开。

大络子、二琉璃看着生气。

大络子用刀抵着马赛赛的腰，小声：告诉他们别吵了，要不……

马赛赛：二位别吵了，哎呀，我的腰。

军官：怎么了，怎么了，刚喝点酒就撒疯啊！快走吧，啊，要不锁了你们。

两人一听要锁，闹得更欢了，也不管马赛赛，打了起来。酒馆里扔桌子打板凳。

酒保：二位爷，别打了，打坏家伙。

军官：好啊！真有想蹲笆篱子的，锁！

当兵的上来锁人。

三德子小声使眼色：不是我们，是那两个人。又大声喊：凭什么锁人，我又没犯法。

军官毫不理会：犯法？我就是法。锁！

二人挣扎。大络子二人看出不好，想押着马赛赛跑，康熙乘机把桌子掀翻。

三德子大喊：锁错了，是他们两个，你他妈的是个饭桶！

军官：你也敢骂我饭桶？今天有人也不抓了，就锁你。

大络子、二琉璃抽家伙。马赛赛趁机人一矮，钻了张桌子。大络子二人知不好想溜，康熙抽出软鞭飞身上前，打起来了。

酒馆外。夜。

兵丁冲出去吹螺号，街上兵丁云集酒馆，于世龙也骑马赶到。

酒馆内。夜。

三人与大络子、二琉璃战。

军官：嘿！他们不是一伙的，自己人怎么打起来了？不管，抓那个骂我的。

马赛赛蹲在桌下：不对，快抓呀，那两个是你们要抓的人！

军官：不管，都抓。

兵：是哪俩人？

斗正酣时，康熙软鞭至，一边一下将大络子、二琉璃手中的刀抽下，法印、三德子扑上去将两人捆了。

赛赛在桌下：这回对了。

军官低头问她：抓对了吗？

赛赛：对了。

正在这时，于世龙从外边进来。

众官兵行礼。

军官：顺天府尹于大人到。

于世龙威威风风地进来。康熙侧身对门。于世龙一眼看见康熙，冲上去赶快磕头行礼。

于世龙：不知万岁驾到，有失远迎，臣罪该万死。

满酒馆一看于世龙跪下磕头喊万岁，全都跪下了，跪了一片。

康熙：于大人，你来得巧啊！

于世龙：臣罪该万死。

康熙：传旨，着六部大员连夜赶至三河县，朕要在此亲自审问二贼。

三德子高喊：遵旨！

众人跪应：遵旨。

康熙说完走。众人跪送。那军官筛糠一般。

三德子：走吧，和尚，人交给他们了。

众人喊：万岁，万万岁……万岁，万万岁……

桌下的马赛赛钻出来。

马赛赛呆了：他是皇上？万岁爷？……机会全错过了。

大路。夜。

骡车还在赶路。车上是老太太、连锁和箱子。

老太太：连锁，咱这是去了哪儿啊？你可不能做对不起自己的事儿。

连锁：娘，您坐着吧，过了今天咱就有好日子过了。老板，您能不能再快点儿？

老板：跑一天了，牲口不行了，人饿着行，牲口饿了走不动道。

三河县堂。

皇家仪仗也来了，吹打旗幡，十分庄严。

从堂口的兵丁一直排到街上，百官等候。内有纳岚。

衙役喊堂威。

知县和于世龙威风上堂，站在一边。三德子换了朝服。

三德子：万岁爷驾临三河县啊！

底下跪倒一片。康熙出。乐声。康熙坐在大堂上，众人山呼万岁。

康熙：免礼。给顺天府尹、三河县看座。

三德子、法印拿椅子给二人坐，二人谢恩。

康熙：顺天府尹。

于世龙：臣在。

康熙：朕来三河县之前，听说你如篦头发似的把三河县篦了一遍。

于世龙：臣有罪。

康熙：你的罪倒不大，你用的篦子不当。宣军士哈图将。

三德子：宣军士哈图将上堂。

酒馆军官上堂跪下，直哆嗦。

康熙：哈图将。

哈图将：在，在。

康熙：你知道朕为什么先不审贼而问你吗？

哈图将：臣知罪。

康熙：我问你，吃的是什么俸禄？

哈图将：吃的是大清国的俸禄。

康熙：我再问你，职位是什么，所辖为何？

哈图将：臣乃捕头，所辖为街市治安，专抓贼。

康熙：着啊，吃着大清国的俸禄，专司抓贼。你竟可看着贼在你眼皮前边吃喝谈笑，而无一作为。朕原想或是你眼不明心不敏，天生的愚钝，或可原谅。但经三番五次明示暗指，你还是无动于衷，至动起手来了，你都不知该抓谁。大清国的俸禄，养你这样的人不如不养。

哈图将：臣罪该万死。

康熙：也不需万死，人有一死就足够了。但朕今天不想以杀人为始。来啊，鞭一百，削职放宁古塔，永不得入关。

哈图将：谢主隆恩。

康熙看着朝下的百官：众爱卿，哈图将乃一小吏，朕以为吏不分大小，平日吃的是大清的俸禄，当用之时而无所作为，便是愧对国家、愧对人民。朕今日不先审贼，是因贼人若一经认出，是非立清。而拿着国家俸禄的官则不然，为官而不为政，实在是形同贼人一般。更有那明为官暗为贼的，一经挖出，绝不饶恕。带二贼。

三德子：带二贼上堂。

大络子、二琉璃上堂。

康熙：报上姓名。

大络子：罪民大络子。

二琉璃：罪民二琉璃。

康熙：你们俩说个“罪”字也就罢了，还敢用“民”字吗？朕自幼登基，便知要爱民如子、教化民众、得众则得国这些道理。你们算什么民？现在当着朕的面还敢用这“民”字，掌嘴！

刑吏上来用木板打嘴巴。血流。

康熙：朕问你，寿之堂被盗，伙计被杀，可是你二人所为？

大络子：是。

康熙：所盗何物？指使何人？

大络子：盗走银两及贵重药材，还有一套宫内的医案，无人指使。

康熙：牟九与你二人可是同党？

二琉璃：不是，我们三河的一帮原想做出点惊天动地的案子，站稳脚跟，在本地人的眼皮下分一勺汤喝。牟九后来掺和进来，实不知是为了什么。

康熙：后来的寿之堂纵火，李掌柜的被烧死，也是你二人所为了？

大络子，二琉璃齐声：冤枉！冤枉！与小人无干，是牟九所为。

康熙：牟九何在？

于世龙：回万岁，现押在顺天府大牢。

康熙：回去从严惩处。此后以此为例，凡在京城犯事的罪加一等，不如此不足以显出朕的决心。

于世龙：嗻。

康熙：问你二人，医案现在何处？

二琉璃：不知在何处。

康熙：打！

大络子：兄弟，事已至此，做贼做了一生，最后让皇上问罪也不枉在世上走了一遭，说了吧。

二琉璃：哎，说，现在……在力巴连锁住处。

康熙：胡说，朕正是从连锁的住处来的，朕正是从枣林中救出被你们活埋了的连锁的。你们临死还要栽赃吗？

二琉璃：此话再无半点假的，那天抄那小院时我二人实在来不及拿走那只木箱，所以遗在东屋。

康熙：你们问连锁时，他怎么说？

二琉璃：连锁他应该知道，但至死不认。

康熙内心话语：或许连锁他真的说了假话了，此人难道真是大善大恶的集合？

三河县外。

连锁和老太太风尘仆仆赶到县外，下了骡车。刚下了大车，连锁冲上去就击鼓。

咚！咚！

兵士赶快上来把他架上大堂。

大堂。

连锁、老太太和那只木箱一并被士兵拿入。连锁、老太太跪下。

康熙：堂下何人？

连锁：罪人连锁。

老太太：罪人卢氏。

康熙：何罪之有？

随着连锁的叙说，众人感动。打开箱子，康熙拿到医案。

纳岚此时已大汗淋漓。

康熙：连锁。

连锁：在。

康熙：你今天能赶到三河，朕实在是高兴，你知朕为何高兴？

连锁：不知。

康熙：是今天我在这大堂之上终于可以有所褒奖了。虽说是案子结了，但看到一个个都是被杀被打，朕心内就好受吗？朕难道就没有教化子民不当的罪吗？说我是一国之君，如我没有治理好这国家，我就是一国之罪人。今天你来之前我曾想过，贼可不审，但你不可不来。你来，实在朕是高兴。

连锁：小民有罪。

康熙：谁又能没错呢，朕也是一身的错。难得你有那么大的善心，朕免你无罪。

连锁、老太太：谢万岁。

康熙：这时先别谢，最后再谢吧。

说罢，给三德子使了个眼色。

三德子：传马赛赛。

马赛赛扭扭捏捏地上来了，对康熙欲看不敢看，越显娇柔，跪下。

康熙：马赛赛。

马赛赛：奴婢在。

康熙：此一案多亏你机智灵敏，朕倒对你有了新的认识。

马赛赛：谢万岁爷。

康熙：你也先别谢我，我想做主，藏春楼你就别回去了。

马赛赛以为要给她带进宫中去，高兴：全凭万岁安排。

康熙：我想将你许配个人家，你可愿意？

马赛赛假装羞涩：全凭……万岁爷做主。

康熙：连锁其人你也见了，人也好，身体也好，朕送你一车嫁妆，你们择日成亲吧！

老太太：三爷，呀，万岁爷，这可是大好事。

对马赛赛和连锁：咱虽然三家三姓，这可是御配的姻缘啊。

三人磕头谢恩。

康熙：好，下去吧。

康熙静了一会儿：刑部听旨。

刑部侍郎出班：在。

康熙：即刻除去内务府总管纳岚万林顶戴，革去一切官爵，交刑部速审速判。

纳岚被当堂摘下顶子拖出。

康熙：我还有一句话想说与众爱卿。

众人跪下。

康熙：做本朝的官难，一不可作威，二不可作福。最不可容忍的就是贪，贪而必肃，绝不姑息。退堂。

三德子高喊：退堂！

康熙起而行。

多日后。大街。

纳岚被绑赴菜市口刑场，牟九的囚车相随在后。众百姓欢呼，投秽物。

刑场上两人头在砧板上，相向而视。

牟九：纳大人，你可害了我了。

纳岚：咱们谁也别怨，要怨怨钱，怨贪。要那么多钱干吗呀！

说完闭眼。

刀落下，血四溅。

纳岚的手松开，一枚铜币落地，打转，停住。

小院。

马赛赛、连锁、老太太一家三口烙贴饼子。老太太抱柴火，连锁拉风箱续柴火，马赛赛烙。

马赛赛：连锁，下午别干活儿了，陪我到街上转转去，明儿个可是娘的六十整寿了。

老太太：你们俩转你们的，我这么活一天赚一天，还过什么寿啊？

连锁：娘，得过，过日子不是过个红火劲儿吗？听赛赛的。

突然院门大开，康熙、于世龙、法印、三德子一起进来，还有人抬进一副寿桃来。

康熙：什么呀就听赛赛的，真是娶了媳妇就忘娘。

三人一见，就在院中跪下磕头。

康熙：免了，快烙饼，别煳了。我今儿个一是来送个寿桃，二是太想这贴饼子了，在宫里都闻见味儿了，谁叫咱们是街坊呢！

康熙抬头看紫禁城角楼，角楼上鸽子盘旋。

紫砂记

一

宫内。

众秀女在一个姑姑的带领下，穿着花盆鞋学着走步子。

姑姑：别摇头，你！怎么跟逛街似的，这儿可没人看你的浪样。走！走！

宫内升平署院中。

单皮敲得嗒嗒响。

鼓佬带着众小太监练锣鼓经。

鼓佬：你那个镲别捂住不撒手，敲出的音不正。

说着拿过来敲了两下：听见没有？才、才的声音。再来一遍，哐才乙台，哐才乙台，哐。好，好啊。加点儿心，哪儿碰这好日子去？早二年我们能有空坐在太阳底下练锣鼓经呀？整天地跟着万岁爷东征西战的，好日子得用心，得当好日子过。来，再打段太平盛世。

锣鼓响。

宫内跤场。

众皇子穿了褡裢在跟着法印学摔跤。法印先教他们搓小棒，每人两只手攥一个小棒在搓。

法印：使劲，四阿哥，您那手没用劲儿，过来拿棒子我摸摸，一点儿都不热。用点劲儿，对！别看十三阿哥小，是个样。摔跤这行，脚上的功不能含糊了，手上也得有劲儿，要不抢把就抢不过人家。底下再有根，上边总摇晃不行。

众皇子搓得手心发烫。

法印：行，得搓出茧子来，才说是有了点儿门。来，接着来，抖皮条。

众皇子放下棒子，抖起皮条来。

法印：对，这可是练手眼身法步的。哎，四阿哥，你练不练，怎么又喝茶去了？过来，这可是你阿玛万岁爷吩咐了的。怕你们待散了架，八旗子弟，从皇族开始，个个得弓马娴熟。来！

四阿哥：阿玛万岁还要来查吗？

法印：说了要来。

四阿哥：那……那我得好好练练。

放下茶壶跑回队。

弘德殿外。

传来一阵学英语的声音。

三德子和小太监当值。

三德子扒头往窗户里看。里边的声音：BOOK。

三德子小声：BOOK，BOOK。

小太监：您学它干吗？还惦记着出洋啊？

三德子：BOOK——书，书——BOOK……你懂什么？万岁爷这一跟南大人学洋文，指不定哪天一说话，就带出洋文来了。好比他要书，说“三德子，BOOK”。我听不懂，把簸箕拿过来了，那不是找死吗？……书——BOOK。

说罢又扒窗往里看：哎，刚念什么了，HORSE，HORSE是什么？

小太监：我哪儿知道啊。

三德子：净给我这儿添乱打岔。起开！起开！

弘德殿内。

康熙在和南怀仁学英语。

南怀仁夸张的口形：HORSE，马，HORSE，马。

康熙也学夸张的口形：HORSE，马，HORSE，马。南爱卿，英国人平时也这么说话吗？累不累？

南怀仁：英国人平时不能这么说话，现在是教您呢。得把口形教准了，学准了。咱国不有句话吗，差之毫厘，失之千里。

康熙：说得好！咱国，是你们比国，还是中国？

南怀仁：当然是咱中国了。我是您的二品大员，您还不拿我当臣民吗？

康熙：当，当，咱们接着来。

南怀仁：FISH，鱼。

康熙：FISH，鱼。

南怀仁：FISH，鱼。

康熙：FISH，鱼。南爱卿，等我英文学好了，回头去你们国家当回客人。子曰：来而不往非礼也。只让你们大老远地往这边跑，我们不去一趟，有点太失礼了吧？

南怀仁：咱这大清国，太大了，事儿太多了，万岁爷，您有点儿顾不上了。

康熙：说得是，这几年好多了，我能在白天有学洋文的时候了。南爱卿，你们比国有多大？

南怀仁：很小。

康熙：有朕的直隶省大吗？

南怀仁：没有，得分五份取一。

康熙：那你那儿的国君，大概相当朕的一个道台。

南怀仁：……

康熙：当然，也不能这么比，一国终归是一国呀。你看你还是比国人，刚一说你们国小，就不高兴了。来，我问你，你教了我这么久的英文，英文中“大清国”怎么说还没教我呢。

南怀仁：英文说到中国不会分出唐宋元明清，只说中国，CHINA。

康熙：CHINA。

南怀仁：C、H、I、N、A，CHINA。

说着，指了指条案上的瓷瓶。

康熙：CHINA。

南怀仁：对，英文中瓷器也叫CHINA。

康熙有些不高兴：瓷器？你说瓷器？

南怀仁：对，在英文中，都是CHINA。

康熙：大胆！

南怀仁赶快跪下了。

弘德殿外。

三德子：呀，怎么教着教着教急了？也是的，好好的干吗学洋人说话啊，让他们都学咱们说话不就结了？

小太监：你说谁呢？

三德子：说我呢，什么都搭茬儿。

弘德殿内。

南怀仁：容臣解释。原来世界因山高路远，从不来往。后因相互贸易，海路开通，再有从我大清往西经波斯国就有了一条商路运丝绸，也贩瓷器。那时欧罗巴洲还没见过瓷器，只会烧陶，第一次见到瓷器必然万分惊喜，于是就把这会烧瓷器的国家也叫瓷了。

康熙：道理是这样的？朕还是第一次听说，你起来吧，其实也怨不着你。不过朕将来去你们国家要把这名字改一改，就叫中国，大千世界中央之国，你看如何？

南怀仁：臣以为很好，但……

康熙：说。

南怀仁：其实言语不通，常有译文之荒谬处。比如我们叫西班牙，大概应译作西波尼亚更好，葡萄牙就更不通了，叫波尔图更好。

康熙：但不知别人是否接受。

南怀仁：对，已经叫熟了。

康熙：罢了，名字总是别人起的，国盛了也就比什么都荣耀了。其实你们也是孤陋寡闻。堂堂中国，除了有瓷器，有丝绸，有火药、指南针，还有很多东西，你们都没见过。就说这器皿之做法，除了瓷、陶还有……来呀，三德子，把宜兴新进的紫砂器让南爱卿开开眼。

弘德殿外。

三德子：……要什么？

回头向小太监用外文味儿的口音：紫砂是什么？

小太监：宜兴的紫砂！您怎么了，学了洋文，中国话给忘了。

三德子：噢，对，对！嗻！光记洋文了，混差了。

三德子赶快下去抱紫砂瓶。

宜兴山上。

张鸣远砍了一捆柴从山上背下来，放在一草庵的门口。

山上草庵内。

张鸣远进草庵，一架紫砂泥坯。

张把晾着的壶一个一个地翻了一遍。

弘德殿。

康熙给南怀仁讲紫砂。

康熙：宜兴，又叫义兴、阳羡、荆溪。专出这种砂泥，泥在岩石层下，间夹于一种叫甲泥的中间，用这种泥所烧器皿以茶壶最好。这瓶并不是代表，但这种紫砂挂釉的瓶子倒是不多见，你看看。

康熙递给南怀仁一只瓶，南怀仁接着看。康熙又递给他个壶，他仓促把瓶放在桌上，没想瓶没放稳，摇晃一下，摔在地上碎了。南怀仁大惊。

南怀仁欲下跪：臣罪……

康熙：不碍，不碍的，一个器物。方才朕生气是因了国之大事，这种小事朕不会生气。来，你来看看这紫砂的碎片，说它是泥，它又像沙，既透气，又不会漏……

康熙突然看见碎片之中有文字，把两个碎片对在一起，一个是“冤”字，一个是“死”字。康熙愣住，刚要喊三德子，一看南怀仁张眼来看，马上把紫砂片翻过去。

康熙：南爱卿，今天到此，你跪安吧。

南怀仁退下。

康熙在碎片中发现了好多文字。

康熙不解：没想到这瓶子里也藏了故事呢。

宜兴。班得五做匾的木匠房。

班得五左手举着大饽饽，右手架着鸟笼子，一副颐指气使的样子进来。

伙计：爷，您吉祥。

班得五：今儿个做的什么匾呀？

伙计：北村刘家的，官司打赢了。

班得五：没有不赢的，花了多少银子啊？匾上什么字？

伙计：明镜高悬。

班得五：涂了，不行！刻了没有？没刻涂了。“明镜高悬”这匾宋大人那儿有三块了，不喜欢，不喜欢，改！

伙计：明镜俩字都刻上了，您看。

班得五：不要紧的，后边两个字改，改明镜……明镜……有一个词是不是叫明月千里呀？那就改明镜万里吧，明镜万里，高悬也没有照得远好。

伙计：怕不合适。

班得五：为什么？

伙计：咱们这个县拢共才方圆百里，叫万里是不是照大发了？

班得五：大了好，大了好，大了宋大人才高兴。好话不怕说大了，越大越受听，就这么刻吧。收了刘家多少银子？

伙计：二十两。

班得五：不够，翻个番，四十两，他们家有钱，不敲他敲谁。外边的木头抓时间破出来啊！往后来刻匾的少不了。你想啊，一场官司最起码两块匾，不准备好了怕来不及。

说着话班得五出去。

宜兴。班得五的卖官处。

师爷在接待一个拎了山鸡、野鸽子来买官的人，此人尖嘴猴腮。

师爷：出去，出去吧，我们爷不会见你的。

买官人：我再等会儿，再等会儿。

师爷往外推他，那人躲，手里的鸡、鸽子正与刚好进来的班得五冲撞上，撞了一嘴。

班得五：嘿！什么人，没长眼呀！呸！撞我一嘴毛。

师爷：哎！爷您可来了，您可来了。您瞧瞧这位。

班得五：干什么呀？卖土货街对面，什么人就往这里来，这可是个……

买官人：卖官的地方，我知道。

班得五：哈，你也知道啊，知道了就麻溜地出去。

买官人：我是来买官的。

班得五：你？一身整衣裳都没有，凑合活着就不易，你还买官呢？指什么买呀？

买官人媚相：指着孝敬爷的一片心。

班得五坐下跷腿：嗯，挺会说话，心在哪儿呢，拿来。

买官人：现在就手里这点儿东西，只要官一到手，往后就车拉马拽地孝敬您了。

班得五：你小子想空手套白狼啊？给我滚出去！

买官人：慢着，当了官我第一个把张鸣远手里的“供春”壶给您办来。这您……

班得五忽有所动：这可说到我心里去了。你想当什么？

买官人：村里的里长躺在床上好几天了。我就买个里长能管那十几户人家，能让他们养活我，让我白吃白喝就行。

班得五：你倒不贪心。起来吧。

宜妃处。

三德子进来：主子，快坐好了接驾，万岁爷来了。

宜妃：怎么不早说一声啊？

赶快冲向镜子，照一下看一下，换一朵花。

三德子：万岁爷驾到！

宜妃、小桃红跪接。

康熙匆忙进，手里拎了个包袱。

康熙：起来吧。

说着话没看宜妃一眼，坐在太师椅上，小心把包袱放在茶几上，两眼一件一件地看着宜妃房子里的瓷器。宜妃风情万种，康熙没看。

宜妃：给万岁爷传茶。

小桃红端托盘上，轻轻把茶碗放下。康熙终于把目光转回来，拿起那茶碗上下左右地看了看。

康熙：不对。

宜妃：不对吗？换一盅，小桃红换红茶。

康熙：啊，不用，我不是那意思。

说着话，终于忍不住了站起来，走到条案前，把掸瓶中的掸子、花瓶里的花都抽出来了，能伸进手的都伸手去摸，伸不进手的对着光照。宜妃等人很奇怪。康熙看完条案的又看梳妆台上的，所有的器皿都打开了地看。

宜妃先还好，后有点挂不住了，变色跪下：万岁，您又丢了什么宝贝了，上我这儿来找？臣妾只是上回捡了个扳指，别的可再没拿过。

康熙找了一通，不听宜妃的话，自言自语：不对，怎么没有啊？

宜妃：当然没有了。

说罢生气站起，众人有点紧张，康熙不觉。

康熙：你知道了？你知道哪儿有，快快告诉朕。

宜妃：我知道什么呀！哪儿也没有！

宫内跤场。

两皇子正摔跤，法印指点。

法印：使小别子，带，往一边带。……唉，晚了，机会都错过了，再上一对。

三皇子、四皇子下来。

法印：四阿哥，别看你平时机灵，一动真的，比谁都慢。

四皇子：劳心者治人，劳力者治于人，这摔跤大不了是一人对一人的事儿，学有何用？

又去坐下喝茶。

宜妃处。

宜妃生气。

康熙：我不是那个意思，你不知道算了，铺床吧。

三德子、小桃红听了要退下去。

宜妃转怒为喜：这……这大白天的……小桃红，拉帘子。

小桃红要拉帘。

康熙一口水吐出来：别！别！看不清楚。

宜妃：还要看吗？

宜妃处外。

三德子退出来，对小太监、宫女打了个手势。

三德子：静声，该回避回避。

众人退下。

宜妃处。

康熙：不看怎么认得清呢？你们想哪儿去了？

床铺好了，康熙打开带来的包袱，把碎了的紫砂瓶片在床上对起来。对一个字写一个字，对好了一看是四句打油诗。

> 蠢官冤人死，无赖免死牌。
> 草民多蒙难，王者明眼看。

宜妃：没想到，这瓶里还装了这么多的字。

康熙：有冤了，要不是冤情，谁会想出这样的主意来呢？

宜妃猛地下地，也如康熙刚进来一般，到各个瓶里去看。

康熙看着她笑了：别找了，朕找过了。朕方才也是这样吗？

翰林院。

康熙：朕虽读过二十四史，但对免死牌一事，陌生得很，众位爱卿有谁记得有免死牌一说吗？

翰林甲：回万岁爷，免战牌倒是听说过，免死牌没听过。大概是野史中所记，赐予开国元勋的钢鞭、铁锤之类？正史中多无记载。

康熙：不着边际，退下！

众翰林哑口，静场。

于世龙：回万岁，臣以为所谓免死牌，大概是民间之叫法，许就是史书中所记的丹书铁券，也有叫誓书铁券的。据臣看此物源于汉代，高祖建国后，曾与功臣剖符做誓，丹书铁券，金匮石室，藏之宗庙。当时的萧何、张良、陈平、樊哙等人皆有此物。

康熙：此物何用？

于世龙：依臣之见，该算是皇上与有功之臣的一个约定。皇帝允诺大臣之后代也可“永荷禄位，长受宠荣”。

康熙：真能免死吗？

于世龙：能，除了犯有谋反大逆外，俱应免死。

康熙：此物当朝可有？

翰林甲小心翼翼：回万岁，我大清建朝所封最高品位的八个王爷，百姓称八大铁帽子王的，并没有什么免死一说，只是世袭罔替而已。

康熙：你们没听说老祖宗皇帝那儿，有一高兴就赐了一个牌的事吗？

众翰林不说话。

康熙：好，烦各位爱卿下去查查，查过后告于大人。有就是有，没有就是没有，朕要一个准信。摆驾回宫。

三德子：摆驾回宫了。

众翰林跪送。

宜妃处。

宜妃拿着那张有诗的字条，看了又看，身边堆了一堆器皿。

宜妃：小桃红，咱们这院子里可还有瓷器陶器吗？

小桃红：回主子，什么都翻过了，再也没有了，连……

宜妃：你又不耐烦了，我这也是为万岁爷着急，你没看见他都快入了迷了吗？进了屋什么也不见，就看那几只瓶啊罐的。咱要能找着，不就是让他省份心吗？你再找找去。

小桃红小声嘟囔：哪儿是万岁爷入迷呀，我看您也迷了，光这屋的瓶啊罐的您都摸了三遍了。

宜妃：你说什么？

小桃红：我说，光在咱们屋里找哪儿行啊，备不住在别家呢……

宜妃：在别家呢？对，对，我怎么没想到呢？咱们串门去，先去成妃那儿，说走就走。

小桃红：主子，您不换换鞋？

宜妃：噢，忘了，我也是真迷怔了。

宜兴。山上张鸣远草庵。

张鸣远正在专心制壶，柴木门猛地被推开，班得五带新买了里长的尖嘴人至。

张鸣远略有一惊，继而沉心做壶。

班得五：你练得定性不错啊！看见五爷我来了，做壶的手还是不抖啊！我也不搜你，也不打你骂你，你把那把“供春”壶交出来吧。实话对你说，我不要那东西。老壶怎么了，一把老泥壶也不能沏茶叶沏出参汤来，我为的是孝敬皇上，他老人家喜欢这玩意儿。

贴在张的耳边小声：我说，你可别给脸不要脸。

张鸣远正给壶上嘴，小心着，班得五猛一伸手把壶嘴捏扁了，把壶坯抓过来在脚下乱踩。

班得五：我他妈让你做！为了把壶，别说让你一家子死了三口人了，现在我让你今天死，你过不了明天。

说着一挥手，那个里长开始用个铁锤敲架上已做好了的壶的壶嘴，一个一个壶都成了无嘴壶。

班得五：告诉你，什么时候把壶交出来，什么时候天下太平。看到这些没嘴的壶了吗？你也把嘴闭紧点，别四处乱说去。实话告给你，说也没用，出了这县，也没人听这事。要说，就敲了你的脑袋。

说完啪地砸了一个壶。

张鸣远待他们走后，终于忍不住两行泪流了下来。

成妃处。

宜妃在与成妃闲话。

宜妃：我说的是老话，老话要是不听，人也没什么好处了。母以子为贵，哪朝哪代都是这样的。现在咱们看来，贵为嫔妃，但若不生个一男半女的，将来终归会无依无靠的，倘若有福气走在万岁爷前面还好，要是走在万岁爷后边该多么寂寞啊！

成妃：姐姐，说句贴心的话，我不是不想生，但不知为什么，就坐不住胎，我也挺急的。

宜妃边听边看着成妃屋里的器皿摆设。

宜妃：别急，姐姐我待会儿告诉你个法子，保你出不了今年就有……

终于忍不住站起来，上前抱过一个掸瓶来：你看这东西，像什么？

成妃：像个口袋。

宜妃：对，说对了。它还像什么？

成妃：像个人。

宜妃：对，我说众妃子里就你聪明，一点儿不错。这瓶像咱们女人，你看这突出来的就像肚子，是肚子就该装上东西。说着看了看瓶内，找字：可你这屋里的肚子里呢，什么也没有……说着话把瓶倒过来，抖落抖落什么也没有，成妃看着都害怕。是个空肚子！说着又对光照了照，然后去条案，各处看：这屋里所有的瓶瓶罐罐都是空的，肚里不盛东西呀……一边说一边趁机又看了看别的瓶子：那怎么成，要装上东西……随手抓起条案上的枣、花生、莲子：比如枣啊、花生啊……说着往瓶里扔，边扔边摸：还有莲子啊，连着生子嘛。核桃……核桃不用装，生出来的孩子淘气，不要核桃，栗子可以。喏！把这些凡是有肚子的器物……又看，又摸别的器皿：都给它装上，到时你就一定能坐上胎了。

成妃看得目瞪口呆：真是这样吗？你就是这么生出的皇子？

宜妃看了所有的瓶都没有，又去翻首饰盒，觉得不对，解释。

宜妃：首饰盒就不用装了，首饰盒不用。

说罢自语：怎么没有啊？

成妃：姐姐，你说什么？什么没有？

宜妃：噢，没什么，我是说不能没有。你呀，只要这么装了，就不能没有，一定会有，一定的。得，我走了，改日再来吧。

成妃和宫女送。宜妃、小桃红走后，成妃回来。

成妃问宫女：你看宜妃今天干吗来了？

宫女：奴婢不知。

成妃：她像来找东西来了。快，把那些瓶子里的干果都给我掏出来，我才不信呢，我怕招出一窝耗子来。哎呀！我这肚子怎么有点不对劲呢？荣儿，有多少天了？

宫女：有二十八天了。

成妃：大概还是没坐上，算了，东西别掏了，就听她一回吧。

弘德殿。

康熙与于世龙、法印在一起论道。

于世龙拿着那张字条看：回万岁爷，此人大概不是一个读书人。

康熙：不读书怎么会写字？

于世龙：书一定没读过几本，如读过《千家诗》的人，写出的句子不会这么不讲平仄。最多认得两个字而已。

康熙：说得不错。

于世龙：万岁，臣有句话不知当说不当说。

康熙：讲。

于世龙：我大清江山现在由南到北，由东到西，是历朝最为广大的，国家之大，人众之多，所要费心的事岂是万机可比的，何必为一人一事而太费心思，不若听其自然吧。

康熙：哈！我真没想到你会说出这番话来。

于世龙：臣万死！

康熙：国家再大也是一石一木、一水一山构成的，人众再多也是一人一人相加而成。一人小吗？无一人便无众人。什么叫大事？什么叫小事？小事或可变为大事，大事又不妨当小事来看，这是朕当朝这么多年的经验之谈。再说，这样的告状之法，受冤的人经过了什么样的苦心啊！他若没有天大的冤情，会想出这样原本没有什么希望的方法吗？不错，在朕来看，这事许是小事，在他此事或比天还要大。朕若不为民想，民怎么会为朕想？民众看大的事，朕也该看大才对。

于世龙：臣万死，臣未想到万岁爷想得这么深远，受益匪浅，受益匪……

康熙：再说，告御状这样的告法，能有几分的把握啊！倘若那天朕不是在向南爱卿学英文，不是说到中国这个词，不是由这个词而说到瓷器，继而紫砂。倘若碰巧说到紫砂，而三德子抱的不是这只瓶，再或者三德子抱来的瓶是这只，而南大人没有失手将它打破，如打碎了只是碎在一个小太监的脚下，而不是朕的脚下……那么，此人就是有天大的冤情，也难昭雪啊。于爱卿，你想天下会有这么巧的事情吗？除了天意还能有什么来解释？天意啊，此案朕当然要查清！

法印：善哉，善哉，人命即是天命。

于世龙：臣今日所言实在是错了，听万岁爷一席话，臣鼓舞得很，鼓舞得很。此案当细查。

康熙：现在只是不见什么线索。免死牌若查清了，找到怀有免死牌的人倒是捷径，要么只能按壶索人了。

宫内跤场。

皇子们穿上正式的跤衣，皮褡裢有铜钉镶嵌。手抓褡裢，皇子们走着漂亮的鹿步、熊步。沙土扬起，沾满沙子的胳膊、脸。

康熙坐在太师椅上，看皇子们摔跤，看得兴起，离开椅子，蹲着马步。

康熙：抓住小袖，顺着，顺着，好，变脸呀！好！这个变脸子使得不错。真到了战场上，这就是一条命，可不能看轻了，老三、老四，你们也上吧。

三皇子、四皇子上场。四皇子假作不太利落。

康熙：老四，你腿怎么了？

四皇子：回禀阿玛，前些日子骑马颠了一下。

法印小声：他没事儿，就是不爱动力气。

康熙小声：你怎么知道的？

法印：天天看着他们，逃不过眼去。

康熙：摔吧。

两人利落地穿上跤衣，走步，开始摔。

三皇子：四弟你腿不好，小心点吧。

四皇子：三哥你手下留情。

四皇子说完后，反而猛扑过来。三皇子左右招架，冷不防被四皇子摔了一跤。

康熙看出来了：还是当哥哥的仁义。

回头对法印说：你说对了，老四用的是兵不厌诈。赏下了。

两皇子熊步跑过来领赏。

康熙：好！捉对儿再摔吧。

众皇子上前一对儿一对儿摔起来。

康熙无意间回头，看见十三小皇子在拿着一只紫砂壶喝水。康熙放开眼前激烈的摔跤场不看，发现每一个皇子衣服堆前都有一紫砂壶。

康熙入神地到壶旁边，看看底，看看把，掀开盖，看里边有没有字。一个一个看过来，把壶里的茶叶都倒出来了，十分认真。

众皇子觉得很怪，不摔跤了，跟着康熙后边看。康熙看过一个，看另一个，看到一个壶里是奶。

康熙：这是十三子的吧？还吃奶呢？小孩子。

十三皇子：阿玛，您干吗呢？

康熙：没事儿，你们练吧，练吧，我我随便看看。

又拿起一只壶，对着光照了照，看见里边有字，再细看，把茶水全倒掉，终于看到了字。

康熙：这只壶是谁的？

三皇子：回阿玛，这壶是我的。

康熙：你的？好，送我吧。

三皇子：……

康熙：回头我再还你一个。

众皇子对此话不明就里。

二

宜妃处。

一把紫砂壶，康熙的手小心地在往里边贴面团。

宜妃、三德子、小桃红歪着脖子认真地看着。

康熙贴得很认真。

宜妃觉脖子累了：还用这么小心呀，把它摔了，再对一次，里边字不就看清了？

康熙：主意倒不错，笨了点儿。孔子说，三思而行，这里边的字用什么样的方法都可以取出来，用面一是字迹完整，二是壶也完整。能完整的，为什么要使其破碎？

宜妃：我可没这耐心法。

康熙慢慢将拓下字的面条子抽了出来：哎呀，断了。还好，字能看。

三德子：万岁爷，您拓之前应在壶里掸点儿扑面，那样就不粘了。

康熙：说得是，只是说晚了，马后炮。

小桃红看三德子一眼：活该。

三德子：……

康熙把有字的面片对在一起。

康熙：好了，字都出来了。

众人赶上前来看字。

宜兴衙外。

鞭炮大作，“明镜万里”的大匾，红布罩着。班得五带着一帮子士绅来给县官宋达安送匾。宋达安一身官服，非常高兴地出来接匾。

有快板艺人出来唱。

快板艺人：打竹板，迈方步，离这衙门还有五步。说衙门，得数清官，宋朝有个包青天。斩驸马，杀亲侄，办的好事可不离儿。想古戏，说当朝，当朝的宜兴数得着。宋达安，是县官，接了的匾额万万千。有了匾，就是青天，把自己比作宋青天。宋青天，宋龙图，一心要追包龙图。……

班得五：宋大人，听见没有，人们都叫您是宋龙图呢！

宋达安：不敢当，不敢当，这怎么好随便乱比，区区一个小县令，为民办事，为民办事嘛。

班得五：来呀，献匾。

匾抬上了。

班得五：请剪子！

家丁送一特大剪子上来。

宋达安：五爷，你请，你请。

班得五把剪子献给宋龙图。

班得五：送您的匾，当然您来剪了，您剪，您剪。

宋达安拿着大剪子，给好好的绸子剪开，字露了出来：啊，不俗，不俗！啊，真是不俗！

班得五：明镜万里，明镜万里呀！

带头鼓掌。众人捧场鼓掌。

快板艺人在旁边说风凉话：万里？一里都照不出去，可惜了一块好绸子。

叫花子丙：那您还夸他？

快板艺人：我这不也是为了口饭吗！

叫花子丙：为了吃就说假话，还不赶我们要饭的呢。

快板艺人：嘿，你都要饭了还那么硬气？

叫花子丙：我就是个要饭的，也看不起你个说假话的。

宋达安：各位父老抬爱，既然给了我这样的称呼，恭敬不如从命，那我就接受下来，直追包龙图，我要做一个当朝的宋龙图。不负皇恩，不负皇恩。

众人又鼓掌。家丁抬匾上台阶。

宜妃处。

面上的字对出来了，还是那四行诗：蠢官冤人死，无赖免死牌。草民多蒙难，王者明眼看。

康熙：是一个人，还是他。每读这四句诗，朕心中就不免生起想见他一面的念头，可惜不知人在何处。

三德子：回万岁爷，出不了宜兴。奴才问过了，据内务府人说，实际人不太好找，但总不会是宜兴之外的人。

康熙：这种话等于没说。此事天意昭昭，已是一而再、再而三地来到朕眼前了，不会找不到他。

宜兴山上小棚。夜。

张鸣远悄悄从床上起来打火镰点油灯，灯着了。

张鸣远举灯向墙壁而去，挪了一块砖。那砖中已被掏空，一只古老的供春壶卧在砖内。张鸣远把这把壶拿出来，恭敬地放在桌上。

拿出一撮山茶来，静静地泡水。窗外明月照进，张鸣远看着灯下的茶壶，有泪流出。

张鸣远：为了什么？为了什么呢？壶啊，你要有灵，就借这月光让这冤情传出去吧。

说着拿起壶来，把茶水倒在手里，而后向空中抛，向月光抛，泪流满面。

南书房。夜。

康熙喝茶看奏折，突然皱眉。

康熙：嗯，苦了，苦了。

法印：苦了？也没多放啊，怎么会苦呢？万岁爷，我给您重沏去。要不您换一把壶沏？

康熙：不换，此事一天不了，朕一天手不离这壶。

突然外边三德子在拦宜妃，声音传进来了。

三德子：宜主子，您不能进，祖宗家法，女人不能进皇上办公事的书房。

宜妃：不行，你让我进去，我……我这不是换了衣服了吗？

三德子：您等我回了万岁，再……

康熙：外边何人喧哗？

三德子进来：回万岁爷，宜主子这会儿非要进南书房。

康熙：有什么事儿吗？

三德子：没说。

康熙：让她进来。

三德子：嗻。

三德子引女扮男装的宜妃进。

宜妃：给万岁爷请安。

康熙看着男装的宜妃笑起来了：宜妃，你这大晚上的干什么呢？刘邦说锦衣夜行，你还真穿着这么好的衣服夜里出来了呢，谁能看见呀？

宜妃高兴：我这衣裳好看吗？

康熙：别有一种滋味。你怎么弄了身男人的衣裳？坐吧。

宜妃：宜妃知道祖宗家法，不让女的进书房，所以问娘家弟弟借了身衣裳，装个男的来了。

康熙：穿得还真是样儿，以后有机会了就这么穿吧。

宜妃：以后？以后什么时候？

康熙：机会对了就穿。你就为了穿这衣裳让我看才来的吧，回吧，挺好。

宜妃：还有别的事儿。

康熙：什么事？说。

宜妃：皇上是不是要去宜兴？

康熙：你怎么知道的？

宜妃：这次为什么不对我说，是不想带我去吗？

康熙：还没想好。

宜妃：我一定要去，打第一天我看见那碎片就盼着呢。我要去，我是皇上封的宜妃，要去的地方是宜兴，我不去谁还能去？我要去。

康熙：这好像没关系吧？再说你每次都去了，这……

宜妃：每次和每次都不一样，你干吗这次动了不想带我的心思？

康熙：这事儿还没定准……

宜妃：那就定吧。

康熙：朕……朕实话说一句吧，这次不想带你出去，是怕……怕受气。

宜妃：受气怕什么？我从当妃子那天起就做好受气的准备了。再说那么多次的气都受了，不在乎这一次。跟着皇上就是受气的命。我得去，受气也去。

康熙：你……你听错了，不是怕你受气，是怕朕我受气。

宜妃：您受气？哪儿有的事？哪次您不是风风光光地回来了？哪次不是我受了气回来？再说谁敢给您气受？

康熙：还说呢，现在，这会儿，你不是在给我气受呢吗？得了得了，朕那么一说，你去，你去吧，你不去不热闹，带你去。

宜妃转怒为喜：说准了？

康熙：说准了。

宜妃：那我走了。

康熙看宜妃，很觉甜蜜：别走，你过来……

风情万种。

大道。

康熙一行车马急行。

宜兴。紫砂铺。

紫砂铺掌柜的忙着摘门板，边摘边让伙计点火。

掌柜的：学徒，学徒，徒这个字就是有犯人的意思。司马大人不是说过吗？徒多道亡，这个徒字就是说要服役，要多干活儿。像你这样的太阳升起了老久了，活儿还没干什么，谁给你饭吃呀？天上又不会掉酥油饼。快把火生好。用那些陈茶泡水，脏不脏的不要紧，又不是人喝的，煮茶壶用，有土都不怕。

徒弟：师傅，我不明白，人家都是用壶泡茶，我们为什么用茶泡壶？

一边说，一边不断地把一些新壶放在一大锅茶水里。

掌柜的：问得好！我来问你，一只鸡和一头牛哪个贵？

徒弟：当然牛贵。

掌柜的：说对了，告诉你，新壶不做旧，卖的是个鸡雏的价，做了旧的壶弄不好卖一个牛车的价，这就是茶泡壶的道理。

徒弟：人家的货物都是越新越好卖，我们怎么要弄旧了来卖？

掌柜的：好好学吧，我们这行就是这样，卖旧不卖新，越旧越值钱。不是吓唬你，为一把旧壶死一两条人命的事儿都有。

徒弟：那人家也许不会像咱们的这样是假旧壶吧？

掌柜的：浑蛋，什么真呀假的，还好屋里没有客人，你以后嘴里再有

“假”这个字，我……我让你天天吃假米饭，吃真观音土。

徒弟哭腔：阿爹说过，做假的事要下地狱的。

掌柜的：谁去过地狱？谁去过地狱？再说了，那地方该去的人，宜兴城数来数去也数不到我，我做假不害命。干活！

宜兴。班得五美女交办处。

班得五在拥挤的人中，推来搡去。

班得五：排队，排队，要录名号的排好队。准备好银一两、秀女绣像一张，到李师爷那去排队。

甲：五爷，五爷，我这女儿可是远近闻名，百里挑一的，这次一定要把她选进宫里去呀！

班得五：我看看，嗯，不错，排队去，今天录上名字，过几天还要面试。先录名呀！……不过我对几位说，最好在面试前，去刘大姑的霓裳歌舞班去学学身段，那个走路呀、回头呀、抬手啊，学一学好，省得粗家野路的没有个样儿。

乙：那不是又要花钱？

班得五：短视！花钱为什么？为了进宫吧。进宫干什么？为了侍候皇上啊。侍候好了皇上，那叫“一朝选在君王侧，六宫粉黛无颜色”。到那时候，官任你做，钱任你花，未上天堂而似在天堂。你们想想现在花点钱，将来过好日子值不值？这是为你好，以为我在骗你呀？

众人听了他一番宣传又挤起来。

甲：哎！王六，你挤什么，你又没女儿，来凑什么热闹？

王六：谁说我没有女儿？昨天没女儿，今天就不能有吗？不会生，还不会找一个？你操的什么心？

班得五：好！好！亲生的后养的都收，录名字，交银子！

说完挤出人群，走了。

紫砂铺内。

一只一只的手在摸壶里边，一只摸过又传一只。

掌柜的仔细看着，很是奇怪，怎么有这么选壶的，抬头看。

康熙和穿了男装的宜妃、三德子、小桃红、法印。

掌柜的：行家，行家！一看几位就是行家，也不看，也不闻，手一摸就知道好坏。几位是从北方来的？

康熙：北方。

宜妃：京城。

掌柜的：哎呀，怪不得呢！京城里来的大客人，看着就不一样，挑东西的方法都不一样，摸就能摸出好坏来。

康熙：掌柜的，你这铺子开了多少年了？

掌柜的：比我大两辈，一百多年了。

康熙：向你问一下，这宜兴城中，可为宫内做贡壶的人有多少家？

掌柜的：有呀，做贡壶的有啊！一看几位就是行家，这几把壶就是名家做的，都是能做贡壶的人。

康熙拿过来看了看，觉得不像。

康熙：他们姓什么叫什么，可否相告一二？

掌柜的变色，把壶收起：你们要买壶呢，我侍候。要问事儿呢，对不起，不知道。

康熙：嘿！你……

宜妃：我来，我来。掌柜的，是这样啊，壶我们也要买，人呢也要问，不会亏待你的。来，那一把，对，小的那把，多少钱？

掌柜的：一两！

宜妃使眼色，三德子上前掏钱：好，买了。

掌柜的：城西时家，宜兴第一做壶匠人。

宜妃：还有吗？

掌柜的：……

宜妃：好，再买那只。

三德子又交钱。

掌柜的：大同巷邵家，前朝红到现在的制壶名家。

宜妃：好，再要那只。

三德子又交钱。而后就是宜妃买一只壶他说一个人。一会儿堆了一堆，人名也记了一堆。小桃红、三德子一个人抱了一抱壶。

康熙：还有没有？你说个数。

掌柜的带搭不理：你若买呢就还有，不买就没了。

宜妃：你怎么这样？真是无商不奸。我们走！

康熙：等等，我再买你一只壶，就再问你一句话。

掌柜的：十两。

康熙：我还没说要哪只呢。

掌柜的：不管，十两。

康熙：好，给你十两。你告诉我，宜兴有没有一家会在壶内刻字的匠人？

掌柜的收了银子，交了壶，大家都在等他说。掌柜的：我说了，你们不要不高兴。

康熙：不高兴也要听呀，是不是很多？

掌柜的：宜兴城中没有这么一家。

大家愣住，小桃红终于抱不住怀里的壶了，要掉，法印接，摔碎一二。

树林中空地。

舞动的衣袖，在阳光下很暖。

一支青袖舞过——霓裳班教员刘大姑，又老又丑。说是在教人，其实自己沉醉，边哼边舞，陶醉无比。

众学员看着，学着。

班答彩云放下袖子，向一边的树荫走去，从袖中取出一本书来看。

胖女：彩云，你怎么学着学着又不学了，那样到宫里，谁还看你呀？

彩云：干吗要人看？再说我根本就不想进宫。我读过元稹的《行宫》，宫里的人哪儿有什么乐趣可言。“白头宫女在，闲坐说玄宗。”一生白了头也不知为谁而白的。

胖女：可我听过杨贵妃的故事，那种苦也是种甜呀，我一生最羡慕杨贵妃，后辈子有多少张嘴、多少个人在说她的故事啊！人活到这份儿才叫活呢！

彩云：那是活给别人的，又不是活给自己的。谁为后人的嘴活着呀？

胖女无限沉醉：要真能活给皇上，还能说是活给别人吗？要是皇上，那有……那有多像个故事呀！哎，听说杨贵妃也是个胖子，你说我还用收身子吗？

彩云：不用，挺好。

刘大姑突然从那边过来了，一改刚才跳舞的样子，拿了根藤条来抽赶彩云。

刘大姑指彩云：别看你叔是五爷，他把你交给我了，说调教不出来，怎么打都行。

彩云跑，刘大姑追。

宜兴宜妃院中。

摔东西声。一只壶摔在地上。

小桃红把紫砂瓶递给宜妃，宜妃高高举起紫砂瓶，啪地摔在地上。

宜妃慢慢蹲下查看碎片，里边没有字，宜妃又坐到椅子上，接过小桃红递来的紫砂器，啪地又摔在地上，摔完后又蹲下查看。小桃红平静地往宜妃手里递，宜妃平静地摔着。

宜妃：桃红，你记住数，我们摔一百个看能不能找着一个。

小桃红：哎！

宜妃：万岁爷呢？

小桃红：自己出去了。

宜妃：他找他的，咱找咱的，看谁先找着。

两人接着摔。

宜兴街上。

法印、三德子又买了一堆紫砂器，背着抱着往回赶。

法印：劳驾，劳驾。

三德子：让开，让开。

法印：三德子，你别偷懒，这么会儿咱们三趟了，你不会多背点儿？

三德子：谁说我少背了？

转过身来，背上还挂了一串紫砂器。

法印：早知道雇头驴了。劳驾，劳驾。

宜兴街上。

康熙一人边走边看，悠闲自在。

宜兴。宜妃处。

法印、三德子背着大堆小堆的紫砂器回来。还没放下东西，一看屋内地上已摔了一堆。两人二话不说，把身上的东西先卸下来，而后又抄起土筐，扁担装屋子里的碎片。装满了筐，两人抬着筐往外赶。

宜妃、小桃红还在平静地摔、看、找。

路边。

三德子、法印抬着筐赶到路边，开始挖坑，然后把筐中的碎片往里一倒，开始埋。

两人干活的时候身边围了些闲人。

闲人甲：看这两人刚还大抱小抱地买了回去，怎么眨眼都摔碎了，弄出来了？

闲人乙：家里养了病人了吧？

三德子：你才养了病人呢！让开，让开，有什么好看的。

闲人乙：没有病人，好好的东西干吗摔掉了？发神经呀？

三德子：我们愿意，管不着，让开。

法印：说得一点儿也不错，发神经了。

两人抬空筐急急回。

闲人甲：怕……怕是在找什么东西吧？

闲人乙：什么东西会藏在紫砂里，笑话，我看你也有病了。

闲人甲：不要笑，天下什么事没有，等人家从里边找到东西你就不笑了。

众人突有所悟，飞快散了。

宜兴城中谣传起，有人在紫砂器中找宝。

郊外茶棚。

康熙在悠闲地喝茶，把茶筛到小白瓷碗中，就着热气淡淡一闻，自言自语。

康熙：倒是雨前的。

烧茶的老人边摆弄着一些卤干、盐水鸭，边看着康熙，然后将小菜端了过来。

老人：客官请用几样小菜。

康熙：不客气。

老人：客官，看你喝茶的样子，必是那种出有车，食有鱼，家有良田、健仆的人家。

康熙左右看看自己：我？像吗？我只是个普通的商人，收收壶卖卖壶。

老人：商人？不很像。

康熙：为什么？

老人：商人的眼睛没有你这么闲在，商人喝茶也不管雨前明前的，牛饮般喝了就走。

康熙：为什么会这样？

老人：一个钱字在心里催得紧呢，闲不下来。

康熙：老人家，您很是见多识广呀，我想问件事，不知是否打扰。

老人：哎，哪里话，你来喝我的茶，就是缘分，能聊上两句天，那就是情分了。您说吧，只要我知道。

康熙拿起茶壶：这阳羡壶从何时起开始有匠人落款的？

老人：问得有意思，这落款原早就有，传说“供春”做壶就开始了，但落法不一样。有竹刀刻的，如时大彬。也有模子压的，明末时也有了印章款，各式各样。这是说的常理，但有一种壶不能落工匠的款。

康熙：哪种？

老人：进贡的贡壶，工匠不能在上边落名，落了要杀头的。

康熙：有这么厉害？

老人：玩笑不得。不过呢，听说也有人想把自己的名字传进宫里，就偷偷地落一个字，在最不显眼处。

康熙：比如壶肚内。

老人：哎，怎么会落在那里？喏，在这儿，壶盖里，或扳把的底下。按说这都是不许可的，但人有时为了个名字，会什么也不怕了。

康熙看了老人的那把壶的壶盖中，果然有一个小字。

康熙：真是啊！有人会在壶内刻字吗？

老人：壶内？不会吧。除非……除非有什么隐情讲不出来。

康熙：这做壶的工匠中，您所知，谁家有讲不出的隐情或冤情？

老人迟疑：来，客官喝茶，喝茶……所谓闲聊，是聊一些闲事，正事我就聊不出来了。你看这天，说上来就要上来了。

班得五家堂屋。

班得五在一个锣鼓班的伴奏下，咿呀学唱江南戏，旦角。且舞且唱，化了女人妆，唱得极为认真。

卧鱼儿于地唱得很悲。

众场面卖力气敲打。

唱罢，有仆人端上茶来，递上手巾，班得五擦汗饮茶。

班得五：洪师傅，我今天的嗓子特别畅，满宫满调，唱得还飘。

洪师傅：五爷，再侍候您一段？

班得五：不了，还要下妆呢。中午顾家请席，不去不好。天大的官司，我不去他要唱《碰碑》了，散吧，散了。

众人收拾东西走。

管家上，在班得五耳边说话。

班得五啪地茶杯一顿：天下的男人要学就学吕不韦，懂得“奇货可居”。女人嘛，能做苏妲己有什么不好！再不行了，当也要当董小宛那样的一代名妓，搞得轰轰烈烈，天昏地暗。嫁个良家？嫁良家有什么出息？告诉她读什么书，好好地学身段，我看重她，才这么栽培她呢。学不好别想回家见我，我还指望她做大买卖呢。

说着话，用手指蘸了猪油卸妆，脸一下花起来。

树林中。

刘大姑的丑脸，表情丰富而恐惧，且舞且吟。

青袖开处，是康熙木然不知所措的脸。康熙边躲边退，刘大姑边舞边靠近，哗地定住。

刘大姑：怕了吧？这儿不是虎狼窝，胜似虎狼窝。你是怎么进来的？

康熙：就这么走进来的。

刘大姑：没想到，还是个蛮子，说话那么侉。

康熙：我的话侉吗？

刘大姑：难听，进来想干什么？

康熙：没想干什么，只是顺路进来了。

隔过刘大姑看她身后的姑娘们。姑娘们笑，康熙也笑。

刘大姑：别看，没你的份儿，都是要送进宫里的。

康熙：什么？都是送进宫的吗？太好了！

刘大姑：你高兴什么？现在你还看上一眼，进了宫，你什么也看不见了。但有一个除外。

康熙：谁？

刘大姑做作：我。

康熙：那最好，那最好。

抬腿想跑。

刘大姑：等等！

康熙：走也不行吗？

刘大姑：想来就来想走就走了，你不能白白地偷看了，你得给我们姑娘留下件东西。

康熙：这么多姑娘，我留给谁不留给谁？

刘大姑：扔一件过去，谁抢了给谁。

康熙：这倒有点意思。

极潇洒地从身上取下扇套，抽出扇子，哗地张开把脸一罩，再一收，复把扇子收起，卖了个身段，假作把扇子向左扔去。众姑娘花花绿绿地往左边赶去，唯有彩云站着没动。康熙往左是假，待姑娘们跑到左，再把扇子往右一抛，正投在彩云的怀里。

康熙与彩云四目相对。彩云拿着手里的扇子看着康熙。

康熙转身，回头笑看着彩云，走了，衣袂飘起。

宜兴宜妃处。

宜妃已摔得腰酸背疼，擦汗。小桃红又递上一个。

宜妃：换换手气吧，你摔吧。

小桃红：我看谁摔都一样。

小桃红啪地摔下去，蹲下看了看还是没有。

三德子、法印满头大汗，一步一挪进来。看着满地的碎片，两人精神也垮了，一下子都坐在地上。

三德子：宜主子，您……您还摔吗？您还要摔，咱得订货了，东西送门口来了。

宜妃：摔！

说着拿起一个壶摔向门口。正赶上康熙兴冲冲地从外边回来，那壶正摔在他脚下。

康熙：哎！这是干什么呢？我说怎么门口堆了一帮子送壶的人啊？

四人打起精神，给康熙请安，都跪下了。

四人：万岁爷吉祥。

康熙：免了吧。

班得五密室。

班得五从外边把门打开，点灯，烧香。

密室中不系统地供着一些神像，其中也有吕不韦。正中供着丹书铁券免死牌。

班得五上香，再不是刚唱旦角的模样，极庄重严肃地跪下。

班得五：列祖列宗啊，后人沾您老的光了，后人给您磕头了。咱不能总指着您活呀！后人我要把家业弄大，咱们家的彩云有朝一日进了宫，让她当上个贵妃、答应什么的，咱们家就兴旺了。祖宗先人保佑吧。

班得五祖先像，灯光中看，一个极为淳朴的农民像。

宜兴。宜妃处。

地上还是一堆瓦片，宜妃边抹泪边说：我……我实在是想立个头功，就这么想也这么做了，我是不是很傻？

康熙：不傻，不傻，整个宜兴城都知道了，未必不是件好事。

宜妃：你这是宽我的心。

康熙：不是。

宜妃：那为什么呢？

康熙：这……这总要惊动一个人吧。

四人齐问：谁？

三

山上小棚。

张鸣远正在睡觉，有两个人鬼头鬼脑地伸头看。

张鸣远：什么人？

两人进来。

矮脚：张叔睡着呢？是我矮脚。

阿狗：还有我阿狗。

张鸣远起来。

张鸣远：你们两人从城里来，有什么事吗？

矮脚：张叔，我们两人想你孤苦一人在这山上，吃没的吃，喝没的喝，包来几只粽子给您送来了。

张鸣远：难得你们孝心。街坊们都好吗？

阿狗：好！好！大家常念叨您，盼您回去呢！

张鸣远：劳他们惦记了。除了送粽子，你们还有什么事？

矮脚：嘿！不好开口。

阿狗：就是，不好说。

张鸣远：说吧。

矮脚：我们……我们想要壶。

张鸣远一听壶，吃下的粽子就噎住了，两人赶快上来捶背。

张鸣远：你……你们也是为了壶来的？

阿狗：张叔叔，您可别误会，我们可不要什么供春壶，我们只要你做的普通的壶，随便什么壶都行。

张鸣远：要壶做什么？

矮脚：卖，卖，我们拿去卖，帮您卖掉。

阿狗：对，卖掉，把钱挣来。

张鸣远：求之不得，只怕卖起来不那么容易。

阿狗：容易，容易的。新近壶断档了，没有货了。

张鸣远：我活了这么大岁数，还没听说紫砂会断了档，城里的货还不够吗？

矮脚：不够，有货的也不卖了，听说有一件紫砂中藏了宝了。全城都传开了，好多人都不卖了，我们想您的壶不……不会有宝，所以……

张鸣远：越发稀奇了，怎么会有这等事？

矮脚：有一家人家，大抱二抱地往家买壶啊，你不知道，两个大男人都买不过来呀。然后在家里全打烂了，又一筐一筐地抬出碎片来。从早到晚地这么干，要多少壶啊！

张鸣远若有所悟：噢……

阿狗：两个大男人忙了一天都忙不赢。对，抬出的碎片山一样高。他们不是为了找东西，为的是什么呢？

张鸣远：……找什么？

矮脚：还不知道，知道就好办了。

张鸣远内心话语：真的来了吗？

阿狗：张叔叔，你的壶……

张鸣远：这些壶不能用，都是没嘴的。

两人拿过看，真没了嘴了，愣住了。

矮脚：不碍，左不过是卖给他摔的，有嘴没嘴还不一样？

阿狗：对，对，是总要摔的，要嘴也没用。

张鸣远：你们看可用就拿走吧，但帮我办一件事，一定问清这家人住的地方。

两人齐回：不用问，现在就可告诉你。

县大堂。

宋达安坐堂，不耐烦地听着一个原告在叙述。

原告：我家有驴，十二头，有三头叫驴，余下的是草驴。马家的驴多，春天叫驴跑到马家去了。先去了一头，他扣下不还了；又跑去一头，他们家给打死了，下了汤锅。就这还不算，还放出话来，驴只许他马家一家养，庄上谁若再养驴就是跟他马家作对……

宋达安：好了！什么驴呀马呀的，简直是驴唇马嘴。又没有死人伤命，告什么状？不知本官忙吗？告状的规矩都不懂，退堂。

说完宋达安下堂了。众衙役喊一声退堂，都走了。原告一人跪在那儿有些呆了，不知怎么办。

师爷：你还不走吗？走吧！

原告：走，走了冤没处诉。……县大人说我告状的规矩都不懂，是什么规矩？

师爷：你是不懂规矩。

原告：什么规矩，是县衙内部的规矩，烦师爷一定对我说说。

师爷：在宜兴打过官司吗？

原告：没有。

师爷：怪不得，来，我给你写个条子，你去找一家人，官司或许有望。

班得五开的写状子铺。

一个讼师正在激动地吟诗：我欲乘风归去呀，又恐琼楼玉宇，高……

原告拿着师爷的条子进来，打扰了讼师的抒情，讼师不高兴。

讼师：你早不来，晚不来，单我快读到“但愿人长久”时偏偏来了，这不是断了我缘分吗？

原告：师爷，我可不愿长久，越长久受的罪越多。

讼师：好了好了，别说了，什么事儿？

原告：这是县里的师爷写的条子，让我来找你。我不识字，烦您给读一下。

讼师：嗯！嗯！“身为国家知县，每天升堂问案。若要前来告状，有匾无理好办”……这样的诗句终于无法与苏子瞻相比。你听这，啊，“大江东去，浪淘”……

原告：师爷，师爷，刚您读的四六句是说我的吗？

讼师：当然说的是你，你是不是要告状？

原告：是，告马家杀了我的驴。

讼师：好，拿钱来。

原告：他杀了我的驴，我为什么要出钱？

讼师：谁杀谁我不管，拿出钱来，我给你写状子。

原告：多少钱？

讼师：一两。

原告：一头驴才多少钱，要一两银子？

讼师：爱告不告，不告出去。举头望明月呀，低头……

原告：不能低头，告！告！不告心里不舒服。

掏钱给讼师。

讼师收了银子：你告什么事，啊？与驴有关是吧？……驴，驴可不太好找词。驴，驴冤不冤？

原告：当然冤，冤的我那驴啊。

讼师：嗯，好了，好了。

写了四个字“驴冤得诉”。

原告：写完了？

讼师：写完了。

原告：就四个字。

讼师：就四个字。

原告：那就一两银子？

讼师：状子还没写呢，这是让你到对门先去做一个匾，这是拟的匾文，去吧。

原告：匾文？还要做匾？

讼师：当然要做匾，刚你没听到吗，有匾无理好办，有匾就对了。去吧去吧。

原告：做个匾还要钱不？

讼师：当然要钱。

原告：要多少钱。

讼师：五两，中个的。

原告：五两？够一家人吃三个月的，咋这么收钱？你们这开的是什么买卖呀？

班得五进。

班得五：怕花钱啊？那别打官司啊！大家太太平平的，我们也不愿挣这丧气钱。

讼师：五爷，您来了！

原告：官司还没打呢，怎就这么花钱啊？

班得五：别嫌贵，事办了就不贵，告诉你，我们这儿通着衙门里的那张公案呢，一条龙的连带服务，还让您省心呢！

原告：这儿通着衙门呢？怪道了，说是国家的县官，我怎么看像你们家的县官呀！

班得五：哎，对，这话你说得沾点儿谱。做吧！

原告：做……

宜兴。宜妃处。

大门轻轻推开，康熙半张脸探出，看见大门口一群等着卖给他们家紫砂的人，都睡在晨雾里。有倚在车上，有靠着担的。

康熙赶紧想把门关上。

康熙看见门槛中掉出来的一封信。

康熙捡起信，把门闩上，拆信看。

康熙看过信之后笑。

康熙自语：笨办法使到极处，倒成了巧办法了。宜妃办傻事，我捡巧果子。

屋内。

那四人因前日的劳累，还睡着。康熙走进屋，悄悄拿了那把京城带来的壶，又静静退出。

宜妃梦呓：万岁爷，我想立功，我想立头功。谁叫你这次说不带我出来的。

康熙退出。

山上。

康熙兴冲冲地爬山，遇一打柴人。

康熙：借问乡亲，这山可是惠山？

打柴人：对，是惠山。

康熙：这山上可有人家？

打柴人：人家没有，山上有一茅庵是前年搭的。

康熙：住的什么人？

打柴人：不清楚，你上去就知道了。

康熙从怀中掏出信来，对着山对了那四句诗。

康熙：结庵在惠山，隐情埋心中。若想知详事，门前一老松……

突然追问打柴人：哎！乡亲，那庵前可有一棵老松树？

打柴人边下山边回：好像有，你去看吧。

康熙高兴地上山。

歌舞班众姑娘的大屋。

姑娘们睡一铺大炕上。胖女拿着康熙的扇子甜蜜地睡。突然，一只手把扇子抽走。

胖女醒，一看是彩云，却已扮成农妇装。胖女刚要说话，彩云用指头止住。

彩云小声：别说话，以后见。

彩云说完后，跑出屋。胖女抬起身子看窗外，彩云跑过小树林，没影了。

胖女看了看空的手：说是不在乎，还是不能忘。这下可好，私奔去了，连进宫见皇上都动不了她的心。……睡……生活如梦。

复又躺下睡。

宜兴。宜妃处。

小桃红给宜妃端了粥来，三德子摆筷子，法印在打坐念经。

宜妃有点生气：又是连个招呼也不打，一早就走了，好像他一个人就能把事情给办了似的。

小桃红：主子用吧。

宜妃：我吃不下。

三德子：主子，我有句话不知当不当……

宜妃：讲吧，这会儿了，还有什么当不当、正不正的。

三德子：那……那奴才不说了。

宜妃：为什么？

三德子：说了您生气。

宜妃：你不说我更生气！和尚，你别老像在世外桃源似的，你也出个主意，说两句话。

法印：我，没主意，但三德子想说什么，我知道，我替他说了吧。

三德子：我想说的事你怎么知道呢？

宜妃：怎么你们都知道，就瞒我一个呀？……说吧，说了咱一起吃饭。

法印：三德子想说，您这次出来，太想立功了。

宜妃：这有什么不好的吗？

法印：没什么不好，但说句实话，咱出来不是该围着万岁爷转吗？有功也该让他立呀，有风光也得让他占才对。你这一想拔尖不要紧，万岁爷就跟您较上劲了。咱万岁爷是个什么样的人，他岂能落人之后？所以呢，他宁可单打独练，不和咱们掺和了，比上了。

宜妃：比就比，我不信他能了的事儿，我了不了。好！看谁先弄清楚了那人是谁。来吃饭，咱一起吃，出了门了没那么多规矩。来，来，咱们一条心，较上点劲儿，我喜欢这样。

法印：三德子，坏了，我这话没说好，倒把火激起来了。

三德子：我早看出来了，这回咱们两边都讨不了好，别想了，先吃饭。

宜妃：这次，你们都知道，是我吵着要出来的，回回出来都是万岁爷露脸，这回，我一定要露回脸给他看看，省得让他以为依靠不着我。来，来，快吃吧，吃好了走！

山上草庵外。

康熙到了草庵外，走到屋门前，敲门问讯。

康熙：有人吗？屋里有人吗？

没人应，康熙进屋。

草庵内。

康熙进屋看到桌上的小轮盘和做壶的家伙。

康熙：屋……

突然身后张鸣远的声音：你找谁？

康熙回头，抱拳：先生请了，我是……是游山的外乡人，口渴了想讨口茶喝。

张鸣远：有茶无水，想泡，那儿有壶，自己烧。

张鸣远说完了又出去，康熙看了看壶拿起来。

康熙：借问，灶火在哪儿？

张鸣远：山柴有的是，门口架上石头烧吧。

康熙拎着壶自语：有时一个人也不方便，如有三德子、和尚在，这种活儿他们就做了。

出门烧火。

宜兴。宜妃处院中。

四个人都收拾好了，准备出门。

三德子没有准备，刚把门打开，一股人声就涌进来了——门口站了一堆要卖紫砂的，急着往里拥，三德子手疾眼快，把门关上了。

三德子：我的妈呀！出不去了，出去非被他们吃了。门口，门口……

宜妃：门口怎么了，怎么了？我看看。

三德子：主子你千万别开门，扒门缝看吧。

院门外。

一群人往大门口拥：开门了，开门了。我先来的，要买买我的。

人群挤来挤去。矮脚在找阿狗，阿狗在找矮脚，两人手里举着没嘴的紫砂。

宜妃院内。

宜妃看过后，回头愣着，看三个人。

宜妃：这回出不去了，宜兴城的一半人都在外边了……怎么办？

法印招手，指了指后门。四人悄悄走，院门被打得山响。

山上。

康熙灰头土脸地在烧那壶水。火只冒烟不着，康熙趴在地上吹，吹一脸灰。

康熙自语：衣来伸手、饭来张口的人，现在知道了吧，喝上口开水也是这么不容易。我怎么连壶水都烧不开呀。

康熙左边吹完，右边吹，忙得乱转。张鸣远拿了一根吹火筒来，蹲下，呼呼一吹，火着了。

张鸣远：俗话，人要实，火要虚，你把柴架得这么死，它怎么能通风呢？

康熙：说得不错，实人难架虚火，我是眼不明，人亦不明，手又不听使唤，顾到这儿，顾不到哪儿。

张鸣远：看你不像个凭力气吃饭的。

康熙：花的不是身上的力气，是心内的力气。忙起来眼皮外的事就难照顾到了。

张鸣远看康熙一脸灰，指了指溪水：山前有溪水，不妨去洗一洗。

康熙：洗了好，洗了明净。

宜兴大堂。

宋达安坐堂。衙役威武喊过堂威。

宋安达：传原告。

众衙役：传原告。

原告（在班家做匾之人）抱着一块不大的匾上，上书“驴冤得诉”。宋达安一看匾不大，有点不高兴，顺手一指，原告跪于一边。

宋达安：传被告。

众衙役：传被告。

被告威风入，有两人抬一大匾，上书“恩泽及驴”。宋达安一看匾，大喜。

宋达安：嗯！好！好！被告你有什么可诉的，当着本官说说。

被告刚要说话，原告急了先说。

原告：回老爷，问案当先问原告，我是原告，您怎么让他先说啊？

宋安达：大胆！谁让你插嘴了，本官听完被告的，还指不定听不听你的呢。

原告：这可冤枉啊！您怎么能不听原告的呢？

宋安达：说白了，就是因你用这么小小的一块木头来搪塞本官，本官虽只是个小小的宜兴县，但为官清正，计名不计利。所谓名者，天下人所共知也。本官多少年来只为求名，混到现在终于得了一个宋龙图的美名，你居然用这么一小小的牌子来蔑视我，蔑视我就是蔑视公堂，蔑视公堂就是蔑视法，我还用听你说话吗？来呀，先打二十！

原告：哎呀！这是个什么地方？说是个讲理的地方，分明是不讲理嘛！状还没告呢，话都没说，就因为匾小就要打。你怎么这么好大喜功？你是个什么官，我送你大的还不压死你！好！你嫌匾小，你打匾，这状我不告了。

说完站起来边哭边走，来个不讲理对不讲理。

宋安达先一愣，后觉有理：说得对，这样的匾岂能留下，毁我名声。来，重重地将那匾打五十棒，不，七十棒。

衙役上将匾放于地上，水火棍在“驴冤得诉”的四个字上狠狠地打起来。

衙役甲：哎，我说老王，当了半辈子差，可从没听说过有打匾的，这打着可震手啊。

老王：是啊，这哪儿是打匾啊，这不是打咱们自己个儿吗。哎哟，震死我了。

山上草庵。

一只手在很有形式感地刷壶，撮茶，冲水，洗叶。

张鸣远在泡茶，颇有几分庄重。

康熙正襟危坐，等着喝茶，在简陋的草庵中此景有些情趣，又有些不和谐的好笑。

张鸣远：茶虽是最清洁之物，但长在山旁道外，有时不免蒙尘，冲第一次的水要倒掉，谓之洗叶。

康熙专注地看着木桌下一个遗落在地的壶盖。康熙听着说话终于忍不住，伸手把那壶盖捡了起来。

康熙在手中看着那个盖，尔后伸手入怀中掏出那把写有冤情的壶来。把盖儿换了，盖在壶上严丝合缝。

张鸣远：但世间洗不掉的是……苦味。

张鸣远一眼看见康熙手中自己做的壶：这壶……这壶……你……

康熙所答非所问地看着两个一模一样的盖说：一模一样，走了几千里地，会碰到一样的东西，人哪能不信老天有眼呢？

张鸣远已泪眼模糊：你从哪儿得到的这……这壶？

康熙：得之于无意之时，问之于有意之人，您认得这壶？

张鸣远：我……我……

刚刚说到这儿，门砰地被撞开，买官的里长陪班得五又来了。

屋里两人惊住。

张鸣远：这两人……

康熙：我并不认识。

张对康熙突然不信任了。

班得五：没想到还挺热闹啊，哪儿来的客啊？

里长拉过一把椅子，让班得五坐。

康熙：你问我吗？

班得五：不问你，这屋里还有别人是客吗？

康熙：问别人话，该有个称呼。

班得五：嚯！还挑了礼了。我问你是抬举你，爷我要不高兴……

突然看见康熙手里的壶：不问你。

康熙：怎么样？

班得五：打你！

越看越喜那壶：是个好东西啊！

张鸣远紧张，坐回到桌前假装做泥壶，偷眼看着。

康熙看了看自己手里的壶：我也这么认为。

班得五：卖吗？

康熙：看是个什么价。

班得五：大爷我看上的，便宜了我还不要呢！让你说，大着点胆，你说吧。

康熙：怕你应不下。

班得五：说说看。

康熙：我说了。

班得五：说。

康熙：制钱一枚。

班得五：你这是看不起我。

康熙：外带免死牌一块。

屋内人都惊了。

班得五惊住：你……你是什么人？

康熙：买壶卖壶的商人。

班得五从里长手里拿来一老式的毛瑟枪：买壶卖壶？你知道我是干什么的吗？我是买命卖命的。小子，今天爷要让你人壶都走不了。

危在旦夕。

山野厕所。

宜妃欲如厕，看见眼前的高粱捆在动，越动越厉害。宜妃大惊。

宜妃：三德子，快来！

三人听宜妃叫，都冲了过来，法印到门口止。

小桃红、三德子冲入。

两人：怎么了，怎么了？

法印：无非是碰了条虫子。宫里待惯了，见了什么都叫。

话刚落音，三人押着彩云出来了。宜妃边走边整衣冠。

法印：不是条虫子，是个姑娘，这有什么可叫的？

山上草庵。

班得五拿着毛瑟枪对着康熙。

班得五：我一生爱走偏锋，实话告诉你，爷我没有什么武功，但手里这东西，你别小看了，和我这人一样，一响宜兴城都晃悠。你把壶放在桌子上，了了你我一点儿都不心疼，可我不愿伤了一把好壶。人我看不起，壶我看得可重啊，不信问问他。

说着用枪指了指张鸣远。

张鸣远在班得五说话时，一直假装做壶，其实是在捏一个小球。

康熙：小心点儿，别崩着自己，你那支是个俄国货，我见过，后膛不严，可别……

班得五：别跟我玩见多识广这一套。我在江湖上混的时候，你还不定在哪儿呢。把壶放下我就只打你的左手，再不放我就炸了你的头。

康熙壶依旧在手：江湖我确实没混过，可天地河海我见得多了，这壶我不会放下的。

班得五二话不说，站起举枪就射，正扣扳机时，张鸣远的泥球弹起，飞入那支毛瑟枪膛。

嗵的一声，黑烟冒起，满屋不见人。

地上有人呻吟，两个身上被炸黑的人急急跑出屋去。

宜兴新租的房子。

四人在听彩云哭诉。

彩云：说是叔叔，根本就不是亲的，我爹妈现在何处都不知道，只是有一次他的小妾受了气，背地里告诉我，是五两银子买来的，说将来养好了有用。能进宫就进宫，进不了宫，就送青楼。

宜妃：这人怎么这么坏，他叫个什么？

彩云：姓班得，叫班得五，宜兴一城的人都叫他五爷。

宜妃：是个旗人吗？

彩云：是汉旗。

宜妃：你没想过跑出来以后怎么办？

彩云：找亲爹亲妈。

宜妃：怪可怜的，哪儿有那么容易呀！一个大姑娘的，见了人就往厕所躲，那还是荒山野岭呢，进了城躲哪儿去？

彩云：当时……当时我以为您是个男的呢？

宜妃：我？

三德子：主子你这身衣裳闹的。

宜妃：可不是，我这不穿着男装呢吗？我要是个男的，我就娶了你。看还脸红了。

三德子：主子，我看这么办吧，您要心疼彩云姑娘，您就把这新租下的房子先让她住下，要怕不稳当，再把这身衣裳换给她，你们的身量差不多，让她在这避上一时。以后容对机会了，咱们帮她找亲人。

宜妃：三德子说得是。来，你穿这马甲试试。

彩云试衣时，扇子落在了地上，宜妃看见。

霓裳歌舞班。

众舞女跪在地上，跪了两排。刘大姑手持藤条，边走边训话。

刘大姑：你们将来红了，有了依靠，不管他是宫里的皇上，还是京城的军机，那都是将来的事儿。现在你们父母花了钱，五爷把你们交给了我，就是我说了算。胆子还不小呢，敢偷着跑了。教你们身段，教你们样儿，那是教你们将来吃饭的本钱，为你们好。你们将来出人头地了，就知道谁是亲娘，谁是后妈了。

说着到了胖女的跟前，拿起藤条就抽。

刘大姑：低头，我不打你的脸，打坏了你的脸害你一辈子。说，平时你不是跟着她像个狗屁三儿似的吗？她跑哪儿去了？说！

胖女：呀！大姑别打了，我不知道，我还没醒呢，她就走了。就知她拿走了那把扇子跑了。

刘大姑：扇子，什么扇子？

胖女：您忘了？还是您让扔的呢！

刘大姑：我让扔的？坏了！那么多大爷驾着香车在门口等，都没勾走我霓裳班的姑娘，他一把扇子把这儿最好的姑娘勾走了……

彩云处。

哗，扇子打开了，上边写着唐人绝句。

扇子移开，宜妃的脸很疑惑。

宜妃：这扇子……这扇子是你带来的？

彩云刚想答话，三德子怕出事，忙把话接过去了，边说边与彩云使眼色。

三德子：啊，回主子，那什么，三爷早上不是出去得仓促吗？忘带了，我怕路上碰见他，就给带出来了。

法印自语：除了保媒拉纤，还瞎话连篇……

三德子瞪他。

宜妃：我说也是，怎么这么快就认识上了，没那么巧。彩云姑娘，你刚说，说你们霓裳班的学员要选进宫里去？

彩云：是这么说的，班得五办了一个皇宫美女选教司，到时由几个有功名的据说在皇宫里待过的老学究来选，选过后送京城。城内好些人家托人送银子想走这条路呢。

宜妃脸越来越不好看：三德子，有这么回事吗？

三德子：回主子，从没听过这回事，从没听过。

宜妃：法印你呢？

法印：这种事听了也当没听，出家人不问红尘事。

宜妃：说是办事来了，这次我别的事不办，这桩事，我要给办清楚了。天快黑了，咱们回吧。彩云你就住这儿吧，要害怕，我把小桃红留下陪你。

彩云：不用了，没什么怕的。我想问一句，你们说的三爷是谁？

宜妃：啊，我们只是说说而已，这人你不一定要见，不一定要见啊，见了也帮不了你什么忙。咱走，快走，一提起来他来，我可有点担心了。

京内翰林院。夜。

众翰林每人面前一盏灯，一册一册地翻书看，在查免死牌的出处。于世龙坐在前边盯着，打瞌睡。突然一个翰林查到了。

翰林甲：报！

于世龙惊醒：讲！

翰林甲：在祖宗太宗皇上起居录中查到了。

于世龙飞快地下来看。

于世龙：好！终于给查出来了，这回可交差了。不知是好事还是坏事。散吧，几天来真是太劳动几位了。

众人举灯排队退出。于世龙在孤灯前手抄起居录。

于世龙：……万岁爷他可平安吗？

四

班得五堂屋。夜。

一外科郎中正给班得五疗伤，班得五疼得咧嘴。

班得五：哎呀！哎呀！老刘，去把那把破枪给我扔猪圈里去。

管事刘：已回了铁匠炉了。

班得五：什么枪啊！洋人的东西，听着玄乎，一点儿都不好使。大夫，伤得重不重？

大夫：不碍，皮肉伤。

班得五：里长那小子，瞎了一只眼，好好的要买官做，要不当这里长，现在还是个全乎儿人呢。这可好，赔了一只眼，那只还不定能不能保住，也是报应。……大夫，您上的什么药？

大夫：白药，专治枪伤的。

班得五：这可是洋枪。老刘，你说说，枪是用着打别人的吧，倒打着自己了。

管事刘：那人可伤了？

班得五：大概也好不了，等我们醒过来，人已经不在了。……对了，大夫，万一有人找你治洋枪伤，你可报个信，我一定要把他扣下，下回就用大刀片子。

管事刘：是城里人？还用费这事儿吗？抓来就是了。

班得五：是城里人我还用枪？我往那儿一站，我就是枪。借他个胆儿。

管事刘：五爷，我多一句嘴，不是城里人您跟他置什么气，弄的这伤也不值得。

班得五：你不知道他有多气人，他……他要买我的丹书铁券。

管事刘：那……那他真是老鼠舔猫——作死了。这是逼您用枪了。

班得五：可不！哎哟，轻点儿，疼死我了。

宜兴。宜妃处院中。夜。

院中看见窗上屋内人剪影，宜妃四人在着急。

宜妃：再……再出去找找啊，怎么会这样呢？三德子，你都找遍了吗？

三德子：找遍了，就差打锣了。

宜妃：法印，你呢？

法印：主子，您也别急，这事怨您，谁叫您较劲的。

宜妃：怨我，怨我，我也没怨你们。小桃红，打灯笼，咱俩出去，找不回来，死在外边。

宜妃、小桃红出屋门，猛看见一人架着一人站在院中。

宜妃大惊：什么人?!

三德子、法印听叫全冲出来，小桃红灯笼挑上。是被烟崩黑了脸的康熙，康熙架着打伤了腿的张鸣远。

康熙：别喊，是我。

宜妃：哎呀！万……三爷，您怎么弄成这样？快！快！我说出事了吧。快，快。这怎么得了，快，伤了什么地方了？

众人动手把二人扶架进屋内。

宜妃屋内。夜。

康熙一脸的黑，很可笑，脖子里也是黑的，只有牙是白的。

康熙：有伤药吗？快给张师傅裹上。

宜妃扯布，小桃红备药：伤得重不重？

张鸣远：不碍，劳驾两位了。

宜妃：这会儿还能说这话，治伤要紧。

小桃红忙。

宜妃站起看着康熙，突然想笑：您……您可回来了。

康熙：饿了，烧饭。

三德子：三爷，我先侍候你洗把脸。

宜妃：慢着，先让三……三爷照一照，洗了就看不见了。

拿来镜子，还未说完自己先笑起来。康熙在镜中看见自己，也笑了。

康熙：说了，俄国造不行，光出烟不伤人，洋人的东西虚张声势耳。……好！唱包公不用化妆了。

众人都笑，开始忙着给康熙弄饭。张鸣远看在眼里，不说不问。

紫砂铺。夜。

掌柜的很神秘地点起一盏灯。灯亮了，掌柜的仪式般摆好灯，学徒在旁边看着。

掌柜的：门关严了吗？

学徒：关严了。

掌柜的：窗帘拉上。

学徒把窗帘拉上。

掌柜的坐在一小板凳上，拿起一把壶来，细细摩挲：这么些天了，人家都抢着卖，我一把也没出手。自古买壶是用来喝茶的，哪儿听说过买是为了砸着玩的？当时我就想了，不定哪只壶里有宝呢。真让我猜着了，也许他们说的那金刚钻，就在我这铺子的壶里。

掌柜的说着要摔手里的壶。

学徒：师傅，您……您想好了吗？

掌柜的：还有什么可想的，这个理你都掰不开吗？三大颗金刚钻和一铺子泥壶，给你你要哪个？

学徒：要金刚钻。

掌柜的：这不对了？摔吧。

学徒：可……可这把壶光做旧就熬了二十天的茶叶水，要卖好了，值一两银子呢！

掌柜的：不就一两银子吗，舍不得孩子套不着狼。这事我要是不知道也就算了，一知道了，那三颗金刚钻天天夜里扎我的心，我疼啊！谁受得了想钱的折磨啊。

啪地把壶砸在地上，砸完眼放光了，再用小锤细敲，没有。向学徒伸手，学徒又递过来一把壶。掌柜的接了，啪地又砸，此时面目已冷酷。

宜妃处张鸣远偏厦。

张鸣远因伤滞留在了康熙处。宜妃、小桃红举灯来探。

宜妃：张师傅，睡了吗？给你再贴贴药吧。

张鸣远正襟坐于床上。

张鸣远：进来吧，门开着。

灯光下宜妃、小桃红进来，帮张换药。

张鸣远：实在有劳了，实在。

宜妃：别客气，我们三爷的脾气，什么事儿他都爱管。放心，你就踏实地住下，我们办我们的事儿。事儿办完了，我们就走了，估计你的伤也好了。

张鸣远：你们到宜兴来有什么公干吗？还是找人？

宜妃：找免……

小桃红赶快拦住：主子，你药用多了……

宜妃会意：啊，看我看我，找个普通东西啊，最普通的东西，一把壶，喝水的壶。

张鸣远：哎哟！

宜妃：疼了吧，不碍，就好了。

张鸣远内心话语：壶，又是壶，他们也是为了壶，我差点说漏了。

班得五院子。夜。

灯笼火把，家丁忙乱。

班得五吊着膀子站在台阶上，刘大姑沮丧地站在旁边：早上跑的，这会儿才来说，到哪儿去找？告诉你，彩云是我花了十几年心血养起来的，班家后几辈子全靠她了，丢了人拿你是问！刘四去大道，樊五搜城，有消息快回来报！

宜妃处上屋。夜。

三德子侍候，康熙洗罢了脚，端水退下。

康熙揽镜自照："纵被春风吹作雪，绝胜南陌碾成尘。"想想有点后怕，真要是那枪响在朕脑袋里，岂不是死如尘埃了。

三德子：万岁爷，可不敢了！明天出门，您是带我也得带我，不带我我也跟着走了。我……

宜妃从里屋出来，拿着那把扇子。

宜妃：也得带上这个吧，连个手上的东西都没有，那可怎么行。

康熙一看扇子，大吃一惊。

康熙：哎，这扇子怎么在你手上？

宜妃：不是你早上出去忘带了吗？

康熙：……

三德子赶快使眼色，小声：奴才替您瞒着呢。

宜妃：你说什么？

三德子：奴才替万岁爷收着呢。

康熙：行了，给我吧。

接过扇子打开，深情看上边字。

彩云处。夜。

月光照窗棂。彩云醒着，想着那天康熙扔扇子的情景。

月光中甜美的彩云。

宜妃处大门。晨。

小桃红开了门，拎了食盒去给彩云送饭。

街口。

街上很乱。班得五的家丁以找彩云为由，挨家挨户地搜查。

班得五站在街口看着过往行人。小桃红从另条街拎着食盒过来。班得五看着她。

班得五：老刘，那拎食盒的女子，你可见过？

管事刘：没有，从没见过。这宜兴城就这么大，鲜艳的女子不会不知道，这人没见过。

班得五：抓了她，要是彩云没了，拿她顶。

管事刘一挥手，家丁上去。

小桃红措手不及。家丁二话不说上来要捆人。

小桃红先还躲闪，后无奈：要绑让这位妈妈代劳，你们动手，我就撞死。

食盒掉在地上。班得五窃笑。

张鸣远偏厦。

张鸣远刚要架拐出门，康熙、三德子进。

康熙：张师傅，您这是……

张鸣远：您来了正好，我原想去跟您告个辞。

康熙：这说的是什么话？您腿还伤着，家又难回，怎么可以走呢？坐下，坐下。

张鸣远：说句见外的话，您我素昧平生，在此打扰，于心不安。

康熙：说哪儿去了，那天的祸，还是我那把壶引出来的。就是没有这事，是朋友总有缘，您这样的制壶高手，平时请还请不来呢！我……我还有事想问您呢。

张鸣远：不要提壶了，原本是件器皿玩物，到了一些人手里却变成惹祸之源了。我……

康熙：张师傅，您不会有什么隐情吧？不妨说说。

张鸣远：没有，没有，只是感慨而已，感慨。

外边宜妃喊：我们去找小桃红了，三爷您可别一人出去。

三德子：哎，知道了您。

康熙：小桃红去哪儿了？

三德子说也不是，不说也不是：回爷，待会儿我再跟您说。

班得五院内。

小桃红被兵丁绑了进来。班得五坐在台阶上的太师椅上。

班得五：哟，这么好的姑娘怎么给绑起来了？快快松了。

家丁欲上手，小桃红又紧张。

班得五：慢着，你们别动，你们手脏，我来。

班得五走下台阶，来到小桃红跟前。

班得五：小姐，这辈子受过这气吗？心里难过不难过？疼吗？你是哪儿来的？好好说，到宜兴干什么来了？说出来我让你走。

小桃红学着河北话：保定府来的，走亲戚。

班得五边拉绳边牵着绳围着小桃红转：干吗来了？

小桃红：走亲戚，做买卖。

班得五：做什么买卖？

小桃红：收枇杷果。

班得五：枇杷果在春天，我看你是想收琵琶鬼吧！说，那饭是送给谁的？

小桃红：是……是……是给庙里送的斋饭。

班得五：斋饭，你还是个信佛的呢，打开！

家丁打开食盒，内有鱼肉。

班得五：是给什么和尚吃的斋?！你个小丫头片子，蒙人蒙到大爷我头上来了。来人呀！把她吊上柴房。慢，这么嫩的脖子可不能吊，吊她的青丝长发！

街上。

锣鼓喧天。

美女交办司的牌子。门左一溜轿停在门口。刘大姑带着姑娘们出轿。一个一个姑娘出了轿后，花枝招展地进去。

门右也停了一些老轿，从里边钻出一些老得直咳嗽的白胡子老头，弯腰驼背也进去。两两进门形成对比。

门口人头攒动，都在看热闹。康熙、三德子也在其中。

康熙：三德子，这是干什么的？

三德子：回爷，这可能是给您选秀女呢。

康熙：给我选？谁让他们选的？

三德子：不知道，许是自发的。

康熙：由谁来选？

三德子：可能是那些老先生。

康熙：有意思，咱能进去看看吗？

三德子：爷，咱正事还没办呢……

康熙：这难道不是正事儿吗？有人为朕办这么好的事，朕一点都不知道。谁知他们是真为朕办事，还是打了朕的牌子害人？我觉再没有比这事更该办的了。

说完自己往前走。三德子追上：得，爷您慢点，您跟着我。

三德子分开人群，康熙扇子一开遮住脸，与三德子跟着一队老头进。

守门的刘大姑刚一拦三德子，三德子伸出手拿出一锭银子放在大姑手里，趁机又掐了大姑手一把。

刘大姑假作娇嗔：哟！来了，你个坏样。

拍三德子一巴掌，康熙用扇子遮脸趁机想进去。刘大姑想细看看，三德子赶快挡。

三德子：一起的，一起的。

刘大姑：怪不得那么面熟呢。进吧，别看在眼里拔不出来了。

彩云处。

宜妃在着急，法印在打坐，彩云姑娘不知所以。

宜妃：她一大早就出来了，拎了个食盒，难道走错门了？

彩云：再等一会儿吧。

宜妃：都等了两会儿了，走三趟也该来了。和尚你又在那瞌睡，你倒是……

法印：人生有命，富贵在天，老天爷让你死在井里，你死不了河里。急也没用，要出事儿呢，急也出了，不出事儿急更没用了。不如在此好好等等。

宜妃：吃斋念经的就这点不好，遇什么事儿都不急。告诉你和尚，别忘了上几回小桃红对你的好处，现在她真遇到事儿，你倒不急了。

说得法印突然坐立不安起来：谁说我不急了，我是急在心里，你们看不出来。借问彩云小姐，你那叔叔家住什么地方？

彩云：东山街，一座老宅子，走进去就能看见。

宜妃：打听那儿干吗？小桃红怎么会去那儿呢？

法印：遇事先往坏处想，如没有被班得五抓起，一切不打紧，咱们可以慢慢再找，如是他抓了，就省了跑弯路。我走了，主子您可别再乱动了。咱们这人是分得越来越散了，一会儿我来接您，再不可大意了。这次来宜兴，事不大，险不小。

宜妃：好，我等你。

美女交办司。

刘大姑在叫名字。

刘大姑：霍小翠。

一姑娘甩着彩袖出，在一排老朽面前且舞且走。姑娘很喜兴，大方。众老朽摇头不止，有咳嗽的，有擦泪的。

老朽甲：姑娘，且慢。来，来，张嘴，把牙并齐。好！

众老朽齐看女人牙。甲站起对众老朽说：诸位，我看是牙不好。有道是“忍病先寒，因娇或噤，伫想频衔素指纤”呀。牙这东西，不可太齐，所谓“文似看山不喜平”，牙也一样，太齐则显得呆板。此女牙口太齐，牙又这么白，寡淡，失了味道，失了味道。那要送到宫里去，皇上万岁爷看了该多乏味啊。不知各位意下如何？

老朽乙：说得是，“咳唾轻飘茉莉香”，牙白倒是无碍，齐则失了参差，无味。我等尚有此论，何况万岁爷乎？此人不可选。

康熙与三德子在后排，小声：三德子，又白又齐的牙不好，里出外进的牙才叫好吗？我什么时候这么想过？他们怎么会知道我的想法，真是笑话。

三德子：他们连您都没见过，当然替您瞎想了。

康熙：他们关起门来怎么瞎想也不要紧，这一弄，全国人不是都以为朕喜欢龅牙的女子了吗？世上哪儿有这么荒唐的事？

刘大姑：黄春柳。

应声上来一很美的姑娘，比上一个更美，更健康。且舞且跳。

康熙看得很高兴，舞毕不由鼓掌。三德子忙止。康熙用扇遮脸。

三德子：爷，看看得了，先别出声。刚说跟您没关系，您又鼓掌。

康熙：此人倒是颇合朕意。

三德子：别想了，跟您可没关系啊。

老朽丙先不断咳嗽，有小童拿了水盂接痰：我来说两句，孔夫子在讲到吃时说：“色恶，不食……割不正，不食。不得其酱，不食。”依我看此女便属色恶一类，看她的腰多么的细，真是个“醉倚人娇，笑凭人软”。这……这完全是一个亡国的腰啊！这样的女子选进宫去，万岁是不会要的，如果万岁一旦留下，必然宫乱国亡。我意一定不能选，不能选。这种人留在宜兴还勉勉强强。

老朽乙：陈公说得是。再看这女子的面容，“粉脸霞生一缕，掩映绿之秋水”，这样的面目当今皇上怎么会喜欢？皇上自然是喜欢“皮下多无肉，秋来瘦不禁”的那种。这种脸多对一刻也要心生厌恶，不妥，不妥。欺君的脸，欺君的脸。我等尚有此论，何况万岁？

老朽甲：说得是。刘大姑，你有什么好货色，快快拿出来，怎么光拉这类光光鲜鲜的出来，看了让人甚觉无趣。

姑娘哭下。

康熙小声：这都是些什么人？他们简直是暴殄天物，暴殄天物！我……我怎么能坐而视之！

三德子：行，爷，咱走吧。

康熙：不走，我倒要看看他们替朕选什么样的人！

刘大姑：盖美娟。

一姑娘应声背对大家出，瘦骨嶙峋，脚大如男人。一退二退，由袖子遮脸，退到中场中央，突转头，撩起袖子。

一张又丑又干的病容脸。

众老朽先一看，一愣，后齐声喊好，鼓掌。

众老朽：好！

康熙差点晕过去：这……这……这是什么？

三德子：爷，您可挺住了，叫您走，您不走，这可是您要看的。

此女边舞边如猫唱。众老朽起身相围相随，跟随相舞。

老朽甲：呀！好肩，“望中疑削，画工减尽”。

老朽乙：好手，好手，“昨日琵琶弦索上，分明满甲染猩红”。

老朽丙：好指甲，“风流甚，把仙郎暗掐”。

假作被掐了一把。众老朽丑态百出。

康熙挣扎站起，三德子扶出。

身后锣鼓阵阵。

美女司大门口。

康熙冲出，扶树呕吐。三德子捶背。

康熙：气死我了，气……三德子！三德子！

三德子：爷，我在这儿呢。

康熙抽出汗巾擦嘴：千古未见，闻所未闻。这样的事你坐在京城里，做梦都不会梦到呀！……朕明白一个道理，朕是千方百计地想把一个国家办好，而有些人是千方百计地要把这个国家搞坏。

又要吐，三德子赶紧捶。康熙：……可气的是还打着朕的旗号！打着为朕做事的幌子，干见不得人的事。这些人，不除不快，不除不快呀！三德子，不下来咱们看得着吗？梦一样的。

班得五家院中。

法印穿了僧衣，在院中大骂。

法印：什么样的人家，看着是高门大厦，金玉满堂的，连一碗残汤剩饭都舍不得给吗？不怕遭报应啊？

家丁上来拉他：哎！你这和尚怎么这么不讲理呀？谁说不给你了？

法印：给又不拿，推推搡搡的这是做什么？你以为洒家耐烦在这儿叫吗？

家丁：让你在门口等一下，你怎么冲进来了。

法印：门口那样晒，为什么要我等？若是个做善事的样，就该端一张椅子来，让爷也在这花荫槐下坐上一坐。尔后再端上一碗上好的茶来，润润我的喉咙，再然后请我去厨下，看看有什么样的酒菜，可以给洒家一用的……

说着往后院就去。两个家丁上来拉，被他一边一下地打倒了。

家丁大喊：爷，爷，有个鲁智深，要闯进去了。

法印刚要跨进东西跨院，班得五一声喊：站住！

法印站住。

东跨院关小桃红及几个姑娘的柴房。

小桃红被绑着，口中塞了布，听见法印的声音，不住地挣扎，出声，但无济于事。其他姑娘恐怖地看着。

班得五院中。

班得五看着法印：鲁智深已过时了，你要装不妨装装别的人物，要么弄得败胃口得很。

法印：行侠仗义，怎么会过时，善义怎么会过时？也就是你这样的人家行不端，坐不正，礼义不通……

班得五：我这样的人家又如何？五爷我今天心情好得很，不想与你争斗，而把一天的心境弄坏了。告诉你，东西可以给你，就怕你吃不下去。

法印：看你怎么个给法。告诉你，我上门化缘是让你行善事，我可不是个要饭的，你给得不恭敬，还别怪我不客气。

班得五一使眼色，家丁把小桃红的食盒拿了出来，放在法印的眼前。

法印看了一惊：这……这……

班得五：吃呀！吃得下吗？以为她说谎呢，没想到真是给和尚送的斋饭。告诉你，人在我这儿，你有种就把她救出去。

法印愣住：果真是被你给抓来了，我不是吓你，你要敢对她有半点伤害，后悔莫及！

宜妃处院中。

张鸣远拄双拐出，想趁家中无人，自己离开。一摇大门，锁了。又拄双拐向后边屋中去，还是出不去。

张鸣远自语：我这是到了什么地方？他们还是为壶来的？我一把壶害死了三个亲人，我不能在此，我要走，我不能坐以待毙。

京内。于世龙府客厅。

“我来也”一身武士打扮，在客厅坐着。

中军：大人让你稍等一会儿，他马上就来，您喝茶。

“我来也”：让于大人有事尽管慢慢办，我不急的。

中军：屋内字画您不妨浏览，请自便。

“我来也”站起看着墙上的字画。正看时，于世龙一身游方郎中的装扮推门进。

于世龙：金义士，烦你久等了。

“我来也”回头，疑惑：于大人，您……您这是……

于世龙：我为什么这身打扮？先不急着告诉你。我问你，我这身装扮像不像你们南方的游方郎中？

“我来也”：像倒是像，就是缺两样东西。

于世龙：准备下了，来人，请进来。

仆人拿进一个药箱、一支医幡：药箱一只，医幡一支。这两样东西是给你备下的。

“我来也”：为什么说是给我备下的？

于世龙：待会儿你就知道了。来人，再把给金义士准备的衣裳拿来。

来人拿来衣裳，于世龙让“我来也”穿上：这是给你的，穿上，穿上。哎！很合适嘛！我一看见你就觉我有三分不像，也不碍了，你像啊。再把这个药箱背上，医幡举起。对，还忘了一件东西，铜铃……

于世龙说着从怀中掏了出来，当当敲响：来，我摇铃，你跟着我，咱们两人在街上这么一过，有病的抓药的就都出来了。怎么样？像不像？

“我来也”：于大人，您这是要带我出去？

于世龙：嘘……

看看仆人：你们退下吧。来，坐，坐下。此次万岁爷依旧让我以钦差相随。但上几次都是兴师动众的，既不自由，也没有趣味。这次，咱们也来个微服，一点儿风声不走，一路看下去，如何？

“我来也”点头。

彩云处。

康熙的扇子一摇一摇。

彩云：二位爷坐，我去烧茶。

三德子：哎，不用，彩云姑娘你坐，我去，我去。

彩云：怎么好让一男子去烧茶。

康熙摇扇：让他去吧，他烧惯了的。

三德子：对，我烧惯了，您慢慢陪万……三爷说话。

彩云左右不是，似坐非坐，不敢正视康熙。

康熙：没想到，这扇子转来转去，又转回来了。说了要送你的，还是给你吧。

彩云：也许那天会投中另外的人。

康熙：可是投中的是你，天下的事，有时像笔写的一样准。我总觉冥冥中有一个人像编故事一样，写着人世中每一个人的一生。比如，现在九重天上的天官正把墨蘸得饱饱的，纸展得平平的，在写着今日宜兴城中，彩云姑娘在与一北方来的客人，因扇子之缘又见了一面，并在屋中欢语——他一定会用“欢语”这个词。

彩云羞涩：“欢”这个字，不敢用，它于我真是远而又远的。正是中秋临近之日，这取冷的扇子也该弃置一边了。

康熙：“秋来纨扇合收藏，何事佳人重感伤。”不想小姐一拿到这扇子，倒是把古人的绝句演练了出来。“大都谁不逐炎凉”……

彩云：炎凉，倒说进我心内去了。

康熙：不妨说一说。

彩云：不说也罢。

彩云厨房。

三德子正烧水煮茶，边烧边自语。

三德子：这时候，烧茶的当然是我，我不来烧，让彩云姑娘来烧，那万岁爷跟我有什么话说呢？没话说，也没事干。眼睛呢，就该不停地往外看了，说是渴了，等茶喝呢。其实茶来了并不喝茶，还是跟姑娘说话。说出来的话也文，也雅，似懂非懂的。可不会像你想的那样说什么“你好吗”“我挺好”“你看我好吗”“我看你挺好”“那你嫁了我吧”“行”。可没有这样简单直接，人家得要那股劲儿，说文一点叫味道，得要那种味道。将来说将来的，好了，孬了，吵嘴了，打架了，寻死觅活了，那不管，这会儿说这会儿的。那种味道可不能丢，要是没了这种味道，那就很没有味道了。

茶好了，自己先斟了一杯尝了一口：嗯，好，好味道。

彩云处。

彩云与康熙诉心事。

彩云：他用杨玉环的故事教我，说班答一门到此时，文不能文，武不能武。将来还想福荫子孙，大概只有走旁门左道，所谓“姊妹弟兄皆列土，可怜光彩生门户”，门户当由我来生了。

康熙：你怎样想？

彩云：我只有逃。

康熙：你不想进宫吗？

彩云：为什么要进宫，宫内有多大。俗话侯门深似海，一朝进了宫还会浮出来吗？这个世界有多么大啊，宫里不是笼子里的生活吗？即使是金丝笼，它也是笼子啊。漫说进不去，就是进去了，还会似这样看着阳光落地、白云行天吗？

康熙：你……你真不想进宫？

彩云：不想。

康熙：或许有一个人，会觉惋惜。

彩云：不会，你会惋惜吗？皇帝更不会……

三德子在外边喊。

三德子：茶好了，茶来了。

宜妃处。

茶杯落地，被宜妃不小心碰掉的。

宜妃生气：越忙越乱，现在可好，连个沏茶倒水的人都没有了。他真是这么说的？

法印：一点儿没错，他说“人在我这儿，有种的你来救”。

宜妃：这么大的口气。和尚，咱们不等他两个了，咱们去救人。

法印：主子，你还是等等吧。这次出来，其实事儿不大，但比哪次都乱。我看就是自己乱的，有劲儿不往一处使，那还不乱了？

宜妃：哎！你这话是说给我听呢？你怎么不说他呀！整天在外边不知

干什么去了，让人操心劳神，动不动挂着彩回来了，还给你带了个一点儿关系也没有的伤号。我一生就不服这个理，论力气是男人的大，论能耐是男人的多，论道理也都是男人的对，你说说你们佛家是这么教你的吗？

法印：主子，您别冲我来呀，您……

张鸣远屋内。

张鸣远从床上坐起，竖起耳朵听着宜妃的埋怨话，心事重重。

五

宜兴县大堂。

宋达安踌躇满志，升堂问案。众衙役喊堂威。宋达安拔签丢了下去。

宋达安：带人犯。

众衙役：带——人——犯。

衙役带两人犯上，一胖女，一瘦男，跪于一旁。

宋达安：原告何人？

胖女：民女赛西施。

宋达安：所告何事？

胖女：告我家小叔强奸其嫂。

宋达安：其嫂是谁？

胖女：就是民女。

宋达安：小叔现在何处？

胖女：堂上跪者便是。

宋安达拍堂木：大胆刁民！古训有叔嫂不同席，你怎会做出这等事来？还不快快从实招来。

小叔：回禀大人，小的实在冤枉。我哥他于去年死了，留下这悍嫂，每日在家摔碟打碗，吵着要改嫁，可又没有人家可去，后来与小的糊里糊涂做成了事，也是她用酒设计所为。

宋达安又拍惊堂木：胡说！既是她所设计，今日为何又是她要把你告到堂上来？这不是前后道理不通吗？

众衙役齐喊堂威。

小叔浑身颤抖：听……听小的慢慢说，小的实在在家待不下去了，想找个人家入赘而去。不想被她知道了，死活不许，我去意已决，她……她就说要去就把我告上公堂。我想入赘，她就让我入监。

宋达安：哈！看你尖嘴猴腮，果然伶牙俐齿，居然还会讲出这样的故事来。“好女不事二夫”乃古训，我县的妇人怎会不按古训行事呢？怎么会说出这等无赖的话来？你坏了嫂嫂，还要再去坏别的人家，不打你，岂不是让你以为本县是个傻瓜，本县宋龙图的大名岂不枉叫了？来呀，拖下去重打二十！

胖女有喜色，小叔大惊。

胖女：大爷英明。

小叔大喊：冤枉啊！大人，小的冤枉啊！念小的初犯，饶了小的吧，小的薄身子实在禁不住二十下啊……

胖女一听生气：回大人，哼，他可不是初犯，大人您听我细细地说来。去年八月第一次在鸡窝后面，第三次在荞麦地中，第十一次在东厢房老炕上，第十四次在……难道他是初犯吗？

师爷一听这话，把笔放下了。

宋达安：果然不错，说你刁，你就是刁，次次有据，这……这怎么是初犯？犯罪时间、犯罪地点、犯罪顺序都被人记得牢牢的，你还有什么说的？

小叔：回大人，既是去年八月就有的事，她如何现在才来告我？实在是她设计相害啊！再说这就不能说是小的那什么了，实在是因她那什么，才有了那事儿的。望大人明断。

宋达安略有一惊，复怕惊堂木：说的也还有理，但本官宋龙图说出去的话如射出去的箭，哪儿有回头之理？否则怎么叫宋龙图呢？来呀，重打！

师爷实在看不过去了：慢！

师爷走上公案附耳。

宋达安听完后不以为然：我乃是一县的青天大老爷，错也好，对也好，就是这点儿小案，我怎么会听不完全？还用问吗？一看那小子就不像个好人，有一当然有二，我现在也不管那许多了，先打了再说。打！

小叔：哎呀！这是从何说起呀！怎么碰见个这样糊涂官啊！哪儿还有理讲呀！

被拖出，声音越来越弱。

宋达安对胖女：你回吧，一个妇人家抛头露面不像话。

胖女：大人，民女有事相求。

宋达安：讲！

胖女：求大人打完了就把他放回家去，教训教训他也就算了。民妇告他也好，打他也好，都是为了让他回心。他打的伤不是还得我治吗？

宋达安差点儿背过气去：这……这么说你是实实地用了大爷我一下，你……你……

胖嫂：都说你断案断得好，不用你用谁？

大道上。

化装成了游方郎中的于世龙，和“我来也”在路上边摇铃边走。

路边看一老者咳嗽厉害。

于世龙蹲下，看不过去想替他诊脉：老人家您伸出手来，让我试一试吧。

老者边摇手边咳嗽，终于止住了：谢谢了，不必费心，我这病治不了了。你看我老，其实才四十岁。

于世龙：不治怎知治不了？

老者：不怕你笑话，我这病是用刑时灌醋呛出来的毛病。

于世龙：为什么用刑？

老者：邻家诬我偷了他的一只鸡，县官抓了我，让我跑十里路，正喘时猛灌一口醋，这么呛出了毛病。县官说这样走到哪儿都会咳，再也不会偷东西了。

于世龙：怎么有这样的蠢官？

老者：我现在还要谢他留了我一条命，只是这咳是日夜停不了了。

于世龙：什么县这么害人？

老者：宜兴县，宋达安。

于世龙：在别处听宋达安似口碑很好啊，人称宋龙图吗？

老者：是有此说，你知道什么叫虚张声势、沽名钓誉吗？宋达安最清楚此道。你要看过他收到的匾，岂可只叫宋龙图啊，比包龙图不知强了多少倍。这样骗骗京里来的官，一骗一个准，有匾为证啊。其实呢，全是假的，京里的官从来走马看花。除非当官的要像你这样……

于世龙惊：你怎么知我是个当官的？

老者：我是打个比方，你怎么是当官的呢？比如你是官，现在扮了个郎中下来，我才会对你说出真东西。否则一假套一假，假假相连，哪儿能看出什么呀！

于世龙、“我来也”面面相觑。

张鸣远屋中。

小轮盘在转，一双手在捏泥做壶，是康熙，张鸣远在指点。

张鸣远：壶嘴不可高出壶口太多，更不可低于壶口，好的壶将盖儿去掉，反扣在桌上，嘴、口、把齐齐地贴在桌面……

说着动手，扣在桌上一个壶：严丝合缝，高或低均不可取。

康熙仔细安嘴。

康熙：壶这东西，有口无心，否则它也该开口说话了。

张鸣远边沏茶，边听出话外之音。

张鸣远：怎么会无心呢，这一枚枚的茶叶就是壶的心，泡出的或是清苦，或是甘洌，还要饮茶的人来品呀。时候不到，茶也沏不出味儿来。

张鸣远往小盅中倒茶，康熙也听出话中之意。

宜妃屋中。

宜妃抹泪：一个大活人给丢了，他也不着急，还在那屋里做起壶来了。他心里倒是装着正事没有呢？三德子，咱们不等了，就咱们三个人先把小桃红救出来。完后，宜兴的案子不管了，你们想待待下去，我……我回京了。

三德子：主子，这事儿还没有头绪呢，您怎么就打退堂鼓了？刚来您心气多高啊。

宜妃：我……我人丢得能不急吗？

三德子：您别急，看我把万岁爷请过来。

突然大声吵喊，为给康熙听：我看这事怨法印。

法印一愣，三德子做手势让他也大声吵，法印会意：凭什么怨我！我看就是你坏的事！

二人轮番向门口走，冲着门大喊。

三德子：法印，告诉你，在苏州时，你就光熬粥了，什么正事儿也没管。这回让你找人，你院子也进了，话也探明了，可人你为什么没救出来呢？就是一时救不出来看一眼也好啊！是死是活你还不知道呢，就这么你就出来了，这算是办事的吗？

法印：我该怎么办，你说说？我把他们家砸了，把事全捅出去？到时人家有冤的有仇的案可怎么办？

宜妃也故意到门口大声说：你们瞎吵什么，人丢了谁不急呀！我比你们更急。

三德子也去门口：你看看，法印，主子都急成什么样了，天天一个侍候的人都没有，还得自己侍候自己，这不怨你怨谁！

法印也跑到门边冲外边喊：怨我，怨我，都怨我！人又没交给我看着，这会儿丢了，你们反没责任了，都怨起我来了。

张鸣远屋内。

康熙清楚听到上屋传来的声音，却仍定力十足地在做壶。张鸣远看着他，两个都假作没听见。

康熙还是分了心，壶嘴没安好，掉下来了。

康熙：树欲静而风不止啊。这个嘴今天是安不上了。那么多嘴都在嚷嚷，想听的话没有听到。

康熙站起，解下围裙，洗了手。

那边声音越来越大。

班得五家柴房。

被绑着的小桃红在柴房中和女孩们说话。

小桃红：你们都别怕，昨天你们不是听见了吗？那个在院子里闹事儿的和尚就是来解救我的。只要我出去了，你们在这儿也就待不长了。

姑娘甲：昨天来的是和尚吗？

小桃红：是啊。

姑娘甲：怎么会有一个和尚来救你呢？听着像水漫金山寺里的故事。

小桃红：你们别瞎想，不是那回事。除了和尚外，后边还有很多人呢。他们……他们肯定也跟我似的天天时时地想着呢，他们想我想得肯定睡不着，我真是一天都没离开过主子，她不知怎么样了……他们一定想我呢，我也想着他们。

姑娘甲：姐姐，你别哭呀，刚你还在劝我们呢，这时你怎么反哭起来了。别哭，你一哭我们也都想哭了。

众人受传染般大哭。

小桃红：咱们索性哭个痛快吧，让院子里的人都不得安生。

柴房中哭声阵阵。

宜妃处。

康熙、宜妃坐着不说话，三德子、法印站着。

康熙喝了口茶：方才朕不在都那么多话，说得一城人都能听见了，现在怎么都一言不发了？都说了些什么，再说给朕听听。

三人不说话。

康熙：没话说，那朕再去安朕的壶嘴了。

宜妃跪下：万岁爷，我有句话想问您，小桃红丢了两天了，您怎么能不闻不问，还能安心做壶？我们来时五人，回去时变四个人，您难道能安心吗？小桃红虽是个下人，但对她如何，不是一样能看出您的仁德之心吗？此事使我心很冷。

康熙：起来吧，朕并没有不想，只是……只是现在做壶的事比这事大。好吧，你们怎么想的，不妨说说。

三德子：回万岁爷，既已探明了小桃红被班得五捕了去，我们总不能看着自己的人陷于虎口，该速速去把她救出才是呀。

康熙：怎么救法？

法印：还用什么法，打进去，抢出来，不就行了？

康熙：好法子，只是简单了，不够妙，怕打得进去，抢不出来。依我看……

三人：您怎么看？

康熙：救，不如不救。

宜妃：万岁爷，我们都在这儿说正事，您怎么能说这种话？再说小桃红若有个三长两短的，丢的不是我的面子，是你皇家的面子。

康熙：这个朕岂能不懂。但朕想过了，班得五没弄清小桃红身份前不会怎么样她。再有小桃红未丢之前我想，要有个人能进到班家中去，弄清楚到底有没有免死牌，他的免死牌是什么样的，藏在哪儿，该多好。真是天助朕也，小桃红就会被他抓进去了。此事不妨因势利导，将计就计。所以朕以为小桃红在那儿，比不在那儿强。

宜妃：怪道我们这儿急得火上墙，您那儿可以做壶品茗，和一个毫不相干的匠人闲谈。原来是有了主意了，您为什么不早说呢？害我们着急。

康熙：遇事情在前，不如理在先，一人事如此，一国事更如此，不可情令智昏。

宜妃酸酸地：说得好，情令智昏最要不得，要躲开这个情字。

康熙听出意思：我说的不是那事儿。再说张师傅可不是一个毫不相干的工匠，他实在是此案之最要紧之人呀。三德子，去把他请过来说话，今天该是时候了。

三德子：嗻。

康熙：待会儿他来时，你们不必多言，朕有话说。

众人正说着话，三德子急急回。

三德子：万岁爷，他……他人不在了！

康熙：什么?!

三德子：屋子里空的。

康熙：这下可又理不清了。

班得五中堂。

班得五立于中堂，百宝槅前一件一件地给他收藏的紫砂搽色。管事旁边侍候。

班得五：……有了年头的紫砂器，如做了藏品，长年不用，就会失润，失了泡茶时的茶色，神器也就不神了。所以要定期地给它搽茶叶汁。上了茶色之后还不够，还要用这只手来擦……

说着拎出一只与活人手一样的死人手：你可别小看了这只手，为找它我费了不少心思。第一要未婚之处女的丰腴之手；二要在活着时给剁下来；三剁下后，去骨抽筋，又不能使其干而无油，所以要用人油来浸。凡此三点做到了，像我五爷这样的人，都觉出难了，你说一般的人敢说玩这个字吗？用这样的手，每天摩挲这些壶一遍，它们自然就神采毕现了。

管事刘吓得不敢看那只手。

班得五：前些天那抓来的小丫头还好吗？

管事刘：还好，关在柴房里了。可是我……我看她手还不够丰腴。

班得五：哈，老刘你什么时候变得怜香惜玉了。多虑了，我没说想要她的手。我是觉得她城里的朋友，比如那个和尚什么的再不闹事了，有些奇怪。

管事刘：他打听清楚爷的名号，哪还有胆量来闹呢？

班得五：我看那倒不是没胆量的人，或许有别的用意。这样吧，把她从柴房放出来，让她端茶倒水，调教调教。

管事刘：怕……

班得五：没什么可怕的，按我说的吧。

管事刘：我这就去。

管事刘说走却没走，看着百宝槅中空的一个槅子发愣。

班得五：你也看出来了？

管事刘如梦方醒：嗯，总不明白这儿为什么空出一槅？

班得五：你还算是明眼人，那是给供春壶留下的。总有一天壶来了，我要庄庄重重地摆上。我一天看着它是空的，一天心里就疼得如剜心一般。

紫砂铺。

学徒困顿不堪，掌柜的已经把一铺子的壶都砸烂了，都砸成了粉末。掌柜的还伸手，学徒睡着了的一只空手递过来。

掌柜的：哎！拿钻石来！

学徒：嗯？找到了吗？在哪儿？

掌柜的：壶！壶！

学徒站起，乱转了一圈：壶？没有了。

掌柜的：我们砸了几天了？

学徒：三天，三天三夜，砸光了。

掌柜的：钻石找到了吗？

学徒：钻石？什么钻石？没有，什么也没有。

掌柜的：胡说！再找找！再找，一定有，一定还有一把壶，那把壶里有钻石，你别想骗我。

掌柜的推着学徒，两人乱转。学徒真的在一块废物中找到了一把破壶，掌柜的正乱翻，学徒把那壶举起。

学徒：掌……掌柜的，师傅，这儿还有一把。

掌柜的兴奋地冲过来。

掌柜的：对了！对了！我说还有吧，一定会有，怎么会没有呢！拿来，拿来，就在这里了……

掌柜的拿过去还要砸。

学徒：掌柜的，您……

掌柜的：干吗？过来，过来，一块儿看看，就在这把壶里，知道吗？金刚钻就在这把壶里！

学徒：别砸了。

掌柜的：为什么？

学徒：就这一把壶了，咱……咱什么都没了！

掌柜的：胡说！怎么会没了呢？金刚钻，三颗，就在这壶里，我断死了就在这壶里。

掌柜的啪地把壶给摔在地上了。

壶碎成了一小片一小片，什么也没有。掌柜的拿起一片，又拿起一片，再拿起一片对着光照着。

掌柜的：找到了，真找到了，它可真亮啊，我真找到了！哈！金刚钻。哎，你快过来，过来看这金刚钻，多亮，多明，多值钱。来呀！快过来看呀！金刚钻，不止一颗，也不止三颗，是一堆，一堆！

学徒吓得往后躲：没有，没有，什么也没有。那不是，那是碎壶碴子。掌柜的您醒醒，怎么跟喝醉了似的，您醒醒……

掌柜的一把抓住学徒的脖领子：你胡说，你看清楚了，你看清楚了！我发财了！我发财了！你知道吗？我发财了！我再不是我了！我是宜兴城里的大财主了！原来的我没有了，我发财了！

光脚跑出门去。

山上草庵。

一只手忙忙地打开墙，把卧在里边的供春壶拿了出来，是化装成樵夫的张鸣远。

张鸣远飞快地把壶包好装在胸前，急出庵门。

草庵外。

张鸣远腿还有些不便，蹲下背着一捆山柴假作樵夫下山。

山路。

管事刘带着的两个家丁，从树丛中走出，拦住张鸣远。

管事刘：干什么的？

张鸣远草笠遮脸：你看见了，是个背柴的。

管事刘用刀顶起张的草笠：张师傅，你下山时要再换上一身衣服，我们也许一晃眼就让你过了。可是你什么都不变，正经的樵夫怎么会有背一担柴上山去，过会儿再背一担柴下山来的？这一次你没搞好躲不过去了，怕要把命丢了。

张鸣远木然：要杀要剐由你吧。

管事刘看了看山色：这不是地方，在山上杀人那不成了强盗了吗？

回头一示意，林中一队家丁抬出一口棺材来：人早晚有这么一天，谁也不用可怜谁，先走后走的事。请张师傅请您先入棺吧，可是上好的寿材呢。

众家丁上来扯张，张挣扎，被打昏，装入棺中。

宜妃院中张鸣远处。

康熙坐着看着那把未做完的壶，用手转着那小木轮。三德子、法印在屋里随意地翻看着。

三德子找到了一叠刻好的陶版，陶版上有一行字“供春壶劫”。

三德子拿陶版给康熙看：万岁爷，您看看这儿。

康熙：他这么不信任我。有话为什么不说呢？……三德子，是不是你们跟他说了什么？

三德子：冤枉，三德子就没跟他说过话。

班得五堂屋。晚。

班得五坐在堂屋中，看着那百宝槅留出的空槅发愣。

一仆人进来：爷，天暗了，掌灯吧？

班得五：掌灯！

仆人刚下去，就听见院外宋达安边说边急急地进来了。

宋达安：五爷，五爷！好消息，好消息！

班得五回过神来：宋大人，您什么事儿这么高兴？快坐，坐，沏茶。

宋达安：我饭都没吃就跑来告诉你。

班得五：那摆饭吧，我可是吃过了。

宋达安：不是那意思，说完了我就走。实在是按捺不住，说完就走。宫里的消息，你知道吗？于世龙于大人要来宜兴县了。

班得五：噢？就是那个皇上御点的于钦差？这您还高兴呢？有的官可是不愿见他啊。

宋达安：我愿见，我愿见，这下正是我鲤鱼跳龙门的时候。

班得五：怎么讲？

宋达安：你想想呀，我做知县也做了十来年了，苦无出头之日啊。俗话是千里做官只为利，读书为什么，做官为什么，还不是名利两字？我好容易经营了那么多的匾额，但却无缘让天下的人见识见识。这次钦差来了，岂不是天赐我的良机吗？钦差看了，就等于皇上看了，皇上要知道我有这么多的匾额，哪儿有不提升我的道理？到时也许会连升三级四级，做个大大的京官也未必不可。那时我是高官得做，骏马得骑了。

班得五：那样咱们俩也就见不着了。

宋达安：不会，绝对不会，有我怎能没有你呢？有我的官就有你的利。

班得五：有我的利就跑不了你的官，咱们是一条线上的蚂蚱。

宋达安：说得好！这次还要你帮忙，你要不帮忙我这官就当不大。

班得五：讲吧，要多少银子？

宋达安：看，我还没张口呢，你就知道了，那我也不客气了。我想到时候买下一所大大的院子，把我那二百多块匾满墙地挂起，办个展览会，开展之日请于钦差先风风光光地剪一次彩，而后导引着他一块一块匾地看下去。让他满心满肚都是赞我宋龙图的美誉之词，甩也甩不脱，忘也忘不掉，到时一切不就算是办成了吗？五爷，您看如何？

班得五：很好！钱不管多少我出，人我也可以多给你派，主意你自己拿。

宋达安：五爷，说句心里话，想到真要走了，真有点舍不得你呀！没有你，我宋龙图哪儿有现在这么风光。

班得五：相互的，没有您我这爷当着也不硬气。客气话就不必说了。

宋达安：好，我走了，内眷还在家中等我分享喜悦，分享喜悦。这样的好日子，总是让人难忘的，过得越慢越好，越慢越好。好，我走了，这回真要升了……

说着话已出了门。

班得五家大门。晚。

宋达安出来，班得五送。

宋达安：留步，留步。

宋达安刚要上轿，回头看见管事刘指挥着家丁抬着棺材过来。

宋达安吓了一大跳：哎呀！这是怎么了？你们……你们怎么抬着棺材往家里走啊？啊，呸呸，晦气！晦气！

班得五：宋大人您错了，您刚还说要连升三级呢，这不出门就见到棺材了，棺材棺材，又升官又发财呀！好事，吉利！

宋达安：官财?! 真是的啊，又升官又发财。好，真是言中了！好，好，好日子啊，今天真是好日子呀！要慢慢过，慢慢过。我走了，又升官又发财，这下好了。

班得五家对面胡同内。晚。

康熙、三德子、法印蒙面黑衣，看着这情景。

康熙：怎么晚上往家里抬棺材？三德子你说那里边是有人是没人？

三德子：看那样子像有。

康熙：法印，你看如有人，那人是不是跟咱们有关系？

法印：这么鬼鬼祟祟，一定有。

康熙：好，抢！

班得五大院门口。晚。

宋达安刚要上轿。

班得五正欲回身进院。

抬的棺材将要迈上台阶。

康熙三人冲至，快刀乱麻，家丁放下棺材。康熙一转棺材盖，张鸣远站起。宋达安回头正看见活人从棺材中出来，吓昏在轿前。

班得五：什么人这么大胆？一个别给我放过！

众家丁上，三德子、法印接住打退。康熙背起张鸣远跑。

班得五：是黑道，是白道，留个名号！

昏在轿边的宋达安接了话说：我是宜兴县宋达安，人称宋龙图的便是。

宜妃处。夜。

宜妃打水，三德子拧手巾，法印用一长衫不住地给张鸣远扇风。张鸣远喘气。

张鸣远：……真像从阴间又走了回来了，我……我这是二番打扰了，真要谢谢各位了。

说着要拜。

康熙：张师傅，您到现在要说这种话，真要说，也不是一个谢字能担得起的。

张鸣远挣扎坐起：说得是，大恩不言谢！烦哪位有热水端来，我要……我要沏茶。

康熙：这儿有新沏的。

张鸣远：不，我这儿有壶，用这把壶沏吧，

说着小心从胸口处把供春壶掏出。三德子拿了水壶来，张鸣远掀开壶盖，让三德子注水。

法印：等等，茶叶还没放。

张鸣远：不，不用茶叶，自管注水吧。

开水注入供春壶，众人忽觉茶香四溢，都觉奇怪。

张鸣远：想各位已然嗅到了茶香吧？此乃阳羡老壶的妙处之一。紫砂壶兴于供春之手，如今传世的，据我所知只有这一把壶了，历世已有一百五十余年了。这把是我家传了三辈人的一把壶。三辈人天天用它喝茶，茶香已浸透壶身，所以不必放茶叶，空壶亦可沏出茶香来。此乃验证老壶之一法。

康熙看着那壶：真是奇妙啊！

张鸣远：我到现在已蒙几位两次相救了。现在我想通了，此壶留在我这儿始终是个祸根，我微弱之力已不能佑护这么贵重的器物了。既然几位原就是冲着这壶来的，这壶……这壶从现在起就归您了。三爷，我也随他们一样称您一声三爷，这壶您收下吧！

康熙：哎，这是什么话？君子不夺人之美。这么重的东西，我们怎么能收？再说，我们怎么是冲着你的壶来的？

宜妃：哎，我倒是说过壶的话，但从不知张师傅您有这么一把壶。我们说的壶也不是这把壶啊！我们其实不是为了壶，是为了人，我们……

康熙：不说了，也罢。张师傅，也许我们双方都有误解，此番我们来宜兴不是为壶而来，是因壶而来。我们所需实在不是一把壶，乃是壶中之故事，冤情啊。

张鸣远看着那把壶，内心很苦：我今天说一句埋在心里的话，为这壶我已家破人亡。几位容我今夜有个喘息，明天我来让大家陪我伤一回心吧。

康熙：我也正有此意。来，法印，送张师傅回房。

法印上前背张鸣远下。

宜妃：没想到这张师傅还是咱们要找的人，万岁您是怎么发现的？

康熙：那不是你的主意吗？

宜妃：我的主意？我出了什么主意？好像我真的立功了似的，万岁您又取笑我。

康熙：真是你的主意呀，三德子也知道。

三德子：万岁爷，这我可真不知道。

康熙：你们不是一起把紫砂器摔了买买了摔地一通砸吗？全城都惊动了，有冤情的人能不为所动吗？

三德子：噢！我明白了，敢情我们摔壶，不是一个特傻的主意？

康熙：傻到家了。

康熙说完要走。

宜妃：这么晚了您还要出去？

康熙：晚吗？朕全无一点儿睡意。

街上。夜。

康熙在街上走。

疯掌柜的赤足从他身边过：我发财了，我不是我了，我是个大财主。

彩云处。夜。

彩云月下独舞。寂寞沉沉，突然舞起衣袖，将那把扇子打开了，在月下赏读上边的文字。

彩云自语：扇子在，拿扇子的人不在，

轻轻合起又慢慢打开，轻扇两下，唱昆腔。似听到了门响，快走过去。

彩云：谁?

没有声音。

彩云自语：这么晚了还有谁来呀，只有风。

彩云回身往上房欲去，寂寞无比，又听见门响。

彩云：谁?

康熙：风。

彩云把门打开。月下康熙，英武无比。

彩云：清风识明月，兀自乱敲门。

康熙：谁的诗句?

彩云：我的。

康熙：不通。

彩云：为什么?

康熙：该是“清风逐彩云，夜深轻叩门”。

彩云：谁把你当作清风了?

康熙：我不是风，你手里的扇子又是谁的?

彩云不好意思：你的，还你。

康熙接过扇子，打开轻摇：这不是清风吗?

两人月下相视。彩云且舞，康熙且随。

彩云：摇摇歌扇举，悄悄舞衣轻。

康熙：引笛秋临塞，吹沙夜绕城。

彩云：向峰回雁影，出峡送猿声。

康熙：何似琴中奏，依依别带情。

两人月下相拥。

六

街上。

于世龙手摇铃铛，“我来也”背着药箱，举着“妙手回春”的幌子在街上过。

于世龙边摇边喊：专治疑难杂症，药到病除，吃了我的药，治了你的病，烦你传名。吃了我的药，不知你的病，赔你钱钞。

于世龙、“我来也”正走着，突然后边人追喊，一无赖公子模样的人，后边跟着一帮无赖追了过来。

公子：站住，臭郎中站住！

于世龙听只当没听见，与“我来也”走。

公子拎着裤子追上，一把抓住于世龙：臭郎中，你……你赔我的子孙根来。

于世龙一下把他手撩掉：哎，这位公子，有话好说，别这样拉拉扯扯的。我治好了你的病，你尚未付药费，怎的反而向我要什么子孙根？

公子：你……你赔我的子孙根，不然砸了你的招牌，拉你去见官。

甲：对！你赔，要么别想走。

“我来也”放下药箱，把家丁手打掉：有话说话，在街上拉扯像什么话！

众人也都围过来：对，莫打，莫打，有话好说。

公子：还有什么可说的，东西都没有了，还说什么？你赔，你赔。

众人：什么东西没有了，这么大的火？

于世龙：好，让我赔也可以，让众位乡亲评评理。你先自己说说你得的什么病吧！

公子：……不好说。

于世龙：有胆量做，没胆量说，你算什么男人。好，不说，我们走了。

公子：我说，我……我得……得了花柳病。

于世龙：众乡亲，他当时扯住我就是这么说的，“我得了花柳病”，我问他怎么得的……还是你说吧。

公子：我说常眠于花街柳巷，不想就染上了。

于世龙：我问家中有没有妻子，你又怎么说的？

公子：有，一妻一妾。

于世龙：我问他有一妻一妾为什么还要眠花宿柳，猜他怎么说……

公子：有钱，没事干，闲得无聊。

于世龙：好，是这么说的。我问他有没有后代，他说有了一男一女。我说好，这病就好治了。

公子：怎么个好治？你把我害苦了。你哪是治病啊，你是害人啊！

众无赖：对，害人。

于世龙：怎么害了你？我当时问他，是要怎样医治，是表面治一治呢，还是要去根。

公子：当然要去根，不去根治它何用？

于世龙：好！大家也都听到了，他是要去根的。现在我哪儿有什么错？

众人笑。

公子：我……我要去病根，又不是子孙根。

于世龙：你病由子孙根起，你又要去根，我当然给你去了。

众人大笑。

于世龙：我们走，你也走吧。有钱无事最好，可你有钱就生事，生过事后就生病。我这一去呀，不但是把你的病根去了，还给你种了后辈子的福根呢，去吧！

公子哭走，于世龙对大家：众位乡亲，容我多一句嘴，去青楼乐不乐？乐。得病苦不苦？苦，其苦莫大也！

摇铃与“我来也”走。

街上。

三德子挑粪桶下，看见了于世龙正摇铃串街。

三德子：哎，站下，大夫，站下，站下，于……大夫，我……来也！

于世龙一看三德子：噢！正在找你……你病怎么样了。

三德子：什么病？……噢，病，病好了！你看这不是干上活了吗？

看了看四周，小声：你们俩怎这副打扮？

“我来也”小声：你看看你什么打扮，怪臭的。

三德子：没法子，苦命，哪儿像你呀，坐监都有人照应。

于世龙小声：别玩笑了，圣上如何？

三德子：好着呢。

于世龙：我现在去是时候吗？

三德子：再过一天，事情就明了，现在去早了，搅了他的局。

“我来也”：三德子，真要担着粪桶在街上跑吗？这微服越来越生动了。

三德子：去看小桃红。

“我来也”：哪儿有担粪桶去看人的？小桃红用你这么去看吗？

三德子：小桃红被抓了。

于世龙：什么？什么人连小桃红也敢抓？

三德子：啊，厉害得很呢，就是个叫班得五的恶霸。

于世龙：真是他。

三德子：你也知道？

于世龙：知道，查出来了。

班得五院中。

众乡勇站了一院子，班得五要请丹书铁券免死牌供祭。中堂内，香烟缭绕，颇为庄严。

班得五出。管事刘一挥旗，众乡勇齐齐跪下。大喊：拜见五爷，五爷吉祥！

班得五：平身，请丹书铁券免死牌。

长号齐鸣。两个手持大刀的壮汉护着一神汉端着免死牌从厢房出。班得五欲跪时，小桃红拿了一个蒲团匆匆上前，扔在班得五面前。

小桃红不错眼地看着免死牌。

众乡勇跪了一片。免死牌被供上中堂。

神汉大声喊：祭礼开始！

众人起。

神汉：孝子就位！

众人躬身肃立。

神汉：揖！

众人长揖。

神汉：跪！

众人下跪。

神汉：稽首！

众人叩头。

神汉：稽颡！

众人把头叩响。

神汉：匍匐！

众人匍匐在地。

神汉：惟大清康熙四十五年，岁在丙戌。不肖后人班得五谨以一门六十三口恭祭先祖所留下太宗皇帝所赐之丹书铁券免死牌……

后院。

小桃红仓皇跑入。

正没主意时，三德子突从一偏房中伸出手来一拉她，吓了她一跳。两人躲进偏厦。

偏厦内。

小桃红：你怎么进来的，我急死了。

三德子：从后门，装了个粪夫。

小桃红：主子们可好？

三德子：承你惦记，好着呢。都想着你呢，宜主子为你哭了好几场了。

小桃红：回去替我谢主子，就说我挺好。

三德子：原想当夜就救你出去，后来万岁爷说，有个人在他院子里就更好了，有什么事好报信。所以……

小桃红擦泪：万岁爷想得对呢，今天他们正在祭牌呢。

三德子：什么牌？

小桃红：免死牌。

三德子：真有啊？

小桃红：我亲眼见了。

三德子：现在什么地方？

小桃红：供在中堂了。

三德子：好，我回去跟主子说，你……你可得注意自己。

小桃红：没什么，大不了一死。主子看得起我，是给我多大的脸呀！

三德子从怀里掏出包药来，也有点伤心：真到了躲不开的时候，就使这药。

小桃红更伤心接过：好！到时就见不着主子了，你……你以后多费心。

三德子：嗯，哎，就是就是。不对，不对，这不是给你吃的，给那些想犯坏的人吃的，吃了就睡，三个时辰醒不了。你想哪儿去了？你千万要回来，要是我能替你，我就替你了。

县衙门口。

于世龙、“我来也”摇着铃过来了。

于世龙：看来这就是县衙了。

“我来也”：不错，于大人，咱去县衙干吗呢？

于世龙：我是御点的钦差，到了地方，总要报个到见见官啊。

“我来也”：见了他不好吧，许会搅了皇上的局。

于世龙：不怕，班得五太恶，连宫里的人都敢抓了，他是仗着太宗皇帝的恩泽呢。我这是敲山震虎。

说着拿起槌来敲堂鼓，刚敲几下，有衙役跑了出来。

衙役：嘿！瞎敲什么？

“我来也”：有事找宜兴县。

衙役：找我们县太爷呀？不在，东街大宅门里布置展览呢。

于世龙：什么展览？

衙役：匾额展览啊！

于世龙：展给谁看？

衙役：不知道吗？京里的钦差于大人要来了，当然给他看的了，反正你想看也看不着。

于世龙：县里的公事呢？

衙役：全停了，当务之急是蒙走了京里的官再说。哎！那小子，你怎么往这儿撒尿啊！刚扫的，他妈的我打死你。

说着起身追打在县衙前撒尿的疯掌柜的。疯掌柜的边跑边喊：我发财了，我不是我了！

于世龙：我们走。

摇铃与“我来也”走。

宜妃处张鸣远屋内。夜。

一盏小灯被点亮了，康熙等人都在，静静看着听着。

张鸣远打开一个包袱，里边是刻好的木雕版。张鸣远边说着，边把木雕版摆好，法印上手帮忙，蒙上一张纸，张鸣远用一拓画儿的丝绵拍子，蘸了墨，一点一点地在纸上拓。图画渐出，渐渐清晰起来，张鸣远开始叙述自己的故事。

（往事）张鸣远家。日。

张鸣远在小轮上做壶。

侄儿四顺挑泥进来。

张夫人李氏在翻晾架子上的壶。

张鸣远的画外音：我们张家是宜兴世代的做壶工匠，传到我手里，正遇到宜兴壶之中兴，赶上好年代了，人们有心思品茶。科举也兴起来了，文人玩壶之雅兴直追前朝，紫砂壶的行情好得不得了。那时，我一家只有三口人，妻子李氏，侄儿四顺从小在我家长大，一直在我手边帮工。我妻那时刚有了四个月的身孕。

我家的做壶堂号用了“供春真传”四个字。这四个字不是能随便用的，当年龚春收了几个徒弟，有时大彬、李仲芳，还有就是先祖张不了，万历年间并称做壶三大高手。三家人都有师傅亲赐的供春壶一只，那两家后因世事沧桑，原壶都没有了，只有我张家还有一只，此壶据我所知也是天下独一了。

张鸣远：顺子，你这泥是哪个坑出的，不太好嘛。

突然看见四顺子的脸上在流血：哎！你是怎么了？出去不好好搅泥，倒把头打破了。

四顺子不说话，铲泥，流泪。

张鸣远：你倒是怎么了，你说呀！

张李氏：有话说，不怕，你别急嘛，慢慢让他说。

四顺子抹泪：五爷家的人见了我就要壶，说一日不把壶让出，让你家一日不得安宁。

张鸣远：屁话，青天白日下还没有王法了，我张家在宜兴城里也有几百上千年了，不怕他，我去，去县告他！

张鸣远气愤地解下了围裙一甩。

突然外边班得五应了一声：好！最好去告！

声到人到，班得五捧着个壶喝着茶进来了。

班得五：张鸣远，你还别不识抬举，像你们这种人家，宜兴城有多少想请我五爷吃顿饭的，我五爷都没工夫去。可你们家光我来就来了七趟了吧！不说你烦，我自己都烦了。我来，不是你有面子，是你们家的壶有面子。七趟我趟趟说的话都不一样吧！第一次我张嘴就说给你二十两金子，你将来开多大买卖，我捧你多大买卖。你到这方圆百里的地界去问问去，我五爷什么时候说过这么客气的话？

张鸣远管自坐下做壶，不理他。

班得五：我这次是第八趟，告诉你，你再想要金子都没有了，一句话，你是给壶不给壶？给，天下太平；不给，我让你生不如死！

张鸣远：壶是祖宗传下来的，要我这头，你拿走，要壶没有！

班得五：嗯！好！我喜欢活着跟唱戏似的，有板有眼的，说得好！你不是要告状吗？我今天连师爷都给你带来了，写状子白给你写，他给你帮忙，今天递上去，明儿个就升堂，保你赢不了。

说完话走到晾壶的架子前，拿起一只壶来，把把儿、盖、嘴都弄下来，壶身捅漏了，举着给张鸣远看。

班得五：这叫什么，知道吗？这叫家破人亡。你好好想想吧。

说完与师爷走。

张李氏拿起丢在地上的那只破壶。

张李氏：官人，这日子可怎么过？……要么你出去躲一躲吧。

张鸣远：那怎么成，你有身孕，再说人跑了，他就会放过你吗？

张李氏：我一个妇道人家，他能拿我怎样？

张鸣远小屋内。夜。

张鸣远把一张拓好的纸慢慢揭下来放在一边。康熙拿起那张木刻看着，一言不发。屋里扯了一根绳子，康熙走过去，把印好的画夹在绳子上。

张鸣远换了一张板，法印又蒙上一张纸，又开始拓，画面乍现。

张鸣远：我现在都在后悔，我为什么就那么走了，撇下妻子和她肚子里的孩子，自己就走了。我原以为坏人也是人啊，他……他不会妇孺皆杀吧。

（往事）张鸣远家。日。

张李氏在床上躺着，头上包着一块布。

四顺子在外屋收拾那些打碎了的壶。两个家丁坐在张的堂屋，打着骨牌。

张鸣远的画外音：谁想从我逃走之后，班家人天天就赖在我家里了。在家里吃，在家里睡，把好好的一个家搅得天翻地覆。可怜我那妻子拖着身孕，还要为他们做吃做喝，稍有迟缓，非打即骂。

家丁甲：哎！婆娘，别要赖啊！快起来烧饭吃去，老子可是饿了。告诉你啊，烧素了不吃，烧荤了也不吃。

家丁乙：那你吃什么？

家丁甲：七荤八素，外加一壶绍兴花雕。

说完把一喝了茶的茶壶砸向张李氏，张李氏被迫起。

四顺子：人心都是肉长的，你们……你们怎么没有人味儿！

家丁乙：哎，小兄弟，说话别那么难听啊。我们现在坐在这儿，你可别当是我们坐在这儿，你就当是五爷坐在这儿，把要说的该记的都记在五爷身上，把该恨的恨在五爷身上，要不将来拎不清。来！来出牌！

家丁甲：他妈的，说你胆小，你就是胆小。牌嘛，牌打不赢，人嘛，人做得格外谨慎，怕什么？他活了今天还不定有没有明天呢！小子你刚说什么，人心是肉长的，我现在就给你看看，人心是什么长的。

家丁甲抓了一把骨牌，把四顺子打倒了，一张一张骨牌往他嘴里塞。张李氏大哭，上前劝。四顺子嘴角都被撕破了，塞满了牌。

张鸣远的画外音：我后悔带着壶离了家，班得五他怎么能放过这把壶呢？别人家的一张椅子他喜欢了都会抢走，何况他号称江南藏壶第一人，怎么会放过供春？他想出的毒计，谁也想不出来。

（往事）班得五中堂。夜。

班得五踱来踱去。

班得五：有什么法子能给张鸣远骗回来？

管事刘：只有在他老婆身上打主意。

班得五：打了半天主意，他远在他乡不知道，还不是白搭？

管事刘：怎么能让他知道了赶回来最好，那只有告示。

班得五：什么告示？

管事刘：杀人的告示。

班得五：杀人告示？我有了，我有了……

高兴地走到百宝槅前，用手在那空的一槅中摩挲着：有了，你说得对，我这次让他逃命一样地回来。到时这儿就不会再空了。

张鸣远小屋。夜。

油灯照着康熙的影子在墙上走来走去。

又一张纸揭了起来，康熙亲手把它夹在绳子上。张鸣远坐下，法印蒙纸。

三德子：张师傅您歇一歇，我来吧。

张鸣远：不用，还是我来。

拓拍子蘸墨又在纸上拓起来。

张鸣远：他们很快地找到了一个来觉明寺挂单的带发修行的头陀，身量跟我大致相同。他们在我家找到了我的衣裳。

（往事）张鸣远家。日。

家丁甲翻箱倒柜找到了张鸣远的几身衣裳。

家丁乙：有了吗？

家丁甲：有了，走。

（往事）酒馆。夜。

酒馆内，家丁甲、家丁乙正陪带发游方僧喝酒。

家丁甲：来，喝，出家人可怜，没吃没喝。到了这儿就像到了家一样，吃。

游方僧被药死。

家丁甲：好了，办妥了。抬走。

两人抬着死人下。

张鸣远的画外音：他们用毒酒将游方和尚药倒，拖到我家门口的井边上，换上了我的衣裳。扔到井里之前，不忘把那僧人的脸打得面目全非了。第二天邻居们发现井里有死人，告上了宜兴县大堂。

众邻居抬起井里的死人往县大堂告状去。

（往事）大堂。日。

大堂内众乡邻跪了一地。宋达安问案。

宋达安：谁是里长？

里长：小的是里长。

宋达安：人死在你们街上的井里，你会不认识？

里长：小的街上的活人个个认得，这人已死，且面目全非，所以一时认不出来。不单小的认不出来，街坊四邻都看了，没有认出来的。

宋达安：蠢材，认人看面目是一，看衣冠不是也可以认出来吗？这衣冠你见过没有？

里长：衣冠……倒是见过……

宋达安：是什么人，此人可在？

里长：多日不见了，听说出门了。

宋达安：这门出得或许远了点儿，出了就回不来了。他是谁？

里长：县太爷，衣冠虽同，但或许并非一人，小的还是说不准。

宋达安：大胆！衣冠相同，此人又不在，这死尸不是他是谁？你……你是否得了什么好处，这般清楚的事还要支吾，快快说出名来！

里长：是……“供春真传”号的做壶匠人张鸣远。

宋达安：来呀！拘张鸣远家人！

张鸣远的画外音：这糊涂的狗官，处处拿自己与包龙图相比，凡事凭所想定案。可怜我的妻子，拖着六个多月的身孕，跪于堂上，与侄儿受尽了酷刑毒打，呼天天不应，唤地地不灵。可恨班得五更是每堂必到，颐指气使，宋龙图听其指挥，必要问成死罪不可。

康熙画外音：问的什么罪？

张鸣远画外音：想都想不到。

大堂上班得五与宋达安耳语，宋达安点头。大堂下跪着已伤痕遍体的张李氏及侄子。

宋达安：张李氏，你与张鸣远结婚几年？

张李氏：十年。

宋达安：十年可有身孕？

张李氏：此次才有。

宋达安：你十年没有身孕，为什么突然有了身孕？

张李氏：吃了一游方郎中的偏方。

宋达安：哈！五爷说得果然不错，确是一对狗男女，连偏方也是游方郎中的，不会说是坐医的。好，案情大白。张李氏你从实招来，你是怎样与夫侄通奸，害死亲夫的？讲！

张李氏闻言大惊：大……大人，你怎么会这样想？我亲夫现出门在外，不日回来，井中之人实是班家为设计诬陷所为。大……大人，我虽是民家女，但从小知礼勤俭，从不逾矩，你居然听凭小人摆布，用这样的恶语污我。原我还想等肚中孩儿生下，为张家传一脉，现在实在等不得了，夫君，你多多保重。

说完向柱子撞去，血流如注。

班得五匆匆下堂，用手一探鼻息。

班得五：还有气，没死！快，快把供词拿来！

班得五拿起李氏的手指蘸了流在地上的血，在供词上按下了手印。

张鸣远的画外音：可怜他们婶侄二人求生不得，欲死不能。当堂在班家的设计下，狗官宋达安定了他们死罪……

宜妃院中。夜。

康熙一人在院中月下走来走去。

康熙边走边自语：……骇人听闻啊，骇人听闻。朕以为自己每日勤勉朝政，国虽大，但所思所想可谓无孔不入，没想到还会有这样的事。虽说是一个小小子民，但他的冤屈真是比天还要大啊。官，官，官不治，民何安？这种狗官杀一百次都不解朕之恨啊！

（往事）街上。日。

衙役贴了告示众人来看。

张鸣远也从外边挤上前看。

张鸣远的画外音：那时我已在外躲了有两个来月了，烧窑，打砖坯，刷马桶，什么样的活儿都做过了，觉得一个壶嘛，他班得五想想就会想过去的，我也总会有回家与家人团圆的日子。我惦记着家里，加上在外边实在是苦，我很想回去了……看到告示上的一刹那，那天的太阳都像个假的，我心里念着怎么可能，怎么可能呢！一下昏倒在地。街上的人救醒我……

路人甲：哎！哎！你怎么了，让开让开，中暑了。

张鸣远的画外音：我让他们扶我起来，又看了看告示，泪就涌出来了……

路人甲：哎！怎么回事，怎么一看告示就流泪？你……你说吧，说出来要好些。

张鸣远张着泪眼看着众人：我……我……我就是告示上说的那个被谋害而死的亲夫！

路人甲：有这等怪事，人还没死，说人已死了，这不是天大的笑话吗？怎么有这种狗官？

路人乙：……你还有时间在街上哭啊！还不快回去救老婆！快走，怕赶不上了呢！

张鸣远的画外音：我日夜地往宜兴赶。我记着行刑的日子是八月二十三号，那时我在苏北，日夜不停地走，搭车，二十三号早上，我进了宜兴城。

到了刑场边上我听见锣响，顾不得疲劳冲了进去。

（往事）刑场。日。

旗帜猎猎，宋达安监斩。众百姓围着。张李氏、四顺子跪于地上。

一支签落地。

宋达安：时辰已到，斩！

刽子手大刀举起。张鸣远衣衫褴褛，冲了进来。

张鸣远：刀下留人！冤枉！天大的冤枉啊！斩不得，不能斩！

张鸣远冲上前去与妻相认，妻先麻木，后大哭。

张李氏：夫君，咱们难道是在地下相见吗？你……你可回来了！

宋达安：什么人，胆敢扰乱法场，拖下去！

张鸣远：回大人，冤枉，我是张鸣远，我并没有落于井中而死。我妻、侄实在是冤枉，望大人明断！

众乡亲有认出张鸣远的说：这下可好了，冤情解了。

宋达安：你是张鸣远？

张鸣远：小的正是张鸣远。

宋达安：张鸣远已经死了，人死怎么复活？

张鸣远：小的没死，那死的人不是张鸣远。

宋达安：你这么想？

张鸣远：不是我这么想，实在是实情如此。

宋达安：我可不这么看，真张鸣远已死了，你无非是一个雇来的假张鸣远。

张鸣远：我……我怎么会是假的？这儿有我的乡邻，不信可问他们。李二你说说，王七你说说，里长，我二月前给你做的树桩壶可好？你问问他们，我怎么会是假的？

众人：禀告大人，此人乃是真的张鸣远，我们可以做证。

宋达安：慢！原来的证也是你们做的，现在又来做证，哪有这种道理？我宋龙图审案，绝不会错。你们想弄个假张鸣远来毁我名声，此计何其毒也。来！斩！

鼓声大震，人群骚动，官兵抵住。

张鸣远：狗官，你……禽兽不如！

宋达安：斩！

一签飞出。刀起处，血溅飞签。

张鸣远小屋。夜。

灯火如豆。众人坐如木鸡，都听得呆了，唯一豆灯火闪着。

宜妃突然大哭。法印、三德子流泪。康熙站起，慢慢揭起那张刻了砍头的拓片。康熙泪滴在纸上，一点一点。

张鸣远木然不动。

康熙终于把纸揭破了，突然一团，愤而在屋中走。

康熙：张师傅，你这套木版刻得好，该让天下人都知道，都该知道，官害民是何等凶残。我想，你不妨接着刻下去，一定接着刻下去。最后的结局，宋达安罢官问死，班得五法场杀头，大快人心，人心大快。就是这结局，否则天理何在？

宜妃：非是这结局不能解人恨。张师傅，你这两天就这么刻，我们帮你。

张鸣远木然不动：怕是今生看不到这一结局了。

康熙：这话怎么说？

张鸣远：宋达安且不必说，班得五又有谁能杀他？

三德子：张师傅，今天有些话不便明说，不过话不妨先放在这儿，我们爷不是一般二般的人物，你想吧，往大了想。

张鸣远：再大也没用，大到皇帝康熙爷也没用。

康熙：为什么？

张鸣远：班得五有太宗皇帝的丹书铁券免死牌，谁可动他？

众人愣。

七

班得五家院子。

院中兵丁站了两排，甚是庄重。

中堂。

班得五跪拜免死牌。

小桃红奉茶在一侧，看得一清二楚。

班得五对管事刘说：这牌是祖宗挣下的身家性命，它在命在。一定让家丁们看好了，不可有一点儿闪失。

管事刘：爷，您放心，我们脑袋担保！

丫鬟端水，班得五净手；小桃红奉茶，班得五似看似不看。

宜妃家院内。

能听见来回来去的摇铃声和郎中的吆喝声。

三德子边骂边出来。

三德子：什么叫花子郎中，冲着门喊，这不是咒我们吗？

三德子开门，看见于、我两人背对大门。

三德子：去！去！一边去！哪有大早上堵着门喊治病的。

两人转身，三德子认出。

三德子：哟，于……于大夫呀！我说呢，怎么这副打扮呀？快进，快进！

进院后小声说：慢，等我回一声，别惊了驾。

宋达安的匾额展览室。

宋达安正指挥着衙役往墙上挂匾，边与师爷说话。

宋达安：左边高点儿，右边高点儿，好，钉钉子。……古人说“文章千古事”，这话不错，但我要改一个字——“文字千古事”。什么事儿、什么人就怕写成字了，一旦写成白纸黑字，好便是流芳千古，坏就是遗臭万年。你想想，宋朝包公包拯他做官也就是个清廉，可一经文人写成故事，那就神了。夜能断阴，昼可断阳，阴阳两界他都能去。铡驸马，杀亲侄，历史书上根本没有嘛，成了字后就都算在他的身上了。敢铡驸马，见鬼。……哎！那块！那块不是放在那儿的，放在东墙，东墙。

我这儿虽还没有人说书写话本，但这些匾摆在这儿就是个说书的材料。说不定有哪个闲人，哪天没事了，就编个宋龙图在世宋达安的故事。断案可上天堂，捉鬼可下地狱。那时世界或可有并称二龙图之说。这宋龙图比包龙图流芳还长久呢！我把名看得比什么都重，没有名哪儿来的利？有的官只看利了，那样做官长不了，你说是不是？

师爷：大人高见，高见。

宋达安：看着这么多的匾额，真是冬天心里是热的，夏天心里是凉的，惬意无比。

师爷：说句不恭的话，大人百年之后，不妨用最爱之匾额做个寿材，将这些美言赞语随身带走。

宋达安：说得好！盖棺定论嘛，盖棺定论就是这样吧。好，选这、这、这、这几块吧。嗯，好！本官将与这些字生死相随。好！等下再向五爷讨些银子出来，真好主意。

宜妃处屋内。

于世龙、“我来也”坐定，三德子倒茶。

康熙：法印，张师傅送走了吗？

法印：送到了。他离不开做壶，我把他的工具都安排好了才回来的。

康熙：好，于大人，这么说，他班家真有丹书铁券了？

于世龙：容臣慢禀……

去药箱子拿出卷宗一册：此乃太宗皇上的起居录，请万岁过目。

康熙：这么一册书，朕一时无心看，你讲吧。

于世龙：班家世居辽东，既不文亦不武。

康熙：那定有过什么大功吧？

于世龙：更没有，世代为农。太宗六年，秋行猎，太宗因贪一只鹿，只马单骑，追至山林。不想马遇沟而伤，太宗又迷了路，一个人走至一山野农家，恰恰这农家中还有一驴，太宗皇帝欲借驴而返。

（往事）班得海小院。

太宗坐于一边喝水，班得海拉过媳妇商量。

班得海媳妇：什么？他要借咱家的驴？说你傻吧，你不流鼻涕，咱全家连这院子，加上咱家这几个人也不值这一头驴钱，说借就借出去了！不借。

班得海：你看人家腿也伤了，道也走不成了，驴再值钱它也是匹牲口啊！人张口借了，我能说不借吗？再说人家说借，又没说不还。

班得海媳妇：要借你借，还？他在哪儿？他是谁？他要还你块驴肉还不知找得着这儿找不着呢。你要借，我立马就改嫁，不跟你受穷。

于世龙的画外音：班得海不理媳妇，过去之后先施了一礼，然后把驴解了牵出门来，扶太宗皇帝上了驴。

（往事）院外小路。

班得海把驴牵出院内，扶了太宗皇帝上了驴，指引了归路。太宗皇帝内心十分满意，暗伏答谢之意。

（往事）班得海屋内。

班得海媳妇火从心中来，正在屋里裹包袱要走。班得海送完太宗回屋。

班得海：你这是干啥？你要咋的？

班得海媳妇：不和你过了，你傻，一家子人跟着受傻穷！

班得海：这跟傻有啥关系？帮人家一把又怎的了，谁没个为难遭窄的时候？……你别走。

班得海媳妇：你少拦我，你要帮人了，谁帮你呀？前沟的二琉璃还让我帮他呢，我帮他去。

班得海：你别提那流氓。

班得海媳妇：你今天不把驴给我要回来，我就走。

拎起包袱就走，一群孩子哭。

班得海眼看着媳妇出门，着急：你……你等等，等等。我要去，我要去。

班得海无奈出门。

于世龙的画外音：太宗皇帝并没走多远，翻过一道山梁，班得海就追上了。

（往事）山坡下。

于世龙的画外音：太宗皇帝正走着呢，看那个农户又来了，他看出来，大概是家里人反悔了。他很同情这个老实的农民，也有点为他可惜，他原想着好好地回报他呢。

班得海：……哎！朋友，朋友！你可真不太会骑驴，走了这会儿还没走出多远。我……我以为追不上你了呢。

太宗下驴：怎么又赶过来了？路我记起来了，往北走就不会错。

班得海：对，对着呢，一直往北就到你说那地场了。……对，对着呢。

太宗：你该不是有什么事儿吧？是不是刚借了驴现在又信不过我了？

班得海怎么也说不出口：嗯，哪能，哪能。没……没那回事。

太宗：你把驴借给了我，又没什么凭证给你，家里人不是埋怨你吗？我已认识路了，这驴不骑也行，还你吧。

班得海欲接又觉不能接：哪能呢，山里人，做不出这种事儿来，做不出来，我……我……

太宗：你牵回去吧，咱们不认识，这辈子再难碰上了。你能指个路，给碗水喝，我就得谢你呢，牵回去吧。

说着把缰绳给了班得海，转身欲走。

班得海：等等，等等。

突然脱了身上的皮袄：您等等，我这驴瘦，走长道硌人，给你垫上点儿。夜里你要赶不回去，披上也能挡寒。没啥，一头驴嘛，山里人还能说借了再要回去，那是人办的事吗？来，来，骑上，骑上走。

于世龙的画外音：班得海在寒风中光着膀子，扶了太宗上驴，太宗前番是满意，此番是感动了。

太宗：兄弟，我得叫你声兄弟了。你人太好了！我一生遇人无数，你这样的好人我还是第一次碰上。一切明天再说，你告诉我，你叫个什么名？

班得海：留啥名，你赶路吧。

太宗：你告诉我，我也告诉你，咱们就是兄弟了。

班得海：我叫班得海。

太宗：我叫皇太极。再见。

于世龙的画外音：班得海那时哪儿知道皇太极是谁呀，光着膀子回家了。

（往事）班得海屋内。

于世龙的画外音：媳妇看见他不但驴没要回来，连皮袄也搭上了，二话没说，拎着包袱就走了。班得海也没拦她，他觉得该做的事不能不做，不该做的事就不能去做，他是个有生活准则的人。他为这个准则，一天之内把驴、皮袄、老婆都给丢了。第二天……

（往事）班得海小院。

班得海正光膀子劈柴，突听长号齐鸣，鼓乐大奏。孩子们跑了出去。

于世龙的画外音：第二天，太宗皇帝派亲王的仪仗来接班得海去宫内玩。太宗皇帝的圣旨上已经把他称为兄弟了。谁能想到这样的一个山里人，第二天多了个做皇帝的兄弟。驴和皮袄虽没还他，但给了他一担银子、十座山林，并给了他太宗皇帝亲笔所写的丹书铁券，赐他一家三代免死无罪。他谢绝了去宫内玩的邀请，捎话给皇帝，说太丰厚了，他有点承受不起。

他那跑了一天的媳妇，第二天听着信儿就跑回来了。十个月后，这女子为二琉璃生了个孩子，那就是班得五的爹。那悍妇后来擅自做主，把丹书铁券传给了这一支人。

宜妃处。

众人听过后各有所想。

宜妃：万岁爷，咱们这次出来，真是故事不断，一个接着一个，我都不知该怎么办了。

康熙：千古之后，人家讲咱的故事大概也这样津津有味。于大人，这故事要让你讲下去，该怎么办？

于世龙：臣不知。他家有什么都不怕，这丹书铁券是祖宗赏下的，怎么动得了呢？

三德子：我不赞成。多少年的事儿了，一辈子积德，一辈子作恶，好事怎么能辈辈传啊！再说了，刚才于大人您不是说了吗，班得五这支……

于世龙：再如何有太宗皇上的丹书铁券在，谁有法子？

康熙：这种家传的免死牌实在荒唐害人。你们想，有免死牌的人，谁还会活得有所顾忌，所以才有这样的无恶不作的后人。

法印：把他这东西收了吧。佛门之中，破了戒律，也可收回度牒的。

康熙：此物从没有听说可以收回的，除非他自己……自己弄丢了。

康熙说着，看看“我来也”：再或者，我们给他弄丢了。对着呢，“我来也”，你也来了，真是天意！

“我来也”：万岁，臣进来时就已请过安了，您是刚看见我吗？

康熙：不，不是。这会儿我看见你比刚才高兴。怎么这么巧，把你带来了，好主意，有你在，还怕他的丹书铁券不丢?

“我来也”：万岁爷……臣……臣早已洗手不干了。

康熙：哎，刚于大人说什么来着，当做的事死也要做，不当做的事死不能做。再没有比这更当做的事了。再说，这次不能算是你去偷的，是……是代朕去偷的。朕要有你那点本事，就不求你了。

“我来也”：万岁爷您这是骂我呢。

康熙：不是，夸你呢。好，“我来也”听旨。

“我来也”：臣在。

康熙：今晚，你去班得五家将丹书铁券请出，我们在外接应。

“我来也”：臣接旨。

康熙：噢，忘了，于大人，我曾说让京城百官一起南行，他们可动身了?

于世龙：回万岁爷，已动身十日了，按臣的计算，大概明天不到，后天准到了。

康熙：好，此事明天可了了!

班得五家。夜。

院内有兵巡逻。

中堂灯火通明，中间供着丹书铁券。

中堂。夜。

房梁上，“我来也”一身夜行之衣，两脚钩梁，突然倒悬，将铁券盗来。刚一搬动，铃声大作。“我来也”掏出粉包还想拍字。

“我来也”：慢，此次乃皇上让偷的，我就别留名了。

院中。夜。

铃声大作，兵丁齐出。

众人喊：铁券没有了，铁券被盗了!

班得五到中堂一看，铁券真的丢了，愣在那里。

众兵丁喊叫：抓人！跑不远，追!

廊下众女看，小桃红看着班得五。

班得五回身一个手势：慢，先撤了香堂。刘管事，你带人出去，务必将人抓到，不怕惊动宜兴城。此物乃是我的命，丢不得呀。

管事刘：嗻！

众兵丁灯笼火把冲出大门，声势大造。

班得五依旧站在中堂台阶前，先以为他愣在那里，再推近看他，一脸的会心之笑。

宜妃处。夜。

几人都是夜行衣，一起拥进门来。

康熙：点灯！东西呢？

“我来也”从怀里掏出：还……颇有分量。

说罢递给康熙。康熙凑于灯下，众人相拥而看。康熙看正面。

康熙：不错，正是这个样子。

康熙突然用手指一个字：……许是笔误？再一指：怎么又错了？这……于大人您说起居录上说乃太宗皇帝手书。

于大人：正是。

康熙：那……那就不对了，这铁券是一块假的！

众人：什么？假的？

康熙：假的，太宗手迹，满文书写我最熟，此笔迹断断续续，乃是描出来的。再有连太宗的年号都描错了，是个不会写满文的人所为，假的。

宜妃：那就好了，我们还顾忌什么，现在就去抓他。

众人：对，走！

康熙：慢，他要是把真的藏了起来呢？

众人：对呀！

大家愣住。

班院中。夜。

一切安静，班得五潜行于廊中，准备下地下密室。

远处墙角处，小桃红跟着看着。班得五开密室门，回头张望。小桃红隐。

班得五进密室。

宜妃处。夜。

大家坐着发呆，假铁券摆于桌上。

宜妃：有小桃红在，真的也可能偷出来。

康熙：她才去不久，藏在何处都不知道。即使知道了，怎么能摸准机关，拿到钥匙？

于大人：是否让百官缓至？

康熙：不在这，我想总该有办法才对。

三德子：哎！我想起一人……

康熙：说！

三德子：她……她可能不行！

法印：索性平了他算了。

康熙：要平何必等到今天。抓他也是为了警醒百官，否则我们来宜兴作用不是太小了吗？

宜妃此时想说，又不想说，终于下了决心：我……我……我说过这次要立功的，万岁爷，我给你举荐个人。说句心里话，这人我不愿让她跟您认识。宜妃我虽在宫中待了这么多年，但还是好吃醋。女人如此，也不妨看作是一种可爱吧。万岁爷你说是吗？

康熙：是，是，可爱也是种负担。

宜妃：但于大人刚才说过，当做之事死也要做，事已至此，醋呢，我不妨以后再吃，终归是我一个人的事，不致让大家在这儿着急。说白了吧，三德子、法印，你们俩快去把彩云小姐找来，此事她不出面，再没有成功的道理了，这头功就让她立了吧。

康熙：宜妃，这些实在是你最可爱之处，朕对此深有感受，醋不妨轰轰烈烈地吃，事儿也要兢兢业业地办，能两全者唯宜妃也。……我说总会有办法吧，朕等着你，知道你会说出来。

宜妃听着不对：哎！三德子你慢走！万岁爷，你说什么？你知道我会说出彩云姑娘来？

康熙：……

宜妃：三德子！好啊你，早就把彩云姑娘说出去了。

三德子：回主子，三德子冤枉。据奴才所知，咱还没见过彩云姑娘，万岁爷就和人家认识了，哪儿用我多嘴啊！

康熙打开一把扇子扇风。

宜妃悟出：……扇子？是那天的扇子？原以为这次不吃醋了，再做回好人给你们引见一下，其实这种好人还用我做吗？

班得五大门口。

彩云高高兴兴拎了个包袱，穿得花红柳绿，嗑着瓜子回家了。

门房：哟！姑奶奶您回来了。

彩云：回来了。

门房：您这些日子跑哪儿去了？五爷急得不得了。

彩云：急什么？有什么可急的？要进宫了，不得出去见见大世面？

班得五中堂。

彩云正换鞋，小桃红拿着换了的鞋退下。两人相视会意。班得五像看一个陌生人一样地看着彩云。

班得五：你出去这么几天，怎……怎么像换了一个人样的？

彩云：是吗？我原来什么样？

班得五：你原来，行不摇头，笑不露齿。

彩云：你喜欢我原来的样子，还是如今的？

班得五：……说不上，一时还不习惯。……或许是原来的。

彩云：那你把我送到霓裳班中去干什么？训练，训练完了可不就这样了。

班得五：这样也好！

彩云：为什么？

班得五：别有种味儿，皇上许喜欢这样的。

彩云深情：皇上，皇上喜欢什么样的我最清楚。

班得五：你怎么清楚？你见了皇上了？

彩云忘形：嗯，见了。

班得五：果然不出所料，皇上来宜兴了，你真见了？

彩云：见了……在梦里。

班得五：……你，大喘气，不单人变了，脑子瓜子也变了，傻掉了。

彩云：刚给我拿鞋的丫鬟是谁？

班得五：我不知道，大街上捡来的。你喜欢？

彩云：我喜欢，留下和我做个伴吧。

班得五：美得你！我惦记给她送到霓裳班里去呢！你也得回去。……你这包里是什么？

彩云：哎！别动，女人的东西不能动！

霓裳班。

刘大姑正坐在椅子上睡觉，手里拿了根藤条，看着屋里睡觉的姑娘们。

有一根绳子轻轻从她身上绕过，再绕。一群姑娘躲在门口，开始愤怒地绑刘大姑，刘大姑惊醒。

刘大姑：哎，哎，干什么，干什么？反了，反了！

众姑娘把她捆好，连椅子一齐推倒在地。

众姑娘：对，我们反了！

姑娘们燕子出巢般地飞跑而去。

胖女都跑出门了，又回来，捡起掉在地上的藤条，当着倒在地上的刘大姑的面折断了。

胖女：告诉你，我们可不稀罕进宫不进宫的，瞧那傻皇帝挑的人，我以为我丑，她比我还丑呢！要去你去吧，我们不去了。

扔了烂藤条，飞身而跑，大门看出去，山坡上一片绿袖红衫在奔跑。

刘大姑躺在地上，歪脸看着那青春的出逃。

匾额展室门口。

依旧是游方郎中打扮的于世龙、“我来也”，在大门口大大方方地脱长衫，换衣服。

衙役带着宋龙图奔出来了。

衙役：太爷，我也管不了，让他们一边脱去，非要在这门口脱。您看，您看，像什么样子！

宋达安：嘿！大胆刁徒，公然在此脱衣！

“我来也”：不是脱衣，是换衣。

宋达安：有什么区别？

于世龙：区别很大，这世道有些人只认衣裳不认人，正如某官所言，京城来的官只认匾，不认业绩。

宋达安：不错，那话是我说的。

于世龙边换边说：那么你就是宋达安，人称宋龙图的了？

宋达安：正是，你是何人？

“我来也”：别急，换完衣裳就知道了。

帮于世龙穿一品大员的官服，官服都在药箱中。于世龙面目渐现，等戴上一品顶戴时，宋达安早就匍匐在地，磕头如捣蒜了。

宋达安：下官宜兴县，拜见钦差大人。……下官不知钦差大人到，未能远迎，罪该万死……

街上疯掌柜的跑过：我发财了，我不是我了。

班得五中堂。夜。

彩云在陪班得五吃酒，小桃红在一边执壶。

班得五已有几分醉意：彩云……彩云姑娘，说句不害臊的话，我当年抱养了你进府，实在是想……想把你养大了自己留下的。

彩云：……来，喝酒，喝酒，叔，你喝。

用眼看小桃红，小桃红掏出三德子给的药。

班得五：……后来一想，前程要紧，班家的前程，不能到我这辈就了了，要子子孙孙千秋万代地传下去。我才想了个美女选教司的主意。走皇上的路没错，我爷是那样，够不着皇上想办法也得够着，这条路不通走那条路，没有不通的。来，你也喝，从今后别叫我叔……

彩云：添酒。

小桃红飞快把药倒进酒壶中，彩云给班得五满上。

班得五：现在我……我反悔了。想那么多干吗？子孙后代要都像我这样，还不是让人民百姓恨死！算了，我一人乐就一人乐吧，后代管不着了。所以今天看见你回来了，我特别高兴。心里的那点春水，荡啊荡地荡起来了，来……

欲挽彩云，彩云躲，举酒。

彩云：叔，酒，酒洒了。

班得五一把抓过：洒不了，装我肚子里，一滴也洒不了，肥水不流外人田……

班得五喝完酒后，药劲儿就上来了，伏在桌上大睡。

彩云对小桃红：你推推他。

小桃红推了一下：死不了，睡了。

两人忙蹲下找班得五拴在腰上的钥匙。正紧急忙乱时，屋外管事刘喊了一声，吓了两人一跳，抱在一起。

管事刘在屋外：五爷！五爷！

彩云两人边应着边解钥匙：什么事？说吧！

管事刘：县衙来人说了，钦差于世龙于大人到了，让加点小心。

彩云：知道了，知道了，你回吧！

钥匙到手。

宜妃处。夜。

灯下，康熙与众人在等彩云和小桃红。康熙端坐，宜妃跑出门去看。又回来。

宜妃：月已中天了，她们怎么还没回来？万一……

康熙：坐吧，万一自有万一的办法。三德子！

三德子：嗻！

康熙：明天一早把张师傅接回来，百官一到，我们如期在宜兴县叫起儿办公。

三德子：嗻！

康熙：几更了？

法印：三更了。

班得五院中。夜。

穿了黑斗篷的彩云和小桃红摸至廊下。

摸到密室门口，一阵忙乱，把密室打开了。

室内香烟缭绕，烛光闪闪。

密室内。

彩云和小桃红进了密室，在神秘的气氛中看到了供在条案中央的丹书铁券。

灯光下四大护法神狰狞面孔。

彩云急急地打开包袱，把那块假的铁券拿了出来。小桃红把真的搬下，彩云把假的摆好。

彩云：行了，我去把钥匙给他送回，你在大门等我。

小桃红：我去吧。

彩云：别争了，我熟。

班得五中堂。第二天。晨。

外边晨鸟鸣叫，内中杯盘狼藉。

班得五在桌上睡着。猛醒，看四周想起昨天事。

班得五：彩云！彩云！

没有人应，突然想起什么，摸腰一看钥匙还在。

班得五急急出门。

班院中。

班得五：刘管事，刘管事，彩云小姐呢？彩云……

管事刘：昨夜还见，今晨未见。

班得五：……坏了！

急急经廊下去密室，边摸着钥匙边跑。

密室内。

密室门开，班得五急急进，看丹书铁券还在，松了一口气。

看着，跪下，拜，念念有词。

大道。

百官仪仗滚滚而行。

宜兴县大堂。

此时大堂已被明黄的帐子装饰了起来，一派皇家景象。

百官朝服两边侍立。大内侍卫金瓜银锤出堂，三德子出，鼓乐齐奏。

康熙一身皇服出。百官跪，山呼万岁。

康熙：众爱卿平身。此次烦众位爱卿车马劳顿，到宜兴此地来，实出无奈。朕此次出宫有一心得，我大清江山之大，大事小事之多，难于件件都坐在宫中办理，某些事当出则出，小事不办必酿大祸。朕原以为是出宫理事较多的，但此次下来依旧有闻所未闻之事。来，传壶。

三德子小心将那把冤壶拿出，摆于宝案上。

康熙：这是一把小小的宜兴紫砂，但其内所诉之冤情感天动地。

拿起壶看了看，啪地一拍，砸在案上。壶开，康熙拿起有字的一面给三德子：给百官传看。

三德子捧破壶下堂给百官看，百官议论。

康熙：宣紫砂匠人张鸣远上朝！

三德子：宣紫砂匠人张鸣远上朝！

张鸣远感动异常，进门就跪，泪流满面。

康熙：张师傅请起。

百官交头接耳：怎么叫起师傅来了？这还得了，将来该是个太子少保啊。

康熙：赐座。张师傅，若不是你壶中藏字诉冤，朕就是一个瞎眼的皇帝。有冤就诉，朕很看重你这种执着之精神。要相信天道昭昭，管他是谁，有什么样的靠山，一定要告，告就要告倒。带班得五！

三德子：带班得五！

班得五被金瓜银锤武士押上，跪下，刚要山呼万岁。

班得五：吾皇万……

康熙：住嘴。旁人礼仪朕诚心接受，你这等恶人嘴呼万岁，朕如闻恶鸟夜嚎。推出斩了！

两武士刚要上前，班得五突然站起：慢！我有太宗皇帝的丹书铁券，您杀我不得！

百官交头接耳。

官员乙：哎呀！是真的吗？这可坏了，皇上没辙了。

官员甲：丹书铁券？不会吧？这人家是什么功劳，从没听说过。

官员乙：听说给过太宗皇帝一头驴。

官员甲：有这么便宜的事儿？是头金驴吧？

康熙不说话，稍静。

康熙：好，朕一定要看看你的丹书铁券。朕先问你，为一把供春壶，害死张鸣远一家三口，此事可有？

班得五以为占了上风，不在乎：句句是实。

康熙：在宜兴公然设铺，买官鬻爵，此事可有？

班得五：有，铺面尚在，来往账目也有。所卖官职大小不等。

康熙：打着朕的旗号，以选秀女为名，买卖良家妇女之事可有？

班得五：也有，现在家中还有待选之女。

康熙：该死吗？

班得五：三件事，任选一件，千刀万剐。

康熙：好，朕只要杀你一次，一次就够了。

班得五：可惜您杀不得，太宗皇帝赐我家三代免死，您若杀了我，就违了祖宗圣法，您不会为了我一个小小的臣民，背一个不孝不贤的罪名吧？

百官又交头接耳。

官员甲：不能杀，不可因小失大。

官员乙：杀不得，有丹书铁券，不可动刑啊。

众官：没办法杀，杀不了了……

康熙看着百官。

康熙：哈哈，你还真把朕难住了。祖宗的圣法，朕实在不敢违，但你这样的坏蛋不杀，朕心难平，普天下的正义法度难平。说是普天之下莫非王土，天下都是朕的，但朕极为看重的是百姓对朕的看法。由此我今天就要杀你以除大害了！来！

武士上。

班得五大喊：快！请丹书铁券！

管事刘抱丹书铁券上，班得五跪：万岁，班得五罪有千条，自己都觉自己该死。但仰仗祖宗福荫，实在是无人可杀我，也无人敢杀我。

康熙：好，你有一块丹书铁券，我呢也有一块丹书铁券，朕让你看看，哪块真，哪块假！

法印抱真铁券出，班得五听完了以后已经冒汗，再一看法印拿出的铁券，忙看自己的铁券，大叫。

班得五：哎呀！天亡我也！天亡我也！这……这是天意！万岁，只是我死得不明白。

康熙：天道昭昭，邪不压正，朕以其人之道，治你的其人之身。

班得五：是彩云吗？

康熙：现在是朕的云妃。

班得五：好，好，她终于进了宫了。她……她能不能救我？

康熙：恨不再杀你一次。

班得五大哭：到头来，是这丹书铁券害了我呀！

康熙：张师傅，我还要谢你的执意申冤，使恶人有了恶报。这样的坏人万死而不解民恨，朕委你出门监斩。

张鸣远哭跪谢恩，班得五被押出。

静场，宋达安在百官之尾已热汗满头。

康熙：于爱卿，据说你还有东西让百官过目，请吧。

于世龙：抬匾！

众衙役抬着宋达安的匾一一过。“爱民如子”“执法如山”“明镜高悬”“为政清廉”“断案圣手”“清慎勤劳”“公明廉威”“为民请命”“恩遇益隆”“身名俱泰”“驴冤得诉”，百官看得眼花缭乱。

康熙：众爱卿，你们看看自古以来谁人可当此美誉？

官员甲：臣以为方才的溢美之词，包公、海瑞等或可当其一二，除此二公，其他人难当一词。

康熙：你真是见识少，此人不必探源追远，他就在当朝，就在此地，就在众位爱卿的身后。也就是助纣为虐，与班得五一起害死张鸣远一家的宜兴县令宋达安。

百官大哗。

三德子：宋达安出班！

宋跪如筛糠。

康熙：宋达安，可惜了你这个名字。你为官害民，助纣为虐，沽名钓誉，今天这些上好的木材如果会开口说话，那上边的字一定不是这样的。你说千里做官为名利，你不顾一切地追名逐利。朕告诉你，名有两种，一种遗臭万年，一种流芳千古，好名并非把它到处刻写便能留下的，恶名更难以被这些花团一般的文字所掩盖。众爱卿，口碑胜过无数刀刻斧凿之碑，不做好事哪儿来好名？做官无好名就是坏官，众爱卿当以宜兴县宋达安为鉴！将宋达安交吏部、刑部审处。朕有个建议，不可拂了他追名逐利之心。死后棺木可选这些匾材一用，文字不妨写上“为官害民，罪该万死”，以此使一切害民之官万年遗臭！退朝！

鼓乐齐奏，百官跪送。

康熙下朝。

山上小庵。

庵内已焕然一新。康熙正在与张鸣远学做壶。

康熙：张师傅。

张鸣远：万岁爷，您以后千万别叫我师傅。如蒙不弃，叫声老张，臣已惶恐了。

康熙：叫师傅多亲呀，再说咱没在宫里，没那么多规矩。……你还得为我做一把壶呢，那把冤壶问案时砸破了。

张鸣远珍贵地拿出一把壶，是树桩壶。

张鸣远：臣用这些年之心血，做此小壶，望万岁爷收下。

康熙：嗯，好！真别致！里边有字吗？

张鸣远：有，臣刻了一紫砂记，以作纪念。

康熙：谢你费心了。朕也学了这些天手艺，实在不成体统，也做了一把壶，留给师傅做个纪念。

张鸣远跪接。

康熙：请起，请起。这只是把壶，不是丹书铁券。从此后，朕再不搞免死牌那套了，那不是奖人，实在是害人。

张鸣远：臣谢受了。

刚说到此，宜妃、三德子、法印、小桃红进来。

众人：皇上偏心，有张师傅的没我们的，我们也要。

康熙：哪儿能没有你们的啊，有，有，都有。

拿出四个壶来，各式各样。

四人要挑。

康熙：别挑，别挑。壶内有字，摸着哪个是哪个。摸吧。

四人一听有字，都打开了盖摸。

宜妃：哎，我这是“国”字。

三德子：“泰”。

小桃红：“民”。

法印：“安”。

众人：国泰民安！

康熙：此乃朕之宏愿，国泰方能民安！

众人举壶高声复读——国泰民安。

图书在版编目(CIP)数据

康熙微服私访记·第一部/邹静之著. —北京：中国文史出版社，2021.1

(中国专业作家作品典藏文库·邹静之卷)

ISBN 978-7-5205-1896-3

Ⅰ.①康… Ⅱ.①邹… Ⅲ.①电视文学剧本-中国-当代 Ⅳ.①I235.2

中国版本图书馆CIP数据核字(2019)第288687号

责任编辑：牟国煜　薛未未

出版发行：**中国文史出版社**

社　　址：北京市海淀区西八里庄路69号院　邮编：100142

电　　话：010-81136606　81136602　81136603（发行部）

传　　真：010-81136655

印　　装：北京新华印刷有限公司

经　　销：全国新华书店

开　　本：720×1020　1/16

印　　张：27.75　　字数：479千字

版　　次：2021年1月第1版

印　　次：2021年1月第1次印刷

定　　价：79.80元